Amalia Blum
Die Hochzeitsfalle:
Die Fake Freundin des CEO
1. Auflage 2024

Covergestaltung: Luv & Lee, Baris Fratric
Lektorat: Luv & Lee, Baris Fratric

Melde dich für meinen Newsletter an, und erhalte das Bonuskapitel von "Die Hochzeitsfalle":
https://luvlee.us/amalia-blum/

Baris Fratric
Schopperstraße 6/20
5020 Salzburg

Inhaltsverzeichnis

Kapitel 1

Sophie

Ein wenig nervös bin ich schon, als ich das Blue Essence Spa, in der Newbury Street im Stadtviertel Back Bay, Boston Massachusetts erreiche. Ich betrachte das luxuriös anmutende Gebäude, klammere mich an meiner Sporttasche fest und spreche mir noch einmal selbst Mut zu: „Du schaffst das, Sophie.“

An diesem herrlichen Nachmittag, Anfang Mai, habe ich nämlich Großes vor: endlich meine Angst überwinden und zu einer guten Schwimmerin werden.

Ich betrete die Lobby und sehe mich nach meiner besten Freundin Julia um, die an der Rezeption arbeitet. Sie bemerkt mich und strahlt mir sofort aufgeregt entgegen.

„Da bist du ja!“, ruft sie aufgeregt und winkt mich zu sich. Ich gehe gespielt selbstsicher an die Rezeption, die mit hübschen Orchideen und großen Blattpflanzen dekoriert ist. Ein ansehnlicher Arbeitsbereich, in warmer Umgebung. Den leichten Chlorgeruch kann ich bis hierher wahrnehmen.

„Hast du etwa geglaubt, ich komme nicht?“, frage ich sie mit einem breiten Lächeln. Kurz schwenkt mein Blick zur Seite. Durch eine große Glaswand kann man gleich von hier aus auf eines der Schwimmbecken schauen. Das Glitzern der Wasseroberfläche wirkt vielleicht für viele einladend, für mich aber nicht. Noch nicht zumindest. Genau deswegen bin ich ja hier: Ich will endlich etwas ändern und meine Angst bekämpfen.

„Ich dachte, du lässt dir vielleicht eine Ausrede einfallen. Verschlafen. Wecker hat nicht geklingelt. In der Dusche ausgerutscht. Spontaner Schwächeanfall. Allergische Reaktion auf ein Marmeladen-Erdnussbutter-Sandwich. An einem Dorn gestochen und in einen hundertjährigen Schlaf gefallen …“, zählt Julia amüsiert auf.

Dann kommt sie um die Rezeption und legt beide Hände auf meine Oberarme. Ihre hübsch manikürten Fingernägel passen zu ihrer eleganten Erscheinung: langes, blondes Haar, ein strahlendes Lächeln und wache, blaue Augen.

„Ich steche mich nicht mehr so häufig an Dornen“, antworte ich ihr und verstecke dabei lieber meine linke Hand, die ich in meine Manteltasche schiebe. An meinem linken kleinen Finger klebt nämlich ein rosafarbenes Pflaster. Soviel dazu: Die großen Dornen an der Rosemary habe ich tatsächlich übersehen.

„Ach, und was ist dann das hier?“ Julias Augen entgeht einfach nichts. Sie zieht kurz an meinem Arm, schnappt sich meine Hand und deutet auf das Pflaster.

„Okay, du hast gewonnen.“ Ich muss kichern und umarme sie herzlich. „Danke, dass du mir diese Monatskarte besorgt hast“, flüstere ich in ihr Ohr und atme dabei tief ein und wieder aus. „Ich hätte mir das niemals leisten können, hier für vier Wochen zu trainieren.“

Die öffentlichen Bäder sind einfach viel zu voll. Da hätte ich mich vor dutzenden Menschen blamiert. Welche erwachsene Frau, von stolzen 31 Jahren, kann bitte nicht richtig schwimmen? Das lernt man doch schon als Kind.

Aber bei mir war es nun mal anders …

„Hey, für meine beste Freundin mache ich doch alles“, antwortet sie mir und drückt mich dabei fest. „Und jetzt ab mit dir in die Umkleidekabine, rein in den heißen Fummel und dann ab ins Wasser.“

„Gut, dass heute nicht so viel los ist, da kann ich mir Zeit lassen …“

Bisher hat mich der Mut nicht verlassen. Aber noch stehe ich ja auch nicht am Beckenrand, wo ich in diese unheimliche Tiefe blicken muss.

„Du schaffst das schon. Und nicht vergessen: Schwimmen macht Spaß. Wenn du erst einmal im Wasser bist, wirst du merken, wie schön es ist, sich treiben zu lassen.“

Ihr Wort in Gottes Ohr. Ich nicke, hole meine Karte hervor, damit sie eingescannt werden kann, und trete dann einen Schritt zur Seite, um mich in Richtung der Umkleidekabinen aufzumachen.

Erneut blicke ich durch die Glasfront auf das große Becken, schlucke ehrfürchtig, nicke und sehe ein letztes Mal zu Julia, die mir zuzwinkert.

Dann mal los.

Ich durchschreite den Empfangsbereich in den langen Gang, der mich weiter an der Fensterfront entlangführt. Wasser – einfach überall ist dieses schöne Blau zu sehen. Als würde ich an einem Meer von Schwertlilien, Vergissmeinnicht, Kornblumen, Bartblumen und Traubenhyanzinthen vorbeilaufen. Dieser Gedanke lässt mich kurz lächeln, ehe ich in dem komplexen

Labyrinth von Gängen und Türen die Orientierung komplett verliere.

Moment, da war doch vorhin ein Schild mit einem Damen-Zeichen. Das hat doch hierher gedeutet, oder etwa nicht?

Ich gehe weiter, weg von der Glasscheibe, hinein in den nächsten Gang. Weit kann es ja nicht sein. Man muss sich doch erst umziehen und duschen, erst dann kann man ins Wasser.

Irritiert öffne ich eine Tür. Deutlich wärmere Luft kommt mir entgegen. Ich höre ein paar neue Geräusche, die ich aber nicht zuordnen kann. Wassertropfen befinden sich auf dem Boden. Hier bin ich sicher richtig.

Ich will auf keinen Fall zurückgehen und Julia fragen – sie glaubt sonst noch, dass ich einen Rückzieher von meiner Mission machen will.

Zielstrebig öffne ich die nächste Tür, doch da trifft mich fast der Schlag. Ich schnappe erschrocken nach Luft, als vor mir ein halb nackter Mann steht. Er ist nur in einem Handtuch eingehüllt, das gerade genug verbirgt, um nicht gleich zu offenbaren, was er zwischen seinen Lenden verbirgt. Dazu der überraschte Blick, der sein attraktives Gesicht ziert. Dunkelbraune Augen betrachten mich, während sein ebenfalls dunkles Haar – noch nass und tropfend stellenweise an seiner Stirn und an den Wangen haftet.

Mein Blick klebt an seinen trainierten Oberarmen, der athletischen Figur und der ausgeprägten Muskulatur seines Oberkörpers, ehe ich weiter hinuntersehe und mein Kopf von ganz allein eine Idee hat, was hinter dem weißen Frottee-Handtuch verborgen sein könnte.

„Hier bin ich wohl falsch“, stammele ich, obwohl „richtig“ vermutlich besser geklungen hätte. Wer will nicht in einem Raum mit so einem Mann sein? Ich muss kurz lächeln, obwohl ich zugleich auch peinlich berührt bin.

„Kann ich helfen?“, fragt er mich mit einer stoischen Monotonie in der Stimme.

„Ich wollte in die Damen-Umkleidekabine“, füge ich noch hinzu und werfe einen Blick in den Raum, in dem er steht.

Der junge Mann, nur wenige Jahre älter als ich, hebt überrascht beide Brauen und schmunzelt. Sein Lächeln lässt mich fast dahinschmelzen, aber ich bleibe stehen und hoffe insgeheim doch, dass ich hier richtig bin.

„Die ist auf der anderen Seite. Einfach den Gang runter“, meint er und deutet mit ausgestreckter Hand zur Seite. Von da bin ich doch gekommen …

Allerdings bemerke ich, wie seine Armmuskulatur sich anspannt, während er mit selbstbewusstem Auftreten dasteht und mich fragend mustert.

„Danke.“

Mehr kann ich nicht sagen, ehe ich schon wieder lächeln muss. Das ist vermutlich die schönste und zugleich peinlichste Situation meines Lebens.

„Kann ich Ihnen sonst noch irgendwie behilflich sein?“, fragt er mich und geht ein paar Schritte zu seiner Sporttasche, zu der er sich dann beugt.

Na, da fallen mir aber einige schöne Dinge ein, die ich jetzt natürlich nicht aussprechen kann.

„Nein. Danke für die Hilfe."

Ich gehe rückwärts aus der Tür und schließe sie vor mir. Erst als ich ihn nicht mehr sehen kann, fächere ich mir mit beiden Händen etwas Luft zu und gehe den Gang wieder zurück. Diese Begegnung muss ich erstmal verarbeiten. Der Mann hat mich mit seinem Auftreten mehr oder weniger verglühen lassen. Mein System spielt kurz verrückt. Das war Overkill.

„Puh, ist mir gerade heiß", rutscht es aus mir heraus. Dabei bin ich gerade allein.

Mit schnellen Schritten finde ich dann die Damen-Umkleidekabine. Wie konnte ich die denn bitte übersehen?

Ich sollte mit Julia darüber sprechen, dass die Schilder zu klein sind. Andererseits hat dies ja dafür gesorgt, dass ich voller Adrenalin bin und hochmotiviert ins Wasser gehen kann. Wenn solche Männer hier verkehren, werde ich sicher auf meine Kosten kommen und den einen oder anderen Blick riskieren. Also, als kleine Belohnung, weil ich so tapfer war und mich ins Wasser getraut habe. Versteht sich.

***

Als ich in die Damen-Umkleidekabine gehe, wähle ich einen Spind aus, stelle meine Tasche hinein und hole alles Wichtige heraus: meinen Bikini, ein großes Duschtuch und meinen Haargummi.

Damit gehe ich in eine der kleinen Kabinen, wo ich mich umziehe und meine Kleidung danach zu meinen

Sachen lege. Dann schließe ich die Spindtür ab und befestige den Schlüssel an meinem Handgelenk.

Zu guter Letzt binde ich mein schulterlanges, blondes Haar zusammen und verlasse mit dem Duschtuch die Umkleidekabine. Den Weg zurück bis in die Lobby finde ich natürlich in Windeseile.

Ich schaue um die Ecke und sehe Julia noch immer an der Rezeption stehen. Sie hat einen Anrufer in der Leitung, beendet dann aber das Gespräch, sodass ich zu ihr gehen kann.

Flink husche ich zu ihr. Julia bemerkt mich und sieht überrascht zu mir: „Mach jetzt bloß keinen Rückzieher. Du hast doch schon deinen Bikini an. Den kleinen schwarzen. Hübsch.“ Julia grinst, als ich knapp vor ihr stehen bleibe.

„Es ist etwas Peinliches passiert“, beginne ich.

„So, wie du grinst, kann das gar nicht so schlimm gewesen sein“, antwortet sie mir und legt den Kopf leicht zur Seite.

Ich muss leise kichern und sehe mich kurz um. Niemand ist zu sehen, sodass ich ihr von meiner Begegnung erzählen kann: „Ich habe mich irgendwie in der Tür geirrt und dann bin ich so einem unfassbar heißen Kerl in die Arme gerannt.“

„Einem der Bademeister?“, will sie wissen.

„Nein, ein Gast. Er trug nur ein Handtuch um die Hüften und war unglaublich gut gebaut. Dunkle Augen, dunkles Haar und groß. Sehr groß. Breite Schultern, trainierter Körper, muskulös und athletisch.“ Ich kann gar nicht aufhören zu grinsen.

Julia ist baff, aber auch neugierig. Mir fällt dann ein: „Nur ein paar Augenblicke früher und ich hätte ihn sicher ohne Handtuch gesehen."

„Warte. Du bist in die Männer-Umkleide gelaufen?"

„Ja, so sieht's aus."

Julia bekommt heiße Wangen und realisiert etwas: „Ich weiß, wen du gesehen hast. Ach du meine Güte!" Sie schnappt nach Luft und sieht sich prüfend um.

„Ja? Du kennst den Gast?"

„Ja! Das war Alex Blackwell!"

Ich stehe völlig planlos da. „Wer zur Hölle ist Alex Blackwell?"

Julia wirkt ein wenig so, als hätte ich einen Geist gesehen, ehe sie sich wieder fängt und mir ruhig erklärt: „Er ist ehemaliger Profischwimmer, hat sogar mal eine Goldmedaille gewonnen und er ist der CEO von Blackwell Financials mit Sitz in New York City."

„Noch nie gehört."

„Wirklich nicht? Du lebst aber auch hinter dem Mond."

„Obwohl … doch, irgendwas klingelt da bei mir …" Ich grübele, aber es fällt mir nicht ein.

„Du musst von ihm gehört haben."

„Vielleicht habe ich ja mal einen Artikel über ihn gelesen, aber wirklich einfallen will es mir nicht. Keine Ahnung."

Kurz bereue ich, dass ich mich nicht mehr für unsere Sportler interessiere, sonst hätte ich sicher ein interessanteres Gespräch mit ihm führen können als das, was stattgefunden hat. Ich stehe vor so einem

Mann und frage nach der Frauen-Umkleidekabine. Nicht mein Glanzmoment.

„Ein Geschäftsmann also?“

„Ja. Und was für einer.“

„Ich dachte immer, das wären alte, übergewichtige Männer. Aber so einen hübschen Mann hätte ich niemals in so einer Rolle vermutet.“

„Ein Glück, dass du nicht früher hergekommen bist.“

„Wieso?“

„Wir haben den ganzen Pool-Bereich für eine Stunde geschlossen. Er hat viel Geld bezahlt, um dort allein schwimmen zu dürfen.“

„Oh. Das wäre blöd gewesen, ja.“

Julia atmet erleichtert durch und meint: „Pass bitte in Zukunft auf, ja? Ich möchte keinen Ärger mit meinem Boss bekommen. Wenn er erfährt, dass Alex Blackwell verärgert ist, wird er wissen wollen, wer ihn beim Schwimmen gestört hat.“

„Er war ja nicht mehr im Wasser, sondern wollte sich gerade abtrocknen und umziehen.“

„Dann denke ich, dass alles gut ist.“

„Naja. Eine Minute später hätte ich auch noch zu ihm in die Umkleide-Kabine platzen können.“ Ich muss schmunzeln, das musste raus.

„Du bist unmöglich, Sophie.“ Julia stupst mich an und verrät: „Aber ja, heiß ist er, das stimmt. Ich frage mich nur, warum ein Firmeninhaber aus New York sich ausgerechnet jetzt in Boston aufhält und seit gut einer Woche jeden Tag für eine Stunde herkommt. Das muss ein wichtiger Termin sein.“

„Moment, jetzt klingelt doch was bei mir“, stoße ich überrascht aus und kann mich plötzlich wieder erinnern. „Blackwell, natürlich! Er ist sicher wegen der Hochzeit in der Stadt. Ich treffe mich heute noch mit einer Kundin: Alyssa Holtz. Sie hat erwähnt, dass ihr zukünftiger Ehemann Sam Blackwell auch in Boston ist.“

„Oh, dann ist dieser Sam vermutlich der Bruder oder ein Cousin von Alex Blackwell“, mutmaßt Julia.

„Ja, das erklärt auch, warum er sich schon länger hier aufhält.“

Wir nicken einander zu. Zwei regelrechte Detektivinnen.

„Was hat denn die zukünftige Braut noch so erzählt?“, will Julia wissen.

Die gute alte Julia. Sie steckte schon immer gern ihre Nasen in Angelegenheiten, die sie nichts angingen, aber da ich dankbar über die Monatskarte bin, kann ich mich mit ein wenig Tratsch revanchieren.

„Also, ich weiß nur, dass die Braut sehr nervös ist. Sie heißt Alyssa Holtz und lebt hier in Boston. Es ist eine Destination-Hochzeit.“

„Eine Destination-Hochzeit?“

„Ja, sie fliegen also mit der gesamten Familie zum eigentlichen Schauplatz.“

„Und wo ist der?“, fragt sie.

„Das weiß ich nicht. Zumindest hat sie das mir gegenüber nicht erwähnt. Vermutlich möchte sie das aber heute mit mir besprechen, wenn wir uns treffen.“

„Wow, aber das ist doch sicher eine riesige Hochzeit.“

„Das glaube ich auch", bestätige ich ihr.

„Da wird jeder auftauchen, der Rang und Namen hat, und mit Geld werden die sicher auch nicht knausern. Die Blackwell-Familie ist wahnsinnig wohlhabend. Alex Blackwell könnte das ganze Spa kaufen, ohne mit der Wimper zu zucken." Da ist sich Julia sicher.

„Ich weiß nur, dass sie dringend eine Ersatz-Floristin braucht, da ihre abgesprungen ist. Allerdings …" Ich seufze leise auf und druckse ein wenig herum.

„Allerdings was?", hakt Julia neugierig nach.

„Naja, es könnte sein, dass diese Alyssa mich nur versehentlich kontaktiert hat."

„Warum das denn?"

„Na, mein Blumengeschäft heißt *Blossoming Blooms* und in den letzten Wochen kam es leider schon ein paarmal vor, dass Kunden eigentlich etwas bei *Blooms in Blossom* bestellen wollten."

„Das ist ja schräg."

„Ja. Unsere Namen sind ähnlich, aber der andere Florist ist viel größer und hat eine Menge Mitarbeiter." Ich seufze leise auf und murmele: „Sie wollte bestimmt auch zu *Blooms in Blossom* und nicht zu mir."

„Meinst du?"

„Wenn sich das Missverständnis aufklärt, wird sie mir absagen. Ganz sicher."

„Na, jetzt lass mal den Kopf nicht hängen, Sophie. Du hast so eine schöne Webseite und auch auf Instagram bewirbst du deine Blumen-Arrangements, die viel Aufmerksamkeit und Likes bekommen."

„Das sagst du doch nur, um mich zu trösten."

„Nein, ehrlich. Vielleicht hat sie die Bilder gesehen und sich gedacht: Genau diese schönen Gestecke und Sträuße will ich für meine Hochzeit. Das könnte *die* Chance deines Lebens sein!“

Julia ist noch immer ganz euphorisch, während ich zwischen Angst und Hoffnung schwebe. Dass es meinem Geschäft nämlich nicht gutgeht, habe ich Julia bislang verschwiegen. Es war nicht leicht, die letzte Miete zusammenzukratzen. Wenn nicht bald viele große Aufträge reinkommen, wird es verdammt eng für mein kleines Unternehmen.

Ich ringe mich dennoch zu einem Lächeln durch und nicke ihr entgegen. Am besten sehe ich es positiv: „Du hast absolut recht mit dem, was du sagst. Wenn ich mich später mit ihr treffe, werde ich sie so richtig von mir überzeugen und dann wird schon alles gut werden.“

„Na, siehst du. Das ist die Sophie, die ich kenne.“ Julia freut sich und auch in mir keimt ein klein wenig mehr Hoffnung auf, dass diese Alyssa tatsächlich mich gemeint haben könnte.

***

Eigentlich packt mich gerade der Enthusiasmus. Ich bin voller Adrenalin und habe deutlich mehr Selbstvertrauen als zuvor, sodass ich losgehen und mich ins Wasser wagen will.

Doch dann kommt plötzlich dieser heiße Kerl auf mich zu, den ich zuvor in der Umkleidekabine erwischt habe! Ich bleibe ruckartig stehen und starre ihn mit leicht geöffnetem Mund an, denn auch in einem gut sitzenden, vermutlich maßgeschneiderten Anzug, sieht er absolut umwerfend aus. Eine Sünde, dass man darin seine ausgeprägte Muskulatur nicht erkennen, sondern nur erahnen kann.

Als er mit seiner Sporttasche auf mich zukommt und wir beide Blickkontakt aufnehmen, wirkt er kurz überrascht und hebt dabei seine Brauen.

Wenigstens meine beste Freundin kann reagieren, während ich wie zur Salzsäule erstarrt dastehe und kein Wort meine Lippen verlässt: „Ah, Mr. Blackwell. Ich hoffe, Sie hatten heute wieder einen angenehmen Aufenthalt bei uns.“ Sie nickt ihm höflich zu und ich trete währenddessen zur Seite, damit er das Blue Essence Spa verlassen kann.

„Danke, ja, es war sehr angenehm. Wie immer.“ Er nickt Julia knapp zu und schaut daraufhin wieder zu mir. Seine Schritte verlangsamen sich, bis er stehenbleibt …

Da ist er nur gut einen Meter an mir vorbeigelaufen, dreht sich dann aber herum, während ich mich auch zu ihm wende. Im Gegensatz zu ihm sind meine Wangen aber puterrot.

Sein kühler Blick jagt mir eine Gänsehaut ein. Was für ein Mann! Ich schlucke und ringe mich zu einem peinlich berührten Lächeln durch.

„Haben Sie sich wieder verlaufen?“, fragt er mich.

„Nein, ich hatte nur noch eine Frage“, stammele ich und bemerke dabei seinen Blick, der über meinen Körper wandert.

Ich drücke das Handtuch etwas fester gegen meinen Bauch, was dazu führt, dass meine Brüste ein wenig angehoben werden. Kurz sieht er auch zu diesen, wohlwissend, dass ich ihn dabei erwische. Aber er lässt sich nicht stören.

Verdammt! Mir wird unglaublich heiß. Ich erinnere mich gerade an jedes Fitzelchen freigelegter Haut seines perfekten Körpers. Am liebsten würde ich mir jetzt kühle Luft zufächern, aber ich möchte auch cool und gelassen wirken. Immerhin treffe ich bald auf seine Schwägerin …

„Aber wenn ich Sie schon erneut sehe“, beginne ich und nehme meine Chance wahr, mein Geschäft zum Blühen zu bringen. „Sie sind doch Mr. Alex Blackwell, richtig?“ Ich taste mich vorsichtig an ihn heran.

„Alexander Blackwell. Alex nennen mich meine Eltern und Brüder.“

Seine Antwort wirkt distanziert und kühl, aber nicht unfreundlich. Da er aber stehenbleibt und scheinbar nicht vorhat zu gehen, kratze ich mein bisschen Mut zusammen und versuche ein Gespräch mit ihm zu führen.

„Ich treffe mich später mit Alyssa Holtz, um das Blumenarrangement für ihre Hochzeit zu besprechen.“ Ich spiele die selbstbewusste junge Frau nur, während mir in Wahrheit die Knie schlottern. Dank dem Duschtuch, das ich noch immer vor meinem Bauch und meinen Oberschenkeln halte, dürfte er das aber nicht bemerken.

Kurz verengt Alex die Augen. Er wirkt skeptisch und neigt sogar den Kopf ein wenig schief.

„Sie sind die neue Floristin für meine zukünftige Schwägerin?“ Als er das sagt, ist klar, dass Alyssa seinen Bruder und keinen Cousin heiraten wird.

„Das ist richtig, ja.“

„Mir kam nur zu Ohren, dass es mit dem vorherigen Anbieter Probleme gegeben hatte und Alyssa die Auswahl des neuen Floristen selbst in die Hand nehmen wollte.“

Er zögert einen Moment, während er mich weiter neugierig mustert.

Dann fragt er prüfend: „Haben Sie denn schon einmal eine Hochzeit in dieser Größenordnung ausgerichtet?“

Eine Frage, die mich kurz zögern lässt.

„Also nein“, beantwortet er sich die Frage schon selbst. Ich hatte nicht einmal die Chance, mich zu erklären, da würgt er meine Antwort einfach so ab.

Ich erkläre mich trotzdem: „Die Details bespreche ich später mit Miss Holtz. Aktuell weiß ich noch nicht, was sie sich wünscht und wieviele Blumen sie möchte.“

„Es werden an die 200 Gäste geladen. Alyssa ist äußerst anspruchsvoll.“

Bitte? Ich weite erschrocken meine Augen, was ihn kurz kühl schmunzeln lässt. 200 Gäste, das ist schon echt viel. Aber das wäre auch viel Geld, wenn ich das meistern würde. Bin ich mit so einem Auftrag überfordert?

„Sie haben sicherlich viele Mitarbeiter, damit Sie diese Aufgabe bewältigen können?“, fragt Alex. „Dann dürfte das doch kein Problem darstellen, den Anforderungen meiner zukünftigen Schwägerin zu genügen, oder?“

„Ähm …“ Ich stammele nervös und sehe hilfesuchend zu Julia, die mir mit ihrem Blick Mut suggerieren möchte.

Ich räuspere mich und stelle mich Alex Blackwell tapfer entgegen. „Das nicht. Ich führe mein Geschäft allein, aber ich …“

Weiter komme ich leider nicht. Ich habe keine Chance, mich zu erklären oder ihm glaubhaft zu machen, dass ich alles dafür tun würde, um diesen Job zu bekommen. Er unterbricht mich kopfschüttelnd: „Das wird nicht funktionieren und ergibt gar keinen Sinn.“

Ich sterbe innerlich.

Allerdings wirkt er auch kurz fragend und möchte wissen: „Warum hat sie sich denn ausgerechnet bei Ihnen gemeldet? Es müsste doch auf Ihrer Webseite ersichtlich sein, dass es sich bei Ihrem Business nur um ein kleines handelt.“

„Ich nehme an, Miss Holtz hat mein Geschäft mit einem ähnlich klingenden verwechselt.“

„Ah. Verstehe. Das wäre eine Erklärung. Aber dann ist es ja gut.“

Ich seufze leise auf und sehe, wie Julia den Kopf hängen lässt. Sie ist enttäuscht von meiner Ehrlichkeit. Damit habe ich mir den Job vermutlich versaut. Alex wird doch sofort mit Alyssa sprechen und ihr ausreden, mich auch nur anzuhören.

„Der ähnlich klingende Florist ist viel größer und hat viele Mitarbeiter“, verrate ich niedergeschlagen. Ich sollte Werbung für *Blooms in Blossoms* machen. Vielleicht können die mir ja Prozente bezahlen, wenn ich mich selbst so schlecht rede und meine potenziellen Kunden zu ihnen schicke. So ein verdammter Mist!

„Das klingt eher nach dem, was sie sucht", antwortet er.

Ich zeige mich kämpferisch: „Aber ich will es gerne versuchen!"

„Es gerne versuchen?", wiederholt Alex meine Worte leicht amüsiert und ändert seinen Ton auf sehr streng, wenn auch nicht unfreundlich: „Sie sind niedlich. Die Hochzeit ist meinem Bruder und seiner Verlobten sehr wichtig. Sie haben keine Zeit für einen Versuch, sondern erwarten absolute Professionalität. Es darf nicht das Geringste schiefgehen."

„Bei mir geht nichts schief", verteidige ich mich.

„Die Hochzeit findet auf Hawaii statt. Sind Sie vernetzt mit den Lieferanten vor Ort? Oder wollen Sie etwa Ihre Blumengestecke dorthin liefern?"

Ich schlucke kurz. Hawaii? Das ist schon etwas weit weg. Aber: „Natürlich kriege ich das vor Ort hin. Es kommt auf die Entwürfe an, dann suche ich mir alles zusammen."

Er wirkt fast gelangweilt, während ich rede – als hätte er in der Sache etwas zu melden, bereits genug gehört und schon eine Entscheidung getroffen.

„Ich verstehe natürlich Ihre Bedenken", sage ich. „Der Aufwand, eine solche Menge an Blumen für eine Hochzeit dieser Größe vorzubereiten, zu liefern und zusammenzustellen, ist hoch und ich bin ja nur eine kleine Einzelkämpferin. Aber ich kann das."

„Sie hören mir nicht zu. Da darf nichts schiefgehen. Gar nichts."

Es fällt mir schwer, mich frei auszudrücken, weil er mich sehr einschüchtert. Aber ich gebe mir einen Ruck: „Sie haben recht, nichts darf schiefgehen. Ich freue mich auf das Treffen mit Miss Holtz und ich … bin sehr gespannt darauf, was sie sich für ihre Hochzeit vorstellt."

„Sie treffen Miss Holtz wirklich?"

„Ja, ich habe bereits einige Entwürfe angefertigt und bin zuversichtlich, dass sie ihr gefallen werden."

Alex Blackwell konnte ich scheinbar nicht überzeugen. Sein Blick verrät mir, dass er sich sicher zu sein scheint, dass ich den Auftrag nicht bekommen werde.

„Nun, dann bleibt mir nur noch eines zu sagen: Viel Glück, Miss …?"

„Sophia Tisdale."

„Viel Glück, Miss Tisdale."

„Meine Freunde nennen mich Sophie."

Ich lächele und reiche ihm die Hand. Kurz sieht er zu dieser, zögert und ergreift sie daraufhin. Seine Hand ist so viel größer als meine und mit ausgeprägten Knochen, Sehnen und einigen heraussstehenden Adern geprägt. Sie wirkt unglaublich männlich und trainiert auf mich – wie der Rest seines Körpers. Sein Griff ist kräftig und ausdrucksstark, so wie seine Mimik mir gegenüber.

Er bleibt beim Nachnamen: „Miss Tisdale. Ich wünsche Ihnen viel Erfolg."

Als er meine Hand loslässt und daraufhin kehrtmacht, um das Blue Essence Spa zu verlassen, stehe ich da und seufze tief. Was bleibt mir noch?

Ich sehe ihm nach und halte meine Hand vor meiner Brust. Als er durch die sich automatisch öffnenden Glastüren hindurch verschwindet, diese sich wieder schließen und nur noch ein Schatten von diesem unglaublichen Mann zu sehen ist, blicke ich auf meine Hand, mit der ich ihn berühren durfte.

„Oh Gott“, hauche ich atemlos und sehe dann zu Julia, die völlig aufgeregt zu mir gelaufen kommt.

„Was war das denn bitte, Sophie?“, fragt sie mich und legt ihre Hände auf meine Schultern.

„Was für ein Händedruck“, schwärme ich und strahle sie an. „Ich glaube, mich hat's voll erwischt.“

„Hey, werd mal wieder wach, du kleine Träumerin!“ Julia lacht etwas verzweifelt und schüttelt mich kurz, während mein Blick ein wenig verklärt ist und ich meine beste Freundin nur noch mit einem verschwommenen Schleier wahrnehme.

Ich blinzele Julia entgegen, seufze und murmele: „Was für ein Mann …“

„Ja, finde ich auch, aber den kannst du dir mal sofort aus dem Kopf schlagen, meine Liebe.“

„Was für ein Mann …“

„Hörst du mich? Erde an Sophie?“

Julia lacht ein wenig irritiert und nimmt mich dann in den Arm. So langsam komme ich wieder zu mir, als sie mich loslässt und meint: „Wie gesagt, er ist ein Blackwell und unfassbar reich. So ein Mann wie er trifft sich nur mit Frauen in seiner Liga. Models oder verdammt wohlhabende Töchter von irgendwelchen Immobilien-Gurus. Oder halt Filmstars.“

„Vermutlich hast du recht, aber …“ Ich sehe noch einmal zu der Tür, durch die er hinausgegangen ist, seufze noch einmal und meine: „Ein wenig Tagträumen ist doch sicherlich erlaubt, oder?“

„Schon, aber du willst doch bei dieser Alyssa Holtz einen guten Eindruck machen, oder?“

„Natürlich.“ Da war ja noch was. Ich sehe ernst zu Julia, die sich zu einem Lächeln durchringt.

„Er klang leider nicht so begeistert, als du ihm von der möglichen Verwechslung erzählt hast.“

„Ja, das war nicht so klug, aber ich wollte ihn nicht anlügen.“

„Doch. In solchen Momenten *musst* du sogar lügen, was das Zeug hält.“

„Ich lüge nicht gern.“

„Was meinst du denn, was die Anderen machen? Die lügen auch, um sich besser darzustellen, als sie sind. Wenn du dann auch noch ehrlich bist, wirkst du wie eine unprofessionelle Blumentante, die das Geschäft lediglich als Hobby führt, und wirst eiskalt auf der Strecke bleiben.“

Ich lasse kurz den Kopf hängen: „Was die Einnahmen anbelangt, könnte man das, was ich mache, durchaus als Hobby bezeichnen und nicht als ernstzunehmendes Unternehmen.“

„Und genau deswegen musst du dich jetzt zusammenreißen und dir überlegen, was du deiner Kundin erzählen willst. Ich meine, stell dir doch nur mal vor, was du mit diesem Auftrag verdienen könntest!“

„Ja. Es wäre echt viel.“ Darüber mag ich gerade nicht einmal nachdenken.

Julia fängt an zu schwärmen: „Das spricht sich dann auch in ihren Kreisen herum und dann wirst du öfter gebucht. Für andere Hochzeiten oder Geburtstage, Fotoshootings und solche Sachen. Dann kannst du Mitarbeiter einstellen und hast bald ausgesorgt, weil dein Blumenladen so gut läuft.“

„Das wäre so schön. So schön.“

Julia atmet tief durch und redet weiter auf mich ein: „Du darfst das jetzt nicht versauen, Sophie. Hörst du? Setz dich durch. Zeig dich von deiner besten Seite. Deine Arrangements sind sehr gut und ausgefallen.“

„Findest du?“

„Und wie! Nicht das langweilige Standardzeug der anderen Floristen. Sie heiratet in die Blackwell Familie ein, da will sie natürlich einen hohen Standard haben und ganz ausgefallene Kreationen. Hör dir an, was sie sich wünscht, und dann erledigst du den Job. Das wird schon werden.“

Ich nicke zustimmend. „Danke, dass du mir immer wieder in den Hintern trittst.“ Ich sehe zu der Glaswand und dem dahinter liegenden Wasser. „Egal, ob es meine Selbstständigkeit oder das Schwimmen ist.“ Wo wäre ich nur ohne meine beste Freundin?

„Immer, Süße. Du bekommst das hin. Ich glaube fest an dich.“

Julia legt noch einmal ihre Hand auf meinen Oberarm und kehrt dann hinter die Theke zurück, da sich ein neuer Gast ankündigt, der durch die sich öffnenden Glastüren kommt.

„Ich bin dann mal im Wasser.“

„Genieß es.“

„Ich gebe mir Mühe.“

Ich atme tief durch und gehe zielstrebig auf den Gang zurück, aus dem ich gekommen bin. Jetzt weiß ich ja wenigstens, wohin ich muss.

Ich sehe ein letztes Mal zu Julia, die mir mit einem aufrichtigen Lächeln signalisiert, dass ich diese Herausforderung auch meistern werde. Mit einer besten Freundin wie ihr, die mich in all meinen Unternehmungen unterstützt, kann wirklich nichts mehr schiefgehen.

***

Ich erreiche – nach einigen falsch gewählten Gängen – endlich die Tür, die mich in den Schwimmbereich führt. Sofort steigt mir ein noch stärkerer Duft von Wasser und Chlor in die Nase.

Mein Herz schlägt schneller und ich klammere mich dabei hilfesuchend an meinem Duschtuch fest. Heute ist nicht all zu viel los, also gibt es auch nur wenige Zeugen, die mir bei meinem Versuch, schwimmen zu lernen, zusehen können.

Zielstrebig lege ich zuerst mein Handtuch auf eine der Liegen, ehe ich mir eine der dunkelblauen Schwimmhilfen nehme: ein Board aus Schaumstoff, damit ich nicht untergehen kann. Julia hat mir bereits davon erzählt, dass ich mich daran bedienen darf.

Kurz sehe ich mich um, ehe ich auf die Treppe zugehe, die ins kühle Nass führt. Ich bleibe davor stehen und lasse meinen Blick durch die Halle schweifen – so kann man auch etwas Zeit kaufen, wenn man nicht sofort ins Becken gehen will.

Man merkt, dass das Blue Essence Spa ein Luxus-Schwimmbad ist. Hier gibt es alle Annehmlichkeiten, die das Herz von begeisterten Wasserfanatikern höher schlagen lassen. Wasserfallduschen und anmutige tropische Bepflanzung, die stark an die Karibik erinnert.

Ich schlucke und gehe die erste Stufe ins Wasser. Noch bin ich in Sicherheit. Dann fällt mir allerdings ein älterer Herr am Beckenrand auf, der verzweifelt versucht, sich die Schwimmflossen anzuziehen. Er scheitert damit und flucht leise, was mich schmunzeln lässt. Scheinbar bin ich nicht die Einzige, die hier mit ihren Problemen zu kämpfen hat.

„Na komm schon!“, ist seine brummende Stimme zu hören.

Ich gehe zu ihm und frage: „Darf ich Ihnen helfen?“

„Die Teile sind so tückisch. Wahnsinnig eng und ich rutsche ständig mit den Händen ab.“ Er atmet tief durch. „Ich will mich doch nur im Wasser bewegen. Der Arzt meinte, wegen meiner Hüfte würde mir das guttun. Aber dass ich schon vor dem Antritt ins Wasser total fertig mit den Nerven sein werde, hat er mir nicht gesagt.“

Ich lege meine Schwimmhilfe ab und knie mich neben ihn auf den Boden. „Ich versuche es mal, ja?“

Der ältere Herr hat einen so dicken Bauch, dass ihm die eigenen Arme ein wenig zu kurz erscheinen. Sonst würde es ihm sicher leichter fallen. Wie gut, dass ich helfen kann. Mit ein paar gekonnten Griffen sitzt die erste Schwimmflosse wie angegossen. Na also, geht doch.

„Also, wenn Sie das machen, sieht das ja kinderleicht aus.“

„So schwer ist es eigentlich auch nicht.“

Er lacht amüsiert und fährt sich mit der Hand durch das schüttere Haar. „Sie retten meine Sportstunde.“

„Das freut mich.“

Dann bemerkt er meine Schwimmhilfe und fragt verdutzt: „Ist das für Sie, oder haben Sie ein Kind?“ Er sieht sich neugierig um, doch aktuell befinden sich nur ältere Erwachsene hier.

„Das ist für mich …“ Ich werde schon wieder rot, während ich die zweite Schwimmflosse an mich nehme und ihm anlegen will. „Ich kann nämlich nicht so gut schwimmen. Ein wenig schon, aber ich bin da leider sehr ungeschickt.“

„Ah, und sie trauen sich trotzdem allein ins Wasser? Nicht schlecht.“

Die zweite Schwimmflosse mag nicht so richtig über seinen Fuß gehen, doch beim nächsten Versuch klappt es endlich. Glücklich sieht er zu seinen Füßen und atmet erleichtert durch.

„Danke, junge Miss.“

„Sehr gern.“

Ich lächele und schaue zur Seite, wo ich eine Feststellung mache: „Da vorne ist es ja nicht so tief. Wenn ich es lerne, werde ich hoffentlich bald auch durch das Wasser gleiten können, wie alle anderen hier.“

Ich sehe etwas sehnsüchtig zu den Männern und Frauen, die sichtlich Spaß und keine Angst vor dem tiefen Wasser haben.

„Sie zittern ja", merkt er an und fragt: „Alles in Ordnung?"

„Mir ist nur etwas mulmig zumute. Aber deswegen bin ich ja hier. Ich will mir selbst richtig schwimmen beibringen, damit ich meine Familie in ein paar Monaten überraschen kann. Meine ältere Schwester Georgia hat nämlich einen eigenen Pool im Garten und bei ihrer Geburtstagsfeier werden wir alle dort sein und auch schwimmen gehen. Meine Familie weiß, dass ich Probleme habe, ins Wasser zu gehen, und manchmal fällt auch der eine oder andere Spruch. Aber die Blicke sind viel schlimmer …"

„Oh, das tut mir leid. Es ist sicher nicht so einfach für Sie."

„Ja, es ist nicht so leicht."

„Aber ich finde es bewundernswert, wenn eine junge Dame etwas gegen ihre Ängste unternimmt. Sie können stolz auf sich sein."

Dass ausgerechnet ein Fremder mir solche Komplimente macht, die ich eigentlich von meiner Familie erwarten sollte, rührt mich und macht mich zugleich kurz traurig.

„Das ist wirklich lieb, dass Sie so etwas sagen."

Seine Worte bauen mich auf und helfen mir, mich ins Wasser zu wagen. Viel mehr, als die kleinen Neckereien von Georgia oder meinen Eltern, die damit wohl bezwecken wollten, dass ich endlich etwas dagegen unternehme, so eine schlechte Schwimmerin zu sein.

„Meine ältere Schwester ist schon immer in allem besser gewesen als ich. Sie ist schöner, klüger, hatte deutlich bessere Noten und war laut meinen Eltern die Verantwortungsvollere. Egal, wie sehr ich mich bemüht habe, ich konnte nie gegen sie bestehen.“

„Mh, das kenne ich leider. Der Konkurrenzkampf unter Geschwistern kann hart sein, vor allem wenn man um die Anerkennung der Eltern kämpft.“

„Ja, das können Sie laut sagen. Es wäre einfach schön, wenn meine Eltern und Georgia sehen würden, wie gut ich schwimmen kann. Vielleicht loben sie mich sogar und ich werde nicht mehr zentraler Punkt ihrer Neckereien und Spitzen, wenn alle am Pool sitzen und sich amüsieren. Ich meide das Wasser wie der Teufel die Kirche, und das möchte ich wirklich gerne ändern.“

„Hatten Sie schon immer Probleme beim Schwimmen?“, möchte er wissen.

„Nun … meine Schwester hat einen Schwimmkurs gemacht und ich wollte nicht, weil ich lieber zu Hause mit meinen Freundinnen spielen wollte. Meine Schwester bekam immer mehr Aufmerksamkeit von meinen Eltern.“

„Das ist immer Mist, wenn ein Kind mehr als das andere bevorzugt wird.“

„Wem sagen Sie’s. Und das konnte man bei allen Sachen sehen – als wäre ich ihnen auf eine gewisse Art egal gewesen. Egal, ob es etwa um Musikunterricht, Nachhilfestunden oder ums Schwimmen ging. Mir ließen sie zu viel Faulheit durchgehen, als wenn sie kein Interesse daran gehabt hätten, mich besonders zu fördern."

„Das tut mir leid zu hören."

Ich erinnere mich: „Sie sahen wohl, dass Georgia einfach viel mehr Potenzial besaß als ich, und steckten Zeit und Energie in sie, anstatt sie bei mir zu vergeuden."

Ich ringe mich zu einem gekünstelten Lächeln durch und räuspere mich dann. Der arme Mann muss sich die ganze Zeit mein Gejammer anhören. Er hat sich seinen Sporttag sicher auch etwas angenehmer vorgestellt.

„Leider zieht sich das bis in unser Erwachsenenalter", fahre ich fort. „Sie ist nur zwei Jahre älter als ich, ist aber verheiratet, hat drei wundervolle Kinder und einen gut bezahlten Job. Alles, was ich nicht habe …"

„Wie alt sind Sie denn, wenn ich fragen darf? Doch sicher keinen Tag älter als 25?"

„Ich bin 31 geworden …" Aber es schmeichelt mir natürlich, dass ich etwas jünger geschätzt werde.

„Ach, das ist doch auch noch total jung. Sie werden schon noch sehen, in ein paar Tagen gleiten Sie wie eine Meerjungfrau durchs Wasser."

Er lacht und bewegt die Füße, sodass die Schwimmflossen hin und her wackeln. Dann setzt er sich zur Seite und lässt die Beine ins Wasser tauchen.

Daraufhin blickt er zu mir und sagt: „Ich habe auf jeden Fall sehr zu danken, jetzt kann ich meine Bahnen schwimmen." Er sieht zu meinen Füßen und meint: „Versuchen Sie es auch mal. Es fühlt sich fantastisch an, mit Schwimmflossen zu tauchen."

Tauchen? Ich bin froh, wenn ich über Wasser bleibe und erwidere: „Sollte ich unter Wasser sein, ist das leider kein Tauchen, sondern Ertrinken."

Ich lache etwas panisch und atme dann tief durch.

„Ich werde ein Auge auf Sie haben, junge Miss."

„Danke. Sie sind jetzt mein Leibwächter."

Er deutet auf die Treppe: „Nur zu. Gehen Sie erstmal ins Wasser, wo Sie noch stehen können."

Ich nicke nervös.

Er lässt sich in die Tiefe gleiten und schwimmt los. Das würde ich auch so gerne machen …

***

Ich erhebe mich und nehme die Schwimmhilfe mit. Meine Beine zittern, so aufgeregt bin ich – aber das Gespräch mit dem netten Herrn tat gut, sodass ich mich traue die ersten Stufen ins Wasser zu gehen. Mit jedem weiteren Zentimeter Wasser kriecht auch die Sorge in mir hoch, dass mich der Bademeister aus dem Becken ziehen muss, aber ich will es versuchen. Jetzt bin ich ja schon mal hier, also gibt es kein Zurück mehr.

Knie – Hüfte – Bauch und dann Brust. Ich stehe! Das Wasser reicht mir nun bis unter die Achseln und ich kann ganz entspannt im Wasser stehen. Dabei klammere ich mich an meiner Schwimmhilfe fest und atme tief durch. Na, das hat doch schon mal gut funktioniert.

Der nette Herr kommt angeschwommen und strahlt über das ganze Gesicht. Ihn so Lächeln zu sehen, spornt mich natürlich weiter an.

„Sehr gut!"

„Ja, oder?"

„Und? Wie fühlt es sich an?"

„Schwerelos. Das Wasser ist herrlich warm und mein Herzschlag beruhigt sich so langsam."

„Na, das hört man gern."

Mir fällt auf, wie geschickt er durch das Wasser gleitet. Das würde ich auch gerne …

„Schwimmen Sie hier jeden Tag?", frage ich ihn und versuche mich abzulenken, indem ich mich vorsichtig mit der Schwimmhilfe nach vorne bewege.

„Ja, fünf Tage in der Woche. Davor und danach bin ich in meiner Firma."

Verstehe. Hier kommen also nur die Reichen und Schönen her. Eine ganz andere Welt, als die meine. Naja, immerhin bin ich schön.

Er fragt: „Darf ich fragen, warum Sie Ihrer Familie nicht einfach sagen, dass Sie nicht schwimmen möchten? Ich meine, ich finde es großartig, dass Sie sich diesem Defizit stellen. Aber wem möchten Sie etwas beweisen? Ihrer Familie, oder sich selbst?"

„Sie stellen aber gute Fragen …", meine ich etwas peinlich berührt und versuche ein paar Meter zu schwimmen. Das klappt ganz gut, da mich das blaue Schaumstoffteil über Wasser hält. „In erster Linie will ich meiner Familie beweisen, dass ich auch etwas kann und nicht die Versagerin bin, für die sie mich alle halten."

„Und Sie tun es nicht auch für sich?", hakt er nach.

„Doch. Schon. Auch." Ich stottere nervös und bin ganz froh, als ich den Boden wieder unter meinen

Füßen spüre. „Als Kind Angst vor etwas zu haben ist normal, aber ich bin 31 und da sollte ich mich meinen Problemen stellen."

„Das stimmt allerdings. Schön, dass Sie diese Erkenntnis haben."

„Vermutlich ist es gar nicht so schlimm, wie ich immer glaube, und morgen schwimme ich tatsächlich schon wie eine Meerjungfrau durchs Wasser."

„Davon können Sie sogar ganz fest ausgehen."

Ich strahle ihn an und probiere erneut ein paar Meter nach vorne zu gleiten.

„Erwachsen werden zu wollen, ist ein gutes Ziel", sagt er und stimmt mir damit zu.

„Ich verstehe meine Familie aber auch. In meiner Vergangenheit habe ich auch einiges an Mist gebaut."

„Oh, das klingt aber nicht gut. Mist gebaut?"

Er wirkt neugierig und ich gerate in Plauderlaune. Das lenkt mich immerhin von meiner Sorge ab, hier zu ertrinken.

„Ich habe oft den Job gewechselt und jetzt habe ich mein eigenes Unternehmen."

„Na, aber das klingt doch gut."

„Schon, aber es läuft nicht so gut, wie ich es mir wünsche. Ich stehe mir da vermutlich auch selbst im Weg." Ich seufze leise. „Meine letzte Beziehung ging auch in die Brüche, während meine große Schwester eine Bilderbuch-Ehe führt."

„Ach, das kann oft nach außen hin wie eine perfekte Ehe aussehen, glauben Sie mir."

„Nein, bei ihr ist wirklich alles perfekt. Man könnte eine Serie über sie drehen."

„Na, wenn es perfekt ist, dann dreht aber keiner eine Serie über sie. Gerade die Aufs und Abs machen ein interessantes Leben aus.“

Das macht mich kurz nachdenklich, da könnte er recht haben.

Ich seufze und führe aus: „Sie ist die perfekte Hausfrau. Nirgends liegt Staub, dazu kann sie noch kochen, backen, die Kinder sind wohlerzogen und sie sieht immer aus wie aus dem Ei gepellt. Wie zur Hölle macht sie das, frage ich mich? Manchmal glaube ich, dass ich mindestens drei Schwestern habe. Eineiige Drillinge. Anders kann das einfach nicht möglich sein, sie ist einfach zu viel Perfektion für einen einzigen Menschen.“

„Jeder ist auf seine Art perfekt.“

Sein Einwurf geht an mir vorbei. „Ich vermute aber, dass sie einfach sehr diszipliniert ist, und das lieben meine Eltern an ihr. Ich hingegen … scheitere schon daran einfach nur zu schwimmen. Es ist wirklich peinlich.“

„Peinlich wäre es, wenn Sie nicht hier wären und sich verkriechen würden. Aber Sie haben ihr Problem erkannt und arbeiten daran. Das ist wahre Stärke.“

„Danke für Ihre netten Worte. Wenn meine Eltern auch so denken würden, das wäre wirklich der Traum. Ehrlich.“

„Das werden sie noch. Bleiben Sie dran.“

Ich seufze leise und strahle ihn dann an. „In diesem Sommer werde ich nicht im flachen Wasser mit den Kindern sitzen, sondern mit den anderen Erwachsenen im Pool schwimmen.“

„Und Spaß haben. Das ist das Allerwichtigste. Es ist Ihr Leben und den Spaß darf man auf keinen Fall vergessen." Er bringt mich zum Lachen.

„Das stimmt. Da haben Sie recht."

Ich hopse noch einmal hoch und paddele mit den Beinen. Dabei komme ich gut voran.

„Na, sehr gut. Immer schön weiter üben. Und bald wagen Sie sich ins tiefe Wasser."

Er schwimmt ein Stück voraus, während ich lieber noch hier bleibe und mich ausprobiere. Aber mit jeder Minute die vergeht, werde ich sicherer.

Der nette Herr schwimmt seine Bahnen und ich fange so langsam an tatsächlich Spaß zu haben. Wer hätte das gedacht? Wenn das so weitergeht, werde ich im Sommer die Königin der Poolparty sein und alle ins Staunen versetzen!

Ich sehe hoch zu den Glasscheiben. Gleich dahinter ist die Rezeption, an der Julia arbeitet. Vielleicht schaut sie ja ab und zu mal zu mir runter und sieht, dass ich mich gut schlage. Das wäre doch schön. Lob baut auf, also immer her damit.

Kapitel 2

Alex

Es ist ein sonniger Frühlingstag. Ich schaue flüchtig in den Himmel, der fast frei von Wolken ist. Ich sollte öfter mal nach oben schauen. Egal.

Mein Fahrer Thomas, der schon seit vielen Jahren für meine Familie arbeitet, will mich beim Blue Essence Spa abholen. Er parkt die schwarze Limousine direkt vor dem Eingangsbereich, doch mir missfällt die Idee jetzt dort einzusteigen. Ich muss in Bewegung bleiben und der Drang, dies jetzt zu tun, ist stärker als eine angenehme und entspannte Fahrt zur Newbury Street, wo meine Familie den Hauptsitz der Blackwell Financials in Boston hat.

Als er aussteigt und die hintere Tür öffnet, ich aber stehenbleibe, fragt er mich: „Sir?“

„Ich laufe lieber. Fahren Sie schon mal vor.“

„Soll ich Ihre Tasche mitnehmen?“

„Nein. Das ist zusätzliches Gewicht.“ Die Tasche wiegt nur ein paar Kilo, aber besser als nichts.

„Sehr wohl, Sir“, sagt Thomas und nickt mir verstehend entgegen. Dann schließt er die Tür und steigt wieder ein, um die Limousine in Bewegung zu setzen. Ich sehe ihm noch nach und gehe dann los.

Mit zügigen Schritten gehe ich auf dem Bürgersteig der Bostoner Innenstadt entlang, während ich versuche die aufkeimenden Erinnerungen zu verdrängen, die mir schon während des Schwimmens wieder in den Sinn kamen.

Das blaue Wasser erinnert mich jedes Mal an den Ozean. Egal, wie schnell ich schwimme, lässt sich das Gefühl, dass mich etwas Schweres in die Tiefe zieht, nicht verdrängen oder gänzlich auslöschen. Meine Lungen brennen – aber ich weiß nicht, ob es vom Training stammt, oder nur ein Produkt meiner viel zu lebhaften Fantasie ist, die immer wieder auftritt, wenn ich im Wasser bin. Mich überkommt eine Panik, wie ich sie nur allzu oft empfinde, sobald ich stillstehe und mit meinen Gedanken allein bin. Und das alles gefällt mir nicht, denn nichts davon passt zu einem Alphatier – was ich eindeutig bin. Immerhin mache ich das alles mit mir selbst aus und lasse davon nichts an die Oberfläche sickern.

Ich gehe schneller und sehe dabei auf mein Handy. In Bewegung zu bleiben und gleichzeitig dringende, geschäftliche Telefonate abzuwickeln sind eine hervorragende Ablenkung von meinem Durcheinander der Gedanken.

Ich sehe, dass mein Verwaltungsassistent Vince mehrmals versucht hat anzurufen. Eigentlich müsste er wissen, dass ich gerade zu tun hatte. Er ist irgendwann dazu übergegangen, die wichtigsten Punkte via Nachricht abzuschicken, sodass ich sie mir durchlesen kann. Jetzt will ich ihn anrufen, doch kaum wähle ich seine Nummer, da leuchtet der Name meines älteren Bruders Samuel auf, der mich genau im richtigen Moment erwischt. Vermutlich geht es um die Hochzeit und er möchte mit mir, seinem Trauzeugen, darüber reden. Ich sollte ein offenes Ohr für ihn haben, auch wenn ich mit all dem Kram wie Dekoration, Essen und

Abläufe nicht viel anfangen kann. Sam ist es wichtig, und als sein wichtigster Vertrauter auf der Hochzeit sollte ich ihn unterstützen.

„Sam“, antworte ich stoisch-freundlich.

„Hey Alex, bist du schon aus dem Spa raus?“, möchte Sam wissen.

„Ja, ich gehe gerade zu Fuß zur Firmenzentrale, um mir noch etwas die Beine zu vertreten.“

„Hast du ein paar Minuten für mich?“

„Natürlich.“

„Es ist wegen der Hochzeit.“ Wie ich es mir dachte. „Alyssa ist kaum wiederzuerkennen. Sie ist den ganzen Tag auf Trab und lässt ihre schlechte Laune permanent an mir aus.“

Na, wen wundert das. Ich versuche mich dennoch brüderlich zu verhalten und das, was ich wirklich über sie denke, zu verdrängen: „Nimm es dir nicht so zu Herzen. Sie möchte eben, dass es perfekt wird. Am besten versuchst du sie zu unterstützen und ihr etwas Arbeit abzunehmen. Immerhin hast du dir dafür freigenommen und musst nicht im Krankenhaus arbeiten.“

Als gefragter Arzt war es gar nicht so leicht seinen Urlaub durchzusetzen, aber Alyssa bestand darauf, den Urlaub jetzt im Mai zu nehmen, damit die Hochzeit nach ihren Wünschen verläuft und ausreichend Vorbereitung bekommt. Ja, so eine Art von Frau ist sie. Kein Kommentar dazu.

„Sie redet schon seit zwei Tagen von irgendwelchen Blumenarrangements und davon, dass ihr Schleier nicht die richtige Länge hat. Oder dass sie jetzt doch eine andere Füllung für die Torte will, weil es sonst nicht mit dem Fisch und Steak harmoniert."

Ich kann gut heraushören, wie genervt er ist. Sam ist – ähnlich wie ich – ein echtes Arbeitstier und solche unwichtigen Dinge lenken uns nur ab. Schließlich kann sich Alyssa das alles nur deswegen leisten, weil ihr Verlobter so hart schuftet.

„Sie soll sich für ein Arrangement entscheiden und der Schneiderin den Auftrag geben, den Schleier entsprechend zu kürzen oder einen längeren anzufertigen", antworte ich. „Auch die geänderte Füllung ist eine einfache Arbeitsanweisung. Ruf einfach dort an und gib durch, was sie will."

„Ich bin so froh, wenn dieser Stress vorbei ist und ich wieder zur Arbeit kann."

„Das sollte ein Bräutigam eigentlich nicht sagen. Immerhin ist es auch dein Ehrentag, Sam."

„Ich vermisse Alyssas ruhige Art. Sie wandelt sich immer mehr zur *Brautzilla* und terrorisiert unsere Angestellten."

„Dann setz dich gegen sie durch. Sag ihr, dass jeder für sie da ist und dafür sorgen will, dass die Hochzeit ein voller Erfolg wird. Wenn sie ihre schlechte Laune an allen auslässt, wird das nur zu noch mehr Stress und folglich weiteren Fehlern führen. Und irgendwann ist der Punkt erreicht, dass das Hochzeitserlebnis an sich niemals den ganzen Stress der Vorbereitung ausgleichen kann, und du blickst auf keine schöne Erinnerung zurück."

„Ich soll also meiner zukünftigen Ehefrau sagen, dass sie sich ein wenig entspannen soll?“ Ich höre ihn etwas verzweifelt lachen.

„Ja. Zwing sie zur Not dazu. Buch ihr eine Massage mit einem Glas Sekt, oder worauf auch immer sie steht. Dann beruhigt sie sich schon wieder und das ist am Ende sogar eine Investition in dein eigenes Seelenheil. In der Zwischenzeit können dann unsere Mitarbeiter ihre Arbeit erledigen, ohne sich vor ihr in Acht zu nehmen.“

„Das mit der Massage gefällt mir gut. Die könnte ich jetzt auch gut gebrauchen.“

„Noch besser. Geh mit ihr zusammen hin. So kannst du kontrollieren, wo sie ist. Nimm ihr am besten auch das Handy weg.“

„Ja, das mache ich. Danke, Alex.“ Samuel atmet schwer durch und erklärt: „Sie trifft sich gleich noch mit der neuen Floristin. Ich verstehe wirklich nicht, was daran so schwer sein kann, ein paar Blumen aufzutreiben.“

„Mh, *Blossoming Blooms* zufällig?“, hake ich nach.

„Ja, genau die. Hat sie dir auch schon davon erzählt?“

„Ehrlich gesagt habe ich im Blue Essence Spa die Inhaberin getroffen. Sie erkannte mich und sprach mich diesbezüglich an.“

„Oh, was für ein Zufall. Was macht sie für einen Eindruck auf dich?“, will er wissen.

„Meine ehrliche Meinung?“

„Ja, bitte.“

„Sie hat keinerlei Erfahrung mit großen Hochzeiten und ist zudem allein. Miss Tisdale wäre damit vollkommen überfordert, Alyssas Anforderungen zu entsprechen. Ohne Mitarbeiter wird sie das keinesfalls bewältigen können. Am besten warnst du deine Verlobte vor, bevor noch wirklich etwas in die Hose geht."

„Aber ich verstehe nicht, wie sie darauf gekommen ist, eine Einzelunternehmerin anzurufen. Das passt gar nicht zu ihr. Ich meine, das muss jemand sein, der landesweit liefert."

„Ich vermute, dass sie versehentlich bei dem falschen Floristen angerufen hat. Sie sollte lieber den anderen direkt kontaktieren, der hat einen ähnlich klingenden Namen. Für die ist Hawaii kein Problem."

„Mh, verstehe." Samuel atmet schwer durch und meint: „Ich versuche sie zu kontaktieren. Aktuell geht sie nicht ans Telefon, dafür tauchen aber immer mehr Beschwerden der Mitarbeiter auf, die meine Hilfe wegen ihr benötigen."

„Schreib ihr das sonst. Ich kann mich nicht daran erinnern, wann es je Beschwerden gegeben hat." Das gibt Anlass zur Sorge. Wenn Alyssa unsere langjährigen Mitarbeiter vergrault, werden meine Eltern das sicher nicht gutheißen.

„Ja. Ich danke dir, Alex."

„Nicht dafür. Du hast es bald hinter dir."

„Wir werden sehen. Es tat jedenfalls gut, mit dir zu sprechen. Ich werde mich auf die Suche nach Alyssa machen und versuchen Schlimmeres zu verhindern, was soll ich sonst machen?"

„Viel Erfolg dabei."

Ich beende das Gespräch und will meinen Assistenten zurückrufen, doch der Name meiner Mutter leuchtet nun auf dem Display auf. Vermutlich hat sie mitbekommen, wie Samuel mit mir telefoniert hat, und nutzt jetzt ihre Chance. Sie wird nicht weit weg von ihm sein. Was will sie denn jetzt bitte auch noch von mir?

Genervt nehme ich das Gespräch an. Diese Art von Belästigung sagt mir gar nicht zu. Eigentlich will ich noch wichtige geschäftliche Dinge klären und nicht weiter in diesen Hochzeitsstress verwickelt werden.

„Ah, sehr gut. Heute scheint mein Glückstag zu sein", freut sich meine Mutter, die ich nur als „Jane" in meinem Mobiltelefon eingespeichert habe.

„Wie kann ich dir helfen?", frage ich sie und gehe weiter mit zügigen Schritten in Richtung Ziel. Weit habe ich es nicht mehr.

„Es ist wegen der Hochzeit …"

Ja, das dachte ich mir.

„Und?", hake ich nach. Raus mit der Sprache. Ich hoffe nur, sie kommt mir nicht wieder mit ihren irrwitzigen Ideen, um mir ein Date zu besorgen. Als Bruder und Trauzeuge von Samuel darf ich in ihrer Welt natürlich nicht allein dort aufkreuzen, das würde dem Ansehen unserer Familie schaden. Soweit habe ich ihre Sorgen schon mitbekommen.

„Ich habe vier Damen für dich ausgewählt und du musst dich langsam mal entscheiden, welche von ihnen du auf der Hochzeit an deiner Seite haben willst. Immerhin fliegen wir nach Hawaii und deine

Auserwählte muss sich darauf auch vorbereiten, Schatz."

Das behagt mir gar nicht.

Ich antworte nicht, sondern lasse sie einfach weiterreden: „Meine Favoritin ist ja Cassandra, wie du weißt …" Ja, das hat sie nicht nur einmal erwähnt. „Damals, als ihr zusammen auf der *Landmarks* Benefizgala anwesend wart, habt ihr schon wie ein Paar ausgesehen. Sie ist so eine anständige junge Frau aus gutem Haus, die auch optisch sehr gut zu dir passen würde."

Allein an diese furchtbare Person zu denken, bereitet mir einen pochenden Kopfschmerz. Ich schließe kurz die Augen und verdränge die quälenden Stunden ihrer Anwesenheit. Damals konnte ich ihr nicht entkommen, da sie wie ein Magnet an mir klebte und von nichts Anderem reden wollte als ihrer Sammlung von Handtaschen, für die sie nun schon den zweiten begehbaren Kleiderschrank hat ausbauen lassen. Sie mögen ja eine Wertanlage sein, aber das Thema hat mich einfach nicht interessiert. Mehr hatte sie auch nicht zu bieten – wie eindimensional und flach.

„Fädele bitte nicht wieder irgendwelche Verabredungen für mich ein, Mutter", bitte ich sie erschöpft. Ich kann dieses Thema einfach nicht mehr hören. Warum tut sie mir das nur an?

„Glaub mir, ich kenne mich gut mit langanhaltenden Beziehungen aus. Nicht umsonst feiern dein Vater und ich im nächsten Jahr unsere Rubin-Hochzeit. 40 Jahre ist es nun her, wie lange hat nochmal deine letzte Beziehung angehalten?"

Jedes von ihr gesprochene Wort steigert meine Frustration. Dieses Thema will ich mit meiner Mutter einfach nicht besprechen. Was für eine beschissene Art, für mich eine Traumfrau zu suchen.

Ich atme ein und will mich verteidigen, doch da fällt sie mir auch schon ins Wort: „Genau. Also, vertrau mir. Ich weiß doch, was du brauchst. Vertrau deiner Mutter mal zur Abwechslung."

Ich schließe kurz die Augen und muss dabei stehenbleiben, um nicht die Fassung zu verlieren. Erst dann gehe ich weiter und klammere mich mit der Hand an den Griffen meiner Sporttasche fest.

„Ich bin erwachsen", mache ich ihr klar. „Auch, wenn ich dein Engagement zu schätzen weiß, musst du mir dahingehend vertrauen. Ich will nicht die perfekte Frau finden, die in unsere Familie passt, sondern die Frau, mit der ich zusammen sein möchte und die mein Leben nicht komplizierter, sondern leichter macht."

„Ach, Alex. Deine letzten Fehlgriffe zeugen aber davon, dass du selbst nicht so richtig weißt, was du willst. Also würde ich vorschlagen, du vertraust mir ein einziges Mal und gibst einer der Frauen eine Chance, die ich für dich ausgesucht habe."

„Wie wäre es mal damit, dass dich mein Liebesleben nichts angeht?"

„Sei doch nicht naiv. Natürlich geht mich das etwas an. Wir sind doch eine Familie."

Und ich weiß genau, wie sie das meint: Sie fürchtet um das Ansehen unserer Familie, die ja in der Öffentlichkeit steht. Natürlich will sie mich auch glücklich sehen und meint gerade, eine Hilfe zu sein.

Aber ich habe absolut keinen Bock, eine ihrer seltsamen Club-Töchter auszuführen, die mir nur wieder einen langweiligen Abend bescheren. Mit meiner freien Zeit weiß ich nun wirklich Besseres anzufangen, als sie mit Handtaschen-Gesprächen zu vergeuden.

„Mutter, bitte lassen wir das Thema einfach bleiben, okay?“

„Aber du hast ja nicht mehr viel Zeit, mein Junge. Deine Uhr tickt doch und das weißt du.“

Ja, ja, die klassische Standpauke. Seit ich 35 wurde, war sie immer die gleiche: Ich solle doch endlich heiraten und Vater werden. Sie wünsche sich so sehr Enkel und wolle das alles noch erleben.

„Du konntest dich doch hervorragend in den letzten Monaten mit Samuel und Alyssa beschäftigen, und das immer mehr.“

„Ich habe drei Söhne, Alex.“

Ich glaube, sie will nicht sagen, dass sie an mir einen ganz besonderen Narren gefressen hat, seit dieser Sache damals. Egal.

Ich atme tief durch und bitte sie erneut: „Ich kümmere mich darum, dass ich nicht allein auf Samuels Hochzeit auftauchen werde und mehr Information benötigst du nicht.“

„Alex, Schatz …“, will sie mir widersprechen.

Doch ich setze mich durch: „Ich werde sie dir vorstellen und sie wird dir sehr gefallen. Gib mir noch etwas Zeit und vertraue du auch mir. Vertrauen ist keine Einbahnstraße, *gerade* weil wir Familie sind.“

„Sei doch nicht so stur …“

Ich falle ihr ins Wort: „Ist das in irgendeiner Form unklar gewesen?“

Nach einem Augenblick höre ich sie seufzen. „Alex, du bist unmöglich.“

„Ich liebe dich auch, Mutter. Auf Wiederhören.“

Ich lege abrupt auf und habe schon längst wieder vergessen, wen ich eigentlich anrufen wollte. Danke, Jane.

Toll. Jetzt muss ich nur noch eine finden, die das Theater mitmacht und dafür sorgt, dass ich meine Ruhe habe. Die Frage ist nur: Wo finde ich auf die Schnelle so eine Frau, die meine Familie erträgt und mir dabei nicht auf die Nerven geht? Und vor allem darf sie auch gerne eine Augenweide sein, denn ich stelle nicht jede beliebige Person an meine Seite. Es wäre schon schön, wenn sie Ausstrahlung und Intellekt hätte. Ja, und Sexappeal.

Ich schätze, ich suche die Nadel im Heuhaufen. Und ich höre meine Gedanken schon, als wäre es ein O-Ton in einer „Bachelor“-Folge. Dabei habe ich Wichtigeres zu tun.

Darum mache ich mir jetzt also keine Gedanken mehr.

Kapitel 3

Sophie

Ich sehe zu den Wolkenkratzern, deren blitzblank polierte Scheiben in der Fassade das strahlende Sonnenlicht widerspiegeln. Blinzelnd sehe ich auf mein Handy, nachdem ich kurz geblendet wurde. Die Adresse stimmt. Hier in der gehobenen Nachbarschaft Bulfinch Crossing in Boston lebt Alyssa Holtz.

Ich schlucke, denn ein Apartment könnte ich mir hier niemals leisten. Nicht in diesem und vermutlich auch nicht im nächsten Leben. Und das schüchtert mich schon etwas ein.

Ich nehme eine Sprachnachricht für Julia auf: „Okay, ich bin jetzt da."

Da Julia noch immer im Blue Essence Spa arbeitet, will ich sie wenigstens mit kleinen Nachrichten auf dem Laufenden halten, die sie zwischendurch abhören kann. „Das Gebäude sieht unglaublich eindrucksvoll aus. Ich schicke dir mal ein Foto."

Gesagt. Getan.

Ich schlucke schwer und spreche dann weiter: „Der pure Wahnsinn, wirklich." Dann atme ich tief durch und erkläre ihr: „Ich habe mich extra schick angezogen: schwarzer, knielanger Faltenrock, die weiße Bluse mit schwarzen Punkten und der süßen Schleife am Kragen. Dazu ein Jackett und High Heels in Schwarz. Was noch …? Ah. In meiner Tasche habe ich die Präsentationsmappe und meinen Laptop dabei. Ich habe die halbe Nacht an der PowerPoint Präsentation mit dutzenden Arrangement-Ideen gearbeitet."

Ein Blick auf die Uhr-Anzeige meines Handys verrät, dass ich sehr gut in der Zeit liege.

Ich komme auf den Punkt: „Ich werde dann mal zu ihr gehen. Wünsch mir Glück, ja?"

Ich stecke mein Smartphone wieder weg und betrete die beeindruckende Lobby. Meine Schritte hallen in dem riesigen Raum. Dieser ist lichtdurchflutet und sehr stilvoll ausgekleidet. Feinste Böden und Stuck an den Wänden, dazu große Pflanzen und ein Empfang, an dem ich mich ausweisen muss. Ohne die persönliche Einladung von Alyssa dürfte ich nicht hier sein, dafür ist das Wachpersonal da, die mich sofort des Gebäudes verwiesen hätten.

Ich weise mich aus und die Empfangsdame kümmert sich darum. Sie nimmt einen Hörer ans Ohr und spricht hinein. „Miss Tisdale für Miss Holtz."

Sie legt auf und schaut mich freundlich an. „Man erwartet Sie in der 22. Etage. Die Fahrstühle sind dort."

„Vielen Dank", stammele ich nervös und versuche dabei gelassen und normal auszusehen.

Mein Blick schweift durch das Erdgeschoss, während ich loslaufe. Die Fahrstühle mit goldenen Knöpfen fallen mir direkt ins Auge. Es ist eine ganz andere, mir vollkommen fremde Welt.

Als ich den Knopf des Fahrstuhls drücke, spüre ich, wie mein Handy vibriert. Ausgerechnet jetzt! Ich sollte es besser auf Stumm schalten.

Ich krame es aus der Jackett-Tasche hervor und sehe, dass Georgia mich anruft. Kurz zögere ich, das

Telefonat entgegenzunehmen, aber ich habe dann doch die Hoffnung, dass sie mir vielleicht gut zureden oder gar Glück wünschen könnte.

„Hey, Schwesterherz", sage ich und sehe mich prüfend um. Ich werde von den Wachmännern beobachtet, die mich nicht aus den Augen lassen. Die Fahrstuhltüren öffnen sich und ich trete hinein.

„Ich bin gerade auf Kundenbesuch und kann eigentlich gar nicht telefonieren", flüstere ich. „Außerdem könnte mein Empfang gleich weg sein, ich stehe im Fahrstuhl."

„Na, was eine Begrüßung", beklagt Georgia sich mit strengem Ton, gefolgt von einem knappen Seufzer. „Warum musst du denn einen Kunden aufsuchen? Als Floristin kommen die doch normalerweise zu dir?"

„Es ist ein großer Auftrag!", schwärme ich aufgeregt. „Ich stehe kurz vor meinem Durchbruch!"

Ein wenig darf ich doch angeben, oder? Ich drücke auf den Knopf mit der „22". Die Türen schließen sich kurz darauf. Ich betrachte mich in dem Spiegel und atme tief durch.

„Was für ein Auftrag ist das denn?"

„Es ist eine extravagante Hochzeit der Holtz-Blackwell Familie auf Hawaii. Sie haben allein für die Blumen ein Budget von 30.000 Dollar! Unglaublich, wie viel Geld einige für Blumen ausgeben, aber mir kann es nur recht sein. Das sind die Kunden, die man will."

„Oh, wow …" Nein, sie klingt nicht begeistert, sondern skeptisch. „Aber hast du den Auftrag schon sicher?"

Sie kann sich einfach nicht ehrlich und aufrichtig für mich freuen. Immer schwingt Zweifel mit, dass höre ich sofort heraus.

„Noch nicht. Ich treffe mich jetzt mit der zukünftigen Braut und bespreche die Details."

„Warum nehmen die keinen Floristen vor Ort?"

Dass es eine Verwechslung gegeben hat, lasse ich aus. Der andere Florist ist auch mit Hawaii vernetzt und kann den Auftrag locker realisieren.

„Ist doch egal, die haben halt mich kontaktiert", antworte ich. „Ich brauche diesen Auftrag, Georgia. Dringend!"

„Läuft es im Geschäft denn nicht gut?", hakt sie sofort nach.

Ich gebe zu: „Leider nein. Ich habe die Miete für Mai noch nicht zusammen, obwohl sie schon Anfang des Monats hätte überwiesen werden müssen. Selbiges mit dem Strom und einem der Hauptlieferanten. Aber sie haben mir alle einen Zahlungsaufschub gewährt, ich spreche ja mit den Gläubigern."

„Oh nein, Sophia!"

„Sophie", korrigiere ich.

„Du heißt aber Sophia."

„Und du klingst mal wieder ganz schön maßregelnd."

„Wie meinst du das?"

„Ja, halt nicht wie meine Schwester, die an meiner Seite stehen sollte, sondern wie eine strenge Lehrerin, die mich heimlich beim Rauchen erwischt hat."

„Hast du in der Schule geraucht?"

„Nein, das war nur ein Beispiel. Dieses Gefühl vermittelst du halt."

„Woher kennst du das Gefühl?"
„Mann, Georgia!"
„Mann, Sophia!", kontert sie mit Besorgnis und Enttäuschung in der Stimme. „Ich dachte, du hättest deine Finanzen endlich im Griff, das ist alles."
Ich fühle mich sofort unwohl, wenn meine Schwester enttäuscht ist. Klasse, das ist jetzt richtig gut für meine Ausstrahlung, wenn ich gleich von einer lebensverändernd wichtigen Kundin stehe.
„Es ist nunmal nicht so leicht", erkläre ich mich. „Ich bin allein und versuche alles zu stemmen. Nicht jeder hat einen reichen Ehemann und eine funktionierende Karriere, das ist halt so."
„Danke für den Seitenhieb."
Ist aber so. Ihr ist immer alles in den Schoß gefallen, während ich für jede Kleinigkeit kämpfen musste. Geldsorgen kennt sie nicht, da hatte sie einfach mehr Glück im Leben. Ich wünschte, ich hätte auch keine Geldsorgen. Das Gefühl, mir einfach alles leisten zu können, kann ich mir gerade noch vorstellen. Ob ich eines Tages dieses Vergnügen habe? Ich könnte so viel Gutes für Andere tun, wenn ich besser betucht wäre.
„Tut mir leid", sage ich ihr einfach und fange gar nicht erst irgendein Thema an.
„Ach Mann, Schwesterchen. Du musst wirklich mal etwas an deinem Leben ändern." Sie seufzt leise auf, während ich im Hintergrund ihre Kinder spielen höre. Sie lachen und gackern vergnügt – etwas, was Georgia und ich nie getan haben. Wir lebten zwar in einem Haus, aber wir waren uns nie wirklich nah.

„Ich bin doch dabei, etwas zu ändern.“ Danke auch fürs Lösen, Georgia. Was würde ich nur ohne dich tun? Und ja, das war Ironie.

„Na, hoffentlich wird das auch was, sonst kannst du dein Geschäft gleich schließen.“

Hört sie mir überhaupt zu?

„Darum bin ich ja hier.“

„Ja, dann bitte sorge auch dafür, dass du den Job bekommst, du brauchst ihn.“ Ja. Ich weiß. Warum erzählt sie mir das?

„Du könntest mir ja Glück wünschen“, biete ich ihr hoffnungsvoll an.

„Du brauchst mehr als Glück, Sophie …“ Sie klingt mitleidig, was in mir zunächst Unwohlsein auslöst, aber dann gleich den Kampfgeist mit erweckt. „Wenn du Geld brauchst, frag mich doch einfach, dann leihen wir dir etwas.“

Leihen? Spinnt sie jetzt völlig? Wie gönnerhaft.

„Und wann soll ich das zurückzahlen? Ich muss mir selbst helfen. Borgen bringt Sorgen.“

„Ja, aber man sieht doch, dass du das nicht ohne Hilfe kannst. Lass mich dir doch helfen, dann hast du etwas Luft und kannst noch etwas härter arbeiten, um deine Schulden abzutragen.“

Ich rolle mit den Augen. Meine eigene Besserwisserin von Schwester brauche ich nicht auf der Gläubigerliste.

Der Fahrstuhl erreicht die 22. Etage. Schade, dass der Empfang hier drin doch stabiler ist, als ich erwartet hätte.

„Du, ich muss jetzt zu meiner Kundin, wir sprechen später."

Ich lege einfach auf, sehe auf mein Display und schalte dann das Handy aus. Vielleicht meint Georgia es ja wirklich gut mit mir und hat keine bösen Absichten. Vielleicht aber möchte sie sich damit profilieren, mir aus der Scheiße zu helfen. Aber wenn ich mir vorstelle, wie sie unseren Eltern erzählt, dass sie mich schon wieder mit finanzieller Hilfe retten musste, fühle ich mich elend. Mein Stolz ist für so etwas viel zu groß. Nein, danke.

Ich stecke das ausgeschaltete Smartphone weg und blicke noch einmal in den großen Spiegel im Fahrstuhl. Meine Frisur sitzt, auch die Kleidung die ich trage. Ich finde, ich mache einen guten Eindruck.

Dann nicke ich mir selbst zu und verlasse den Fahrstuhl, als sich die Türen öffnen.

***

Ein langer, lichtdurchfluteter Gang mit einem atemberaubenden Aussicht auf Boston am anderen Ende erwartet mich. Es gibt nur wenige Türen, sodass ich das Apartment von Alyssa Holtz recht schnell finde.

Ich atme noch einmal tief durch, setze ein breites Lächeln auf und stelle mir vor, wie ich den Auftrag bekomme. Adrenalin durchflutet meinen Körper. Dann klingele ich und trete einen Schritt zurück.

Es dauert einen Moment, da öffnet mir eine junge Frau die Tür. Sie trägt einen weißen Satin-

Morgenmantel und ist stark geschminkt. Ihre fast hüftlangen, dunkelbraunen Haare sind lockig. In einer Hand hält sie ein Sektglas. Die Fingernägel sind auffällig rosafarben lackiert und spitz. Goldener Schmuck an den Ohrläppchen, ihrem Hals und den Handgelenken sticht mir ins Auge.

„Oh!“, stößt sie überrascht aus und betrachtet mich dabei von oben bis unten. „Sie scheinen mir nicht die Masseurin zu sein?“ Sie lugt aus der Tür und sieht sich kurz um.

„Nein, mein Name ist Sophia Tisdale. Die Floristin.“ Warum erwartet sie denn eine Masseurin? Ich bin doch pünktlich. Oder wollte sie sich massieren lassen, während ich ihr die Entwürfe zeige?

„Oh …“, stößt sie das Wort mit langgezogenem Vokal aus und verzieht dann kurz das Gesicht. „Verstehe.“

Ich stehe ratlos da und sage kein Wort. Sie seufzt und erklärt dann: „Mein Verlobter Sam hat bereits mit seinem Bruder Alex gesprochen, den Sie heute in diesem Spa getroffen haben.“

„Ach, ja. Ich erinnere mich.“

Sie verdreht kurz die Augen und erklärt dann: „Alex meinte, Sie würden ihr Blumengeschäft ganz allein betreiben. Damit sind Sie nicht die Richtige für eine derartig groß angelegte Hochzeit wie meine, die ja bekanntlich auf einer weit entfernten Insel stattfinden wird.“

„Das ist mir bekannt …“

Sie lässt mich nicht ausreden: „Dann ist ja alles klar. Schönen Tag noch.“

Innerlich breche ich kurz zusammen. Das war's. Ich kann einpacken und sterben gehen. Aber dann spüre ich, wie sich mein Kampfgeist wieder meldet: *Nicht so schnell aufgeben! Rede ihr das schnell wieder aus und zeig ihr, dass du die Richtige bist!*

„Ich habe viele Entwürfe dabei, die Ihnen sicher gut gefallen werden", sage ich und hebe dabei meine Tasche an, die sie mit skeptischen Blick betrachtet, ehe sie schweigend zu mir sieht und dann hastig einatmet.

„Wie auch immer."

„Wollen Sie nicht wenigstens mal reinschauen?"

„Nein, das Thema ist für uns abgehakt."

Moment. Will sie mich gerade abwimmeln? Ich bin doch noch nicht einmal in ihrem Apartment!

„Ich kann Ihren Auftrag sehr wohl so ausführen, wie Sie es sich wünschen."

„Hören Sie. Ich habe bereits mit dem richtigen Floristen gesprochen, der den Auftrag angenommen hat."

Nein! Ich versuche äußerlich gelassen zu bleiben, während meine kleine, heile Fantasiewelt in tausend Trümmern liegt.

„Meinen Sie *Blooms in Blossom?"*

„Ja, wie auch immer der heißt, der hat den Auftrag bekommen. Sie sind nicht mehr von Nöten, Miss, äh … Tisdale. Aber danke, dass Sie trotzdem gekommen sind."

Ich würde gerne noch etwas sagen, aber sie setzt ein falsches Lächeln auf, das aber schnell wieder verschwindet und sich zu einem genervten

Gesichtsausdruck umwandelt, noch während sie die Tür wieder schließt. Direkt vor meiner Nase!

Mit offenem Mund stehe ich da, unfähig darauf zu reagieren.

Ich habe eher das Gefühl, dass ich in einem schlechten Traum feststecke, aber nicht aufwachen kann. Wut kocht in mir hoch, denn dieser Alex ist an allem schuld! Ich habe nicht einmal die Chance erhalten, mich Alyssa vorzustellen und mich als herausragende Floristin zu beweisen, weil er mir alles vermasselt hat!

Wenn ich ihm im Blue Essence Spa nicht begegnet wäre, wäre mein Treffen mit Alyssa definitiv anders verlaufen.

Am liebsten würde ich noch einmal bei ihr klingeln und sagen, dass sie mir gefälligst eine angemessene Chance geben soll. Zumindest wäre es nett gewesen, wenn sie mir abgesagt hätte, aber nicht einmal das hat sie für nötig gehalten. Egal. Ich sage nichts.

Ich rümpfe die Nase und gehe niedergeschlagen zum Fahrstuhl zurück.

Das war's also für mich. So schnell stirbt der Traum von 30.000 Dollar und einem so großen Auftrag, der mich in die nächste Liga der Floristen in Boston katapultiert hätte. Ich fühle mich wie eine Versagerin – nun, das bin ich auch.

Leider werde ich wohl nicht drumherumkommen, meine Schwester um ein Darlehen zu bitten. Banken haben meine Kreditwünsche schon seit langer Zeit abgelehnt, also bleibt mir nur noch Georgia. Und wie bezahle ich ihr das zurück, wenn die großen Aufträge ausbleiben?

Ich drücke den Knopf am Aufzug – die Etage, in der sich der Fahrstuhl gerade befindet, wird mir angezeigt. Mit gesenktem Blick will ich einsteigen, als sich die Türen öffnen …

Ich traue meinen Augen kaum: Ausgerechnet dieser Mistkerl Alex Blackwell steht direkt vor mir!

Wie erstarrt bleibe ich auf dem Gang stehen und sehe zu ihm. Er wirkt überrascht und bewegt sich nicht aus dem Fahrstuhl, während ich nicht einsteige.

„Was machen Sie denn hier?“, fragt er mich verblüfft.

Ich schnaufe wütend auf und würdige ihn zunächst keines Blickes, ehe ich mich dazu entscheide, doch in den Aufzug zu gehen und das Erdgeschoss anzuwählen.

Ich schaue zu ihm. „Wollen Sie hier nicht raus?“

„Was machen Sie hier, habe ich gefragt.“

Okay. Es reicht. Die Türen wollen sich schließen, doch er geht dazwischen und hält sie so offen, da er ja raus will.

„Was ich hier mache?“

„Ja, was Sie hier machen.“

„Ich war hier um Alyssa Holtz meine Ideen für ihre Hochzeit zu präsentieren …“

Er lässt mich nicht ausreden: „Ich hatte Ihnen gesagt, dass wir das anderweitig regeln.“

Ich beginne zu platzen und meine Augen werden glasig. „Sie haben mir alles versaut!“

„Bitte was?“

„Sie hat sich nichts angeschaut, sondern mich gleich wieder nach Hause geschickt und das alles nur Ihretwegen!“

„Ja, ich habe meinem Bruder gesagt, Sie wären nicht für den Job geeignet. Das hatte ich Ihnen gesagt. Deswegen wundert es mich, dass Sie sich auf den Weg hierher gemacht haben. Und da brauchen Sie mich hier nicht so anzukeifen, ich kann auch den Sicherheitsdienst rufen, wenn Ihnen das lieber ist.“

Ich starre ihn mit offenem Mund an. Was hat er da gesagt? Ich kann nicht fassen, wie dreist er ist!

Ich schweige und bekomme immer schlechtere Sicht, weil sich zu viel Wasser in meinen Augen ansammelt. Er scheint es zu bemerken.

„Es ist nicht persönlich“, sagt er mit gesenkter Stimme. „Wir reden hier von einer großen Hochzeit mit über 200 Gästen und das hatte ich Ihnen erklärt. Sie allein hätten das niemals bewältigen können und Alyssa wäre nicht nur todunglücklich an ihrem Ehrentag gewesen, sondern hätte ihre schlechte Laune an allen ausgelassen. Allen voran an Ihnen. Sie kennen diese Frau nicht. Ich habe Ihnen einen Gefallen getan.“

„Einen Gefallen“, wiederhole ich gebrochen und sarkastisch und denke dabei an das Geld, das mir flötengegangen ist.

„Das hätten Sie sich wirklich nicht antun wollen, Miss Tisdale. Glauben Sie mir.“

„Das hätte aber meine Entscheidung sein müssen! Sie können mir doch nicht einfach den Job wegnehmen! Ich habe diesen Auftrag dringend gebraucht!“

Alex Blackwell schweigt dazu. Er sieht in den Gang und tritt dann zurück in den Fahrstuhl. Was soll das werden? Ich kräusele die Stirn und sehe, wie sich die Türen nun wieder schließen.

„Ich glaube, wir sollten uns unterhalten", sagt er plötzlich, als ich mit ihm allein bin. Der Aufzug setzt sich in Bewegung und seine plötzliche Nähe – und die Tatsache, mit ihm in diesem kleinen, engen Raum eingesperrt zu sein – lassen mich schrecklich nervös werden.

„Worüber wollen Sie sich … unterhalten?", frage ich unsicher.

„Vermutlich empfinden Sie meine Ehrlichkeit als unangebracht, aber was glauben Sie, wäre passiert, wenn Sie den Auftrag bekommen hätten?"

„Ich bin sehr gut in meinem Job", verteidige ich mich stammelnd. „Jedes kleine Unternehmen braucht einen ersten großen Auftrag, damit sich herumspricht, wie gut man ist. Das hätte mein Durchbruch werden können, aber Sie haben ihn mir vermasselt. Dass ich gegen Sie meine Stimme gehoben habe, tut mir leid."

Das war ein Satz zu viel. Ich gebe mich dann direkt kalt und presse die Lippen zusammen, damit ich nicht weiter wild schimpfe wie ein Rohrspatz.

„Sie wären gnadenlos untergegangen. Das habe ich Ihnen erspart."

„Soll ich Ihnen jetzt auch noch dankbar sein? Ich brauche das Geld dringend, um mein Geschäft zu retten! Woher bekomme ich denn jetzt den nächsten großen Auftrag?"

„Das wollen Sie jetzt nicht ernsthaft zu unserer Sorge machen."

„Ich … ich kann meinen Laden schließen und das alles nur, weil Sie mir den Auftrag zunichte gemacht haben, ehe ich mich überhaupt beweisen konnte, und das ist einfach nicht fair."

Ich senke meinen Blick. Er verschränkt seine einschüchternd muskulöse Arme und betrachtet mich weiter, ohne ein Wort zu sagen.

Ich fahre fort: „Es ist so frustrierend. Ich habe so viel Zeit und Mühe in die Entwürfe gesteckt und Alyssa hat sie sich noch nicht einmal angesehen …"

Mein Blick schweift kurz zu ihm, dann wieder runter zu meinen Füßen. Er starrt mich die ganze Zeit direkt an, ohne den Blick auch nur einmal von mir abzuwenden.

Warum macht er das? Ich will hier nur noch weg.

Kapitel 4

Alex

Ich bemerke natürlich, wie wütend diese Floristin ist. Zugleich studiere ich ihren Blick und ihre roten Wangen fallen mir langsam auf. Ich kenne so einen emotional aufgewühlten Gesichtsausdruck: Sie ist nicht nur wütend wegen der Sache mit den Blumen. Da ist mehr. Kurz muss ich schmunzeln. Sie scheint auf mich zu stehen – alles Andere hätte mich auch gewundert.

„Sehen Sie es doch positiv“, beginne ich. „Verstehen kann ich Ihre Reaktion auf menschlicher Basis schon, aber meine zukünftige Schwägerin, die Sie anscheinend schon kennengelernt haben, ist jetzt schon außer Rand und Band – wie Sie es vielleicht gemerkt haben. Und ich vermute ganz stark, dass Sie die ganze Hochzeit im Alleingang ins totale Chaos gestürzt hätten, wenn Alyssas Vorstellungen von Kleid, Torte und Blumen nicht zu 100 Prozent genau umgesetzt worden wären. Also: immer positiv denken.“

Mein Handy piepst. Genervt sehe ich auf das Display und bemerke, dass meine Mutter mir eine Nachricht geschrieben hat:

JANE: Ich will mich unbedingt heute Abend mit dir zum Essen verabreden. Und ich will Cassandra mitbringen. Ich weiß, dass du Zeit hast. Cassandra ist wirklich nett. Gib dir einen Ruck, mein Junge.

Das gefällt mir natürlich ganz und gar nicht. Aber als ich wieder zu dieser verzweifelten Floristin sehe, kommt mir eine Idee. Aber dazu muss ich sie jetzt ein bisschen aufheitern.

„Also, wenn wir schon darüber reden, positiv zu denken: Wenigstens haben Sie hier die richtige Tür gefunden. Im Schwimmbad lief das nicht so gut."

Sie muss kurz schmunzeln. Ich bemerke es und setze ein charmantes Lächeln auf. Daraufhin beobachte ich, wie sie die Augen schließt und die Lippen aufeinanderpresst. Ja, sie hat ja gerade andere Sorgen, das ist verständlich.

Ich versuche noch ein wenig mehr mit ihr zu flirten. Vielleicht kann ich ihre Laune ja heben und sie so dazu bringen, mir bei meinem kleinen Problem zu helfen. Denn jede weibliche Gesellschaft ist mir lieber als die eindimensionalen, generischen Püppchen, die mir meine Mutter vor die Nase setzt.

„Halten Sie denn diese Begegnung für eine Verbesserung im Vergleich zu unserem kleinen Zwischenfall in der Umkleidekabine?", frage ich neugierig.

Sie schmunzelt erneut und sieht kurz zu mir. Dabei bemerke ich natürlich, wie sie meinen Körper betrachtet, ehe Miss Tisdale erneut versucht so zu tun, als hätte sie mich nicht angeschmachtet. Aber mir fällt es natürlich auf.

„Ich fand es im Schwimmbad schon besser", sagt sie frech und hebt dabei breit lächelnd ihren Kopf. Sie gibt sich stark und das steht ihr. Aber ehe ich zurück lächeln kann, fügt sie hinzu: „Dort hatte ich noch keinen

Grund, Sie zu hassen, sondern bekam nur was fürs Auge."

Okay. Diese junge Frau scheint nicht auf den Mund gefallen zu sein. Sie sagt, was sie denkt, und kann sich irgendwie durchsetzen. Das ist mir jetzt schon tausendmal lieber als irgendeine verwöhnte Zicke, die den ganzen Tag nur über Handtaschen spricht.

Ich brauche dringend eine Verabredung für Alyssas und Sams Hochzeit, aber mir fällt keine geeignete Kandidatin ein, die ich dafür auswählen könnte. Ich war immer nur mit verschiedenen Frauen zusammen, nie mit einer für längere Zeit, die ich nun fragen könnte.

Sophia Tisdale scheint also die einzige vernünftige Alternative für diesen Wahnsinn zu sein. Denn irgendwie mag ich das, was ich bei ihr jetzt schon an Charakter erahne.

„Ich möchte Ihnen einen Vorschlag machen", sage ich und taste mich langsam an sie heran. Der Fahrstuhl erreicht das Erdgeschoss und die Türen öffnen sich. Eigentlich müsste sie jetzt nach draußen stürmen und ich würde sie vermutlich nie wiedersehen. Aber sie wendet sich mir mit fragendem Blick zu.

„Sie möchten sich bei mir entschuldigen, weil ich jetzt den Auftrag nicht bekomme, den ich wirklich dringend gebraucht habe?"

Ich will darauf antworten, doch sie rümpft nur gespielt die Nase und ergänzt: „Von einer Entschuldigung kann ich mir auch nichts kaufen."

Frech ist sie. Aber ich mag es.

Ich deute an, dass sie den Fahrstuhl verlassen kann. So geht sie voraus und ich folge ihr. Die Türen schließen sich, da jemand aus einem höheren Stockwerk den Fahrstuhl bestellt hat. Wir bleiben aber nur wenige Schritte von diesem entfernt stehen.

„Was können Sie sich alles für 30.000 Dollar kaufen?“, lautet meine Gegenfrage. Ich bleibe dabei zunächst geheimnisvoll.

„Was ist das für eine Frage? Ich habe Schulden zu bezahlen, wenn Sie schon so fragen.“

„Die Frage war ernst gemeint.“

„Und warum fragen Sie?“, fragt sie mich verunsichert und kann nicht erahnen, worauf ich hinauswill.

„Ich möchte Ihnen die 30.000 Dollar geben, die Sie verdient hätten.“

Ihr skeptischer Blick spricht Bände.

„Sie wollen mir einfach so viel Geld geben?“

„Genau.“

„Okay. Und was ist der Haken? Muss ich … mit Ihnen schlafen oder was wollen Sie dafür? Denn so eine bin ich nicht.“

Ich lache kurz. „Nein, nichts dergleichen. Ich möchte, dass Sie mit mir nach Hawaii fliegen und mich zur Hochzeit meines Bruders begleiten, aber nicht als Floristin.“

„Sondern?“

Ich pausiere kurz. „Sie müssten sich als mein Date ausgeben.“

Als ich das sage, öffnen sich ihre hübsch geschwungenen Lippen und sie beginnt mich verwirrt und ungläubig anzuschauen. „Was soll ich?“

„Sie wären mein Date.“

„Ja, das hatte ich schon beim ersten Mal verstanden, aber … ich verstehe nicht."

„Ich weiß, das hat nichts mit Ihrem eigentlichen Beruf zu tun, ist aber ein ernsthaftes geschäftliches Angebot an Sie. Ich würde das Geld auch als Schenkung deklarieren, damit Sie nicht in Schwierigkeiten kommen. Wie gesagt, wenn Sie bereit wären, das für mich zu tun, dann bekommen Sie das Geld von mir."

„Aber warum fragen Sie eine wildfremde Frau so etwas und wollen so viel Geld dafür ausgeben?"

Für mich ist das nicht sonderlich viel Geld, aber das muss ich ihr jetzt nicht sagen. Und die Summe ist es mir auf jeden Fall wert, wenn mich meine Mutter dafür in Ruhe lässt.

Ich erkläre ihr: „Ich weiß, so ein Angebot bekommt man nicht alle Tage. Und ja, es klingt schräg."

„Ja. Sehr schräg."

Ich muss mich ihr schon erklären, merke ich. Ohne jede Betonung in der Stimme vertraue ich ihr also an: „Ich habe keine Freundin und meine Mutter geht mir schon seit Wochen damit auf die Nerven, dass ich ja in Begleitung kommen soll. Sie stellt mir ständig irgendwelche langweiligen Frauen vor, die mich begleiten sollen, aber Sie scheinen mir die bessere Wahl zu sein, Miss Tisdale. Oder darf ich Sophia sagen?"

„Sophie", antwortet sie knapp. „Sophia nennt mich nur meine Schwester, oder meine Eltern. Ich mag Sophie viel lieber." Sie wirkt nervös und sieht aufgeregt zu mir. Ihre Wangen werden noch etwas dunkler und sie blinzelt etwas schneller als zuvor.

„Dann nenne ich Sie Sophie."

„Meinen Sie das alles wirklich ernst?", fragt sie mich daraufhin.

„Alex. Sag einfach Alex zu mir, Sophie", biete ich ihr an und hole daraufhin mein Handy hervor. „Wie lautet deine Handynummer? Trägst du sie für mich ein?"

Sie schaut mich an, als wäre sie zu Eis erstarrt. Niedlich.

Ich nehme die Sache nun selbst in die Hand und tippe ihren Namen in die Kontaktliste, ehe ich ihr mein Smartphone reiche. Sie blickt ungläubig auf das Display und zögert.

„Überleg es dir", sage ich zu ihr.

Als sie zu mir sieht, lächele ich ihr entgegen. Es ist Sophie deutlich anzusehen, wie aufgeregt sie ist und dass sie damit kämpft, dies nicht offen zu zeigen. Mit zittrigen Händen tippt sie ihre Nummer ein und reicht mir das Handy zurück. Ich drücke auf „speichern" und rufe vorsichtshalber die Nummer an. Es brummt bei ihr in der Handtasche. Eine falsche Nummer hat sie mir also schon mal nicht gegeben. Ich lege wieder auf.

„Gut. Ich würde dich morgen gerne um ein Uhr mittags in der Zentrale der Blackwell Financials in Boston treffen. Da kannst du mir dann persönlich mitteilen, ob du das Angebot annehmen möchtest oder nicht."

„Wie genau … soll das denn ablaufen? Ich fliege einfach mit dir mit, sage allen, ich sei deine Freundin, und bleibe eine Woche auf Hawaii und danach erhalte ich 30.000 Dollar, wenn wir wieder in Boston sind?"

„Genau. Eine Woche. 30.000 Dollar Bezahlung. Für dich ist es wie ein Urlaub und ich habe Ruhe vor meiner Mutter."

Ich frage mich, warum sie noch zögert. Sie hat mir doch erst vor wenigen Minuten erzählt, wie dringend sie das Geld braucht und dass sie auf den Auftrag von Alyssa so angewiesen gewesen ist. Ein so großzügig bezahlter Luxusurlaub ohne wirkliche Gegenleistung sollte doch zu einem sofortigen Ja ihrerseits führen.

Doch sie zögert. Darum will ich ihr etwas zeitlichen Spielraum lassen.

„Ich werde darüber nachdenken", murmelt sie.

„Mach das. Du hast ja jetzt auch meine Nummer. Ich gebe dir die genaue Adresse durch, damit du morgen pünktlich bei mir sein kannst", sage ich.

„Okay." Sie sieht zum Ausgang und geht einen Schritt, ehe sie sich von mir verabschiedet: „Ich werde dann zurück nach Hause gehen. Es war ein langer Tag heute."

„Komm gut heim", sage ich stoisch und sehe ihr noch nach, während sie mit zügigen Schritten zum Ausgang des Gebäudes geht. Ich bleibe noch am Fahrstuhl stehen, drücke den Knopf und schaue erneut zu ihr, während ich warte …

Sophie dreht sich dann noch einmal kurz prüfend zu mir herum – Blickkontakt entsteht. Ich lächele, doch sie beschleunigt ihre Schritte und verlässt die Lobby. Dabei läuft sie fast gegen die Glastür.

Ich schnaufe belustigt auf und sehe dann zu den sich öffnenden Türen, steige ein und wähle die 22. Etage an. Ich komme zwar mit etwas Verspätung, aber die kleine Verzögerung hat sich gelohnt.

Nach allem, was mich mein Leben bislang gelehrt hat, kann ich mir eigentlich sehr sicher sein, dass sie „ja" sagen wird. Sie braucht das Geld und ein zusätzlicher Urlaub passt sicher in ihre Planung. Dass sie auf mich steht, kann sie nicht abstreiten, und das wird die Sache für sie sicherlich noch attraktiver machen, sobald sie ernsthaft darüber nachdenkt.

Die Türen des Aufzugs schließen sich wieder und ich wähle die Nummer meines Anwalts Rick. Als langjähriger Anwalt der Familie kümmert er sich um alle möglichen Angelegenheiten bezüglich der Mitarbeiterverträge und ist damit der perfekte Ansprechpartner bezüglich meiner aktuellen Situation.

Nach kurzem Klingeln nimmt er den Anruf entgegen: „Alex. Was kann ich für dich tun?"

„Ich möchte, dass du mir einen ganz besonderen Vertrag aufsetzt. Ich brauche ihn spätestens morgen Mittag gegen zwölf Uhr", erkläre ich ihm.

„Was ist passiert? Und was stellst du dir vor?"

„Der Arbeitsvertrag soll auf eine Woche zeitlich befristet sein."

„Nur eine Woche?"

„Ja, es ist etwas ungewöhnlich, aber ich muss mich dennoch absichern."

„Na, was hast du denn da vor?"

„Hör zu, es geht um folgende Situation", beginne ich, „es müssen bestimmte Details im Vertrag aufgelistet werden, damit er wasserdicht für beide Parteien ist, aber das ist nicht das übliche Zeug."

„Was denn so?"

„Die gefragte Person muss sich dazu verpflichten, eine Woche lang meine Begleitung zu sein und sich als mein Date auszugeben."

„Was ist das denn bitte für ein Vertrag?"

„Ja, es geht um mein Privatleben. Und um meine Mutter. Lange Geschichte. Bekommst du so einen Vertrag hin?"

„Natürlich. Ist halt – wie du selber sagst – nicht so ganz Standard aber na klar. Vertragsstrafen bei Verstößen?"

„Keine, nur dass sie dann das Geld nicht bekommt, logisch."

„Okay. Gib mir Namen und den genauen Zeitraum durch und ich lege los."

„Danke, Rick. Denk dran, halte den Vertrag so simpel wie möglich."

„Verstanden."

„Top."

Wir legen auf. Damit wäre alles Wichtige geklärt, Sophie erhält ihr Geld und ich habe meine Ruhe.

Wirklich praktisch, dass ich ausgerechnet ihr in der Umkleidekabine begegnet bin. Besser könnte es gerade nicht für mich laufen. Sie hat irgendwie Charakter und ist anders als die Frauen, die in meinen Dunstkreisen so verkehren. Ich finde die Interaktion mit ihr irgendwie unberechenbar und interessant. Und ihr kleiner, zierlicher Körper ist bestens geformt und verlockend anzusehen. Nicht nur das: Ich mag ihre Ausstrahlung und ihr Aussehen, sie ist eine natürliche Schönheit. Selbstverständlich habe ich mir auch schon vorgestellt, sie hart zu ficken. Schließlich bin ich auch nur ein Mann.

Das dürfte noch lustig werden.

Kapitel 5

Sophie

Es ist nun kurz nach neun Uhr am Abend. Seit knapp einer Stunde ist mein geliebtes Geschäft geschlossen. Traurig blicke ich in den Bio-Müllcontainer, in den ich verwelkte und aussortierte Blumen werfe. Rosen, Tulpen und Geranien – sie alle landen im Müll, anstatt in schönen Vasen oder gar als Hochzeitsstrauß glänzen zu dürfen. Ich seufze, ehe ich den Deckel schließe und zurück in mein Geschäft gehe.

Das Licht ist bereits gedimmt und das Schild mit der Aufschrift „geschlossen" so gedreht, dass die Kunden Bescheid wissen. Aber selbst wenn dort „geöffnet" stehen würde, bleiben sie trotzdem irgendwie aus.

Ich seufze leise und umklammere mich selbst. Es duftet so gut hier und ich liebe mein kleines Geschäft, das ich mit Liebe und Herzblut selbst eingerichtet habe. Jedes Regal, jedes Detail ist von mir – aber die Kunden gehen lieber in die großen Geschäfte, da sie dort mehr Auswahl haben.

Ich schlendere hinter die Theke und sehe dort den Stapel ungeöffneter Briefe – vermutlich sind es Mahnungen. Ich mag sie gar nicht öffnen. Es ist wie mit Schrödingers Katze, nur mit Post. Solange ich sie nicht öffne, ist es nicht ganz so schlimm.

Aber ich löse auch wiederum nichts, indem ich die Post nicht öffne.

Plötzlich höre ich ein leises Klopfen an meine Glastür. Ich will schon rufen, dass ich geschlossen habe, aber dann bemerke ich Julia, die sich zuvor via SMS angekündigt hat …

Ach, ja. Da war noch was. Das habe ich in dem ganzen Drama schon wieder verdrängt.

Lächelnd gehe ich zur Tür, schließe sie auf und lasse meine beste Freundin hindurch schlüpfen. Wir umarmen uns, während mir zugleich der köstliche Duft von chinesischem Essen in die Nase steigt und den blumigen Geruch meines Geschäftes verdrängt.

„Du fleißige Biene", lobt sie mich.

„Du rettest meinen miesen Tag", murmele ich und drücke Julia dabei fest an mich. Am liebsten würde ich sie nie wieder loslassen.

„Danke, dass du vorbeigekommen bist."

„Immer doch."

Die Tür fällt zu, sodass ich sie nun doch loslasse und schnell den Schlüssel herumdrehe. So kann ich mir auch unbemerkt ein kleines Tränchen wegwischen, das sich in mein Auge geschummelt hat.

„Das ist zwar nur eine Umarmung, aber du gibst mir gerade so viel Kraft."

„Wenn das so ist, freue ich mich. Das hast du dir verdient, nach dieser bodenlosen Frechheit von dieser Assilyssa." Das wird wohl der neue Spitzname für Alyssa. Zumindest lässt mich diese Bezeichnung kurz lachen.

„Wenn ich dich nicht hätte …" Erst lässt sie mich in das Blue Essence Spa, damit ich schwimmen üben kann, und jetzt bringt sie mir auch noch etwas zu essen vorbei.

„Dann würdest du vermutlich verhungern. Hast du heute überhaupt schon was gegessen?“

„Einen Apfel und eine ganze Mandarine“, rechtfertige ich mich.

„Das ist nicht viel.“

„Für mehr war keine Zeit.“

„Man sollte immer Zeit zum Essen haben.“

Jetzt, wo sie mit dem leckeren Essen da ist, knurrt mir der Magen.

„Es war so anstrengend und stressig, ich hatte gar keine Zeit, um hungrig zu sein.“

„Tja, dafür meldet sich dein Magen aber jetzt umso lauter.“

„Ja, habe ich auch gemerkt.“

Wir gehen zur Theke, wo Julia die Tüte abstellt und das Essen hervorholt. Dann setzen wir uns auf die Fläche, brechen die Stäbchen ab und fangen gemeinsam an zu essen.

„Heute ist noch etwas Schräges passiert“, beginne ich. „Erzählt habe ich dir ja schon, dass Alyssa mir den Job nicht gegeben hat.“

„Ja, aber die Details kenne ich natürlich noch nicht.“

„Die sind aber gerade auch nicht so wichtig, ist halt so gelaufen.“

Darüber will ich gar nicht reden, den Teil will ich überspringen. Julia betrachtet mich neugierig, während sie sich etwas Gemüse gönnt und ich die Nudeln auf die Stäbchen schiebe.

„Da ist noch etwas passiert“, ahnt sie.

„Ja. Als ich zum Fahrstuhl ging, um wieder nach Hause zu gehen, traf ich dort Alex …“

„Ach was!“, stößt Julia begeistert aus. „Habt ihr miteinander sprechen können?“

Dass sie so euphorisch ist, wundert mich dann doch.

„Ja, ich habe meine Wut an ihm rausgelassen …“

„Was? Warum?“, fragt sie mich entsetzt und verschluckt sich dabei ein wenig.

„Weil er seinem Bruder Sam gesagt hat, dass ich ungeeignet für den Job bin. Wegen ihm hat Alyssa mir abgesagt.“ Den Teil hatte ich in der Nachricht ausgelassen.

„Was für ein Arsch!“

„Aber das ist es nicht. Dann hat er mir angeboten, den finanziellen Ausfall zu bezahlen …“

„Ich nehme alles zurück!“, fällt mir Julia sofort ins Wort fiebert richtig mit. „Wieso will er dir so viel Geld schenken?“

„Er will es mir nicht schenken. Er gibt mir das Geld unter einer Bedingung.“

„Was denn für eine Bedingung?“

Ich hebe meine Brauen, während Julia mir gebannt zuhört. „Ich muss mit ihm nach Hawaii fliegen, wo die Hochzeit stattfinden wird.“

„Aber darf ich raten: Du sollst nicht die Blumendekoration machen.“

„Genau. Ich soll stattdessen seine Freundin spielen.“

Julia starrt mich schweigend an.

„Ja, so habe ich ihn auch angesehen“, sage ich und seufze auf. „Eine Woche soll ich seiner ganzen Familie vorspielen, dass wir ein Paar sind. Dann bekomme ich das Geld.“

Jetzt bin ich auf ihre Reaktion gespannt.

„Das ist ja der pure Wahnsinn! Wann fliegst du?“, stammelt sie aufgeregt.

„Ich … habe noch nicht zugesagt.“

Kaum gestehe ich ihr mein Zögern, rammt sie die Box mit chinesischem Essen auf die Theke, hustet und schlägt sich dabei mit der Faust auf die Brust. „Du hast nicht gleich zugestimmt? Warum nicht?“

„Na, weil …“ Wie soll ich es erklären? „Ich kann doch nicht seine ganze Familie anlügen und für eine Woche mein Geschäft schließen. Außerdem hat es so einen Beigeschmack von einem Begleitservice, und ich bin ja keine … du weißt schon … Professionelle.“

„Sophie. Liebes.“ Julia seufzt und legt eine Hand auf meine Schulter. Ihr ernster Blick jagt mir kurz einen kleinen Schreck ein.

„Ja, Julia?“

„Bist du irre? Natürlich fliegst du mit ihm nach Hawaii!“ Sie grinst breit und wackelt mit den Brauen. „Sommer. Strand. Meer. Vermutlich haben die eine ganze luxuriöse Anlage gebucht. Privatpool und Dienstboten, die dir rund um die Uhr nur das beste Essen bringen. Du musst nichts dafür bezahlen, richtig? Weder den Flug noch sonst was?“

Ich nicke knapp.

„Vermutlich werdet ihr ununterbrochen Sex haben“, beginnt sie zu spinnen.

„Julia!“, stoße ich erschrocken aus und muss dann doch lachen. „Das war nicht Teil seines Deals.“

„Aber du bist auch nicht von gestern.“

„Genau das macht mir Sorge.“

„Ach, komm schon. Wenn du wieder zurückkommst, hast du 30.000 Dollar auf dem Konto, kannst deine Schulden bezahlen und dein Geschäft weiterführen. Ohne Sorgen. Warum zum Teufel zögerst du? Ernsthaft!“

„Naja …“, druckse ich herum, während Julia mich auffordernd anstarrt. „Ich bin mir nicht sicher, ob er es wirklich ernst meint. Ich meine, warum sollte er ausgerechnet mich wählen? Ein Mann wie er hat doch sicher Dutzende von Frauen, die er stattdessen fragen könnte. Ich glaube, wenn ich morgen zu ihm gehe, um ihm zuzusagen, wird er mir – wie Alyssa zuvor – sagen, dass er schon eine Andere gefragt hat.“

„Also, wenn du so rumeierst, anstatt sofort zuzusagen wie jeder normale Mensch mit einem funktionierenden Hirn, dann kann das ganz sicher passieren.“

Ich senke kurz meinen Blick, während Julia ihr Handy hervorkramt und darauf tippt.

„Also, er war mit echt vielen verschiedenen Frauen zusammen“; stellt sie nach einer schnellen Google-Suche fest. „Unter anderem mit Schauspielerinnen, Künstlerinnen und sogar mit einer Prinzessin. Gott, er sieht einfach so gut aus. Heiß und zugleich kühl, nachdenklich und verschlossen. Aber das macht ihn so interessant. Ich glaube, Alex Blackwell ist ein echter Aufreißer. Der kann wirklich jede haben.“

„Hatte er auch eine Floristin, die kurz vor der Pleite steht?“ Ich lache verzweifelt und meine dann: „Siehst du? Eine Prinzessin? Stars und Sternchen? Und dann fragt er ausgerechnet mich? Das ergibt doch wirklich keinen Sinn, wenn du schon von Hirn und so sprichst. Ich glaube, er veräppelt mich nur."

„Ich glaube, er hat einfach genug von diesen bekannten Frauen und möchte eine bodenständige Person an seiner Seite haben, wenn du mich fragst."

„Ja", erinnere ich mich, „sowas hat er mir auch gesagt."

„Na, siehst du. Vielleicht hat er auch ein schlechtes Gewissen, weil er dir die Tour vermasselt hat", rätselt Julia. „Oh mein Gott, vielleicht mag er dich einfach!"

„Was auch immer es ist, es fühlt sich unanständig an. Ich will mein Geld auf ehrliche Art und Weise verdienen." Ich esse noch ein paar Nudeln.

Julia passt das so gar nicht: „Warte, du willst diesem heißen Kerl absagen? Stell dir nur mal vor, er verliebt sich in dich und ihr werdet ein Paar. Das ist deine Chance, Sophie!"

„Du kleine Träumerin." Ich lache und stoße meinen Pappkarton an ihren, als würde ich ihr mit einem Sektglas zuprosten.

„Was ist daran unanständig? Du tust ihm einen Gefallen und wirst dafür bezahlt."

„Ich überlege es mir. Aber jetzt lass uns aufessen und den Abend genießen. Ich bin wirklich fix und fertig."

„Nur noch eines …" Julia spricht kurz mit vollem Mund und schluckt dann, ehe sie mit ihren Stäbchen wilde Kreise in der Luft malt. „Du brauchst doch das Geld. Es ist nur eine Woche. Du bist einen ganzen Monat mit der Miete im Rückstand, das alles solltest du dabei im Kopf behalten. Ich sag's nur."

„Eigentlich sogar zwei."

„Zwei was?“

„Den April habe ich schon nicht zahlen können und der Mai wäre jetzt fällig gewesen …“

„Das ist noch schlimmer! Und deine Schwester willst du nicht fragen, nehme ich an.“

„Nein, auf keinen Fall. Sie hat es mir zwar angeboten, ein wenig Geld leihen zu können, aber das wäre wirklich peinlich und löst in Wirklichkeit nicht das Problem.“

Julia kennt natürlich die Dramen rund um meine Schwester. Ich seufze auf.

„Welche Schulden hast du noch?“, fragt sie.

„Nun, da wäre der Strom, die Rate für den Geschäftskredit und ein paar Lieferanten.“

„Das ist eine Menge. Georgia würde dir also helfen, aber wenn du sie fragst, kann sie sich wieder vor deiner ganzen Familie damit brüsten, besser zu sein als du. Nein, da würde ich auch ungerne drauf zurückgreifen. Ich als deine Freundin und Stimme der Vernunft finde, Alex Blackwell ist hier die bessere Wahl.“

„Du bist verrückt, Julia.“

„Ganz ehrlich, wenn du ablehnst, bist *du* hier die Verrückte.“

„Vermutlich schon. Aber lieber verrückt und ehrlich, als eine unehrliche Person mit Geld auf dem Konto.“

„Ach Sophie, ich liebe dich ja, wie du weißt, aber es ist doch nur eine Woche. Sag ihm zu, um Himmels Willen.“

Julia rückt näher und kuschelt sich an mich. Ich schweige und seufze. Es fühlt sich leider nicht gut an, wenn ich mir vorstelle, so einem unmoralischen Deal zuzustimmen. Der Schatten, über den ich springen müsste, wirkt unüberwindbar.

Lustlos stochere ich in meinem Essen herum. Wie soll ich mich nur entscheiden?

***

Nachdem Julia nach Hause gegangen ist, schließe ich mein Geschäft ab und gehe in mein Apartment. Nach einer ausgiebigen Dusche und einem kalten Getränk liege ich auf meinem Bett und starre an die Zimmerdecke. Immer wieder tauchen Bilder von Alex – der nur sein Duschtuch um die Hüften geschlungen trägt – vor meinem geistigen Auge auf. Ich würde mich ja gerne ablenken und mich mit etwas Wichtigerem beschäftigen, zum Beispiel mit meinen Rechnungen oder den Emails, die ich heute hätte bearbeiten müssen, aber ich kann einfach nicht anders, als an ihn zu denken. Nicht gut.

Aber ich kann es nicht abstellen. Also gebe ich mich meinen Gedanken hin. Lächelnd mache ich es mir gemütlich und schwelge in diesen recht frischen Erinnerungen.

Am liebsten wäre es mir natürlich, wenn ich sofort einschlafen und von ihm träumen würde. Dann hätte ich nach langer Zeit endlich mal wieder eine erholsame und aufregende Nacht zugleich. Er stimuliert mich schon auf eine Weise, die ich nicht mehr ignorieren kann. Der Mann ist eine Sünde wert, muss ich zugeben.

Ich lege mich auf die Seite, decke mich dabei zu und will das kleine Nachtlicht ausschalten, das mein

Schlafzimmer erhellt. Doch genau in diesem Augenblick vibriert mein Handy. Sicher ist es noch eine Nachricht von meiner Freundin Julia, die mir eine gute Nacht wünschen oder mir Mut zusprechen möchte, dass ich morgen meine Rechnungen öffnen und bearbeiten soll …

Ich schnappe mir mein Handy und öffne meine Nachrichten. Doch als ich sehe, wer mich da kontaktiert hat, sitze ich senkrecht auf meiner Matratze. Mein Herz fängt sofort wild an zu schlagen, denn eine Sprachnachricht von etwa einer Minute ist bei mir eingegangen, und zwar von niemand Geringerem als Alex Blackwell.

Ich schnappe nach Luft und zögere damit, sie abzuspielen. Was wird er mir wohl zu sagen haben? Vielleicht sagt er mir für morgen ab? Oder er sagt mir sogar, dass er eine Andere mit nach Hawaii nehmen möchte …

Es ist schon wieder Schrödingers Katze, nur mit einer geheimnisvollen Sprachnachricht. In jedem Fall werde ich seine tiefe, raue Stimme hören dürfen, die mir schon bei unserer Begegnung im Spa und im Fahrstuhl eine Gänsehaut verpasst hat. Ich streiche mein Haar zurück und kreise mit dem Zeigefinger wie ein Geier über der Pfeiltaste seiner Nachricht.

Einmal durchatmen. Dann tippe ich sie an.

„Guten Abend, Sophie."

Das allein genügt schon, um meinen Körper in Wallungen zu versetzen. Ich atme tief ein und muss breit grinsen. Seine Stimme ist so unglaublich heiß, dass ich besser meine Schenkel zusammenpresse und versuche mich auf seine Nachricht zu konzentrieren. Wie es wohl jetzt weitergeht …

„Ich muss unseren Termin morgen auf zwei Uhr nachmittags verschieben. Ich freue mich auf jeden Fall sehr, dich morgen zu sehen, damit wir in Ruhe über die Details miteinander sprechen können."

Mir fällt ein Stein vom Herzen – innerlich bin ich nämlich längst dabei, mich zu einer Zusage zu überwinden. Ich kann hören, wie er sich zurücklehnt. Vermutlich macht er es sich gerade bequem. Ich lege eine Hand auf meine Brust und höre ihm weiter wie gebannt zu …

Die Nachricht geht weiter: „Melde dich einfach unten am Empfang. Mein persönlicher Assistent weiß bereits Bescheid und bringt dich zu mir ins Büro. Ich hoffe, du hast eine gute Anreise. Hab eine erholsame Nacht."

Ende.

Mit offenem Mund sitze ich da, ehe ich schlucken muss. Ich spiele die Nachricht ein zweites Mal ab und stelle sie etwas lauter.

Beim dritten Mal halte ich mir das Handy näher ans Ohr und schließe die Augen.

Ich bin wirklich froh, dass gerade niemand meine unzüchtigen Gedanken lesen kann. Mein Körper kribbelt und ich spüre eine angenehme Hitze zwischen meinen Beinen.

Lächelnd lege ich mich wieder hin und spiele die Nachricht erneut ab, simuliere dabei aber ein Gespräch: „Guten Abend, Alex." Ich antworte ihm einfach und muss kurz dabei kichern. „Ich werde pünktlich sein …"

Ein süßer Seufzer entfährt mir, als ich meine Hand in meinen Slip eintauchen lasse. Meine Fantasie geht mit mir durch, während das Handy auf meiner Brust liegt. Ich schiebe mein Schlafhemd hoch und berühre meine hart gewordenen Brustspitzen, dabei stelle ich mir vor, wie es seine Hände und Lippen sind, die mich liebkosen.

Lächelnd biege ich meinen Rücken etwas durch, räkele mich auf dem Laken und schiebe meinen Mittelfinger zwischen meine prallen Schamlippen, die schon vor Lust pochen.

Gierig keuche ich, während mein Dialog mit ihm weitergeht: „Ich werde zu dir kommen, Alex …“

Mein Körper vibriert, während ich immer schneller und gieriger an mir reibe.

„In dein Büro … Auf deinem Schreibtisch …“

Mein Stöhnen wird lauter, während meine Gedanken nur um Alex Blackwell kreisen. Ich kann mir sehr gut vorstellen, wie gut bestückt er ist. Das war durch sein Duschtuch deutlich zu sehen. Und ich stelle mir vor, wie gut sich seine Härte in mir anfühlen würde. Seine raue Stimme würde gegen mein Ohr keuchen, während er mich zu meinem Höhepunkt treibt.

„Oh, bitte …“, wimmere ich verlangend. „Lass mich kommen, Alex“, flehe ich erregt und reibe immer gieriger an mir, bis ich meinen Höhepunkt habe und breit lächelnd daliege, während mein Rausch nun wieder abflacht.

Zufrieden ziehe ich meine Hand aus meinem Slip und atme etwas langsamer.

Ja, das war wirklich unanständig von mir.

So kenne ich mich gar nicht …

Ich brauche einen kurzen Moment, ehe ich mich wieder richten kann. Dann ziehe ich meinen verrutschten Slip zurecht und das Schlafhemd wieder über meine kleinen Brüste. Dabei purzelt mir mein Handy auf die Matratze. Im Eifer des Gefechts ist mir vollkommen entgangen, dass es noch auf meiner Brust lag. Ich nehme es an mich, da ich es auf meinen Nachttisch legen möchte …

Doch der Schock sitzt tief, als ich sehe, dass ich seit fast vier Minuten mit ihm telefoniere! Ich bin irgendwie auf die Anruffunktion meines Handys gekommen! Nein! Ich sterbe!

Panisch horche ich, kann aber keine Geräusche auf der anderen Seite der Leitung vernehmen, sodass ich einfach auflege. Ach, du Schreck! Wie konnte mir das denn bitte passieren? Vielleicht hat er nichts gehört, vielleicht ist er genauso aus Versehen rangegangen, wie ich ihn angerufen habe.

Mit hochrotem Kopf liege ich da und muss dann aber lachen. Typisch für mich. Ich war schon immer ein Tollpatsch, aber diese Aktion hätte leicht ins Auge gehen können. Was soll er nur von mir denken, wenn er sowas hören würde? Jetzt bleibt nur noch zu hoffen, dass er nichts gehört hat. Immerhin habe ich gestöhnt und auch mehrmals seinen Namen gesagt …

Ich lege das Handy auf den Nachttisch, schalte das Licht aus und decke mich zu. Müde bin ich jetzt nicht mehr und meine Gedanken wirbeln nur noch um eine Frage: Was, wenn er doch etwas gehört hat? Was wird er morgen dazu sagen?

Wie peinlich.

Nein, da wird schon nichts sein. Sonst hätte er ja etwas gesagt, als die Verbindung noch stand. Da ist nichts. Ich habe noch einmal Glück gehabt. Ganz sicher. Beim nächsten Mal muss ich einfach nur besser aufpassen. Georgia wäre das sicher nicht passiert.

Aber was ist, wenn er doch etwas gehört hat? Die Frage kehrt immer wieder zurück.

Wir werden sehen. Jetzt ist erst einmal Schlafen angesagt.

***

Am nächsten Tag ist es dann soweit: Ich trage einen weißen Rock und eine rosafarbene Bluse mit großer Schleife. In meiner großen Tasche habe ich nur einige persönliche Gegenstände dabei, wie mein Handy, eine Flasche Wasser und das Portemonnaie. So habe ich wenigstens etwas, woran ich mich festklammern kann. Mein blondes Haar trage ich offen, das sieht deutlich attraktiver aus.

Ich bin schrecklich nervös, als ich die Zentrale der Blackwell Financials hier in der Bostoner Innenstadt erreiche. Ab und zu bin ich schon in der Vergangenheit an diesem Gebäude vorbeigekommen, es ist wirklich sehr imposant und einschüchternd. Ich hätte niemals gedacht, dass ich dieses Gebäude einmal betreten würde. Vor allem nicht für einen so wichtigen Termin mit einem Mann wie Alex Blackwell. Kann mich jemand mal kneifen?

Schade, keiner zum Kneifen da.

Ich betrete das Gebäude und muss nicht weit laufen: Sein persönlicher Assistent empfängt mich.

„Miss Tisdale. Schön, dass Sie da sind. Haben Sie gut hergefunden?"

„Ja, das Gebäude ist kaum zu übersehen."

„Das stimmt allerdings. Dann mir nach. Mr. Blackwell erwartet Sie schon."

Sein Assistent führt mich zum Fahrstuhl, drückt auf den Knopf und wartet, während er mir ein freundliches Lächeln schenkt.

Der Fahrstuhl kommt, die Tür öffnet sich und wir treten ein. Der Assistent drückt auf den obersten Knopf und die Tür schließt sich wieder. Wir fahren hoch bis in die letzte Etage.

Wir kommen in einen Flur, der auf beiden Seiten von Büros flankiert ist, in die man durch Glaswände schauen kann – ähnlich wie im Schwimmbad. Wir laufen los und begegnen einigen Anzugträgern, besonders in der Nähe der Kaffeemaschine.

Natürlich fallen mir die Blicke der Angestellten auf, die mich freundlich grüßen, aber gleich hinter meinem Rücken zu tuscheln beginnen. Vielleicht halten sie mich für eine wichtige Geschäftsfrau oder wissen schon längst, dass mich ihr Boss nur bezahlt, um seine Familie zu täuschen.

Ich weiß nur eins: Schon jetzt werden meine Wangen wieder glühend heiß und ich muss aufpassen, nicht zu stolpern. Meine Beine zittern bereits und in High Heels läuft es sich zittrig nicht so gut. *Reiß dich zusammen, Sophie, du schaffst das.*

Kapitel 6

Alex

Ich sitze in meinem Büro und erhalte einen Anruf: „Miss Tisdale ist eingetroffen und befindet sich auf dem Weg nach oben."

„Danke, ich warte hier."

„Ich bringe sie hoch."

Als ich mich erhebe, schaue ich auf meine Armbanduhr: Sie ist überpünktlich – und das, obwohl ich den Termin mit ihr um eine Stunde verschoben habe, weil ich mit allem gerade kaum hinterherkomme. Zwar habe ich einen kompetenten Stab, aber am Ende wird überall mein Kopf verlangt.

Gut, aber jetzt ist Sophia dran – oder Sophie, wie sie gerne genannt wird. So, wie ich sie einschätze, stand sie vermutlich mehrere Minuten vor dem Gebäude, um den perfekten Moment abzupassen, damit sie nicht zu früh hier ist. Ich kenne meine anfänglichen Termine bei großen Geschäftspartnern. Inzwischen lasse ich auf mich warten, aber das war nicht immer so.

Ich gehe ein paar Schritte auf das Panoramafenster zu und werfe einen Blick auf Boston. Die Autos in den Straßen sind klein wie Spielzeuge und die Menschen sehen aus wie Ameisen, die sich auf den Bürgersteigen tummeln. Ein unaufhörliches Hin und Her, und so ähnlich sieht es heute in meinem Kopf aus. Die Stadt scheint von hier aus ein Spiegelbild meiner Gedanken zu sein.

Ich hole mein Smartphone hervor und tippe meine Mailbox an. Dieser Anruf, den ich gestern Abend von ihr erhalten habe, hat mich sehr überrascht. Wonach das klang, das ist mir sehr vertraut. Ich vermute, sie hat mich nur versehentlich angerufen und gar nicht mitbekommen, welches Geschenk sie mir damit gemacht hat.

Kurz zuckt mein Mundwinkel und ich erkenne ein Lächeln in der Spiegelung der Fensterscheibe auf meinen Lippen. Dann wende ich mich der Tür zu und stecke mein Handy wieder weg. Sie wird gleich hier sein und ich bin sehr gespannt darauf, was sie mir zu dieser heißen Nachricht zu sagen hat.

Wie es wohl wäre, wenn ich ihr die Arbeit abnehmen würde, sie zu einem ausgiebigen Orgasmus zu bringen? Das lässt mich breit lächeln. Ob sie dann auch so süße und gierige Laute von sich gibt? In der Nachricht hat sie versucht sich zu beherrschen, obwohl sie allein war und vermutlich nur ihre Hand oder ein kleiner Helfer dafür gesorgt hat, dass sie einen Höhepunkt genießen durfte. Aber wenn ich hingegen die Sache in die Hand nehme, dürfte ihr zurückhaltendes Stöhnen in wilde und unkontrollierbare Schreilaute verwandelt werden. Ja, ich will sie ficken.

Sophie ist eine Herausforderung. Ich mag ihren unbändigen Charakter. Diese Schüchternheit, die sie durch gespielten Mut zu verstecken versucht, ist mir nicht lange verborgen geblieben.

Ich gehe wieder zu meinem Schreibtisch, da ich sehe, wie das kleine rote Lämpchen aufblinkt. Es ist die Benachrichtigung meiner Sekretärin. Als ich den

Knopf drücke, kann ich sie hören: „Miss Tisdale ist eingetroffen, Sir."

„Lassen Sie sie herein", antworte ich knapp und lasse wieder vom Knopf ab. Dann setze ich mich und sehe zur Tür, die sich wenige Augenblicke später öffnet. Mein persönlicher Assistent bittet Sophie herein, die ihm dankend und verabschiedend zunickt.

„Bitte", sagt er noch.

„Vielen Dank", antwortet sie ihm höflich und tritt dann ein. Die Tür wird für sie geschlossen, während Sophie sich in meinem Büro umsieht, ehe sie mich ansieht. In diesem Moment erstarrt sie kurz und lächelt mir schüchtern entgegen.

„Hier kann man sich ja echt verlaufen", seufzt sie verlegen.

„Im Gebäude, oder explizit in meinem Büro?", frage ich nach und deute mit der Hand auf den Stuhl, der meinem Schreibtisch gegenübersteht.

Sie ist sehr feminin gekleidet. Ihre rosigen Wangen passen farblich zu der Bluse, die sie trägt. Nur die Tasche ist ungewöhnlich groß. Allerdings bemerke ich jetzt, warum sie sich wohl für dieses Modell entschieden hat: Sophie klammert sich anscheinend gern daran fest. Ist sie derartig nervös und aufgeregt? Niedlich, niedlich.

Mein Jagdtrieb wird geweckt. Ich frage mich, welche Dessous sie wohl trägt und ob ihr bewusst ist, dass ich ihre Nachricht längst abgehört habe. Vielleicht ist sie sich dessen bewusst und darum so nervös? Ist es ihr unangenehm oder spielt sie mit mir?

Als sie sich setzt, schiebe ich ihr den Vertrag entgegen, den mein Anwalt erstellt hat. „Eine kleine Formalität“, sage ich und lege einen Stift dazu. Verwundert blickt sie auf das zwölf Seiten starke Dokument, das er mir in einer Mappe geliefert hat.

„Was ist das?“, fragt sie und hängt ihre Tasche an den Stuhl, ehe sie sich die Mappe nimmt und beginnt den Text zu überfliegen.

„Wie besprochen, der Vertrag“, antworte ich ihr. „Es ist in unser beider Interesse, dass von unserem Deal die Rahmenbedingungen darin vereinbart werden.“

„Das sind ja mehrere Seiten“, wundert sie sich und schluckt auffällig.

„Es ist nur schriftlich festgehalten, dass du mich eine Woche begleitest, ich für alle Kosten wie dem Flug, Verpflegung, Unterbringung sowie angemessene Kleidung aufkomme und du nach dem Erfüllen deiner Pflicht das Geld überwiesen bekommst. Die Kleidung kannst du selbstverständlich behalten. Sobald wir gelandet sind und getrennte Wege gehen, weise ich das Geld sofort an. Du dürftest es dann wenige Minuten später auf deinem Konto haben.“

„Pflichten?“ Sie sieht nervös zu mir auf.

„Ich rede nicht von Prostitution, Sophie, sondern von Schauspiel.“

„Prostitution und Schauspiel sind auch nicht weit voneinander entfernt“, flüstert sie vor sich hin. Interessanter Gedanke.

„Wie dem auch sei, so sieht der Deal aus: Wenn meine Familie oder das Personal anwesend sind, musst du meine Freundin spielen.“

„Was … heißt das genau?“ Sie blättert in den Seiten herum.

„Die genauen Details findest du unter Punkt fünf.“ Sie schlägt die dementsprechende Seite auf und legt ihren Finger auf die Liste.

„Liebkosungen. Küssen. Händchen halten …“, liest sie vor.

„Das gehört schon dazu. Keine Angst, Geschlechtsverkehr ist da nicht mit aufgelistet, aber um diese Elemente kommen wir nicht herum. Du musst so tun, als wärst du verliebt in mich. Keine Streitereien, keine seltsamen Andeutungen. Es muss überzeugend sein. Meine Familie darf auf keinen Fall Verdacht schöpfen – eine Aufgabe, die wir nicht unterschätzen dürfen. Du darfst mich nicht vor ihnen blamieren oder gar bloßstellen, das würde den Plan und die Illusion ruinieren. Ich möchte eine Bilderbuch-Freundin.“

„Verstehe …“ Sie blättert eine Seite weiter und hebt die Brauen. Die Liste ist lang und erstreckt sich über ganze fünf Seiten. Sie liest alles gründlich durch.

„Wie gesagt: Sobald wir unter uns sind, müssen wir das Rollenspiel natürlich nicht mehr aufrechterhalten, da kannst du dich dann in aller Ruhe entfalten. Du wirst auch genügend Möglichkeiten und Zeit haben, für dich allein zu sein.“

„Aber das ist schon etwas sehr Intimes, wenn wir uns küssen müssen“, sagt sie mit hochrotem Kopf. Dann sieht sie zu mir und fängt an den Kopf zu schütteln.

„Denk darüber nach. Ohne Küssen wird es schwierig, Sophie.“

„Ja, schon klar …“ Ihr Blick schweift nachdenklich durch die Gegend.

Am besten wechsele ich kurz das Thema, um von der Liste abzulenken – anders bekomme ich sie vermutlich so schnell nicht dazu, den Vertrag zu unterzeichnen. „Kann ich dich etwas Persönliches fragen, aus reiner Neugier?“

Sie schaut fragend zu mir. „Was denn?“

„Wie konntest du dir eigentlich die Karte für das Spa leisten? Die Eintrittspreise sind sehr kostspielig für eine Frau, die dringend Geld braucht.“

Da treffe ich wohl einen Nerv. Sie sieht erschrocken zu mir und dann zur Seite. Vermutlich hat sie über irgendeine Connection die Gelegenheit bekommen, dort zu schwimmen, und das ist ihr wohl gerade peinlich und kratzt an ihrem Selbstwertgefühl. Und das war auch mein Ziel.

So ergänze ich: „Mit dem verdienten Geld könntest du dort öfter schwimmen gehen, das wäre gar kein Problem mehr. Darauf wollte ich hinaus.“

„Meine beste Freundin Julia, die am Empfang arbeitet, hat mich reingelassen, sonst hätte ich mir das nie leisten können“, gibt sie zu.

Ich hatte recht mit allem. Interessant. Ich lehne mich entspannt zurück, während ihre Wangen dunkelrot werden. Beschämt sieht sie zur Seite. Nur kurz huscht ihr Blick zu mir. Sie wollte wohl überprüfen, ob ich sie noch immer eindringlich mustere.

Dann seufzt sie, schüttelt wieder den Kopf und legt den Vertrag auf den Schreibtisch zurück.

„Jetzt würde ich *dich* gern etwas fragen, wenn ich darf."

Meine Augenbrauen gehen hoch. „Frag."

„Sind 30.000 Dollar für dich viel Geld?"

„Ehrliche Antwort?"

„Ja."

„Natürlich nicht."

„Die könntest du einem Menschen auch einfach schenken."

„Das könnte ich. Aber dann würde ich das Geld jemandem schenken, der wirklich nichts hat, keine Heimat, keine Rente. Du bist noch jung und solltest dir dein Geld verdienen. Almosen würde ich an deiner Stelle als Beleidigung empfinden."

„Das stimmt auch wieder …"

„Also, dann denk darüber nach, ob ein paar gelegentliche Küsse auf Hawaii 30.000 Dollar wert sein könnten."

„Ich weiß, Alex. Dieses Angebot ist wirklich sehr gut. Ich meine, für viele Frauen wäre es sicherlich der Traum schlechthin."

Das gefällt mir aber gar nicht. Warum klingt sie so niedergeschlagen, während sie mir das sagt?

„Aber …"

Wie bitte? Will sie mir etwa absagen? Ich kräusele die Stirn und hebe meinen Kopf ein wenig an. Das meint sie doch nicht wirklich ernst?

„Ich kann das nicht tun. Es fühlt sich einfach falsch an, nur so zu tun, als wären wir ein Paar. Damit würden wir deine gesamte Familie belügen. So eine Frau bin ich nicht und so eine Frau will ich niemals sein."

Wow. Sie hat aber echte Werte, wodurch sie mir immer mehr gefällt.

Sie schüttelt erneut den Kopf und seufzt leise. „Auch, wenn ich das Geld dringend brauche … ich kann das wirklich nicht machen. Tut mir leid."

Dann steht sie zu meiner weiteren Verwunderung einfach auf, ringt sich zu einem Lächeln durch und erklärt: „Vielen Dank, dass du mich dafür wolltest. Aber es gibt sicher andere Frauen, die sofort mit dir diese Scharade aufführen würden. Ich bin jedoch die Falsche."

Ich bin völlig platt. Zu mir sagt niemand „nein". Dass sie das getan hat, turnt mich nur umso mehr an. Sie ist fortan die einzige Frau, die infrage kommt.

Keine Reaktion meinerseits – aber das wird ein Nachspiel haben. Ich bekomme schon noch, was ich will.

Sie nickt mir zu und sagt: „Ich werde besser gehen."

„Ich mache dir einen Vorschlag", sage ich, gerade als Sophie nach ihrer Tasche greift und diese hochhebt. Sie bleibt neben dem Stuhl stehen und hängt sich die Tasche über die Schulter. Fragend schaut sie zu mir, während ich für einen kurzen Moment die Spannung steigere, indem ich schweige und knapp lächele.

„Was für ein Vorschlag?"

„Du bleibst", antworte ich trocken, mit einem leichten Lächeln.

„Wow. Ich wollte aber gerade gehen."

„Und dennoch bleibst du."

„Alex. Du kannst mich nicht überreden, meine Prinzipien über Bord zu werfen", antwortet sie mir selbstbewusst. Sie wird mir von Minute zu Minute sympathischer.

„Ich habe gestern Abend eine Nachricht erhalten, über die ich gerne mit dir reden würde."

Zuvor waren ihre Wangen noch rot, aber nun wird sie kreidebleich.

„Bist du dir dessen überhaupt bewusst, dass du mich angerufen hast?"

„Oh Gott", stammelt sie schockiert, was mich zufrieden lächeln lässt.

„Also nein."

Ich hole mein Handy hervor und lege es auf meinen Schreibtisch, stehe dann auf und gehe zu den Panoramafenstern. Mit einem gekonnten Griff lasse ich die Jalousien herunter, sodass mein Büro abgedunkelt wird. Sophie sinkt derweil zurück in den Stuhl und klammert sich hilfesuchend an ihre Handtasche. Ihre roten Wangen kehren zurück.

„Alex … was wird das hier?"

„Ich weiß, dass du auf mich stehst, Sophie."

Sie atmet hörbar aus.

Ich gehe mit ruhigen Schritten hinter ihr her zur Tür und drehe den Schlüssel herum. Als das Schloss ein Geräusch macht, schreckt sie kurz zusammen. Wie empfindlich sie doch ist …

Auch hier schließe ich die Jalousien, damit niemand aus dem Flur zu uns hineinschauen kann.

Lächelnd gehe ich zu meinem Schreibtisch zurück und bleibe an diesem stehen. Ich schiebe mein Handy etwas näher in Sophias Richtung, öffne meine Mailbox, wähle ihre Nachricht an und drücke dann auf

„abspielen“, sodass Sophie hören kann, was sie mir gestern Abend geschickt hat.

„Oh, bitte … lass mich kommen, Alex“, ertönt es aus meinem Handy. Sophie versinkt im Erdboden und ich kann es ihr ansehen.

Ich lasse mein Smartphone liegen und gehe ein paar Schritte auf sie zu, während ihr gieriges Wimmern und Keuchen aus dem Handy gut zu hören ist. Dann stelle ich mich hinter sie und lege beide Hände auf ihre Schultern, was sie ein weiteres Mal zusammenzucken lässt.

„Ich war sehr überrascht, eine solche Nachricht von dir zu bekommen“, sage ich und beuge mich dann ein Stück zu ihr hinunter.

„Es war … ein Versehen …“

„Macht dich meine Stimme wirklich so geil?“, frage ich sie und nähere mich ihrem Ohr. Sie will nicht antworten.

„Sag es mir“, fordere ich.

„Macht dich meine Stimme geil?“, frage ich erneut, während meine Finger über ihre Schultern und Arme gleiten.

„Ja“, atmet sie aus.

„Mache ich dich geil?“

„Ja, du machst mich geil.“

„Dabei habe ich doch gar nichts gesagt, was dich zu diesem Höhepunkt treiben könnte“, flüstere ich ihr ins Ohr und hauche ihr dabei in den Nacken, was ihr sichtlich eine Gänsehaut verpasst. „Ich hätte dir auch ganz andere Dinge sagen können.“

Sie muss kurz lächeln.

„Stell dir doch nur mal vor, was du für einen Spaß haben könntest, wenn ich mir nur ein klein wenig Mühe gebe, Sophie."

Ich kann spüren, wie sie erschaudert. Ihr Körper vibriert, während ihr Keuchen durch mein Büro hallt. Ihre echte Stimme wäre mir allerdings lieber und nicht die vom Band. Aber sie hält sich noch bestmöglich zurück, obwohl ich merke, dass sie bereits erregt ist.

„Ich habe mir die Nachricht mehrmals angehört", verrate ich ihr.

Sophie atmet tief ein. „Wirklich?"

„Und ich habe es genossen zu hören, wie du kommst. Wegen dir bin ich hart geworden."

Sie schweigt noch immer, atmet aber sehr schwer.

„Willst du deine Entscheidung vielleicht noch einmal überdenken, Sophie?"

Langsam lasse ich meine Fingerspitzen über ihre Schultern und ihren Hals wandern. Ein leiser Seufzer entweicht ihren Lippen und ich bin mir sicher, dass es nicht mehr viel von meiner Seite aus braucht, um sie endgültig zu überzeugen, mich nach Hawaii zu begleiten.

Jetzt muss sie es nur noch aussprechen. Solange lasse ich sie noch hungrig. Versteht sich.

Kapitel 7

Sophie

Alex macht mich so nervös und zugleich so scharf. Seine großen, warmen Hände ruhen auf meinen Schultern, während ich seinen Atem auf meiner Haut spüre. Ich bin mir sicher, dass seine Lippen nur wenige Zentimeter von meinem Ohr entfernt sind, als er fragt: „Begleitest du mich?"

Meine Nachricht ist zu Ende. Ich kann mein Stöhnen und Seufzen nicht mehr hören. Natürlich erinnere ich mich an gestern Abend. Ich habe aber die ganze Zeit über gehofft, dass der Anruf ins Leere ging, aber das Gegenteil ist passiert.

Ich bin hin- und hergerissen. Ich spüre, wie gewaltig die Energie zwischen uns ist. Ich merke regelrecht, wie zwischen uns die Funken sprühen. Ich versuche ruhig zu bleiben, obwohl ich innerlich wie ein Vulkan brodele. Es fällt mir schwer noch einen klaren Gedanken zu fassen, nach alldem, was in den letzten 24 Stunden passiert ist.

„Du willst mir doch wohl nicht sagen, dass du abgeneigt bist, Sophie?", bohrt er nach. „Ich meine, du hast dich befriedigt, weil dich meine Stimme so erregt hat. Immer wieder hast du meinen Namen gestöhnt … und als du gekommen bist, hast du so heiß geklungen, dass ich auch nicht mehr die Finger von mir lassen konnte. Willst du abstreiten, dass da etwas zwischen uns ist? Willst du wirklich behaupten, dass es dir so schwerfallen würde, mich vor meiner Familie zu berühren oder zu küssen?“

„Du hättest das niemals hören dürfen. Es war ein privater Moment, der nur mir allein vorbehalten war.“

„Und dennoch hast du mir das auf die Mailbox gesprochen.“

„Ich wusste nicht, dass ich dich angerufen hatte.“

„Und dennoch hast du es getan.“

„Wenn ich das gemerkt hätte, bevor … das … also, bevor *es* passiert ist, da hätte ich sofort aufgelegt.“

Ich stammele ziemlich armselig beim Sprechen und es fällt mir schwer, einen geraden Satz zu sprechen. Immer wieder jagen mir heiße Schauer über den Rücken, da Alex seine Hände weiterhin auf meinen Schultern ruhen lässt, während seine Daumen auf meiner Haut kreisen. Wie soll ich mich da bitte auf irgendwas konzentrieren?

„Ich komme dir entgegen“, fügt er dann hinzu. „Du erhältst dein eigenes Zimmer, sodass du nachts für dich sein kannst, um zu lesen oder mit deiner Freundin Julia zu telefonieren. Nur tagsüber, sobald du dein Zimmer verlässt, musst du an meiner Seite sein. Das ist nicht zu viel verlangt für eine derartig hohe Summe inklusive privatem Urlaubstrip nach Hawaii, findest du nicht auch?“

Unrecht hat er nicht. Mein Gott, ist er hartnäckig. Der lässt ja gar nicht locker.

„Sieh es als Rolle“, redet er mir ein. „Sei eine Schauspielerin. Es ist keine Lüge, wenn du nach einem Script vorgehst, das ich für dich entworfen habe.“

Alex lässt kurz von mir ab, geht zum Schreibtisch und legt seine Hand auf den Vertrag, den er wieder näher zu mir schiebt, während er sich an die Tischkante lehnt. „Nur wenige Details. Verliebte Blicke und viel Spaß. Wir werden die meiste Zeit über miteinander sprechen und uns amüsieren. Wie gute Freunde."

Ich sehe zu ihm. Mein Blick wandert über seinen Körper. Wenn ich mir vorstelle, dass er vielleicht nur in Badeshorts am Strand entlanglaufen wird und ich an seiner Seite sein darf, wäre das wirklich ein spannendes Abenteuer für mich. Selbst wenn er ein Badetuch trägt, würde das jede Erwartung übertreffen, die ich je an einen Mann hätte haben können.

„Eine Rolle?", wiederhole ich seine Worte und sehe auf den Vertrag.

„Ja, nur eine Rolle. Und wenn es zwischen uns eine wirkliche Anziehung gibt, dann ist die Rolle auch gar nicht so gespielt."

Das stimmt auch wieder. Fest steht: Er braucht meine Hilfe und ich bekomme dafür eine große Summe, ohne wirklich dafür zu arbeiten. Ja, es fühlt sich unmoralisch an, aber wenn ich mir vorstelle, dass ich Georgia um Geld fragen muss – das sie dann auch noch zurückbekommen muss – dann wird mir ganz übel.

Ich beiße mir auf die Unterlippe und sehe noch einmal zu Alex, der mich interessiert mustert.

„Du willst es doch. Ich sehe es dir an."

Halt endlich die Klappe, du Verführer! Du bist einfach zu gut!

Julia hätte sofort unterschrieben und sich Alex an den Hals geworfen. Also, warum zögere ich? Ist es wirklich meine hohe Moralvorstellung, die zu mir sagt, dass es keine gute Idee sei, oder habe ich einfach nur Angst vor echten Gefühlen, die sich meinerseits entwickeln könnten? Das wäre eine Katastrophe! Ich darf mich auf keinen Fall in ihn verlieben. Er ist ein Frauenheld, der so viele wechselnde Partnerinnen hat, dass er sich vermutlich nicht einmal mehr an all ihre Namen erinnern kann. Nach der Hochzeit hat er mich sicher längst vergessen und die 30.000 Dollar setzt er von der Steuer ab. Das fällt auf seinem Konto gar nicht weiter auf. Soviel bedeute ich ihm, nämlich so gut wie gar nichts. Das muss mir bewusst bleiben.

Mir rettet es aber wiederum das Geschäft, wenn ich mitmache. Und das kann ich nicht ausblenden.

Ich seufze leise auf und beuge mich nach vorn, nehme den Stift an mich und blättere auf die letzte Seite, um dort das Datum und meine Unterschrift zu setzen. Dann lege ich den Stift wieder weg und sehe erwartungsvoll zu Alex, der mit einem knappen Blick auf den Vertrag nickt und diesen einsammelt.

„Damit wären alle geschäftlichen Angelegenheiten geklärt. Ich werde den Vertrag meinem Anwalt übergeben und die Zahlung anweisen lassen, sobald du mir die Daten deiner Bank geschickt hast und der Auftrag abgeschlossen ist. Du kannst mir deine Daten ganz einfach via Nachricht senden.“ Er schmunzelt. „Ein Foto genügt mir. Oder eine Textnachricht.“

„Okay, mache ich.“

„Wenn du aber noch einmal eine Sprachnachricht schicken möchtest, wäre ich der Sache nicht abgeneigt.“

Ich schließe kurz die Augen und versuche mich zu beruhigen. Dieser Mann macht mich derartig nervös, dass ich an nichts Anderes mehr denken kann, als mit ihm Sex zu haben. Ich stelle ihn mir nackt vor und erschaudere, als ich daran denke, wie er sich auszieht und ich endlich mehr zu sehen bekomme, als nur seinen freigelegten Oberkörper.

„Das hatte ich eigentlich nicht vor“, antworte ich ihm.

„Wirklich schade. Wobei ich es viel lieber mag, persönlich für die Orgasmen verantwortlich zu sein.“

Alex schließt die Mappe und legt sie zur Seite, geht dann wieder um den Schreibtisch herum und nähert sich mir mit kühlem Lächeln.

„Weißt du, es ist wirklich eine Schande, dass eine Frau wie du ihre Höhepunkte selbst herbeiführen muss. Würde es dir nicht gefallen, wenn du dich zurücklehnst und mich das übernehmen lässt? Es wäre mir wirklich eine Ehre.“

„Sagst du das zu all deinen Frauen?“

„Ich habe gerade keine Frauen.“

„Ist klar, in diesem Moment gerade nicht.“

„Ich meine allgemein aktuell. Keine Zeit. Du wärst die einzige.“

Er lehnt sich wieder an seinen Schreibtisch und verschränkt die Arme vor der Brust.

„Ist das nur ein Gedanke, oder ein zusätzliches Angebot?“, hake ich nervös nach.

„Hast du den ganzen Vertrag gelesen?“

Ich verstumme. Stand da etwa irgendwo eine Klausel, in der ich ihm doch nachts zu Verfügung stehen muss.

„Du hattest gesagt, ich werde nicht zu Sex verpflichtet“, stottere ich.

„Das ist richtig. Aber da waren einige interessante Details aufgelistet …“ Er lockert seine Arme wieder und beugt sich ein Stück vor. „Es wird eine unglaubliche Woche für dich werden, wenn du es nur zulässt.“

Ehe ich darauf antworten kann, streckt er seine Hand nach mir aus. Ich zögere damit, sie anzunehmen, greife dann aber doch zu. Es ist viel zu verlockend, dieses kleine Abenteuer anzunehmen, als hier sitzenzubleiben und weiter in meinen Tagtraum zu versinken. Die Realität ist einfach um Welten besser. Da brauche ich mir nichts vorzumachen.

Alex greift fest zu und umschlingt mein Handgelenk. Ich mache einen Satz nach vorn und verliere dabei meine Handtasche, die zu Boden fällt. Ehe ich mich versehe, legt er eine Hand auf meinen Rücken, während er mit der anderen an meinem Handgelenk noch fester und dominanter zudrückt. Er presst meinen Körper fest an den seinen, sodass mein Bauch und meine Brust seinen Körper spüren. Weiter unten spüre ich eine Wölbung in seiner Hose.

„Alex …“

Ich schnappe nach Luft, weiß gar nicht wie mir geschieht – doch er nutzt meine Schüchternheit aus und schmiegt seine Lippen an meinen Hals. Was passiert hier nur? Das hier ist immerhin sein Büro!

Gleich vor der Tür steht ein Schreibtisch mit einer Sekretärin. Sie wird uns doch hören …

„Alex“, hauche ich aufgeregt und wiederhole mich.

„Ich liebe es, wenn du meinen Namen keuchst“, antwortet er mir und küsst sich meinen Hals entlang.

Ich wollte ihn aber nicht animieren weiterzumachen, sondern intervenieren und ihn zum Aufhören bringen. Immerhin kennen wir uns kaum. Diese flüchtigen Begegnungen im Spa und im Fahrstuhl sind viel zu kurze Momente, um daraufhin etwas zu tun, was gegen meine Prinzipien verstößt.

Und an ein Prinzip muss ich insbesondere denken: Kein Kuss vor dem dritten Date!

Naja. Das hier wäre rein theoretisch das dritte Treffen, aber ich glaube nicht, dass er nur einen Kuss von mir will. Und wenn ich meinen Körper fragen würde, wofür er sich entscheidet, würde er vermutlich sagen: *Hör auf so viel nachzudenken und genieße stattdessen diese einmalige Gelegenheit. Es ist ein süßer und wilder Vorgeschmack auf Hawaii. Unvergessliche Stunden und Tage, die mir am Ende sogar noch ein pralles Bankkonto schenken.*

Mein ganzer Körper erschaudert, als er seine Hand unter meinen Rock schiebt und meinen Hintern berührt. Ungeniert schiebt er seine Finger dabei unter meinen Slip, während er zugleich seine Lippen an die meinen schmiegt. Ich keuche aufgeregt, bis er meinen Mund versiegelt und nun mein Handgelenk loslässt.

Er schmeckt so gut. Und er fühlt sich noch besser an. Ich lege beide Hände auf seine Brust. Sie fühlt sich genauso hart und straff an, wie ich es mir die ganze Zeit vorgestellt habe. Und wie gut er duftet …

Dieser Mann raubt mir bereits jetzt den Verstand. Wie soll ich mich nur auf den Beinen halten? Ich zittere am ganzen Leib wie Espenlaub.

Plötzlich drängt er mich von seinem Schreibtisch weg und drückt mich fordernd gegen die Wand. Ich japse nach Luft, als ich realisiere, dass das hier nur der Anfang von dem ist, was er mir versprochen hat.

Blitzschnell schnappt er sich meine Hände und drückt sie auf Schulterhöhe neben mich an die Wand, während er seinen Körper dazu benutzt, um mich an Ort und Stelle zu halten. Ein gieriger Kuss lässt mein Herz höher schlagen. Genau solche Bilder hatte ich im Kopf, als ich gestern Abend meinen Höhepunkt hatte – doch nun geschieht es tatsächlich. Träume ich? Oder bin ich wach? Egal, ob dies nur ein süßer Traum oder die Realität ist: Ich will nicht, dass es aufhört!

„Alex …“, hauche ich aufgeregt, als er unseren Kuss einen Moment lang löst. Allerdings tut er dies nur, damit er mich herumdrehen und erneut gegen die Wand drücken kann. Danach schiebt er meinen Rock nach oben und meinen Slip zur Seite. Ich kann hören, wie er seinen Gürtel öffnet, während er zugleich eine Hand auf meinen Bauch legt.

Ich laufe schon aus, alles in mir kribbelt hungrig.

Mit beiden Händen stütze ich mich an der Wand ab, gegen die er mich drückt. Ich strecke ihm meinen Po entgegen und schließe genießend die Augen. Kurz darauf spüre ich seine Hand in meinem Slip: Geschickt streichelt er mich und reizt dabei meine pochende Klitoris. Verlangend und zufrieden wimmere ich immer wieder ein gieriges „Ja“.

Ich muss lächeln, denn das hier fühlt sich viel besser an, als es sich selbst zu machen. Geschickt massiert er meine triefend nassen Schamlippen, während ich kurz darauf seine Härte spüre. Er dringt sanft in mich ein, während ich meine heiße Wange gegen die kühle Wand drücke und immer intensiver stöhnen muss.

Seine punktgenauen Stöße, die in immer kürzeren Abständen kommen und immer härter werden, lassen mich jedes Mal keuchen. Ich verliere mich in diesem heißen und unanständigen Spiel der Lust. Ein Wirbel aus heißen Gedanken und unvorstellbarem Verlangen sorgt dafür, dass ich kurz davor bin, meinen Verstand komplett zu verlieren.

„Oh ja, bitte fick mich", entweicht meinen Lippen immer wieder, während ich zugleich sein raues Stöhnen an meinem Ohr höre, das mich zusätzlich erregt.

„Ich will, dass du kommst, Sophie", befiehlt er mir mit tiefer Stimme und stößt dabei immer härter zu, sodass ich mich immer mehr verliere. Ich spüre die Form seiner prallen Männlichkeit in mir auf und ab rutschen. Mir wird immer heißer und ich werde immer lauter, bis ich meinen Höhepunkt nach wenigen Augenblicken erreiche.

Er fickt mich weiter und schwillt dabei immer mehr an, was mich zutiefst befriedigt – obwohl ich gerade gekommen bin. Ich kann mich kaum noch auf den Beinen halten, doch er hält mich glücklicherweise fest, sodass ich nicht zu Boden sacke. Kurz darauf kommt er in mir und stöhnt dabei mit einer fast aggressiven

Stimme. Dann wird er wieder still und verharrt anschließend für einige Momente in mir.

Ich muss mich sammeln und meine Gedanken sortieren, die in den letzten Minuten durcheinander gewirbelt worden sind. Ich atme noch immer deutlich schneller als zuvor. Kurz darauf zieht er seine Hand aus meinem Slip und seinen Schwanz aus mir. Ich wimmere noch einmal auf, während er meinen Rock über meinen Po gleiten lässt.

Was ist hier gerade bitte passiert?

Ich kann hören, wie Alex sich seine Kleidung wieder richtet und zuletzt die Gürtelschnalle schließt.

Meine Beine zittern noch immer. Ich habe Probleme, aufrecht stehen zu bleiben. Ungläubig sehe ich zu Alex, der seine Krawatte richtet und fragend zu mir sieht. „Ist alles okay?"

„Ja. Ich schätze schon."

„Das war doch viel besser, als damit auf sich allein gestellt zu sein, nicht wahr?" Charmant zwinkert er mir zu.

Ich sage dazu nichts, sondern nicke lächelnd und schlucke nur den dicken Kloß hinunter, der mich zum Schweigen verdonnert.

Aufgewühlt zupfe ich meinen Slip zurecht und stakse zu meiner Tasche. Nervös hänge ich sie mir um und hadere mit mir, noch etwas zu sagen.

„Du schreibst mir deine Kontodaten, ja? Vergiss das nicht", erinnert er mich.

„Ja, ich … schicke sie dir gleich heute Nachmittag, wenn ich wieder zu Hause bin."

„Ich freue mich sehr, dass du dabei bist", sagt er mir und richtet sich die Haare.

„Das … freut mich … wiederum." Tut es das? Zumindest ist das die höfliche Antwort. Ich verarbeite immer noch, was gerade passiert ist. Er ist so etwas vielleicht gewohnt, ich aber nicht. Immerhin behandelt er mich hinterher mit einer gewissen Würde und wirft mich nicht direkt weg wie ein benutztes Taschentuch. Immerhin.

„Ich lasse dich in einer Woche abholen und zum Flughafen bringen. Eine Liste mit Dingen, die du einpacken solltest, werde ich dir noch zukommen lassen."

„Du meinst … einen Bikini und eine Sonnenbrille?"

„Ja. Aber auch Abendgarderobe. Schmuck. Freizeitkleidung. Lass es mich wissen, wenn du etwas von der Liste nicht besitzt, sodass ich mich darum kümmern kann."

Ich nicke. „Okay. Danke für alles. Bis bald."

Sofort mache ich auf dem Absatz kehrt. Was für eine seltsame Verabschiedung, aber etwas Besseres ist mir nicht eingefallen.

„Ich freue mich auf dich. Sophie."

„Ich, äh …"

Mehr bekomme ich nicht heraus.

An der Tür drehe ich den Schlüssel herum und stürme auf den Flur. Der Blick seiner Sekretärin: unbezahlbar. Sie wird uns gehört haben. Aber vermutlich bin ich weder die erste, noch die letzte Frau, die in Alex Blackwells Büro einen Orgasmus hatte.

Mit unsicheren Schritten nähere ich mich ihr und muss mich an ihrem Schreibtisch abstützen. Dieser Orgasmus war so intensiv, dass ich Probleme habe stehenzubleiben. Die Sekretärin ruft den persönlichen Assistenten von Alex an: „Miss Tisdale wäre dann fertig."

Wie doppeldeutig. Nein, dreideutig sogar: Ich bin gerade fix und fertig.

Wenige Augenblicke später kommt der Assistent aus seinem Büro und begleitet mich zum Fahrstuhl.

„Ich bringe Sie dann mal runter. War das Treffen produktiv?"

„Äh … ja, ich denke schon."

Der Fahrstuhl kommt, wir beide fahren runter und er verabschiedet mich freundlich, woraufhin ich zügig das Gebäude verlasse. Warum fühle ich mich so gepeinigt? Aber warum bin ich trotzdem noch so erregt? Ich könnte direkt wieder hochfahren, mich auf seinen Schreibtisch setzen und meine Beine für ihn spreizen. Was ist nur los mit mir?

Erst als ich wieder draußen bin und frische Luft schnappen kann, klärt mein Gedankennebel auf und mir wird bewusst, was ich gerade getan habe …

Ich beginne loszulaufen und mir wird etwas immer klarer: Ich habe meine Seele verkauft und ich hatte Sex: mit Alex Blackwell! Wenn ich Julia davon erzähle, wird sie mir das niemals glauben. Ich, die schüchterne und zurückhaltende Sophie Tisdale, hatte einen wilden One-Night-Stand – wenn auch tagsüber – mit einem der begehrtesten Junggesellen der Ostküste. Wenn das mal keine aufregenden Neuigkeiten sind, dann weiß ich auch nicht …

Kapitel 8

Sophie

Hellgraue Wolken bedecken den Himmel. Heute ist der Tag der Abfahrt.

Eine ganze Woche ist vergangen. Sieben Tage, in denen ich keine Nachricht von Alex erhalten habe – als wäre ich ein Gespenst für ihn. Er hat mir lediglich an dem Tag, als ich aus seinem Büro gestürmt bin, eine Liste von Dingen geschickt, die ich unbedingt mitnehmen soll. Aber das war es dann auch schon.

Keine Anrufe. Kein Versuch der Kontaktaufnahme seinerseits. Es meldete sich nur ein Fahrer bei mir, der den Auftrag bekommen hatte, mich an diesem Samstagmorgen abzuholen. Er wollte lediglich den Termin bestätigen, damit ich pünktlich bin.

Mit zwei großen Koffern und etwas Handgepäck ging es dann zum Flughafen. Zu meiner Verwunderung ist es aber keine übliche Passagiermaschine, sondern ein Privatjet! Da hätte ich eigentlich auch gleich drauf kommen können, aber irgendwie ist es dann doch ganz schön verrückt.

Zwei freundliche Stewardessen haben mich hinein begleitet. Seitdem sitze ich hier und warte auf Alex – der hat sich nämlich immer noch nicht blicken lassen.

Ich habe mir extra etwas Bequemes, aber Weibliches angezogen: einen knielangen weißen Rock mit goldenen Sandalen, dazu eine rote Bluse mit großer Schleife. Mein blondes Haar habe ich leicht wellig in Form gebracht. Goldener Schmuck, den ich an meinen

Ohren, am Hals und am linken Handgelenk trage, wertet das Outfit hoffentlich auf. Gehe ich so als Freundin eines Millionärs durch? Oder ist er sogar Milliardär? Ich habe Google so etwas noch nicht gefragt und will es gerade vielleicht auch gar nicht wissen.

Ich schalte die Handy-Kamera ein und betrachte mich auf dem Display: Das Make-Up sitzt. Ich kann behaupten, ich sehe gut aus. Dann versuche ich auf charmante Art zu lächeln, das habe ich in den letzten Tagen oft geübt.

Im Laufe der letzten Woche habe ich mir auch sogar einige Filme angesehen, wo Frauen aus armen Verhältnissen plötzlich in reiche Verhältnisse kommen. Egal, ob sie plötzlich eine Prinzessin werden oder als Prostituierte starten, nur um in den Stand einer edlen Dame der High Society gehoben zu werden.

Von dieser High Society habe ich nämlich so gar keine Ahnung.

***

Der Privatjet bietet für acht Personen Platz. Die beigen Sitze sind sehr breit und bequem. Alles riecht so nach Leder. Nach Neuwagen. Die Kabinen und Schränke sind aus glänzendem Wurzelholz voller Muster. Die Einrichtung erinnert eher an ein luxuriöses Hotelzimmer, als an ein Flugzeug.

„Möchten Sie etwas trinken?“, fragt mich eine der Stewardessen.

„Gerne, ein Wasser bitte. Sprudel“, sage ich.

Die Stewardess nickt freundlich und antwortet: „Sehr gern.“ Dann geht sie in den hinteren Teil des Fliegers.

Ich atme tief durch und sehe, dass Julia mir geschrieben hat. In den vergangenen sieben Tagen ist sie meine größte Stütze gewesen. Natürlich habe ich ihr von dem Deal erzählt – aber ein kleines Detail habe ich ihr doch verschwiegen, nämlich dass ich Alex diese Nachricht geschickt habe und wir anschließend Sex in seinem Büro hatten. Ich will einfach nicht, dass Julia schlecht von mir denkt, so wie ich es gerade selbst schon genug tue.

Ich höre ihre Sprachnachricht ab: „Hey Süße, ich wollte dir nur einen tollen Flug wünschen. Der geht etwa 16 Stunden, das weißt du sicher. Sobald ihr über die gesamte USA geflogen seid und Los Angeles verlassen habt, kommt auch schon der Pazifische Ozean. Was für ein Traum. Genieße es und lass dich verwöhnen. So ein reicher Mann wird vermutlich nur die besten Speisen mit an Bord haben, also nimm mit, was geht, und hau dir die Wampe voll!“

Julia denkt wie immer nur ans Essen, aber wenigstens bringt sie mich damit zum Schmunzeln.

„Ich habe gerade ein Glas Wasser bestellt“, antworte ich ihr und ernte direkt einen Lach-Smiley.

Dann nimmt sie eine weitere Sprachnachricht auf, auf die ich warte …

„Dein Ernst?“, fragt sie mich amüsiert. „Du fliegst in einem Privatjet und trinkst nur Wasser, was stimmt mit dir nicht?“

Ich antworte ihr ebenso mit einem Lach-Smiley und schicke ihr ein Bild von meinem Wasserglas, dass mir die Stewardess einschenkt.

„Sogar mit Zitronenscheibe!“, prahle ich amüsiert in einer Sprachnachricht und schließe daraufhin den Chat mit ihr.

Ich sehe, dass auch Georgia mir geschrieben hat. Mir ist nicht ganz wohl dabei, ihre Nachricht zu öffnen, da ich ahne, dass sie keinen guten Inhalt haben wird. Ich schaue noch einmal auf und sehe, dass die beiden Stewardessen den Privatjet verlassen. Der Kapitän und sein Co-Pilot sitzen bereits in der Kabine und unterhalten sich. Noch sind die Triebwerke ausgeschaltet.

Ich öffne die Nachricht von Georgia: „Ich wollte dir für heute viel Glück wünschen, Schwesterherz. Vermutlich bist du ganz schön nervös vor deinem ersten großen Job. Vermassele es nicht, ja? Letztlich musst du ja nur ein paar Blumen hin- und herschieben und in Vasen stecken. Das ist doch kinderleicht.“

Ich verdrehe die Augen, als ich das höre. Sie hat sich noch nie so richtig für meine Kunst interessiert. Blumenarrangements sind so viel aufwendiger, als sie nur irgendwo reinzustecken. Da kommt es auf die Farben, Größen und Steckrichtungen an. So viele Details, die es zu beachten gibt.

Die Sprachnachricht geht immer noch weiter, na halleluja: „Nutz diese Chance und mach etwas Anständiges mit dem Geld, damit du mich nicht mehr fragen musst.“

Das habe ich diesmal doch gar nicht getan! Sie hat es mir angeboten!

Ich schnaufe wütend auf und sehe dann zu den beiden Stewardessen, die mit Alex den Privatjet betreten. Er trägt komplett weiße Kleidung: eine Anzugshose, ein seidenes Kragenhemd, ein Jackett und Poloschuhe. Natürlich sieht er atemberaubend aus, wie immer. Damit war aber schon zu rechnen. Der Mann könnte wahrscheinlich nicht einmal hässlich aussehen, selbst wenn er es wollte.

Ich atme tief durch, denn es ist das erste Mal, dass ich ihn seit der Sache im Büro wiedersehe. Ich schlucke und beobachte ihn nervös, während ich mein Smartphone zur Seite lege. Ich habe auf einem Zweisitzer Platz genommen. Vor mir steht ein ausgeklappter Tisch und der gegenüberliegende Platz ist frei, zu dem Alex nun geht – er möchte mir wohl gegenübersitzen. Okay.

„Ah, du bist schon da", grüßt er mich und legt seine Aktentasche auf dem Tisch ab.

„Hallo, Alex", bekomme ich gerade noch so hin.

„Zu deiner Info, nach Hawaii sind es etwa fünf Stunden Zeitverschiebung."

„Okay …"

Er sieht auf seine Armbanduhr und meint: „Wenn wir ankommen, ist es dort etwa sechs Uhr abends und wir können gemeinsam mit meiner Familie etwas essen gehen oder an den Strand, um den Sonnenuntergang zu beobachten, falls du auf sowas stehst."

„Okay …", antworte ich nervös, während Alex sich sein Jackett auszieht und es einer Stewardess reicht.

Dieser Mann sieht einfach rund um die Uhr stylisch aus.

„Hattest du viel zu tun?“, frage ich ihn. Ich hoffe auf eine Ausrede seinerseits, warum er sich nicht mehr gemeldet hat.

„Das Übliche“, sagt er und sieht zu der Stewardess: „Einen Cappuccino und ein stilles Wasser.“

„Kommt sofort, Sir“, sagt sie mit einem süßen Lächeln und huscht in den hinteren Teil des Privatjets.

Dann kommen der Pilot und der Co-Pilot zu Alex, um ihn zu begrüßen. Alex erhebt sich.

„Guten Tag, Mr. Blackwell.“

„Guten Tag, Jungs.“

Alle schütteln sich die Hände und wirken sehr vertraut miteinander. Dabei wenden sie sich auch an mich – aber ich fühle mich eher wie das fünfte Rad am Wagen.

„Wir haben sehr gutes Wetter heute. Kein Sturm und keine starken Winde. Wir sollten also sehr gut durchkommen“, sagt der Pilot.

„Es wird ein angenehmer Flug werden“, verspricht der Co-Pilot und sieht dann zu mir.

Ich stehe auf und ergreife die Hände der beiden Piloten, die mich freundlich anstrahlen. Irgendwie fühlt es sich so an, als sollte ich das gerade tun.

„Hallo, ich hatte mich noch nicht, äh … vorgestellt“, sage ich freundlich lächelnd.

„Genießen Sie den Flug, Miss Tisdale.“ Der Pilot kennt also meinen Namen.

„Das werde ich, vielen Dank“, antworte ich und setze mich dann wieder auf meinen Platz. Auch Alex macht es sich gemütlich und schnallt sich an. Kurz darauf bringt ihm die Stewardess seine Getränke.

„Was ist denn der Anlass?“, fragt sie ihn flirtend. Das gefällt mir natürlich gar nicht, vor allem weil Alex sie mit gierigem Blick betrachtet und mich vollkommen ignoriert.

„Mein Bruder heiratet. Darum der lange Aufenthalt dort.“

„Oh, eine Hochzeit. Ich dachte, es wäre der wohlverdiente Urlaub für Sie, Mr. Blackwell“, flirtet sie zurück und kichert.

Wie kann er es bitte wagen, in meiner Anwesenheit derartig auffällig mit ihr zu flirten? Bin ich nur Dreck für ihn? Ich trinke lieber noch etwas und schaue auf mein Handy, damit ich mich abreagieren kann.

„Ich verbinde gerne das Angenehme mit dem Nützlichen“, antwortet er ihr und trinkt dann seinen Cappuccino, sowie das Wasser. Das Glas nimmt die Stewardess kurz darauf mit.

Die Tür des Privatjets wird geschlossen und die andere Stewardess kommt zu mir.

„Schnallen Sie sich bitte auch an?“ Dann nimmt sie mir mein Glas Wasser wieder weg und erklärt: „Ich bringe es Ihnen gleich zurück, sobald wir in der Luft sind. Vorschriften.“

Ich nicke knapp.

„Das Handy bitte solange in den Flugmodus versetzen“, fügt sie hinzu. „Ich gebe Ihnen dann Bescheid, sobald Sie den Flugmodus wieder ausschalten können. Sie bekommen von uns in der Luft auch WLAN zur Verfügung gestellt.“

„Vielen Dank.“

„Das gilt auch für andere Elektronik wie Tablets. Sind die alle ausgeschaltet?“

Ich nicke.

„Sehr gut.“

Die Stewardess geht und nimmt vorne bei den Piloten Platz, gleich neben der anderen Stewardess, die aus dem hinteren Teil des Privatjets kommt. Sie schnallen sich an und reden miteinander, während Alex mich vollkommen ignoriert.

„Fliegst du öfter mit dieser Maschine?“, möchte ich wissen, um ihm wenigstens etwas näher zu kommen – wenn er sich schon mit Abstand zu mir setzt.

„Nur für wichtige Termine im In- und Ausland“, erklärt er distanziert.

Das war’s? Mehr sagt er nicht zu mir? Okay …

***

Das Flugzeug macht einen kurzen Ruck nach vorn, dann rollen wir los.

„Ich bin etwas nervös … hast du denn gar keine Flugangst?“

Als ich das sage, sieht er überrascht zu mir. „Fliegst du nicht gern?“

„Das erste und einzige Mal war vor über 15 Jahren, da war ich noch ein Kind.“

Ich greife ängstlich in die Armlehnen und bin fest davon überzeugt, dass meine Fingernägel Abdrücke im beigen Leder hinterlassen.

„Entspann dich. Fliegen ist die angenehmste Art zu reisen."

Warum sagt mir das eigentlich jeder? Ich seufze leise auf und schließe die Augen. Doch dann bin ich neugierig und sehe aus dem Fenster. Wir erreichen die Startbahn. Der Privatjet bleibt kurz stehen und dreht sich so, dass die lange, breite Strecke voller blinkender Lichter direkt vor uns liegt.

Und dann wird es laut. Die Turbinen heulen los und mit einem Ruck rollt der Flieger immer schneller und drückt mich in meinen Sitz. Alles ruckelt und wackelt und der Flughafen saust an uns vorbei.

Dann neigt sich das Flugzeug mit der Front nach oben. Als wir abheben, ruckelt plötzlich nichts mehr. Ich bekomme ein plumpsendes Gefühl im Bauch, als wäre ich auf der Achterbahn.

„Huch!" Das ging aber flott. Ich sehe nur noch die Hochhäuser in der Ferne vorbeiziehen. Sie werden immer kleiner, bis wir in die Wolken eintauchen und alles um uns herum nur noch weiß ist.

Dann knallt plötzlich die Sonne durch die Fenster in unsere Kabine, als dort, wo eben gerade die Stadt unter uns zu sehen war, nur noch ein weißes Wolkenbett zu sehen ist, soweit das Auge reicht.

Der Flieger nimmt wieder eine horizontale Position ein. Ich japse erschrocken und entspanne mich langsam wieder.

Die beiden Stewardessen schnallen sich ab, Alex tut es ihnen gleich. Jetzt traue ich mich ebenfalls und atme tief durch. Vom Start allein bin ich voller Adrenalin – wie soll das hier noch werden?

Die Wassergläser werden wieder gebracht. Die eine Stewardess gibt mir dann den Zugang zum WLAN, sodass ich die letzten Nachrichten meiner Schwester lesen kann:

GEORGIA: „Sagst du mir Bescheid, wenn du im Flugzeug sitzt?"

Ich schicke ihr einfach das Bild meines Wasserglases, das ich auch Julia geschickt habe – damit dürfte ich die Frage beantworten. Jetzt will ich gerade kein Foto machen, das wäre mir peinlich.

Alex derweil klappt seinen Laptop auf und telefoniert mit einem seiner Mitarbeiter. Ich verstehe nicht viel von dem, was er sagt, aber es klingt wichtig.

„Ich brauche die Unterlagen bis Montag früh, Ortszeit Hawaii. Bekommst du das hin? Gut."

Ein strenger Chef, denke ich mir.

Als er auflegt, frage ich ihn dann: „Willst du dir nicht wenigstens während des Fluges eine Auszeit nehmen?" Aber was ich eigentlich wissen will, ist, ob er *mir* etwas Zeit und Aufmerksamkeit schenken will.

„Dafür ist keine Zeit", antwortet er mir kühl, wendet sich dann aber an mich und meint: „Du kannst gerne einen Film sehen oder etwas lesen. In der Bibliothek steht dir alles zur Verfügung. Du kannst sogar den großen Monitor nutzen, der sich im hinteren Teil des Fliegers befindet."

Neugierig drehe ich mich herum.

„Da kann ich einfach hingehen?"

„Natürlich. Der Flieger gehört mir."

„Ach, ja …“

„Da hinten gibt es auch die Toilette, eine Dusche und den Schlafbereich – falls du schlafen willst.“

„Und wo ist der Monitor, wenn ich einen Film schauen will?“

„Gegenüber vom Bett.“

„Also lege ich mich ins Bett, um einen Film zu schauen?“

„Ja, sozusagen.“

„Mh, verstehe …“

Ich hole ein Buch aus meiner Handtasche hervor und erkläre: „Ich wollte eigentlich das hier lesen.“

Alex hebt skeptisch eine Braue. „Du liest Bücher?“

„Ähm, ja? Wieso?“

„Wie alt bist du nochmal?“

„Ich bin 31.“

„Ach, ja. Du siehst jünger aus. Und Lesen ist in der jüngeren Generation nicht mehr so typisch.“

War das jetzt ein Kompliment? Dass ich jünger aussehe, war definitiv eines.

„Der Geruch ist es, was mich so sehr an gedruckten Büchern fasziniert“, erkläre ich ihm. „Es ist wie mit Blumen. Fotos von ihnen sind schön, aber echte Blumen riechen einfach himmlisch.“

Ich schlage das Buch auf und atme den herrlichen Duft des Papiers ein, während ich meine Nase zwischen die Seiten drücke. Alex nickt knapp, doch sein Blick verrät mir, dass er so gar nicht nachvollziehen kann, warum ich das so gerne tue.

„Wie ist das denn so, als Firmen-Boss?“, frage ich ihn dann. Alex kräuselt kurz die Stirn, sodass ich mich erklären muss: „Wenn ich schon deine Fake-Freundin spiele, sollte ich doch auch ein wenig über dich wissen. Wann du zum Beispiel in der Firma bist, oder welche Aktivitäten du so ausübst. Ich weiß irgendwie gar nichts über dich.“ Ich schiebe noch hinterher: „Stell dir mal vor, deine Eltern fragen mich etwas und ich habe keine Ahnung. Dann werden sie merken, dass etwas nicht stimmt.“

„Ich sage ihnen einfach, dass wir uns erst seit einer Woche kennen. Du musst also nichts über mein Privatleben wissen.“

Das hat schon mal nicht so gut funktioniert.

„Und wie haben wir uns kennengelernt?“, frage ich ihn dann.

„Na, im Spa. Du lügst doch nicht gern, also sagen wir, wie es wirklich war. Alyssa wird dich vielleicht erkennen, aber sie merkt sich nicht jedes Gesicht, das sie flüchtig sieht. Dann bist du halt die Floristin, die den Job nicht bekommen hat, aber dafür mir ins Auge gefallen ist.“

Ich frage mich kurz, ob das wirklich seine Wahrheit sein könnte. Schließlich hat er mich schon gefickt, da muss er mich mögen, oder nicht? Dass wir aber meine berufliche Flaute als Teil der Geschichte erzählen sollen, gefällt mir aber gar nicht.

„Muss das sein? Die kleine Floristin aus Boston wird vermutlich nicht so beliebt bei deinen Eltern sein, außerdem ist die Geschichte peinlich.“

„Das muss aber so sein. Immerhin weiß Alyssa eventuell noch, wer du bist. Da würde ich nichts erfinden. Du wolltest außerdem nicht lügen, also passt das doch."

„Aber würde jemand wie du jemanden wie mich denn wirklich daten?"

Ich sehe skeptisch zu ihm und ernte einen ausdruckslosen Blick, der allerdings dann doch Bände spricht. Das sieht irgendwie ganz schön nach einem „Nein" aus.

Er sucht Worte, aber es kommt mir gerade so vor, als würde ich ihm mit diesen Fragen kostbare Zeit rauben. Dann antwortet er: „Du hast das Geschäft als Hobby. Reiche Eltern. Du verwirklichst deinen Traum. Irgendwie sowas. Am besten gehst du nicht zu sehr ins Detail."

„Verstehe."

Alex wimmelt mich einfach ab. Ich habe gar keine Chance, ein vernünftiges Gespräch mit ihm zu führen. Na, das werden sicher lange 16 Stunden an Bord werden …

***

Ich lese ein wenig und schreibe mit Julia, meine Schwester versuche ich weitestgehend zu ignorieren. Ihre Belehrungen machen mich nur nervös.

Julia schreibt mir:

JULIA: „Wie heiß wäre es bitte, wenn du Sex im Flugzeug haben würdest?"

Ich muss kichern und antworte ihr:

SOPHIA: „Also wirklich!“

Ich schicke viele Lach-Smileys hinterher. Dabei fällt mir auf, dass Alex kurz zu mir sieht.

„War ich zu laut?“ Ob ihn mein Kichern gestört hat?

„Nein, ich bin es gewohnt in jeder Umgebung gut arbeiten zu können“, sagt er und tippt dann weiter auf seinem Laptop herum.

„War deine Familie schon immer reich?“, möchte ich wissen. Alex nimmt sich seinen Cappuccino und trinkt einen Schluck.

„Meine Mutter stammt aus einer wohlhabenden Familie. Sie besitzt viele Grundstücke. Mein Vater hat sein Geld im Wirtschaftswesen gemacht.“

„Das heißt?“

„Versicherungen, Bankgeschäfte. Sowas eben. Er ist in einigen Unternehmen im Vorstand, setzt sich aber langsam zur Ruhe.“

„Ich habe gelesen, dass du ein Finanzunternehmen hast. Macht dir das Spaß?“

„Es ist mein Job“, antwortet er knapp.

„Schwimmen ist also eher deine Leidenschaft?“, hake ich nach.

„Du hast recherchiert, nehme ich an?“, fragt er mich und lehnt sich dabei zurück. Unsere Blicke treffen sich für einen anhaltenden Moment.

„Ich war neugierig, mit wem ich es wirklich zu tun habe. Aber ich habe nur die allgemeinen Sachen gelesen, also nichts Genaueres. Dass Schwimmen deine Leidenschaft ist, stand da mehrfach. Du hast sogar darin Medaillen gewonnen. Das ist schon beeindruckend."

„Interessiert dich das wirklich oder willst du nur ein Gespräch anfangen?", will er wissen und betrachtet mich dabei kühl.

„Natürlich interessiert mich das."

„So natürlich ist das nicht. Was weißt du noch so über mich?"

„Du hast die Highschool als Klassenbester abgeschlossen und mit 22 Jahren deine Schwimmkarriere verfolgt. Vier Jahre lang hast du trainiert und am Ende Gold bei den Olympischen Spielen geholt." Ich senke meine Stimme und sage eher zu mir selbst: „Kein Wunder also, dass du so einen trainierten Körper hast."

Dass ich ein wenig schwärme, muss ich zugeben. Alex betrachtet mich weiterhin mit ausdrucksloser Miene. Amüsiert fragt er: „Und wie ging es weiter?"

„Ähm … Nachdem du die Goldmedaille gewonnen hast, war deine Schwimmkarriere zu Ende. Du hast deinen MBA gemacht und Blackwell Financials eröffnet. Die Firma ist aktuell auf Rang 8 der zehn erfolgreichsten Finanzunternehmen in den gesamten USA."

„Schwerpunkt: Vermögensverwaltung", fügt Alex noch hinzu und lächelt kurz darauf knapp. „Du hast deine Hausaufgaben also gemacht, sehr gut." Er wirkt lobend, wenn auch nur für einen Moment.

„Wie oft gehst du schwimmen?", möchte ich wissen.

„Sooft es mir möglich ist“, antwortet er mir. Dann schaut er mich grübelnd an und fragt: „Was bedeutet Schwimmen für dich eigentlich?“

Die Frage habe ich nicht kommen sehen – abgesehen davon, dass ich überrascht bin, überhaupt von ihm eine Frage zu meiner Person gestellt zu bekommen.

„Schwimmen ist für mich … ein Stück Nostalgie und ich versuche, mich meinen Ängsten zu stellen.“

„Deinen Ängsten?“

„Ja, ich kann es nicht und habe mich lange vorm Wasser gedrückt.“

„Ja, ich auch“, rutscht ihm raus. Dann merke ich, wie er nachdenklich wird. Er scheint etwas verdrängen zu wollen.

Ehe ich darauf eingehen kann, steht er einfach auf und verlässt mit seiner Kaffeetasse den Platz. Verstehe. Er redet wohl nicht besonders gerne über das Thema.

***

Als er wiederkommt, versuche ich das Gespräch auf mich zu lenken, sodass er die Chance hat mich besser kennenzulernen: „Ich habe eine ältere Schwester. Sie heißt Georgia. Im Gegensatz zu mir ist sie verheiratet und hat drei süße Kinder. Sie arbeitet im oberen Management einer Bank hier in Boston.“

Alex trinkt einen Schluck Cappuccino und schaut mich ausdruckslos an.

Ich fahre fort: „Meine Mutter ist Hausfrau und mein Vater arbeitet im Baugewerbe. Wir hatten nie viel Geld, aber wir hatten uns. Ich schloss damals die

Highschool ab, war aber eher im Mittelfeld, was meine Leistungen anbelangt …“

Alex sieht prüfend zu mir.

„Unteres Mittelfeld“, korrigiere ich mich.

Er hebt fragend eine Braue.

Ich füge eingeschüchtert hinzu: „Schon eher noch ein Stück weiter unten …“ Ich muss dann kichern. „Ich hatte einfach Konzentrationsprobleme und war eine Tagträumerin.“

Alex verzieht keine Miene. Der Mann ist nur schwer zu begeistern, wie ich feststellen muss.

„Danach ging ich auf ein Community College für Wirtschaft. Mit 24 machte ich dort meinen Abschluss, arbeitete dann in verschiedenen Einstiegs-Jobs, um mich über Wasser zu halten. Ich dachte, ich probiere mich erstmal aus und finde hoffentlich etwas, was mich erfüllt. Aber dem war nicht so.“

Alex hört mir zu, sodass ich etwas persönlicher werden kann: „Vor drei Jahren traute ich mich dann endlich mein Geschäft zu eröffnen, aber naja … ich befürchte, ich bin nicht besonders gut darin.“ Ich druckse etwas herum, ehe ich ehrlich erkläre: „Es ist einfach meine Leidenschaft. Ich liebe die vielen Düfte und Farben. Wenn ich in meinem *Blossoming Blooms* stehe, fühle ich mich frei. Es ist mein kleines Reich. Mein persönliches Paradies. Nicht besonders groß oder luxuriös, aber es gehört mir und ich kann das tun, was ich liebe. Wenn Kunden bei mir etwas kaufen, dann erfahre ich oft, wofür sie die Blumen verwenden möchten. Geburtstage oder Trauerfeiern. Oft für sich selbst oder einen geliebten Menschen. Ich kann ein kleiner Teil von Glück, Freude oder Trost sein, indem ich die schönsten Blumen auswähle und den Moment der Überreichung zu einem ganz besonderen mache."

„Wie kommt es, dass du so denkst?"

„Menschen bekommen gerne etwas geschenkt und Blumen schenken wir uns viel zu selten. Es ist so eine schöne Geste, wenn man die Lieblingsblumen auswählt, um seinen Liebsten eine Freude zu machen." Ich seufze leise auf und flüstere: „Es gibt sogar eine Blumensprache."

„Eine Blumensprache?", fragt er trocken.

Begeistert erzähle ich: „Jede Blume hat eine Bedeutung. Auch die Farben. Rote Rosen zum Beispiel stehen für die Liebe, aber schenkt man gelbe, stehen sie für Freundschaft. Rote Tulpen stehen für Liebe und Leidenschaft, ähnlich wie rote Rosen. Gelbe Tulpen bedeuten Fröhlichkeit und Hoffnung. Sie werden oft verschenkt, wenn jemand krank ist und man ihm gute Besserung wünscht. Auch Freundinnen bringen sich gerne gelbe Tulpen mit, da sie nicht so aufdringlich wie rote wirken."

„Du könntest den ganzen Tag über Blumen reden, richtig?"

„Ja …", gebe ich verlegen zu. „Das ist das, was ich liebe. Es gibt für mich kein schöneres Thema. Und ich bin wirklich erleichtert, dass ich dein Angebot angenommen habe, da dies bedeutet, dass ich mein Geschäft für mindestens ein Jahr weiter betreiben kann."

Alex zögert, als ich ihn ansehe, ehe er wegschaut und sich wieder seinem Laptop widmet. Eiskalt. Ohne ein Wort zu verlieren.

***

Eine Stewardess kommt und fragt, ob wir ein paar Snacks möchten. Ich sage da natürlich nicht „nein“ und bin überrascht, als Kaviar- und Lachs-Häppchen serviert werden, wie auf einer feinen Dinner-Gala. Dazu gibt es Sekt und Champagner im Glas.

„Okay, ich glaube so langsam verstehe ich, warum ihr Millionäre und Milliardäre dieses Luxusleben so sehr liebt.“

Ich lecke mir den Daumen ab und sehe zu Alex, der sich einen Schluck Champagner gönnt.

Ich beginne dann einfach zu erzählen: „Als ich acht wurde und meine Eltern eine große Party für mich schmissen, dachte ich, dass dies der beste Tag meines Lebens sein würde. Es gab eine große Torte, die meine Mutter selbst zubereitet hatte, und draußen stand ein aufgeblasener Pool. Mein Vater hatte den ganzen Vormittag daran gearbeitet, damit er warmes Wasser hatte und meine Freundinnen und ich uns amüsieren konnten. Es gab Eis, Waffeln, Süßigkeiten und verschiedene Spiele. Meine Mutter hat auch so kleine Häppchen zubereitet.“

Andächtig seufze ich und nehme eines der Häppchen in meine Hände. Erinnerungen kommen hoch. Keine Ahnung, ob das alles Alex interessiert.

Ich fahre fort: „Erst als ich etwas älter wurde, verstand ich, dass sie selbst auf so vieles verzichtet haben, damit Georgia und ich schöne Geburtstage erleben … und damit zu Weihnachten viele Geschenke unter dem Tannenbaum liegen konnten.“ Ich sehe zu Alex und meine: „Von dem Geld, das ich von dir erhalte, werde ich ihnen eine Reise spendieren. Das haben sie sich verdient. So kann ich ihnen wenigstens einen kleinen Teil zurückgeben.“

Selbst darauf bekomme ich keinen Kommentar seinerseits.

***

Nach einer weiteren Stunde stehe ich auf und strecke mich. Alex schaut flüchtig zu mir auf.

„Ich glaube, ich nutze das Angebot und werde mir einen Film ansehen, oder etwas schlafen“, teile ich ihm mit. „Die Nacht war kurz und ich bin total müde …“

„Du kannst dir auch etwas Bequemeres anziehen, wenn du willst“, sagt er und fügt hinzu: „Den Schlafbereich betritt niemand.“

„Okay. Danke.“

Ich nehme meine Handtasche mit und schnappe mir einen meiner Koffer. Im hinteren Teil der Maschine war ich bislang noch nicht. Vorbei an der kleinen Küche mit Kühlschrank und Kochstelle, geht es zum privaten Bereich: hier erstreckt sich eine Kabine mit Bett und großem Flachbildschirm. Wow.

Kaum zu glauben, dass ich mehrere Kilometer in der Luft bin und mich auf einem weichen Bett niederlassen kann. Ich schließe die Tür hinter mir und stelle meine Handtasche und den Koffer ab, ehe ich mir eine bequeme Leggins anziehe, mich in das Bett lege und mich mit der Fernbedienung durch die Auswahl scrolle. Wir werden noch einen halben Tag unterwegs sein, bis dahin kann ich mich ja noch etwas entspannen, damit ich Hawaii in vollen Zügen genießen kann.

***

Sechs Stunden später werde ich wieder wach. Ein Geräusch hat mich geweckt. Der Fernseher ist aus – ich bin einfach eingeschlafen. Alex steht neben dem Bett und hält die Fernbedienung in der Hand.

„Es gibt gleich Essen“, sagt er mit seiner kühlen Stimme.

„Oh, okay … Ich ziehe mir nur schnell etwas an“, sage ich und gähne.

„Der Schlaf hat gutgetan. Konntest du auch etwas schlafen?“, frage ich ihn.

„Ja.“

Alex sieht auf den Platz neben mir. Das Kissen und Laken wirken benutzt. Moment …

„Hast du neben mir geschlafen?“, frage ich ihn erschrocken.

„Nein.“

Er legt die Fernbedienung weg und verlässt dann den Schlafbereich. Vermutlich hat er etwas in seinem Sitz schlafen können.

Egal. Vielleicht ist er so kalt zu mir, damit keine Gefühle entstehen, oder damit ich mich nicht angebaggert fühle. Es ist ja ein Geschäftsdeal.

Aber was war das dann bitte in seinem Büro? Ich jedenfalls muss ständig daran denken.

Ich stehe auf und mache das Bett so ordentlich, wie ich kann.

Ich ziehe mir wieder etwas Ordentliches an, dann kehre ich in den vorderen Bereich des Fliegers zurück. Draußen sehe ich inzwischen den Ozean, der sich unter uns in jede Richtung erstreckt.

Als ich zu meinem Sitzplatz zurückkomme, riecht es wie in einem Gourmet-Restaurant. Die beiden Stewardessen kümmern sich immer noch um unser leibliches Wohl. Es gibt Hummer, Gambas, Lachs und Gemüse. Dazu erneut Champagner und Sekt. Alex bedient sich stoisch und minimalistisch.

„Ich habe noch nie etwas so Gutes gegessen“, murmele ich genüsslich und probiere von allem etwas. Es schmeckt einfach zu gut.

Alex schaut zu mir auf und merkt an: „Wir sagen zwar, dass du Floristin bist, was ja stimmt, aber vielleicht solltest du nicht vor meinen Eltern so euphorisch auf alles reagieren. Sie gehen schließlich davon aus, dass du etwas Klasse hast, und dann beeindruckt dich so ein Menü nicht.“

„Willst du mir sagen, ich habe keine Klasse?“, frage ich leicht irritiert, aber immer noch freundlich.

„Wenn du Klasse hast, dann verhalte dich möglichst so.“

Der Satz war wie ein Stich in den Bauch. Aber ich stecke ihn weg. „Verstanden."

„Und nicht schlingen, wenn wir mit ihnen bei Tisch sind. Das macht eine Lady nicht." Er schaut dann zu mir auf. „Oder?"

„Auch verstanden."

Ich beobachte Alex. Er hat sehr gute Tischmanieren. Ich versuche mir etwas mehr von ihm abzuschauen, während ich esse, und merke dann erst, wie schnell ich mir alles bis eben in den Mund geschaufelt habe.

Ob sich die Stimmung zwischen uns wenigstens ein kleines bisschen auflockern wird? Ich gebe mich inzwischen mit jeder noch so kleinen Freundlichkeit zufrieden.

***

Nach dem Essen lege ich mich wieder ins Bett, um mein Buch weiterzulesen und noch einen Film anzuschauen. Dabei schreibe ich mit Julia und meiner Schwester, die wissen möchte:

JULIA: „Wie lange fliegt ihr noch?"

Ich antworte:

SOPHIA: „Noch etwa sechs Stunden. Ich sehe mir noch ein, zwei Filme an und lese meinen Roman zu Ende. Dann landen wir auch schon. Echt verrückt. Ich freue mich total auf Hawaii."

JULIA: „Denk dran: es ist kein Urlaub. Von dir wird gute Arbeit erwartet."

Wenn sie wüsste …

Ich wünschte wirklich, es wäre nur ein Job, denn dann wäre es das Einfachste auf der ganzen Welt. Aber irgendwie fühlt es sich anders an. Es nervt mich, dass er so kalt zu mir ist.

Die letzten sechs Stunden fühlen sich deswegen an wie eine Ewigkeit.

Endlich landen wir und ich kann aus diesem Flieger raus, der sich langsam immer mehr wie ein Käfig angefühlt hat. Ich bin – trotz der bequemen Situation – vollkommen erledigt, als wir aus dem Flieger aussteigen und mit einer Limousine zum Hotel gefahren werden. Heute Nacht werde ich auf jeden Fall gut schlafen.

Alex macht einen gefassten Eindruck. Er fliegt ja öfter und ist solche Langstrecken vermutlich gewohnt, ganz im Gegensatz zu mir.

Staunend blicke ich aus dem Fenster auf die tropische Landschaft. Überall Palmen und Bananenbäume, eine ganz andere Botanik als bei uns in Boston. Alles ist einfach so grün.

Es sind draußen – laut unserem Fahrer – um die 30 Grad Celsius. Die vielen luxuriösen Anwesen machen mich sprachlos. Was für ein wunderschönes Fleckchen Erde …

Kapitel 9

Alex

Flug überstanden.

Ich habe in der Luft nicht alles geschafft, was ich schaffen wollte, weil Sophie immer wieder das Gespräch gesucht hat. Ich feuere noch während der Autofahrt einige wichtige Emails mit dem Handy ab, während meine Begleitung sich gerade so umsieht, als wäre sie erst auf diesem Planeten gelandet. Irgendwie niedlich, aber hoffentlich kann sie sich vor meinen Eltern noch etwas souveräner und professioneller zeigen.

Ich gähne. Hätte ich nur etwas mehr Schlaf während des Fluges bekommen. Irgendwie sind Sophies Versuche, irgendwelche oberflächlichen Gespräche zu führen, schon niedlich, aber wenn das zu häufig passiert, kann das meine Arbeit durcheinanderbringen.

„Wohin fahren wir?“, möchte Sophie wissen.

„Meine Familie hat ein ganzes Resort am Meer gebucht. Wir Zwei haben eine Suite nur für uns, mit mindestens zwei Schlafzimmern.“

Das beruhigt sie sicher. Ich betrachte kurz Sophie, die ein wenig eingeschüchtert neben mir sitzt und ihre Handtasche umklammert. Ihre schlanken Beine kommen in dem kurzen Rock sehr gut zur Geltung. Sie hat eine atemberaubende Figur und das blonde Haar passt herausragend zu ihrem Teint.

„Mit etwas Glück treffen wir niemanden von meiner Familie und können direkt in unsere Suite, da ich hundemüde bin und es sehr begrüßen würde, mich vernünftig auszuruhen – ungestört. Der wahre Trubel geht dann erst morgen los."

„Verstehe", murmelt sie und atmet tief durch.

„Bist du nervös, Sophie?" Sie will so genannt werden und nicht „Sophia", also tue ich es auch.

„Ja. Etwas."

„Ganz ruhig", meine ich und versuche tatsächlich etwas Ruhe in die Situation zu bringen. „Verhalte dich einfach ganz normal."

Ich lege meine Hand auf ihre und streiche mit meinem Daumen über ihren Handrücken. Sophie errötet sofort und sieht nervös zu mir.

„Es ist ganz süß, wenn du rot wirst", sage ich ihr und betone das alles mal wie ein liebender Ehemann. „Meiner Mutter wird das sicher gefallen."

Allerdings verzieht Sophie nun ihren Mund zu einem gequälten Lächeln, ehe sie nickt und wieder aus dem Fenster sieht.

Wir fahren direkt am Meer entlang. Die Aussicht ist wirklich schön, dass muss man Hawaii wirklich lassen. Ich nehme meine Hand wieder zurück und versuche mich zu entspannen.

***

Als wir das Resort erreichen, sehe ich mich kurz um: Es liegt nur wenige hundert Meter vom Strand entfernt. Künstlich angelegte Lagunen und Wasserfälle fügen sich perfekt in die Palmenlandschaft und Grünflächen ein. Das Resort macht einen Eindruck wie aus einer romantischen Komödie. Da hat Alyssa Geschmack bewiesen. Wie schön für sie.

Im Open-Air-Check-in-Bereich des Resorts gibt es aber gleich die erste unangenehme Überraschung des Tages: Meine aufgetakelte Mutter steht am Empfang und unterhält sich lautstark mit einem jungen Mann. Sie plaudert munter drauflos, dass ihr ältester Sohn ja bald heiraten werde und wie aufgeregt sie doch sei.

Gähn.

Meine Mutter hat ihr Haar kürzer schneiden lassen, sodass es nur noch Schulterlang ist. Auch das Blond sieht so aus, als hätte sie da vor Kurzem nachgeholfen. Auffällige Perlenohrringe und die dazu passende Kette schreien förmlich danach, welchen Status sie besitzt. Sie trägt ein weißes Outfit mit Sandalen, dazu einen riesigen Sonnenhut. Zumindest hat sie sich bereits an das Klima auf Hawaii angepasst.

Nur meinen Vater kann ich nirgends entdecken. Ich hoffe, er ist nicht gleich in einer der Bars versunken.

„Das ist meine Mutter: Jane“, flüstere ich Sophie zu und schlüpfe sofort in meine Rolle, während wir uns meiner Mutter nähern. Treusorgend lege ich meine Hand auf Sophies Rücken. Die Helfer des Hotels tragen unser Gepäck und bringen es zum Empfang.

„Du bist auch schon gelandet“, stelle ich fest, sodass meine Mutter auf uns aufmerksam wird.

Ihre Nachrichten und Anrufe habe ich während des Fluges selbstverständlich ignoriert. Es hat mir schon gereicht, dass sie die letzten Tage so rumgenörgelt hat, dass ich ihr meine Begleitung nicht vorgestellt und ohne ihr Einverständnis entschieden habe, sie mit zur

Hochzeit zu nehmen. Und das aus gutem Grund: meine Mutter wird Sophie nicht akzeptieren.

Meine Mutter dreht sich zu Sophie und mir herum. „Da bist du ja“, tönt sie fröhlich, doch ihr Blick schwenkt sogleich zu Sophie, während sie mich mit Küsschen auf meine Wangen begrüßt.

„Ja, da bin ich ja.“

Mir fällt sofort auf, wie missbilligend sie meine Begleiterin mustert. Nach unserer kurzen Umarmung ruht ihr Blick auf Sophie. „Und du bist wohl die mir bis dato vollkommen unbekannte Dame, die sich mein Sohn ausgesucht hat …“

Meine Mutter schafft es einfach binnen weniger Sekunden herauszufinden, welchen Status eine Frau hat. Anhand von Kleidung, Körpersprache, Frisur, Schmuck und der Art, wie diese ihre kalte Begrüßung erwidert.

Sophie bleibt freundlich: „Es freut mich sehr, Sie kennenzulernen, Mrs. Blackwell.“

Als Sophie das sagt, sieht meine Mutter kurz zu mir. Ihr Blick spricht Bände. Sie akzeptiert Sophie nicht, herzt sie aber dennoch. Vermutlich aber nur, um ihr Parfüm zu riechen und damit einen weiteren Wert zu ermitteln.

„Dann stell dich doch mal vor“, fordert meine Mutter. Das unterbinde ich am besten mal sofort und nehme die Sache selbst in die Hand. Sophie atmet zwar schon ein und möchte etwas sagen, aber ich will meiner Mutter auf keinen Fall das Ruder überlassen.

„Ihr Name ist Sophia Tisdale. Oder Sophie.“

„Wie denn nun?“

„Sophia."

Sophie will sich erklären: „Also, meine Eltern nennen mich …"

Ehe hier ein Gespräch entstehen kann, greife ich ein: „Wir hatten einen langen Flug und möchten auf unsere Suite."

Dann dränge ich mich zwischen sie und Sophie, die ich mit mir ziehe, indem ich meine Hand auf ihren Rücken lege. Ich habe meine Mutter begrüßt, weil die Pflicht es so will, aber jetzt nichts wie weg hier.

An der Rezeption erbitte ich unseren Zimmerschlüssel und ordne an, dass man unser Gepäck in dieses bringen mag. Hier warten die Hotelhelfer bereits damit.

„Sophia Tisdale, der Name kommt mir bekannt vor", höre ich meine Mutter grübeln. Sie kommt uns dann hinterher und ich verdrehe die Augen.

Sie konfrontiert Sophie: „Jetzt habe ich's. Bist du nicht diese Floristin, die Alyssa versehentlich kontaktiert hat?"

„Äh, ja …", stammelt Sophie nervös.

Ich muss erneut einschreiten und nehme die Schlüsselkarte an mich, wende mich dann meiner Mutter zu und biete ihr sogleich Paroli. Wenn sie einmal die Oberhand hat, krallt sie sich gerne daran fest.

„Sie ist Geschäftsführerin, wie ich. Und wie ich, ist sie auch nach dem Flug erschöpft. Wir sehen uns später, Mutter."

„Wie lange seid ihr denn schon ein Paar? Das kann ja erst vor Kurzem passiert sein, sonst wüsste ich doch etwas von ihr …“

„Hast du kein eigenes Leben, auf das du dich gerade konzentrieren kannst?“

Meine Mutter betrachtet mich strafend, während sie Sophie einen herablassenden Blick zuwirft. Eine einfache Floristin – es sei mal dahingestellt, ob es ihr Geschäft ist – ist in Mutters Welt auf derselben Stufe wie jeder andere Mensch, der keine Millionen auf dem Konto hat. Und so behandelt sie Sophie auch: Sie ist für meine Mutter einfach nicht wichtig genug.

So wendet sie sich nur noch an mich und ignoriert Sophie. „Sam hat mit Kellan sprechen können. Er befindet sich bereits auf dem Weg hierher.“

„Wie schön.“

Sie seufzt theatralisch auf und meint: „Wenigstens das funktioniert ohne mein Zutun.“ Als würde die Welt zugrundegehen, wenn sie nicht rechtzeitig einschreitet. „Aber er ist erst sehr spät losgekommen. Dein Vater ist darüber dennoch nicht glücklich, immerhin konnte er Kellan seit einem halben Jahr nicht erreichen. Du doch auch nicht. Er sitzt jedenfalls an der Bar und trinkt.“

„Wenn es das ist, was er gerade machen will, dann lass ihn.“

„Geh bitte zu deinem Vater und sprich mit ihm, Alex. Ja?“ Sie seufzt auf, wirft Sophie noch einen skeptischen Blick zu und geht dann.

„Das ist doch gar nicht mal so schlecht gelaufen“, meint Sophie, die mich nervös betrachtet.

„Mh …“, brumme ich kurz auf. Das Gegenteil ist der Fall. Aber ich will sie nicht noch mehr verunsichern.

***

Die Pagen haben unser Gepäck bereits auf die Suite gebracht, während Sophie und ich einen kleinen Umweg genommen haben. Sie ist dabei kurz bei jeder Pflanze stehengeblieben, um sich diese genauer anzusehen, Fotos davon zu machen und mir etwas über sie zu erzählen.

„Ohia Lehua. Das ist ein Baum mit typisch roten und manchmal gelben Blüten. Erstaunlicherweise bestäuben die Vögel und Insekten nur die roten, die gelben schaffen das von ganz allein. Faszinierend, nicht wahr? Nicht mal die Forscher wissen, warum das so ist. Es gibt von Ohia Lehua sogar Honig, und das Holz des Baumes verwenden die Ureinwohner für ihre Boote oder Skulpturen …“

„Mh …“, brumme ich erneut. Warum erzählt sie mir das alles?

„Ich hatte im Flugzeug viel Zeit, um mich über weitere Details zu informieren, aber das Meiste wusste ich schon.“

Sie knipst den Baum aus verschiedenen Winkeln und strahlt mich dann begeistert an. Es ist doch nur ein Baum. Der ganze Luxus scheint sie völlig kaltzulassen – was ja für ihre Rolle grundsätzlich gut ist. Aber dass sie von so etwas Lapidarem begeistert ist, das ist wirklich seltsam.

Aber sie ist echt süß, wenn sie lächelt.

„Eine Lieblingsblume hast du nicht zufällig, oder?“, möchte sie wissen.

„Nein.“ Blumen sind mir vollkommen egal.

„Schade. Ich glaube, die Zamioculcas passt am besten zu dir.“

„Bitte was?“

„Das ist eine Pflanze ohne Blüten und passt am besten zu einer Persönlichkeit wie deiner. Du lernst gerne Neues, bist aktiv, aber auch ruhelos und verdammt hartnäckig. Du brauchst ständig einen Anreiz und kannst dich nicht entspannen. Die Pflanze wächst schnell und braucht nicht so viel Pflege, sie hält irgendwie alles aus.“

„Hast du das alles auswendig gelernt?“

„Schon …“, gibt sie kichernd zu und meint: „Zu mir passt die Calathea Madallion am besten.“

„Und warum?“, möchte ich dann doch wissen.

„Weil ich eine Träumerin bin …“

Sie geht einfach weiter und lässt mich stehen. Dann dreht sie sich herum, hält ihr Handy hoch und knipst mich. „Bitte lächeln!“

Allerdings blicke ich eher grimmig in die Kamera, was sie nicht davon abhält, fröhlich zu sein.

Wir gehen den Weg weiter zu unserer Suite. Das Wetter ist herrlich und der Himmel wolkenfrei. Die Luftfeuchtigkeit ist zwar deutlich höher als in Boston, aber dadurch, dass das Resort so nah am Meer ist, weht immer etwas Wind.

„Warum gehst du nicht zu deinem Vater an die Bar?“, möchte sie dann von mir wissen und scrollt dabei kurz durch ihre Fotogalerie, ehe sie weitere Bilder von

Pflanzen macht, sich dafür sogar hinkniet und vergnügt kichert, als sie ein paar schöne Aufnahmen macht.

„Was stellst du für Fragen?“

„Ich meine nur. Es schien deiner Mutter doch sehr wichtig zu sein.“

„Wenn ich alles getan hätte, was meine Mutter von mir verlangt, wäre ich heute längst verheiratet und sie mit einem halben Dutzend Enkeln gesegnet, die sie an meiner Stelle herumkommandieren könnte.“

Meine trockene Antwort verwundert Sophie, die mich etwas irritiert ansieht, ehe sie sich wieder aufrecht hinstellt und ihr Handy in ihre Handtasche steckt.

„Kellan ist also dein anderer Bruder“, beginnt sie und horcht mich daraufhin aus: „Ist er älter oder jünger als du? Und warum habt ihr alle seit sechs Monaten keinen Kontakt mehr?“

„Er ist der jüngste von uns Brüdern und … die Gründe für die Funkstille liegen in unserer, nun, ich nenne es mal: Familiendynamik. Dass er überhaupt kommt, hat er wohl am ehesten Sam zu verdanken. Die Woche wird nicht so einfach werden.“

Ich atme tief durch, freue mich aber schon darauf, Kellan endlich wiedersehen zu können. Immerhin ist er mein Bruder.

***

Wir erreichen die Suite. Vor der Tür, die im angenehm kühlen Schatten der Bepflanzung liegt, steht eine junge Frau in Reinigungsuniform, die auffällig seltsam ihr Handy in der Hand hält. Sie wird doch wohl keine Fotos von Sophie und mir schießen?

„Was ist?“, fragt Sophie mich, als ich die Tür zwar aufgeschlossen habe, aber nicht hineingehe.

„Sie hat Fotos von uns gemacht. Ich schätze meine Privatsphäre. Vermutlich wird sie versuchen die Fotos gegen viel Geld zu verkaufen. Immerhin kommen auch gerne prominente Gäste her.“

Ich lasse die Schlüsselkarte stecken und gehe auf die junge Frau zu. Auf ihrem Namensschild steht der Name „Lena“ geschrieben.

„Haben Sie uns fotografiert?“, möchte ich von ihr wissen. „Sollten Sie weitere Bilder von uns machen, wird das Konsequenzen nach sich ziehen. Ein derart respektloses Verhalten durch das Personal lasse ich mir nicht bieten.“

„Tut mir leid …“

Ich lasse sie nicht ausreden: „Wenn Sie Sophies und meine Privatsphäre während des Urlaubs nicht respektieren, überschreiten Sie damit deutlich eine Grenze.“

Die junge Frau wirkt eingeschüchtert und sagt kein Wort.

„Löschen Sie das Bild. Sofort.“ Ich spreche streng und deutlich, brülle sie aber nicht an. Dabei beuge ich mich leicht zur Seite, sodass ich sehen kann, wie ihre zittrigen Finger das Bild löschen.

„Ich denke, wir haben uns verstanden, oder?“

„Ja. Entschuldigen Sie mich bitte, es kommt nicht wieder vor. Bitte melden Sie das nicht meinem Vorgesetzten.“

Sie deutet einige aufgeregte Verneigungen an und huscht daraufhin an mir vorbei, um schnell das Weite zu suchen. Ich atme tief durch und gehe zurück zu Sophie, die so eine Situation nicht gewohnt ist.

„Falls dir jemand auffällt, der Fotos von dir, mir oder meiner Familie macht, sag mir bitte Bescheid. Ich kümmere mich dann darum."

Sophie nickt stumm. Ich öffne die Tür und trete ein. Sophie folgt.

Kapitel 10

Sophie

Das Oceanside Resort auf Hawaii ist ein absoluter Traum! Nicht nur, weil es direkt am Meer liegt und purer Luxus auf mich wartet, sondern vor allem wegen der atemberaubenden Bepflanzung hier. Ich blühe im wahrsten Sinne des Wortes auf und bin schon ein wenig traurig darüber, dass wir nur eine Woche hierbleiben. Dabei gibt es auf dieser wunderschönen Insel doch so viel zu entdecken …

Wir betreten die Suite. Gleich der erste Raum ist riesig und lichtdurchflutet. Purer Luxus, wohin das Auge reicht, aber das alles beeindruckt mich nicht so wie die Botanik.

Es fühlt sich an, als wäre ich in einem Film gelandet. Ich laufe aufgeregt durch das Wohnzimmer bis zu den großen Glasschiebetüren, die zu einer Holzterrasse mit eigenem Pool führen. Das macht mir dann doch Freude.

„Hier gibt es auch einen Pool“, freue ich mich leise.

„Ja, das ganze Resort ist so angelegt“, antwortet Alex mir lapidar, als wenn er jeden Tag so etwas zu sehen bekommen würde.

„Aber er ist nicht tief!“, freue ich mich. Das ist perfekt. So kann ich auch hier ein wenig Schwimmen üben.

„Es reicht, um zwischendurch ein paar Bahnen zu ziehen, ohne von meiner Familie permanent unterbrochen zu werden“, sagt er und geht zu seinen

Koffern, die die Pagen bereits abgestellt haben. „Ich habe dir noch etwas einfliegen lassen. Komm."

Alex geht voraus und ich versuche meine Freude ein wenig zu bremsen, gehe ihm nach und staune weiter, als er mich in das erste Schlafzimmer führt. „Das ist dann wohl meines. Das hier ist deins."

Das liegt seinem gegenüber. Ich rolle meinen Koffer in das Zimmer hinein. Edel, aber schlicht ausgestattet. Lange, dicke Gardinen, die den Raum richtig abdunkeln, wenn man sie zuzieht. Ein propellerartiger Deckenventilator dreht sich leise und hält den Raum kühl …

Vor dem Bett stehen zwei große Koffer und Boxen, was so gar nicht in das Ambiente einer Luxussuite passt. Alex kommt dazu und stellt sich in den Türrahmen, die Arme verschränkt.

„Was ist das?", frage ich ihn.

„Ich habe einen professionellen Stylisten gebeten, dir eine Garderobe zusammenzustellen, damit meine Mutter wenigstens bezüglich deiner Kleidung nichts zu beanstanden hat. Schuhe, Kleider, Blusen, Schmuck … das ist alles für dich. Einige Stücke hat er in zwei, drei unterschiedlichen Größen gekauft, damit du die für dich passende anziehen kannst."

„Und was ist mit meinen Sachen?" Ich sehe an mir herunter. Gibt es an ihnen etwa etwas auszusetzen?

„Freizeitkleidung, wenn du dich hier allein aufhältst. Aber wenn du die Suite verlässt, trägst du eines von den Stücken hier."

Er lässt mir also nicht mal die Wahl.

„Okay, ähm …"

Ich bin mit der Situation etwas überfordert. Alex versucht aus mir eine Frau zu machen, die ich nicht bin. Aber immerhin bezahlt er viel Geld für meine pure Anwesenheit, also will ich mich nicht beschweren.

„Es gibt ein cremefarbenes Designerkleid, dazu High Heels mit Schleifen, die um die Waden gebunden werden. Trag das Haar offen. Passenden Schmuck findest du in den kleinen Schachteln. Nimm etwas Goldenes."

Alex will wieder gehen, während ich etwas hilflos dastehe und mit der Situation überfordert bin.

„Okay, danke …", werfe ich ihm noch hinterher, ehe er das Schlafzimmer verlassen kann. Er nickt stoisch und geht.

Danach sehe ich mich kurz um: ein Bett, unglaublich viel Platz – das Zimmer ist größer als meine gesamte Wohnung. Es gibt hier sogar ein angrenzendes Bad mit Wasserfall-Dusche, riesigem Whirlpool und glänzenden Spiegeln. Die Toilette ist in einem separaten Raum.

Ich seufze leise auf. So lässt es sich leben …

Zuerst öffne ich die Koffer – vermutlich kostet einer davon mehr als meine Monatsmiete. Darin befinden sich unzählige Schuhe und Kleider, wie Alex es angekündigt hat. Wenige rote Stücke, dafür mehr cremefarbene oder hellblaue, Türkis und Rosa sind auch dabei. Es gibt sogar ein ziemlich verführerisches schwarzes Kleid.

Bevor ich mich aber in Schale werfe, gehe ich duschen – lange und ausgiebig. Das habe ich mir nach dem langen Flug wirklich verdient.

Anschließend nehme ich das cremefarbene Kleid, das aus sehr wenig Stoff besteht. Es hat breite Träger und schmiegt sich perfekt an meinen Körper, es geht mir bis etwa zehn Zentimeter über die Knie und zeigt sehr viel Rücken.

Danach wähle ich den Schmuck aus: Ich entscheide mich für eine dezente goldene Kette mit den dazu passenden Ohrringen, Armreifen sowie einigen Ringen. Diese sind alle vorsortiert und bestehen aus Sets. Jedes Set hat eine Karte dabei, auf der wichtige Notizen stehen: „Nur zu roter Kleidung tragen" oder „passt zu cremefarbener und hellblauer Kleidung." Wirklich praktisch.

Danach sind die Schuhe dran. Die Absätze sind mörderisch hoch und ich habe etwas Mühe, mir die Schleife zu binden.

Danach stelle ich mich aufrecht hin, gerate aber sofort ins Wanken. So ein Mist. Auf derart hohen Schuhen bin ich noch nie gelaufen. Ob noch andere in dem Koffer sind, die etwas flacher ausfallen?

Ich durchsuche alles, muss aber schnell feststellen: Sie alle haben diese unglaublich hohen Absätze. Ich seufze auf und übe das Gehen, indem ich in meinem Schlafzimmer von der einen bis zur anderen Wand laufe und zurück. Bei den Modeschauen im Fernsehen sieht das immer so leicht aus, aber kaum habe ich solche Treter jetzt selbst an den Füßen, kriecht die Sorge in mir hoch, mir die Knöchel zu brechen.

Worauf habe ich mich bitte eingelassen? Was zum Teufel mache ich hier eigentlich?

***

Nach einigen Minuten Training gehe ich auf den Flur hinaus. Alex' Tür ist nur angelehnt, sodass ich durch den Spalt blicken kann …

Er steht mit einer cremefarbenen Hose da und wählt ein sandfarbenes Shirt aus, das er sich nun überstreift. Dabei kann ich sehr gut bewundern, wie muskulös er von hinten und der Seite aussieht. Ich atme tief durch, schließe kurz die Augen und versuche mich zusammenzureißen.

Dann räuspere ich mich auffällig und klopfe an die Tür, die ich ein Stück aufschiebe.

„Ich bin fertig, wie gefallen dir die Sachen?“, frage ich und versuche so selbstsicher wie nur irgend möglich dazustehen, während sich Alex sein Oberteil glatt zieht. Er hebt kurz beide Brauen und nickt dann.

„Das steht dir. Sehr gut. Erwähne nicht, dass der Stylist die Kleidung ausgewählt hat. Gib sie als deine eigenen Sachen aus“, fordert er und wendet sich mir dann zu.

„Okay.“

Ich lege meine Hand an seinen Oberarm. Verdammt. Er fühlt sich so gut an und sieht so schneidig aus. Alex ist kurz verwundert, aber ich bin froh, mich an ihm festhalten zu können

„Die Schuhe sind etwas ungewohnt für mich, die Absätze deutlich höher, als ich sie üblicherweise trage“, gebe ich zu.

„Wir müssen ja nicht weit gehen. Es ist nur ein Abendessen.“

Soll mich das beruhigen?

„Ich hoffe, es geht alles gut und sie kaufen uns die Scharade ab“, meine ich. Alex bietet mir nun seinen Arm an, sodass ich mich einhaken kann. Das verschafft mir gleich viel mehr Sicherheit. „Danke.“

„Stütz dich einfach an mir, aber lass es so aussehen, als würdest du meine Nähe suchen.“

„Verstanden. Das schaffe ich.“

***

Wir verlassen die Suite. Mittlerweile ist die Dämmerung angebrochen und der Himmel über dem Ozean blutrot. Die Temperaturen sind nicht mehr so heiß wie bei der Landung, worüber ich ganz froh bin. Eine angenehme Brise erfrischt mich.

Wir gehen gemeinsam den Weg zum Open-Air-Check-in, wo Alex vorhin auf seine Mutter Jane traf und die Schlüsselkarte holte.

„Was genau erwartet mich jetzt?“, möchte ich von ihm wissen.

„Nur ein Abendessen. Sam und Alyssa stehen im Fokus. Du musst nur gut an meiner Seite aussehen und den Abend genießen, mehr nicht.“

Das sagt er so einfach. Ich setze schonmal ein Lächeln auf und kichere amüsiert, als uns die ersten Gäste begegnen.

„Kann man den Abend auch genießen, ohne zu spielen?“

„Wenn man getrunken hat.“

„Du bist so witzig“, meine ich und betrachte ihn gespielt verliebt.

„Ich bin nicht witzig und du brauchst mich nicht zu übertrieben anzuhimmeln, verhalte dich einfach ganz normal“, mahnt er mich.

Okay, das war wohl keine so gute Idee, ihn witzig zu nennen. Ich laufe bei Alex richtig auf Eierschalen.

„Ruhig und gelassen. Pass dich mir einfach an.“

Also kühl und distanziert. Verstanden.

Wir betreten ein Restaurant unter freiem Himmel. Pergola mit grüner Bepflanzung und Lichterketten spenden ein angenehmes Ambiente.

„Das ist aber ganz schön voll hier …“

„Das sind alles geladene Gäste. Familie. Freunde. Bekannte und Geschäftspartner mit ihren Partnern.“

„Alle?“, stammele ich aufgeregt. Ach, du Schreck. Hier ist man unter permanenter Beobachtung.

„Ja. Das gesamte Resort gehört für eine Woche uns, somit sind nur unsere geladenen Gäste hier. Ich hatte dir doch erzählt, dass 200 Leute kommen.“

„Ja, ja, hattest du erzählt, ja …“

Alex wirft mir einen skeptischen Blick zu, aber nur kurz, ehe er künstlich zu lächeln beginnt. Das liegt vermutlich daran, dass seine Mutter sich uns nähert.

„Alex, da bist du ja“, sagt Jane, die ein lachsfarbenes Kleid trägt. Sie könnte auch in einem Film der 80er Jahre mitspielen, als reiche Frau eines Ölmagnaten. Jane hat das gewisse Etwas. Sie strahlt einfach aus, dass sie wohlhabend und voller Selbstbewusstsein ist. Weiter kommt sie allerdings nicht, da sie von jemandem angesprochen wird und sich kurz festquatscht.

„Oh, Alex, wer ist denn deine bezaubernde Begleitung?“, fragt ein älterer Herr, der mich begeistert anstrahlt.

„Sophie“, erklärt Alex knapp. Ich nicke dem Herren freundlich entgegen und reiche ihm die Hand, die er gerne annimmt.

„Es freut mich sehr, Miss Sophie“, sagt er mit einem amüsierten Lächeln und geht dann zu Alex. „Gut schaust du aus, mein Junge.“ Dann geht er weiter zu seinem Tisch.

Ich bemerke die neugierigen Blicke einiger Männer und Frauen, die bereits etwas zu essen oder zu trinken auf dem Tisch haben. Soviel dazu, dass sein Bruder Sam und die zukünftige Braut Alyssa im Fokus stehen. Ständig sind Augen auf mich geworfen. Wieso?

Jane wendet sich wieder an ihren Sohn. „Dein Onkel Frank hat dich ewig nicht mehr gesehen“, sagt sie und schaut dem Herrn hinterher, den wir gerade begrüßt haben. „Deutlicher kann er es dir nicht machen, Alex. Du bist einfach viel zu selten bei den Familienfeierlichkeiten dabei und machst Kellan damit langsam alle Ehre.“

„Danke für die lieben Worte“, antwortet Alex mit kühlem Sarkasmus.

Jane seufzt und sieht sich noch einmal suchend um. Besagter jüngerer Bruder ist wohl noch nicht da. Aber ich sehe es Jane deutlich an, wie nervös sie ist, den verlorenen Sohn nach so langer Zeit endlich wiedersehen zu können.

„Wir suchen uns mal einen freien Platz“, sagt Alex und will schon gehen. Ich setze bereits einen Fuß nach vorn, doch Jane hält uns auf.

„Freien Platz? Ihr sitzt natürlich bei uns, gleich da vorn.“

Jane deutet auf den größten Tisch gleich in der Mitte des Restaurants, wo uns alle gut sehen können. Dort sitzt bereits Alyssa, die ein rosafarbenes Kleid trägt – ähnlich wie meines. Ihr dunkles, lockiges Haar ist mit weißen, kleinen Blumen geschmückt. Sie strahlt und berührt dabei immer wieder den Arm ihres Sitznachbarn …

Das ist wohl Sam, Alex’ großer Bruder. Optisch ähneln sich beide nur ein wenig. Samuel hat ein noch ernsteres Gesicht als Alex. Sein Haar ist streng zurückgekämmt und sein Blick wirkt scharf und beobachtend. Er jagt mir für einen kurzen Moment einen Schreck ein, aber ich behalte mein Lächeln natürlich bei, damit ich nicht negativ auffalle. Immerhin haften noch immer alle Blicke auf mir, sodass ich den Bauch einziehe und versuche eine graziöse Pose einzunehmen: weiblich, selbstbewusst und als perfekte Frau an Alex Blackwells Seite.

Meine Füße schmerzen. Ich laufe und stehe die ganze Zeit auf meinen Zehenspitzen. Nur dank Alex kann ich die Balance halten, sonst würde ich längst am Boden liegen und hätte eine Show hingelegt, die alle ins Staunen versetzt hätte – leider nicht im positiven Sinne.

Neben Samuel und Alyssa sitzt auch noch Scott Blackwell mit am Tisch. Er trinkt etwas, das nach Champagner aussieht, und wirkt müde und abgekämpft, in sich gekehrt. Als würde es ihn nicht im Geringsten interessieren, was die Anderen über ihn denken. Er ist also das Pendant seiner Ehefrau Jane.

Alex schweigt zu der Anweisung seiner Mutter. Er murmelt mir nur zu: „Komm."

Alex führt mich in Richtung Tisch. Erneut setze ich einen Schritt nach vorn, aber Jane kommt uns abermals zuvor. Sie hält Alex auf und flüstert ihm noch etwas zu: „Dein Vater ist zu betrunken und als Trauzeuge solltest du eine Rede halten. Sag ein paar nette Worte und führe durch den Abend."

„Dein Ernst, Mutter?" Damit hat Alex so gar nicht gerechnet und ich natürlich auch nicht. „Ich soll durch den Abend führen?"

„Ja, bitte."

„Und wie stellst du dir das vor?", fragt Alex sie distanziert.

„Na, begrüße die Gäste, wünsche ihnen einen guten Appetit und sag ihnen, wie sehr du dich darauf freust, bei der Hochzeit dabei zu sein."

„Das tue ich doch gar nicht."

„Hör jetzt auf, Alex. Bitte, tue deiner Mutter diesen Gefallen."

Alex gefällt das gar nicht. Dieses Mal zieht er mich noch hastiger mit nach vorn und drängt sich an seiner Mutter vorbei. Ich habe etwas Mühe, Schritt zu halten, und versuche nicht umzuknicken. Immer schön lächeln!

Als wir den Tisch erreichen, bin ich unendlich froh, mit meiner anderen Hand die Rückenlehne des Stuhls zu berühren, damit ich mich daran abstützen kann. Alex setzt sich zu Samuel und ich nehme neben Alex Platz. Neben Alyssa sitzt eine junge Frau, die ebenfalls dunkles Haar hat. Vermutlich ihre Schwester, oder eine sehr gute Freundin. Ihnen gegenüber haben die Eltern Platz genommen, sodass alle wichtigen Familienmitglieder versammelt sind.

Als ich sitze, entspanne ich sofort meine Füße. Uff, das tut gut. Was für Schmerzen.

Die hübschen Blumengedecke fallen mir natürlich sofort ins Auge. Sie sind wirklich gut. Ich selbst hätte ein paar Blumen anders arrangiert – es juckt mir in den Fingern, das Eine oder Andere umzustecken, aber ich lasse das natürlich bleiben. Sofort scanne ich meine Umgebung ab und versuche mich den anderen Frauen optisch anzupassen: Sitzhaltung oder die Stellung der Arme und Hände. Ich kopiere sie einfach.

Jane kehrt zurück an ihren Platz und setzt sich zu Scott, der mich noch keines Blickes gewürdigt hat. Ihm bin ich scheinbar vollkommen egal – was mir deutlich sympathischer ist als eine Mutter, der ich nie gut genug sein kann.

Jane betrachtet mich noch einmal strafend. Sie missbilligt meine Anwesenheit deutlich, aber ich tue so, als würde ich davon nichts mitbekommen. Dann nickt sie Alex zu und macht eine fordernde Handbewegung.

Alex neigt sich zu Samuel und bespricht sich kurz mit ihm. Was sie besprechen, kann ich leider nicht hören. Dann erhebt er sich …

Jane ist jedoch schneller als er, greift sich ein Glas und klimpert mit einem Löffel dagegen, ehe Alex seines auch nur berühren kann. Jetzt steht er da und muss sprechen.

Sofort verstummt das Getuschel und Gemurmel der Gäste und alle sehen zu Alex. Auch ich blicke zu ihm auf und bin gespannt darauf, was er zu sagen hat. Ihm gefällt es definitiv nicht, dass alle Augen auf ihn gerichtet sind.

Schweigend nimmt er sein Glas, in dem sich bereits Champagner befindet, hebt es hoch und spricht laut und deutlich: „Ich hoffe, ihr hattet alle einen angenehmen Flug und genießt die Zeit auf Hawaii."

Einige Lächeln kommen zurück.

Dann prostet er seinem Bruder zu und sagt: „Auf Samuel und Alyssa."

Nein, er ist kein Mann der großen Worte.

Zumindest die Anwesenden applaudieren und das zukünftige Brautpaar strahlt. Mission erfüllt, würde ich sagen.

Alex setzt sich wieder, während seine Mutter ihm vernichtende Blicke zuwirft. Sie lächelt dabei zwar, aber ihr linkes Auge zuckt ununterbrochen. Sofort rappelt sie sich auf. Scott sieht nur einmal knapp zu ihr, schüttelt den Kopf und trinkt wieder einen Schluck.

„Ihr Lieben", beginnt Jane erfreut. Diese Frau steht gerne im Rampenlicht. Ich hoffe allerdings, dass sie dabei bedenkt, dass das hier nicht ihre, sondern die Hochzeit ihres Sohnes ist. „Es ist so schön, euch alle wiederzusehen, an solch einem wundervollen Fleckchen Erde. Ich hoffe, ihr hattet alle eine angenehme Reise und genießt die Zeit im Resort sichtlich. Es freut mich sehr, Alyssa bald als Teil unserer Familie begrüßen zu dürfen. Ich bin sicher, dass sie unseren Sohn Samuel zu einem glücklichen Mann machen wird. Eine Ehe bedeutet nicht nur Verantwortung, sondern Liebe, Schutz und Hoffnung."

Ich schaue flüchtig zu Alex und sehe, wie er die Augen verdreht und sich fragt, wann das hier endlich enden wird.

Jane sieht zu Scott, der sich nicht einmal regt. „Mein Mann und ich sind seit über 40 Jahren verheiratet, möge dieses Glück auch euch beiden hold sein." Sie prostet Samuel und Alyssa nun auch zu. „Habt einen wundervollen Abend."

Die Gläser gehen hoch, und alle trinken einen weiteren Schluck.

Erst jetzt setzt sie sich unter weiterem Applaus. Sie rümpft kurz die Nase, als wolle sie Alex sagen: „Siehst du? So wird es gemacht." Aber sie spricht es nicht aus.

Alex hingegen ist das vollkommen egal. Er leert sein Glas in einem Zug, das ein herbeieilender Kellner sofort wieder auffüllt. Erst jetzt schmunzelt Scott, der Alex knapp zunickt.

Wieso nur habe ich das Gefühl, dass Jane der Auslöser dafür ist, dass der Alkohol hier so in Strömen fließt?

***

Wir erhalten die Karte und bestellen etwas zu essen. Um mich anzupassen, wähle ich das gleiche Essen aus wie Alex – ohne so richtig hinzuhören oder zu fragen, was ich da eigentlich bestellt habe. Es wird schon lecker sein.

Mir fällt auf, dass Alex inzwischen deutlich höflicher und zuvorkommender zu mir ist, seit seine Mutter mich mit Argusaugen beobachtet. Immer wieder streiche ich über seinen Arm, werfe ihm verliebte Blicke zu, lächele, wenn er etwas erzählt, und tue so, als wäre ich schrecklich verliebt in ihn. Auch Alex sieht dabei hin und wieder zu mir und lächelt sanft, was mir dann doch das eine oder andere Mal Schmetterlinge in meinen Bauch zaubert.

„Und … wie ist das passiert?", fragt Jane dann ganz direkt, als ich mir gerade eine Gamba in den Mund stecke. Sie sieht nur knapp zu mir, ehe sie sich direkt an ihren Sohn wendet.

Alex trinkt noch einen Schluck und lässt sich mit der Antwort Zeit. Ich mische mich nicht ein, da sie von mir sicher nichts hören möchte.

„Ich weiß nicht, was du hören willst, Mutter. Liebe passiert."

„Naja, eine einfache Floristin, die …", beginnt sie abfällig zu lamentieren, ehe ihr Mann Scott seine Hand hebt und auf ihren Unterarm legt.

„Lass gut sein, Jane", mahnt er sie gelangweilt und trinkt dann noch einen Schluck. „Du wolltest, dass er eine Verabredung hat. Jetzt hat er eine. Und jetzt passt es dir nicht? Lass wirklich gut sein, unser Sohn ist alt genug."

Alex' Vater nimmt seine Hand wieder weg und nickt mir knapp zu. Ich bin ihm unendlich dankbar, dass er seine Frau gestoppt hat. Nun, nicht so ganz, denn sie ist noch lange nicht fertig.

„Ich frage mich nur, was das soll …“, antwortet sie Scott, beugt sich dann nach vorn und schimpft flüsternd weiter, während ihr Blick zwischen Alex und mir hin und her wandert. „Alyssa hat mir verraten, wie klein der Blumenladen ist. Eine einfache Floristin?“

„Mutter, ich merke, wie mein Schädel explodiert, wenn ich dich reden höre.“

„Komm schon, Alex. Sei ehrlich. Willst du mich ärgern? Mich bestrafen? Warum tust du mir das an? Das hier ist die Hochzeit deines Bruders!“

„Mutter!“ Jetzt mischt sich sogar Samuel ein.

Während ich beschämt auf meinen Teller blicke, tauschen Mutter und Söhne intensive Blicke aus, die ich nur am Rande mitbekomme.

„Ich habe mich für Sophie entschieden, ob dir das nun gefällt oder nicht. Leb damit und behalte deine Kommentare fortan für dich. Rede über deinen tollen Sonnenhut.“

Jane ist offensichtlich sprachlos. Scott muss fast kichern, verkneift es sich aber.

Alex nickt ihr zu: „Du solltest den Fisch noch essen, solange er warm ist.“

Das gefällt Jane gar nicht. Sie wirft mir einen vernichtenden Blick zu und isst danach stumm weiter. Alex streicht kurz über meine Hand und neigt sich dann charmant zu mir.

„Wie schmeckt dir das Essen, Darling?“, fragt er mich mit einer überraschend liebevollen Stimme.

„Sehr gut. Wir teilen den gleichen Geschmack …“, antworte ich etwas nervös.

Es fällt mir schwer, weiter so zu tun, als sei alles in Ordnung, während seine Mutter mir schräg gegenüber sitzt und kurz davor ist, über den Tisch zu kriechen, um mir die Augen auszukratzen. Aber das würde eine Dame ihres Standes glücklicherweise nicht tun. Sie vernichtet mich vorher lieber in Ruhe mit ihren Blicken.

***

Nach dem Dessert verlassen Samuel und Alex kurz den Tisch. Auch Jane und ihr Mann Scott unterhalten sich mit anderen Gästen, während Alyssa zu mir kommt und neben mir Platz nimmt. Es ist seltsam, sie wiederzusehen, nachdem sie mich an der Tür ihres Apartments so eiskalt hat abblitzen lassen.

„Okay, ich muss es wissen. Wie hast du es geschafft, mit Alex zusammenzukommen? Das letzte Mal, als wir uns trafen, warst du nur eine einfache Floristin und jetzt bist du an seiner Seite? Er war doch der, der Sam gesagt hatte, wir sollen das auf keinen Fall mit dir riskieren. Das alles passt so gar nicht zu ihm …“

Ich habe es hier aber auch wirklich nicht einfach. Allerdings wirkt Alyssa nicht angriffslustig, sondern vielmehr besorgt, was mich aufhorchen lässt.

Ich erkläre: „Wir haben uns im Fahrstuhl unterhalten und … verstanden uns sehr gut. Schon davor haben wir uns ja im Blue Essence Spa getroffen. Es hat irgendwie geklickt. Es war … magisch.“

Es fällt mir schwer zu lügen, aber ich stelle mir einfach vor, dass es wirklich so war. Das macht es zumindest ein klein wenig einfacher. Und meinerseits war definitiv ein Funke da.

„Das ist irgendwie romantisch“, schwärmt sie. „Und das hier ist definitiv der Ort für Romantik.“

„Ja. Ich habe noch nie eine so intensive Beziehung zu einem Mann gehabt. Alles geht so unglaublich schnell … Im wahrsten Sinne des Wortes.“

„Also, um ehrlich zu sein: Alex ist ein Aufreißer. Er benutzt Frauen nur für Sex und meldet sich danach nie wieder bei ihnen. Er wird niemals sesshaft werden oder eine ernsthafte Beziehung mit einer Frau führen, mach dir da bitte nichts vor. Ich meine es nicht böse mit dir, sondern will dich nur warnen. Von Frau zu Frau.“

Das alles zu hören, zerstört mich innerlich. Noch nie habe ich irgendwas durch Dritte über Alex' Privatleben erfahren. Er selber erzählt gar nichts, außer dass er angeblich aktuell keine andere Frau trifft. Aber das hier klingt ja mal richtig mies.

Alyssa ringt um Worte und fährt fort: „Normalerweise schmeißt er sie nach dem Sex raus, blockt ihre Anrufe ab und lässt sie nicht mal in die Lobby seiner Firma kommen. Das haben schon Einige versucht, aber sie sind immer gescheitert. Und jetzt bist du hier mit ihm auf Hawaii …“ Sie grübelt und betrachtet mich eindringlich. „Wie hast du es geschafft ihn zu zähmen? Was hast du getan?“

„Ich habe nichts weiter getan. Wir trafen uns vorab im Spa, wo es bereits geknistert hat. Danach im Fahrstuhl. Da haben wir geredet. Am nächsten Tag haben wir uns getroffen und festgestellt, dass wir auf einer Wellenlänge sind. Ich habe so eine tiefe Verbindung noch nie zuvor bei einem Mann gespürt."

Wie gerne würde ich diese Worte ehrlich meinen. Ich senke meinen Blick und verstricke mich immer tiefer in diese Lügen, während ich zugleich ein flaues Gefühl im Magen verspüre.

Wenn Alex wirklich so mit Frauen umgeht, werde ich nach der Woche auf Hawaii nie wieder etwas von ihm hören – und das wäre dann auch gut so. Warum muss ein so attraktiver und interessanter Mann wie er nur ein Playboy sein? Ich habe wirklich unglaubliches Pech.

„Du wärst nicht die erste, die sich unsterblich in Alex verliebt." Alyssa rückt noch etwas näher und flüstert: „Sam ist seinem Bruder optisch zwar ähnlich, er ist ruppig und kühl, macht das Klinikpersonal nervös …"

Ich erinnere mich. Alex hatte erwähnt, dass Samuel als Arzt arbeitet.

Alyssa fährt fort: „Aber er hat eine sanfte Seite, ist treu und aufrichtig. Das komplette Gegenteil von Alex. Ich würde Samuel niemals heiraten, wenn er so verdorben wäre wie Alex."

„Harte Worte", antworte ich.

„Ich meine es nur gut. Du wirst mit einem wie Alex niemals glücklich werden." Sie tätschelt meinen Arm und meint: „Genieße die Zeit, vergiss ihn danach und such dir einen anständigen Mann, der dich heiraten will, treu ist und dich nicht sofort aus dem Bett wirft, nachdem er mit dir Sex hatte."

Alyssa steht auf und lächelt mir noch einmal knapp zu, ehe sie zurück zu ihrer Familie geht. Gerade rechtzeitig, denn Jane und Scott kehren zum Tisch zurück, fast gleichzeitig mit Samuel und Alex. Ich spiele natürlich noch immer die Verliebte, da ich weiß, dass mich alle beobachten, aber in meinem Herzen herrscht Chaos.

***

Nach dem Essen verabschiedet sich Alex von den Anderen und ich begleite ihn natürlich. Das Problem mit den viel zu hohen Schnürschuhen hat sich hingegen noch nicht erledigt. Ich hake mich wieder bei Alex ein und verlasse mit ihm gemeinsam das sich leerende Restaurant unter freiem Himmel. Auf dem Weg zu unserer Suite gehe ich allerdings immer langsamer.

„Uh …“, stöhne ich auf. Es ist so wackelig auf den Teilen und der Weg uneben. Das macht es mir zusätzlich schwer. Ich kann noch nicht einmal die schönen Blumen bewundern, die selbst in der Dunkelheit, bei künstlichem Laternenlicht, so schön strahlen.

„Komm“, höre ich Alex noch sagen, ehe er mich packt und einfach in seinen Armen trägt. Erschrocken klammere ich mich an ihm fest, während ein Arm auf meinem Rücken liegt, der andere unter meinen Kniekehlen.

Als würde ich leicht wie eine Feder sein, geht er den Weg weiter, sodass ich nicht laufen muss. Lächelnd genieße ich diese fast schon königliche Behandlung und schiebe Alyssas Andeutungen über ihn gänzlich beiseite.

Alex ist nicht so einer. Alex ist anders.

Oder?

Er mag zwar etwas kühl und distanziert erscheinen, aber wenn ich mit ihm zusammen bin, ist er anders. Alyssa kennt ihn doch gar nicht wirklich. Warum sollte Alex so etwas tun, wenn in ihm nichts Gutes steckt?

„Du bist ein echter Gentleman", schwärme ich und muss kichern. Alex ringt sich endlich mal zu einem Lächeln durch. „Das steht dir", meine ich.

„Eine hübsche Frau zu tragen?"

„Das auch, aber ich meinte dein Lächeln", flirte ich. Ihm so nah zu sein, hat durchaus seine Vorteile. Er riecht so wahnsinnig gut und ich verliere mich ein wenig zwischen Duft und Körperwärme.

„Es ist ja nichts weiter. Nur eine Kleinigkeit", meint er und setzt mich dann an der Haustür ab.

„Mir tun die Füße wirklich weh. Ich weiß nicht, wie andere Frauen das schaffen, auf solchen Teilen elegant zu laufen. Ich werde damit üben, damit ich in den kommenden Tagen besser bin", verspreche ich ihm.

Alex nickt mir anerkennend zu. „Es ist immer gut, wenn man an sich arbeiten möchte."

Wir betreten unsere Suite. Er schaltet das Licht ein und schließt die Tür hinter mir. Sofort hebt er mich wieder hoch, was mich zum Lachen bringt. Die paar Meter hätte ich dann sicher noch geschafft oder humpeln können.

Alex lässt mich vor der Couch runter, sodass ich mich auf diese setzen und meine Beine ausstrecken kann. Ich atme tief durch und bin einfach nur froh darüber, wieder in unserer Suite zu sein.

Als ich mich jedoch zurücklehne und versuche zu entspannen, kniet er sich plötzlich vor mich und legt seine Hände an meine Wade. Überrascht sehe ich zu ihm und weiß gar nicht, wie mir geschieht. Was wird das hier bitte?

„Was machst du da?“, frage ich verdattert, während er die Schleife löst und das Band abwickelt. Danach zieht er mir den Schuh von meinem geschundenen Fuß. Knapp blickt er zu mir auf und widmet sich dann meinem zweiten Fuß. Schweigend lasse ich ihn gewähren.

Alex sieht zu mir auf und hält dabei meinen Fuß immer noch fest, während seine andere Hand meine Wade massiert. Da dies wirklich guttut, seufze ich kurz auf und genieße die wohltuende Behandlung. Lächelnd sitze ich da, schließe die Augen und schweige. Alex weiß wirklich, wie er eine Frau verwöhnen kann, und ich muss gestehen, dass es gerade wieder sehr aufregend zwischen uns wird.

Als ich zu ihm sehe bemerke ich, dass er mich mit seinem Blick fixiert.

„Was denn?“, frage ich ein wenig schüchtern, lächele aber dabei.

„Ich genieße nur deine Laute“, antwortet er mir mit selbstbewusstem Blick, was mir sofort die Schamröte ins Gesicht treibt. „Und wie rot du wirst, wenn ich dir sage, was mich erregt.“

Ich atme tief und langsam ein, während er so etwas zu mir sagt. Mein Herz klopft sofort schneller und ich überlasse ihm meinen schmerzenden Fuß, den er nun gekonnt massiert.

„Es war ein gelungener Abend“, lobt er mich. „Du hast dich tapfer geschlagen. Die Blicke meiner Mutter sind mir nicht entgangen, aber du hast dich nicht von ihr unterkriegen lassen.“

„Ich sehe sie ja nicht so häufig wie du und ich verstehe auch zum Teil, warum sie so streng ist“, antworte ich ihm knapp.

„Ach ja?“, horcht er auf und nimmt meinen anderen Fuß. Ich schließe erneut die Augen und seufze wohlig. Verdammt, seine Hände sind so verdammt geschickt. „Erzähl.“

„Du bist einer ihrer drei Söhne. Kellan ist immer noch nicht aufgetaucht. Ich habe ihr deutlich angesehen, wie angespannt sie war zu wissen, dass er bald hier sein wird, um der Hochzeit beizuwohnen. Eine Mutter liebt ihre Kinder und möchte nur das Beste für sie.“

Alex senkt kurz seinen Blick und küsst dann mein Knie, was mich ein wenig aus der Fassung bringt. Ich schweige sofort und spüre, wie er seine Hände über meine Beine wandern lässt. Dann folgt ein gieriger Blick direkt in meine Augen.

„Ich will auch nur das Beste für dich, Sophie.“

„Und das wäre?“, stammele ich nervös.

Sein selbstsicheres Lächeln lässt mich erschaudern. Ich schlucke nervös und sehe, wie er sich langsam aufrichtet und über mich beugt.

„Komm mit“, sagt er und greift nach meiner Hand. Sanft zieht er mich auf die nackten Füße.

„Wohin?“ Ich ahne natürlich was er vorhat, aber ich versuche mir ein wenig Zeit zu erkaufen, damit ich nachdenken kann, wie ich auf seine Forderung reagieren soll.

„Wir amüsieren uns jetzt in meinem Schlafzimmer“, gibt er bestimmendem Ton vor.

Ja, das habe ich mir schon gedacht. Ich sehe unsicher zu ihm und würde ihm gerne klipp und klar sagen, dass das wirklich keine so gute Idee ist, aber leider klinge ich nicht so selbstsicher, wie ich das gerne würde.

„Beim letzten Mal hast du mich danach nicht angerufen. Ich wusste gar nicht, woran ich bin. Und ich bin jetzt hier, weil wir einen Deal haben. Du bezahlst mich schließlich dafür, dass ich deine Freundin spiele. Mehr war nicht ausgemacht.“

Hoffentlich glaubt er jetzt nicht, dass ich extra für Sex bezahlt werden möchte. Das ist nicht mein Anliegen.

„Ich will mich mit dir amüsieren“, wiederholt er sich dominant.

„Ich bin nicht so eine“, füge ich etwas energischer hinzu. „Geld ist mir egal. Natürlich ist es wichtig, aber … ich habe mich hierzu schon schwer durchringen müssen. Wäre ich nicht in dieser Notsituation, hätte ich niemals zugesagt.“

„Du willst mir also sagen, dass du nicht mit mir schlafen würdest, selbst wenn ich dir versprechen würde mehr zu zahlen, als im Vertrag steht?“

„Richtig.“

„Was ist mit der Anziehungskraft zwischen uns Beiden? Spürst du sie nicht?“

Natürlich kann ich sie fühlen. Mein ganzer Körper und meine Seele müssten taub sein, um das nicht mitzubekommen. Ich beobachte ihn und zögere damit, den nächsten Schritt zu machen, oder ihm gar darauf zu antworten.

Alex wartet geduldig, während seine Hände sanft über meine Oberarme wandern.

„Ein Gute-Nacht-Kuss. Mehr nicht." Das wird ihn sicherlich zufriedenstellen. Oder etwa doch nicht?

Es geht einem Mann wie Alex nicht nur um Sex, sondern darum, die Frau rumzukriegen. Das ist ein Ego-Ding und ich habe genug Würde, um mir selbst zu sagen, dass ich mehr bin als nur ein Mittel, um sein Ego zu stillen.

„Ein Kuss?", fragt er mich amüsiert und nähert sich mir mit seinen Lippen.

„Ja, nur einen. Und dann gehen wir in unsere Schlafzimmer …"

Immerhin ist es spät und der Flug hat mich ganz schön geschlaucht. Ich will einfach nur noch ins Bett. So kann ich mich einem zweiten Mal entziehen und ganz brav und anständig in mein Schlafzimmer tapsen, ehe ich morgen früh wieder etwas üben kann, in High Heels zu laufen. Ein toller Plan.

Allerdings muss ich zugeben, dass er wirklich sehr gut riecht und seine dunklen Augen so wahnsinnig verführerisch auf mich wirken. Ich blinzele ihm entgegen, ehe sich Alex zu seinem versprochenen Kuss nähert. Ich schließe meine Augen und bin bereit ihn ein, zwei Sekunden auf meinen Lippen zu dulden. Länger nicht!

Als er mich jedoch küsst, ist es um mich geschehen. Waren das schon zwei Sekunden? Okay, drei vielleicht.

Ein klein wenig länger darf so eine Verabschiedung schon gehen. Nicht wahr?

Ich verliere mich in unserem Kuss, während er meine Schwäche ausnutzt und rücklings an die Wand drückt. Mich durchflutet das Gefühl eines Déjà-vus – und das bedeutet in diesem Fall nichts Gutes: Ich weiß nämlich noch zu gut, wie heiß es war.

Gut wird es also schon. Irgendwie.

Aber irgendwie halt auch nicht. Denn ich will nicht mit ihm schlafen. Auf keinen Fall!

Aber … er küsst so gut. So leidenschaftlich. Und ehe ich mich versehe, spüre ich nicht nur seine Härte an meinem Unterleib, sondern höre auch mein gieriges und verlangendes Keuchen, als Alex kurz den Kuss löst, um meinen Hals zu liebkosen. Verdammt …

Ich verfalle ihm.

Schon wieder.

Kapitel 11

Sophie

Immer wieder spüre ich eine Wand hinter mir, gegen die Alex mich drückt. Wie automatisch gleiten meine Hände über seine Brust und die breiten Schultern, bis in seinen trainierten Nacken. Ich kann gut spüren, dass er ein Schwimmer ist. Sein Körper zeugt von einer ausgeprägten Muskulatur, die ich nur allzu gerne berühren möchte.

Plötzlich spüre ich etwas Weiches an meinen Waden. Schon im nächsten Augenblick drängt er mich auf die Matratze seines Bettes. Ich bin in seinem Schlafzimmer gelandet! Und er liegt über mir!

Sein schwerer Körper legt sich auf meinen. Ich schnappe nach Luft und winde mich unter seinen Berührungen. Dieser innere Kampf zwischen „Ich bin ein braves und anständiges Mädchen, daher sollte ich das nicht tun“ und „Ich will diesen Mann, und nichts und niemand kann mich davon abhalten, jetzt mit ihm zu schlafen“ tobt in mir, nur mein Anstand versucht die Lage in die Richtung zu kippen, die ich als richtig erachte. Aber wie das nunmal im Leben so ist: Der Anstand schwindet, wenn der Kopf aufhört zu denken und dem Herzen die Arbeit überlässt – oder Körperregionen, die noch tiefer liegen.

Seine großen Hände nehmen sich, was ihm gefällt. Er langt ordentlich zu, drückt mich dabei immer wieder in die Matratze und zeigt mir so, dass er hier das Sagen hat. Ich lasse mich ganz fallen und gebe mich ihm hin.

Willenlos kann ich meine Gedanken sowieso nicht mehr kontrollieren, geschweige denn in eine Richtung lenken, die vernünftig ist. Einmal ist keinmal, heißt es doch so schön. Und ob es nun ein einziges Mal oder ein weiteres Mal passiert, ist letztlich auch egal. Oder rede ich mir das nur so zurecht, wie ich es gerade brauche, um mich nicht zu schlecht zu fühlen?

Seine weichen Lippen schmiegen sich an meinen Hals, den ich ihm bereitwillig präsentiere, indem ich meinen Kopf in den Nacken lege. Dabei drücke ich meinen Körper in das Laken und winkele mein Bein an. Ich wimmere auf, als ich seine Hand unter meinem Kleid spüre …

Geschickt schnappt er sich meinen Slip, während er sich gleichzeitig meinen Körper hinunter küsst. Noch berühren seine Lippen den Stoff des Kleides, aber das wird sich sicherlich schnell ändern: Alex zieht meinen Slip hinunter und mit der anderen Hand das Kleid etwas hinauf, sodass seine warme Zunge meine feuchten Schamlippen streicheln und liebkosen kann.

„Alex …“ stöhne ich in Ekstase, als mein Blick trüb und verschwommen wird.

Ich winde mich unter seinen verlangenden Bewegungen, ehe er mich gekonnt zu meinem ersten Höhepunkt leckt. Mein Körper bebt, vibriert und zittert – mir ist heiß und kalt zugleich, während ich lächelnd daliege und er sich kurz darauf über mich beugt.

Ich keuche schwer und blinzele Alex glücklich entgegen, als dieser seine Hose ein Stück nach unten zieht. Aber das reicht mir nicht …

Sofort schiebe ich den Stoff seines Oberteils über seinen Körper, damit ich seine nackte, trainierte Haut mit meinen Fingerspitzen und Lippen erkunden kann. Endlich habe ich die Möglichkeit, ihn zu berühren – was ich bereits reichlich in meiner Fantasie getan habe. Aber nichts toppt die Wirklichkeit.

Lächelnd liege ich da, bin ganz fasziniert von seinem herben Duft, seiner Körperwärme und der Muskulatur, die sich bei jeder Bewegung verändert. Er fühlt sich so hart an und seine Haut straff und glatt. Meine Hände streicheln über seinen Nacken, während er mein Kleid über meinen Bauch schiebt und es mir danach über meinen Oberkörper streift.

Geschickt spielt er kurz mit meinem Bustier, ehe er mit forderndem Griff seine Hand unter den süßen Spitzenstoff schiebt. Ich keuche auf und ergebe mich ihm nun vollkommen. Lächelnd halte ich mich nicht mehr zurück, als er fordert: „Ich will dich hören, Sophie.“ Ich hätte nicht gedacht, dass ihn meine Stimme so heiß macht.

Beim letzten Mal haben wir uns nicht so viel Zeit lassen können, aber jetzt ist alles anders. Wie konnte ich auch nur eine Sekunde zögern und überhaupt daran denken, nicht mit ihm in sein Schlafzimmer gehen zu wollen? Ich bin einfach viel zu verbohrt und ernst. Julia würde jetzt sagen: „Endlich Sophie, endlich! Es war aber auch wirklich mal an der Zeit!“

Vielleicht bilde ich es mir auch nur ein, aber ihn auf mir zu spüren und seine Küsse auf meiner Haut wahrzunehmen, fühlt sich an, als würde ich im Wasser gleiten. Jede Berührung, jede Bewegung, alles fühlt sich an wie sanfte Wellen. Es sind ruhige, rhythmische Bewegungen, ehe ich dann seine Härte in mir spüre. Ich schnappe nach Luft und keuche dabei immer wieder seinen Namen, als er mich regelrecht ausfüllt – immer tiefer und tiefer.

Alex' Körper ist voller Stärke. Er ist unbändig und zähmen wird ihn wohl niemand können. Immer wieder schlagen die Wellen gegen die Felsen, aber was auf den ersten Moment kraftvoll wirkt, ist zugleich auch sanft und voller Liebe. Das Meer und die felsige Küste gehören irgendwie doch zusammen.

Ich liebe es, seine Stimme zu hören. Wenn er spricht, oder leise lacht. Aber noch viel besser gefällt es mir, wenn er keucht oder kehlig stöhnt. Dann weiß ich, wie gut ich ihm gefalle. Dass ich ihn errege. Dass er nur meinetwegen hart ist. Ich will hören, wie er kommt. Ich will dafür verantwortlich sein. Ich will der Grund sein, dass er einen unglaublichen Höhepunkt hat …

Wir harmonieren. Als wüsste der Eine, was der Andere gerade denkt und will. So greift er an mein Handgelenk, drückt es in die Matratze und beugt sich weiter über mich. Ich winkele meine Beine an, sodass er härter und tiefer zustoßen kann.

Alles beginnt in mir zu kribbeln und zu rauschen, immer mehr.

Ich werde mit einem zweiten Orgasmus beglückt, während er zeitgleich in mir kommt und dabei animalisch aufstöhnt. Kurz treffen sich unsere Blicke, ehe Alex sich aus mir zieht und erschöpft, aber glücklich, neben mir zum Liegen kommt.

Wir blicken beide an die Decke.

Die Erregung schwindet und die Gedanken kehren zurück. Wie der morgendliche Kater nach einer wilden Feier.

Was haben wir nur getan? Schon wieder …

Ich sehe kurz zu Alex, der mit geschlossenen Augen daliegt. Er macht keinerlei Anstalten, mich in den Arm zu nehmen oder noch ein wenig kuscheln zu wollen. Dass das in seinem Büro nicht ging, habe ich ja verstanden, aber nicht einmal hier?

Ich zögere, da ich vollkommen irritiert und verunsichert bin. Ob ich mich einfach auf die Seite legen und die Sache selbst in die Hand nehmen soll? Was ist, wenn er mich zurückweist?

Zaghaft und vorsichtig tue ich genau das und lege behutsam eine Hand auf seine Brust. Genau in diesem Moment der Berührung öffnet er seine Augen und sieht zu mir. Die Leidenschaft und Anziehungskraft, die uns vorher so eng miteinander verwoben hat, ist von einem Augenblick auf den anderen wieder fort. Alex streckt seinen Arm nicht einmal aus, um mich näher an sich heranzuziehen. Mir ist, als würde ich eine Statue berühren: Marmor. Perfekt gemeißelt, wie von Michelangelo persönlich. Aber kalt. Unnahbar. Ohne schlagendes Herz.

Alex erhebt sich, sodass meine Hand von seiner Brust gleitet und auf dem Laken landet. Kurz habe ich noch Hoffnung, dass er sich nun näher an mich legen würde, oder die Bettdecke nimmt, damit wir beide hier und jetzt zusammen die Nacht verbringen können …

Aber nichts dergleichen geschieht, was meine Hoffnungen letztlich vollkommen zunichtemacht. Alex versetzt meinem Herzen einen bitteren Stoß, als er aufsteht und ich sogar noch sein nacktes Hinterteil bewundern darf, ehe er in das angrenzende Bad verschwindet und die Tür schließt.

Ich liege jetzt da, alleine mit meinen Gedanken. Leicht verletzt. Ich fühle mich benutzt.

Die Tür öffnet sich, Alex bringt einen Morgenmantel und wirft ihn mir zu. Ich schnappe ihn halbherzig auf und sehe fragend zu ihm. Was soll ich denn jetzt damit bitte anstellen?

„Den kannst du anziehen. Ich werde jetzt duschen gehen und anschließend ins Bett gehen."

Eiskalt, wie ich es leider vermutet habe. Oder sollte ich besser sagen: Vor genau diesem Verhalten hat Alyssa mich heute gewarnt. Behält sie am Ende also doch recht …

Ich schlucke und streife mir den viel zu großen Morgenmantel über, ehe ich vom Bett rutsche und meine Sachen aufsammele, während Alex zurück ins Badezimmer geht.

„Dein Zimmer gefällt dir doch, oder?"

„Schon …"

„Sehr gut. Dann wirst du da ja heute Nacht auch gut schlafen können."

Ich kann ihm nicht mal antworten, da verschwindet er auch schon und schließt die Tür hinter sich. Ich bleibe verdutzt stehen und habe tatsächlich noch ein klein wenig Resthoffnung in mir, dass er wieder rauskommt und sagt, dass das alles natürlich nur ein ganz dummer Scherz von ihm war. Aber nein. Pustekuchen. Er duscht. Ich kann das Wasser rauschen hören.

Ich fühle mich nun immer schrecklicher. Bin ich für ihn nichts weiter als ein Mittel zum Zweck, ein Sexobjekt für zwischendurch?

Ich seufze leise auf und verlasse mit meiner Kleidung sein Schlafzimmer, ziehe die Tür hinter mir zu und gehe in mein kleines Reich. Dort lege ich die Kleidung ab, setze mich auf das Bett und fange an zu grübeln. Wenn ich Julia davon erzähle, weiß ich ganz genau, was sie mir sagen wird: „Ach Mensch, was für ein Idiot! Der weiß gar nicht, was er an dir hätte! Komm. Raff dich auf! Mach das Beste aus der Situation!“

Ich blicke auf und wische mir ein paar Tränen aus den Augen, ehe ich mich zu einem meiner Koffer knie und einen weißen Bikini mit goldenem Bündchen und Bändern hervorhole: blickdicht natürlich.

Ich bin auf Hawaii und ich habe vor, diese Woche zu der schönsten in meinem Leben zu machen – mit oder ohne Hilfe von Alex.

***

Nachdem ich mir meinen Bikini angezogen habe, tapse ich aus meinem Schlafzimmer. Ich höre noch immer die Dusche aus Alex' Bereich und gehe einfach an diesem vorbei. Soll er doch duschen, bis er komplett aufweicht – das täte ihm vielleicht sogar gut.

Ich werde jetzt ein wenig Spaß im Pool haben – auch wenn, oder gerade weil wir späten Abend haben. Mein Handy habe ich dabei, sodass ich Julia und meiner Schwester ein paar schöne Videos aus der Suite schicken kann. Danach stelle ich mich an den Pool und lege das Handy auf einen Stapel Duschtücher, die hier bereits liegen.

Der Sternenhimmel leuchtet und funkelt über der Anlage. Es ist noch immer herrlich warm draußen und das Wasser hat fast Badewannen-Temperatur. Der Pool ist nicht besonders tief und vorne gibt es eine Treppe, damit man leicht ins Wasser gehen kann.

Beim Reingehen erinnere ich mich an den alten Herren, den ich im Spa traf, und an den Moment, als ich nach langer Zeit mal wieder im Wasser stand. Nervös schlucke ich, doch dann wage ich mich Stufe für Stufe ins Wasser.

Niemand ist hier. Niemand sieht, wie ich schwimmen übe. Blamieren kann ich mich nicht großartig. Ich bekomme das schon hin. Außerdem ist es wohltuend, im Wasser zu treiben und dabei zu entspannen – erst recht nach dem wilden Sport von eben. Ich brauche die Abkühlung – vor allem für meinen Kopf, der hyperaktiv zugange ist.

Als ich immer tiefer in den Pool steige, erinnert mich das aufsteigende Wasser an Alex. Es umhüllt meinen Körper mit einer atemberaubenden Wärme, die mich erschaudern lässt. Das Wasser hatte ich mir zwar kühler vorgestellt, aber es fühlt sich so gut an – genau wie Alex das tat. Ich fühlte mich so sicher in seinen Armen. Seine Stärke und Energie haben mich immerhin positiv beeinflusst und dafür gesorgt, dass ich mich jetzt entspannen kann.

Und so schließe ich meine Augen, als ich die letzte Stufe erklimme und bis zur Brust im Wasser stehe. Ich lasse mich treiben und vertraue auf das Wasser. Noch etwas unbeholfen und ängstlich mache ich ein paar Schwimmversuche – natürlich in der Nähe des Beckenrandes. Aber immerhin fühlt es sich gut an und meine Angst weicht immer mehr …

Der Rest dieser Nacht gehört mir allein.

Kapitel 12

Sophie

„Liebes Tagebuch, heute ist Sonntag, mein zweiter Tag auf Hawaii“, flüstere ich, als ich meinen Stift bereithalte und ausgeruht und ausgeschlafen am frühen Morgen im Schneidersitz auf meinem Bett sitze. Auf dem Nachttisch steht ein Tässchen Tee mit kleinen, schwimmenden Blüten darauf. Den Tee habe ich mir aus der Küche geben lassen. Die Sonne ist längst aufgegangen und ich fühle mich schon deutlich besser als gestern Abend.

„Nach der langen Reise bin ich abends noch in den Pool gestiegen“, schreibe ich stolz und kritzele dabei ein paar Blüten dazu, die ich in der Nähe der Terrasse fotografiert habe und jetzt abmalen kann. „Es hat sich so gut angefühlt, im Wasser zu sein, dass ich fast vergessen habe, was ich mit einem Kerl soll.“

Ich muss lachen.

Irgendwann blicke ich sicher zurück, lese diese Zeilen und wundere mich über mich selbst, dass ich je an mir gezweifelt habe, schwimmen zu können. Inzwischen merke ich, wie meine Angst wieder ein deutliches Stück geschwunden ist.

„Mit Alex ist es leider kompliziert …“

Ich sehe auf meinen letzten geschriebenen Satz, schüttele den Kopf und ergänze: „Nein, ist es nicht. Es ist sogar ganz einfach: Es ist nur Sex. Mehr nicht. Damit muss ich mich halt arrangieren. Für eine Frau nicht so einfach.“

Als ich den Punkt setze, kommen mir schon wieder die Tränen. So ein verdammter Mist.

Plötzlich höre ich, wie Alex die Tür von seinem Schlafzimmer öffnet. Ich bleibe ganz still sitzen. Seine Schritte sind nicht schwer. Schuhe trägt er nicht, das kann ich erkennen. Vermutlich will er sich nur etwas zu trinken holen.

„Ich bin gespannt, was heute passieren wird“, beende ich meinen acht Seiten langen Eintrag, nachdem ich detailliert die Anreise, das Abendessen mit seiner Familie und unsere gemeinsame Nacht beschrieben habe.

***

Ich stehe auf, dusche und ziehe mir danach eines der Kleider an, die dieser Stylist von Alex mir herausgesucht hat: ein hauchzartes, pastellgelbes mit einem ähnlichen Schnitt wie gestern Abend – nur mit dem Unterschied, dass es mir fast bis zu den Knien reicht und lockerer an den Beinen sitzt.

Leider sind nur High Heels dabei, in die ich mich reinzwängen muss. Ich seufze und ahne, dass mir gleich wieder die Füße wehtun werden, aber das schaffe ich schon irgendwie.

Doch dann finde ich in einem kleinen Kästchen ein paar Pflaster, die in meinem Hautton sind. Überglücklich klebe ich sie mir an die schlimmsten Stellen und verdecke sie mit den Bändern. So fällt es nicht auf und es tut nicht allzu sehr weh. Danach style ich meine Haare, schminke mich dezent und verlasse mein Schlafzimmer.

Die Tür von Alex Raum ist noch immer geschlossen. Ich klopfe an, aber er antwortet mir nicht. Ob er noch in der Küche ist? Oder hat er die Suite bereits verlassen, weil er denkt, ich würde noch schlafen? Sicher trifft er sich gerade mit Samuel, oder ihr jüngerer Bruder Kellan ist auf Hawaii gelandet, den sie begrüßen wollen. Alles ist möglich.

Ich gehe den Flur entlang zum Wohnbereich, wo mir dann jedoch etwas ins Auge sticht: Ich sehe, wie Alex im Pool schwimmt. Und das nicht ruhig und gemütlich, sondern zügig und mit Kraft.

Ich verstecke mich zuerst hinter der Wand und sehe nur zögernd in seine Richtung, ehe mir bewusst wird, dass er seine Umgebung gar nicht wirklich wahrnimmt. Alex ist so konzentriert auf sein Training, dass er sicher nicht einmal merken würde, wenn ich direkt neben ihm am Rand des Pools stehen würde.

Ich beobachte ihn eine Weile, ehe ich die Suite verlasse.

An diesem Morgen ist es noch angenehm warm draußen – nicht zu heiß wie am späten Nachmittag. Die frische Meerbrise kühlt mich gelegentlich ab und füllt meine Lungen mit Energie.

Nun habe ich auch die Gelegenheit, mir die Pflanzen genauer anzusehen und Fotos von den Blüten und Blättern zu machen. Dabei achte ich natürlich darauf, nicht von Familienmitgliedern beobachtet zu werden, die mein Verhalten sicherlich als seltsam abstempeln würden.

Ich erreiche die Veranda des Oceanside Resorts. Im Frühstücksbereich ist zu dieser frühen Stunde noch gar nichts los. Typisch wohlhabende Menschen: Die liegen sicher alle bis zur Mittagszeit in den Puppen, anstatt den Tag zu genießen.

Aber mir soll es nur recht sein: so habe ich Zeit für mich und muss mich keinen unangenehmen Fragen stellen. Vor allem Alyssa würde ich ungern ein zweites Mal allein begegnen. Sie wird mich vermutlich mit Fragen und Vorwürfen bezüglich Alex konfrontieren und ich weiß nicht, wie gut ich ihr gegenüber lügen könnte nach alldem, was in der letzten Nacht so passiert ist.

Es gibt ein üppiges Buffet mit abgedeckten Speisen, Säften, Tees und anderen Leckereien, die jedoch noch unberührt sind. Alles ist mit hübschen Blumen, Blättern und anmutig aussehenden Obsttieren dekoriert, die liebevoll in Szene gesetzt worden sind. Ich wüsste nicht, was ich mir als Erstes nehmen soll, alles sieht einfach zu gut aus.

Als ich auf das Buffet zugehe, fällt mir eine junge Frau auf, die ich erst wirklich wahrnehme, als ich näher komme. Zuvor wurde sie von einer großen Palme und ihren breiten Blättern verdeckt.

Ist das nicht dieses Zimmermädchen von gestern? Die, die versucht hat, ein Foto von Alex und mir zu machen? Ich hebe neugierig meine Brauen. Ob sie auch in der Küche arbeitet? Wie hieß sie noch gleich? Ich glaube, es war Lena.

Sie hat ein Tablett vor sich und einen Teller. Hastig stapelt sie Obst, Sandwiches, Käse und Fleisch, auch

Waffeln und Eier landen neben vier gefüllten Gläsern Saft auf dem Tablett. Im ersten Moment denke ich mir nichts dabei, doch dann wundere ich mich, warum das Personal sich am Buffet bedient.

Ich sehe mich um und bemerke, dass wirklich niemand sonst hier ist. Für jemanden der Familie Blackwell oder Holtz scheint es auf jeden Fall nicht zu sein, denn davon entdecke ich weit und breit kein einziges Familienmitglied. Nicht einmal in der Nähe, oder auf den umliegenden Gehwegen.

„Mom?“, höre ich einen kleinen Jungen flüstern.

„Du solltest doch auf mich warten, Kai“, flüstert Lena aufgewühlt zurück. Sie wirkt panisch und in Eile, ehe sie das Tablett nimmt und hinter einer Säule verschwindet.

„Ich hab Hunger“, höre ich den Jungen noch sagen. Ich komm näher und schaue um die Ecke, wo Lena versucht, das Essen zu balancieren und zugleich einen etwa vier Jahre alten Jungen dazu zu bringen, ihr zu folgen.

„Komm schnell, mein Schatz. Wir müssen zurück“, sagt sie, doch etwas Obst fällt ihr vom Tablett. „Mist!“

„Mist sagt man nicht“, korrigiert der kleine Kai und hebt die heruntergepurzelte Mandarine wieder auf.

„Nimmst du das bitte?“

„Ja, Mom“, sagt er und läuft ihr hinterher. Doch Lena scheitert an einer Tür, die sie nicht aufbekommt, da sie das Tablett noch immer in den Händen hält.

„Kannst du mir bitte die Tür öffnen?“, fragt sie ihn. Ich folge den beiden noch immer und möchte ihr gerne die Tür selbst aufmachen, doch als der kleine Kai mich entdeckt, erstarrt er. Lena bemerkt dies und folgt seinem Blick erschrocken. Als sie mich sieht, stellt sie das Tablett sofort zur Seite und schnappt sich Kais Hand. Sie tastet hektisch nach der Tür und deutet eine Verneigung an.

„Guten Morgen“, grüße ich sie, um ihr auch ein wenig die Angst zu nehmen. Es ist klar, dass sie das Essen für ihren Sohn genommen hat. Also gehe ich auf beide zu und biete meine Hilfe an: „Ich kann euch die Tür gerne aufhalten.“

Sie schauen mich mundtot an.

Als ich zu Kai sehe, meine ich: „Das ist aber lieb von dir, dass du deiner Mama hilfst.“

Kai grinst stolz und sieht dann zu seiner Mutter, die ihn liebevoll anlächelt. Dann schaut Lena etwas verzweifelt zu mir, während sie eine Hand auf den Kopf ihres Kleinen legt.

„Bitte verraten Sie mich nicht“, flüstert sie mir zu.

„Habe ich nicht vor.“

Ich sehe mich um, öffne dann die Tür und nicke ihr zu. Lena ergreift sofort das Tablett und huscht mit ihrem Sohn in den Gang. Das hier ist der Bereich für das Personal.

Allerdings folge ich ihr in ein Nebenzimmer, wo sie alles abstellt. Sie schließt die Tür hinter mir, sodass wir allein sind.

„Ich habe bereits eine Abmahnung erhalten und bin dringend auf den Job hier angewiesen“, erzählt sie mir, während sich Kai an den Tisch setzt und anfängt seine Mandarine zu schälen. „Ich habe kein Geld für ausreichend Essen gehabt. Meine kranke Mutter und meine Großmutter leben bei mir. Ich bekomme erst morgen wieder Geld, um die Einkäufe zu erledigen, es ist alles gerade nicht so einfach …"

„Mach dir keine Sorgen", beruhige ich Lena. „Es ist genug für alle da. Solche Resorts werfen immer viel Essen weg, da fällt das doch gar nicht auf, dass noch zwei Menschen mehr satt werden."

Ich beobachte Kai, der mir ein Stück Mandarine anbietet, was ich natürlich gerne annehme.

„Sieh mal, ist alles ganz sauber abgepellt", sagt er stolz.

„Oh, wow", staune ich natürlich extra gespielt begeistert, damit er noch ein wenig stolzer auf sich sein kann. „Das hast du ja toll gemacht. Vielen lieben Dank."

Natürlich esse ich das Stück gleich und stoße ein begeistertes „Mmh" aus, worüber sich Kai freut.

Ich sehe zu Lena, die sich langsam entspannt, da sie wohl gemerkt hat, dass ich ihr nichts Böses will.

„Ich muss gestehen, dass ich gerne irgendwann mal Kinder hätte", erkläre ich, „aber bislang hat es mit den Männern nie so wirklich funktioniert. Ich hatte zwar mal eine längere Beziehung mit einem Kerl namens Mitch, aber er war ein totaler Idiot und absolut verantwortungslos. Kinder wollte er auch nicht haben, also hatte das eh keine Zukunft …"

Ich beobachte Kai sanft lächelnd.

„Aber was ist mit dem attraktiven Mann, mit dem du gerade hier bist?", möchte sie wissen, was mich kurz in Verlegenheit bringt.

„Wir kennen uns noch nicht so lange", antworte ich ehrlich. Kinder mit Alex? Er ist emotional noch nicht soweit, um so eine verantwortungsvolle Position zu beziehen. Vater werden ist leicht, aber Vater sein verdammt anspruchsvoll.

„Verstehe", murmelt sie und geht dann zu Kai, der sein Glas Saft trinkt.

„Ich werde dann mal wieder zurückgehen. Nach dem Frühstück wollte ich noch ein wenig lesen und dann in den Pool. Ich möchte nämlich noch etwas schwimmen üben", berichte ich.

„Du kannst nicht schwimmen?", fragt Lena verdutzt. Auch der kleine Kai wundert sich und schaut mich etwas verwirrt an.

„Nur ein kleines bisschen. Lange Geschichte. Aber unsere Suite hat einen Privatpool, da kann ich heimlich üben. Als Erwachsene ist es gar nicht so einfach, eine Schwäche zuzugeben."

Ich möchte ihr irgendwie mit meiner Ehrlichkeit entgegenkommen. Sicher war es ihr peinlich zuzugeben, nicht genügend Geld zu haben, um ihren Sohn zu ernähren. Dass ich selbst nicht viel habe, würde sie mir nicht glauben, also habe ich das mit dem Schwimmen preisgegeben, um ein kleines Vertrauen zu schaffen.

„Wenn du übst, wirst du es schnell schaffen. Kinder lernen neue Dinge viel leichter. Kai zum Beispiel ist ein kleines Genie. Aber als Erwachsener an seinen Schwächen zu arbeiten, ist großartig. Ich glaube ganz fest daran, dass du es schaffen wirst", antwortet sie mir.

„Danke, das ist wirklich lieb.“ Ich nicke ihr und Kai zu, ehe ich zur Tür gehe und den Raum verlassen möchte. „Wir sehen uns sicher später nochmal. Habt einen guten Appetit und macht euch nicht so große Sorgen.“

Ich wende mich ein letztes Mal an Kai: „Und vielen Dank für die Mandarine, sie war wirklich sehr lecker.“

Dass der Kleine – trotz eigenem Hunger – mit mir geteilt hat, zeugt davon, was für ein gutes Herz er doch hat. Der Apfel fällt nicht weit vom Stamm.

***

Ich verlasse den Personalbereich und kehre zum Buffet zurück. Noch immer bin ich allein hier – erst wenige Augenblicke später kehren zwei Angestellte mit neuen Lebensmitteln zurück, mit denen sie das Buffet auffüllen. Sie grüßen mich freundlich, während ich mir einen Tee nehme.

„Guten Morgen, Ma’am.“

„Hallo.“

„Haben Sie gut geschlafen? War alles zu Ihrer Zufriedenheit?

„Ja, bestens, danke.“

Immer diese übergestülpte Höflichkeit. Ob man sich daran gewöhnen kann?

Als ich mich herumdrehe, bemerke ich jedoch ein Mitglied der Familie Blackwell, der sich dem Frühstücksbereich nähert: Es ist kein Geringerer als Alex selbst.

Er muss sich schnell geduscht und angezogen haben, um jetzt hier aufschlagen zu können. Mit typisch kaltem, grimmigen Blick nähert er sich mir, während ich am liebsten das Weite suchen würde. Ich beneide Lena jetzt gerade, weil sie sich vor Alex verstecken kann. Ich hingegen muss ihm gegenübertreten, ob ich will oder nicht. Das war der Deal.

Ich spüre deutlich, wie nervös ich bin, sobald ich ihn sehe. Mit zittrigen Händen klammere ich mich an der Tasse fest und gehe ein paar Schritte zu einem nahegelegenen Tisch, um sie dort abzustellen.

Ich will mich nicht unterkriegen lassen, oder gar vor ihm zu Kreuze kriechen. Stattdessen gebe ich mich stark, als wenn mich sein kühles und distanziertes Verhalten von letzter Nacht nicht verletzt hätte. Ich hebe mein Kinn an und sehe zu ihm, lächele und grüße ihn mit: „Guten Morgen, Alex."

Da wir vielleicht vom Personal beobachtet werden, spiele ich meine Rolle perfekt. Jederzeit könnte auch seine Mutter Jane oder Alyssa vorbeikommen. Da möchte ich die Fassade selbstverständlich so überzeugend wie möglich aufrechterhalten.

„Guten Morgen."

„Können wir reden? Unter vier Augen?", bitte ich ihn und sehe mich um. Hier in aller Öffentlichkeit würde ich das nur ungerne tun.

„Ich brauche erst einen Kaffee", brummt er mich an. Ob er deswegen alle Frauen noch in derselben Nacht rauswirft? Weil er ein Morgenmuffel ist? Dabei gibt es doch nichts Schöneres, als den Sonnenaufgang zu erleben und ein herzhaftes Frühstück zu genießen.

Ich gehe entschlossen zu Alex und fange ihn ab, ehe er das Buffet und seinen geliebten Kaffee erreichen kann.

„Es ist mir wirklich wichtig, dass wir uns jetzt unterhalten“, bitte ich ihn. Ich werde mich nicht kleinmachen lassen. Schon gar nicht von ihm.

„Dann musst du fünf Minuten warten“, brummt er mich an, doch ich stelle mich erneut vor ihn und versperre ihm den Weg.

„Was wird das hier?“

Mit einem strengem Lächeln – das dem Lächeln seiner Mutter gleichen dürfte – bitte ich ihn erneut: „Jetzt. Sofort.“

Ich werde kein Nein akzeptieren.

Hoffentlich gehorcht er mir und feuert mich nicht. Das ist schon sehr mutig, was ich hier mache, denn schließlich arbeite ich gerade für ihn und muss eigentlich tun, was er sagt.

Kapitel 13

Alex

„Jetzt. Sofort."

Wie redet sie denn jetzt auf einmal mit mir. Das hier ist neu. Das will ich ihr mal verzeihen. Frech kommt weiter.

„Sophie, ich will meinen Kaffee. Darauf wirst du kurz warten müssen."

Sie antwortet gar nicht mehr, sondern schaut mich nur an, und ich muss sagen, dass sie einen ziemlich dominanten Blick aufsetzen kann, wenn sie es will. Alle Achtung, ernsthaft.

Ich habe Sophie eigentlich als sanftmütige und schüchterne Frau kennengelernt. Das war einer der Hauptgründe, warum ich mich für sie entschieden habe und keine klammernde Frau aus dem Club, die meine Mutter gerne an meiner Seite gesehen hätte.

Allerdings zeigt sie mir nun eine neue Seite von sich, die mir erstaunlicherweise imponiert. Sophie besteht darauf, mit mir unter vier Augen zu sprechen.

„Also gut. Dann komm mit."

Ich laufe vor, sie folgt. Wir verlassen das Resort und gehen an den Privatstrand des Oceanside Resorts, es ist ein relativ kurzer Fußmarsch.

Das Wellenrauschen macht mich nervös. Es sind keine Wolken am Himmel zu erkennen, nicht einmal am Ende des Horizonts, soweit meine Augen es erblicken können.

Sophie hat ihre High Heels ausgezogen und läuft barfuß im Sand. Sie hält die High Heels an den Bändern fest, die sie zuvor um ihre Knöchel gewickelt hatte. Sanft baumeln sie im Wind, der vom Meer herrührt. Ihr blondes Haar schlägt ebenso sanfte Wellen wie das Meer, das an einigen größeren Steinen zerschellt und schäumt.

Erstaunlicherweise tut es mir gut, sie zu sehen. Kaum bin ich aufgewacht, konnte ein wenig schwimmen – da habe ich sie auch schon vermisst. Ein klein wenig zumindest. Das erfährt sie natürlich nicht von mir.

Und nun steht sie mir hier gegenüber: zierlich, klein und mit festem Blick auf das tiefe Blau gerichtet, das sich bis in den Horizont erstreckt. Das Kleid, das sie trägt – und mein Stylist für sie ausgewählt hat – steht ihr außerordentlich gut. So kommen ihr Teint und das helle blonde Haar noch besser zur Geltung.

Obwohl ich den Moment mit ihr genieße, frage ich: „So, was machen wir hier?“

Sophie wirkt verärgert und ich frage mich, was sie derartig beschäftigt, sodass sie mir nicht einmal meinen morgendlichen Kaffee gönnt.

„Sophie. Ich hab dich etwas gefragt.“

Daraufhin sieht sie mich mit einem gebrochenen Blick an. Ich atme tief durch und bin gespannt, was sie mir zu erzählen hat – welche Last sie womöglich auf dem Herzen trägt. Irgendetwas beschäftigt sie.

„Hör zu“, beginnt sie und wirft mir für einen kurzen Moment einen ernsten Blick zu, mit dem sie sich sicherlich etwas abgeklärter präsentieren möchte, als sie wirklich ist. Dann beginnt sie aber ein wenig verzweifelt zu wirken, woraufhin sie sich jedoch dann wieder zusammenreißt, um ernst und entschlossen rüberzukommen. „Ich bin nicht länger bereit, dein Spielball zu sein. Für mich ist der Sex mit einem Mann eine emotionale Angelegenheit und du hast mir mehr als deutlich gemacht, dass du an so einer Verbindung keinerlei Interesse hast."

Sie hat das, was ich tue, gut zusammengefasst.

„Richtig", bestätige ich ihr.

„Ich kann das einfach nicht."

„Was genau kannst du nicht?"

„Mit dir einfach so … Sex haben, und dann den ganzen Tag wie eine Angestellte behandelt werden. Das tut mir nicht gut. Verstehst du das?"

Ich schweige, anstatt zu antworten.

Ihr fester Blick überrascht mich. Sie wirkt überraschend selbstbewusst und keinesfalls wie eine Frau, die erobert werden möchte und nur so tut, als würde sie kein Interesse haben, damit sie meinen Jagdtrieb weckt. Sie spielt keine Spielchen.

„Ich fühle mich schrecklich bei dem Gedanken mit dir zu schlafen, aber keine echten Gefühle dabei zu haben", ergänzt sie. „Und noch schlimmer: Gefühle könnten dabei entstehen und dann wäre das nur noch komplizierter und stressiger für mich."

„Mh, ich verstehe", antworte ich ihr knapp.

„Bei uns Frauen, also auch bei mir, ist es so, dass wir durch Intimität halt Gefühle entwickeln. Ihr Männer könnt es meistens trennen. Viel besser als wir Frauen. Und ich will mich nicht in dich verlieben, wenn du mich in ein paar Tagen eh nicht mehr anrufen wirst, sobald wir zurück in Boston sind.“ Sie senkt ihren Blick. „Das würde ich nicht aushalten, Alex.“

„Ich verstehe, Sophie.“ Dabei betone ich ihren Namen etwas sarkastisch, weil sie eben meinen Namen doch so dramatisch ausgesprochen hat. „Mach dir darüber bitte keine Gedanken.“

„Äh … was soll das heißen?“

„Dass du dir darüber keine Gedanken machen sollst“, antworte ich trocken.

Dass sie so ehrlich zu mir ist, verwundert mich und müsste mir eigentlich auf die Nerven gehen. Aber ich bin positiv überrascht: Das hätte ich ihr nicht zugetraut. Als kleine und eigentlich unbedeutende Floristin bietet sie mir die Stirn. Jede andere Frau würde es sich hier gutgehen lassen und alles tun, was ich sage. Das Geld, das ich ihr angeboten habe, rettet Sophies Geschäft. Dazu noch all der Luxus und der Urlaub hier, für ein wenig Plauderei und das Schauspiel, meine Freundin zu sein. Trotzdem will sie Grenzen aufzeigen. Nicht schlecht, die Kleine.

„Ich weiß deine Ehrlichkeit zu schätzen“, sage ich, nachdem wir uns eine Weile angeschwiegen haben. Diese Ehrlichkeit kann ich jedoch nicht erwidern.

„Als du mich heute Nacht aus dem Zimmer geworfen hast, ist mir klar geworden, dass du wirklich keinerlei Interesse an etwas Festem hast“, murmelt sie. Beinahe verschlucken Wind und Wellen ihre Worte, doch ich kann sie noch ganz gut verstehen. „Und das ist auch okay. Aber ich muss diesen Gedanken dann auch loslassen, bevor ich daran zerbreche.“

„Du hast über eine feste Beziehung nachgedacht?“

„Ich bin eine Frau, Alex.“

Das bringt mich zum Schmunzeln.

Ich wollte sie letzte Nacht eigentlich nicht von mir stoßen, sondern sie fest in meine Arme ziehen, sie halten und gemeinsam mit ihr einschlafen. Aber das konnte ich nicht tun und ich kann selber nicht ganz verstehen, warum. Es war mir einfach nicht möglich. Komisch.

„Mh, ja ich verstehe, Sophie“, murmele ich gedankenversunken, um ihr wenigstens auf irgendeine Art und Weise zu antworten.

Sophie beobachtet mich und ihr Blick scheint mich dabei fast zu durchbohren. Sie gräbt ihre Zehen in den Sand, schiebt ihn ein wenig hin und her, ehe sie wieder zu mir sieht. Ich sage nichts weiter, was sie wohl doch ein wenig zu stören scheint. Vielleicht hofft sie doch im stillen Kämmerlein, dass ich um sie kämpfe, aber das sind natürlich nur Vermutungen meinerseits.

„Kann ich dich was fragen?“

„Frag.“

„Bist du denn zu jeder Frau so, die du mit zu dir nach Hause nimmst? Oder in deinem Büro verführst?“

„Ja“, antworte ich knapp und nicke dann, da ich mir nicht sicher bin, ob das Rauschen der Wellen meine Stimme verschluckt.

„Mh“, meint sie und nickt knapp, ehe sie auf das Meer hinaussieht.

Es tut weh, wenn ich ihr nicht die ganze Wahrheit sagen kann. Denn es gibt ja einen Grund, warum ich zu ihr und all den anderen Frauen so kalt und abweisend bin. Dieser eine verfluchte Grund, der es mir nicht möglich macht, eine vernünftige Beziehung zu führen und wie mein Bruder Samuel irgendwann eine Ehe einzugehen, die auf gegenseitigem Respekt und Vertrauen beruht.

Nein, ich werde nie dieses Glück haben. Niemals.

***

Das Rauschen der Wellen löst etwas in mir aus. Normalerweise bin ich nicht so nah am Ozean. Dass Sophie mich ausgerechnet hier unter vier Augen sprechen wollte, kann nur ein verdammt dummer Zufall sein.

Ich war überrascht, dass meine Familie es überhaupt zugelassen hat, dass hier die Hochzeit stattfindet und nicht auf dem Festland. Vielleicht haben meine Eltern den Vorfall besser verarbeitet als ich. Vielleicht denken sie nicht mehr sooft daran. Vielleicht geht es ihnen besser als mir.

Vielleicht sehen sie es nicht mehr, sobald sie die Augen schließen. Dieses dunkle, tiefe, blaue Wasser. Die Hand meines Bruders … kalt wie Eis. Er entgleitet meinem verzweifelten Griff und sinkt hinab wie ein schwerer Stein.

Beinahe jede Nacht plagen mich diese Alpträume. Ich weiß nie, wann der Traum intensiver sein wird, was dann den nächsten Tag für mich mehr oder weniger komplett ungenießbar macht. Es lässt mich einfach nicht mehr los.

Ich kann das Risiko nicht eingehen, nicht zulassen, dass jemand meine verzweifelten Hilferufe hört, während ich schlafe. Wenn ich Sophie hätte bei mir übernachten lassen und genau in dieser Nacht von meinem Bruder träume … nein. Das kann ich einfach nicht.

Schweißgebadet aufwachen, hochschreckend, mit dem verzweifelten Versuch nach seiner Hand zu greifen, dabei auf den Lippen ein kraftloses „Hilfe“. Manchmal flüstere ich dieses Wort nur. Manchmal rufe ich es. Manchmal schreie ich so laut, dass ich mich vor mir selbst erschrecke.

Und manchmal … ist es so, als würde ich mich selbst hören, als ich gerade acht Jahre alt war. Noch ein Kind. Ein kleiner Junge. Unwissend, dass das Leben so viel Schreckliches bereithält, da all die Zeit davor aus Spiel, Spaß und Abenteuer bestand.

Niemals werde ich zulassen, dass Sophie diese Seite von mir kennenlernen wird. Niemals.

Am besten ist es, wenn ich das hier sofort in die richtigen Bahnen lenke. Denn so, wie Sophie mich gerade ansieht, voller Sehnsucht nach einem anderen Ergebnis als das, das ich ihr bereits mitgeteilt habe, merke ich ganz schnell: Ich will sie nicht verletzen. Das hat sie einfach nicht verdient.

Ich gebe mich kalt und unnahbar. Das hat bislang immer am Besten funktioniert und dazu geführt, dass die Frauen scharenweise von mir weggelaufen sind. Ein perfektes Mittel, um sie von mir fernzuhalten, nachdem man sich miteinander ausreichend amüsiert hat.

Ich presse die Zähne fest aufeinander, spüre meine Kiefernmuskulatur und lockere kurz darauf meinen

Mund, damit ich überhaupt etwas sagen kann: „Du wusstest von Anfang an, dass das hier nicht echt ist, Sophie. Wir spielen das verliebte Paar nur, um meine Familie davon abzuhalten, mir weiter auf die Nerven zu gehen. Am Ende honoriere ich dir die Leistung und das war's. Ich suche nichts Echtes. Nichts Festes."

„Ja, aber …" Sätze, die so beginnen, haben meist keinen guten Mittel- oder Endteil. „Gestern Abend, da …" Ja, wie ich es mir dachte. „Es fühlte sich so echt an."

„Sophie", will ich ihr widersprechen und schüttele dabei den Kopf, während ein Windstoß ihr blondes Haar herumwirbelt, das sie mit einer Hand zu bändigen versucht.

„Es war niemand da, der uns hätte sehen können. Wir waren allein. Nur du und ich. Warum hast du es dann trotzdem getan?"

„Weil ich gerne ficke." Damit müsste ich sie genug verschrecken.

Aber sie lässt immer noch nicht locker: „Ja, aber du hast mich auf eine Art geküsst, die sehr … innig war. Ich hatte nicht das Gefühl, dass du mir etwas vorgespielt hast. Es war so ein magischer Moment zwischen uns. Hast du das etwa nicht gespürt?"

Sie spricht da leider etwas an, was ich sehr wohl wahrgenommen, aber sofort wieder verdrängt habe.

„Wir haben nur den Spaß mit dem Deal vermischt. Mehr nicht", antworte ich distanziert und sehe hinaus auf die sanften Wellen des Ozeans. Wie kann etwas so Schönes nur so unfassbar brutal sein?

„Das ist wirklich alles, was du dazu zu sagen hast?“, fragt sie noch einmal nach. Ich höre Enttäuschung in ihrer gebrochenen Stimme.

„Wenn ich mehr zu sagen hätte, würde ich es sagen“, lautet meine trockene Antwort.

„Okay. Es war jedenfalls das letzte Mal, Alex.“

Sie betrachtet mich verzweifelt und ich frage mich zugleich, ob es das wirklich gewesen ist. Da ist diese gewisse Spannung zwischen uns, die ich mir nicht erklären kann.

Ich bin mir sicher, dass ich sie wieder in mein Bett ziehen werde.

„Wir werden sehen“, antworte ich mit einem minimalen Schmunzeln und beobachte dabei ihre Reaktion. Sophie hält meinem Blick eine Weile stand, antwortet mir darauf aber nicht.

Stattdessen sieht sie hinaus aufs Meer und meint: „Die Brandung ist stark. Ich könnte nicht darin schwimmen, obwohl der Gedanke verlockend ist. Aber ich bin noch nicht gut genug. Immerhin muss ich es noch lernen, richtig zu schwimmen, damit ich nicht untergehe.“ Was sagt sie da?

„Du lernst es noch?“ Ich betrachte sie skeptisch.

„Ja. Ich war nur im Blue Essence Spa, weil meine beste Freundin Julia mich dazu überredet hat, dort in Ruhe schwimmen zu lernen.“

Das ist ein Geständnis, mit dem ich nicht gerechnet habe.

„Du kannst gar nicht schwimmen?“, hake ich ungläubig nach. Ich muss fast lachen, will sie aber nicht unnötig in Verlegenheit bringen.

„Ein wenig. Ich kann mich über Wasser halten, aber es ist schwer. Mir fehlt das Gefühl … und besonders elegant sieht es auch nicht aus."

„Das ist fast lustig", antworte ich trocken.

Sie zuckt mit den Schultern. „Gestern Abend habe ich noch ein wenig im Pool geübt, aber so gut, wie du heute früh warst, bin ich noch lange nicht. Um Welten nicht. Naja." Sie lächelt mir sanft entgegen. „Von einer Goldmedaille bin ich weit entfernt. Ich würde vermutlich nicht einmal eine Teilnehmerurkunde bekommen. Höchstens aus Mitleid."

Sie lacht und ich schmunzele. Dass sie ihre Schwäche mit Humor nimmt, macht sie nur noch sympathischer in meinen Augen.

„Heutzutage lernen die Kinder doch bereits in der Schule schwimmen. Gab es das bei dir nicht?", möchte ich wissen.

„Nein, es gab einfach den Schwimmunterricht, wo man entweder mitmachte oder auf der Bank saß. Ich war ja auf einer ganz einfachen staatlichen Schule. Und meine Eltern haben einfach nie genug Geld gehabt, um mich privat zu fördern. Sie mussten immer sparen und jeden Cent zusammenkratzen, den sie finden konnten, damit meine ältere Schwester Georgia und ich so etwas Leckeres wie Makkaroni mit Käse zum Abendessen haben durften. Ein echtes Festmahl für uns."

Makkaroni und Käse sind Billigfraß, denke ich mir in dem Moment.

Sie schmunzelt und blickt beschämt zur Seite. „So etwas wie Schwimmunterricht kam für mich nicht infrage. Für Georgia konnten sie es damals eine

Zeitlang bezahlen, aber nicht für mich. Das Geld hat halt einfach nicht ausgereicht und sie hatte mehr Lust auf Schwimmen."

Sie scheint nicht besonders stolz auf ihre Vorgeschichte zu sein. Dennoch lächelt sie tapfer. Ich schweige.

„Ich bin meinen Eltern aber nicht böse deswegen", fährt sie fort. „Sie haben immer ihr Bestes gegeben und alles für Georgia und mich getan. Heute bin ich erwachsen und verdiene mein eigenes Geld. Also kann ich mir jetzt auch selbst das Schwimmen beibringen, bis ich gut genug bin und es niemandem mehr auffällt, dass ich einmal Probleme damit hatte."

„Ist doch fein."

Sophie lächelt mir stolz entgegen und ergänzt: „Ich schaue mir viele Videos im Internet an, versuche mir zu merken, wie Arme und Beine benutzt werden. Vor allem Lernhilfen für Kinder sind da richtig gut. Naja."

Fast wollte mir eben rausrutschen, dass ich ihr gerne einige Techniken beibringen könnte? Was ist denn bitte los in meinem Hirn?

Sie schaut zurück auf die Brandung. „Irgendwann wage ich mich vielleicht in den Ozean. Aber dafür muss ich mich erst sicher genug fühlen." Sophie lächelt mich an und meint: „Ich werde heute ein wenig im Pool schwimmen üben und dann ein wenig spazieren gehen, wenn du nichts dagegen hast."

„Amüsier dich nur. Ich werde später mit meinem Bruder etwas unternehmen. Nimm dir gerne etwas Zeit für dich." Es wird uns beiden sicher guttun, wenn wir mal ein paar Stunden getrennt sind und nicht ständig aufeinander hocken.

„Okay. Danke. Dann … sehen wir uns heute Abend wieder? Um gemeinsam zum Abendessen zu gehen, nehme ich an?“

„Ja“, antworte ich ihr knapp.

„Alles klar. Möchtest du noch mit mir zusammen frühstücken?“

„Gute Idee. Da war noch etwas: Ich brauche dringend meinen Kaffee.“ Als Fake-Paar sollten wir uns möglichst oft zusammen sehen lassen, damit niemand misstrauisch wird.

***

Wir verlassen beide den Strand und kehren zum Frühstücksbuffet zurück. Ich erkenne einige entfernte Bekannte und Verwandte, die Sophie und mich begrüßen.

„Spiel einfach deine Rolle, du kannst das“, muntere ich Sophie auf. Sie lächelt unentwegt und lässt sich nicht anmerken, wie bedrückt sie eigentlich ist. Mir fällt es auf, aber Anderen, die nicht wissen, welchen Deal wir haben, glücklicherweise nicht.

Nachdem wir zusammen gefrühstückt haben, bleibe ich noch bei meinen Verwandten stehen. Sophie macht sich bereits auf zur Suite.

„Was für eine hübsche Frau“, schwärmt meine Tante Amalia begeistert. „Und wie sie dich anhimmelt. Sie ist ganz schön verliebt in dich.“

„Dass du dich doch mal binden würdest …“ Mein Onkel Thomas strahlt mich an und nickt zuversichtlich. „Deine Mutter freut das sicherlich auch, nicht wahr?“

„Das hoffe ich“, lüge ich eiskalt und nicke Beiden entgegen. „Ich wollte noch zu Samuel. Wir haben heute einiges vor.“

Je weniger ich über Sophie rede und preisgebe, desto besser. Jetzt muss ich nur noch Samuel finden. Hoffentlich ist Kellan schon eingetroffen. Es wird seltsam sein, ihn nach so langer Zeit endlich wiederzusehen.

Kapitel 14

Sophie

Nach dem Frühstück habe ich das Resort verlassen. Der angrenzende Park weist eine üppige Bepflanzung auf, sodass ich viele Bilder und Videos machen konnte. Zurück in der Suite kann ich Julia und meiner Schwester alles schicken – zum Glück ist die Internetverbindung hier hervorragend.

Ich ziehe mir meinem schwarzen Bikini an und sonne mich ein wenig auf der Terrasse, umgeben von rauschenden Palmen und einem blauen Himmel. Immer wieder wage ich mich in den Pool – zur Abkühlung, und zum Üben. Allerdings frage ich mich dabei, wann ich wohl die Angst vor Wasser verlieren werde. Dass ich ganz allein hier bin, macht die Sache leider nicht einfacher. Wäre wenigstens Alex in der Nähe, könnte er mich im Notfall aus dem Wasser ziehen. Darum halte ich mich immer am Beckenrand auf und auch nicht zu lange im Pool.

Ich will es langsam angehen …

Anschließend gehe ich duschen und schaue mir noch ein paar Videos im Internet an. Benimmregeln, Etikette und vornehmes Verhalten, all der ganze Quatsch. Wie gehe ich mit Schwiegermonstern um, die so viel Geld haben, dass sogar Dagobert Duck neidisch werden würde? Wie mache ich einen besonders guten Eindruck in der feinen Gesellschaft?

Ich will mich möglichst unauffällig verhalten und Alex' Mutter Jane dazu bringen, mich zumindest nicht zu hassen, damit ich überhaupt lebend durch die Woche komme.

Allerdings suche ich auch nach Videos, die Fragen stellen und hoffentlich beantworten wie: „Er ist so unnahbar. Warum stößt er mich von sich? Wie kann ich ihn verstehen lernen?“

Dann breche ich die Videos aber ab. Ich sollte die Hoffnung auf ein gemeinsames Leben beiseite schieben. Zwar harmonieren wir gut und ja, Alex wäre auf jeden Fall mein Traummann, aber ich befürchte, dass ich einen Mann wie ihn nicht retten kann. Wovor auch immer. Vielleicht braucht er aber keine Rettung. Es geht ihm ja gut. Er genießt sein Leben. Warum sich an eine Frau binden, wenn er sie alle haben kann?

Scheinbar ticken Männer wirklich anders. Wo wir Frauen uns nach Nähe und Stabilität sehnen, wollen sie nur eines: die Jagd.

Und ich will mich nicht weiter jagen lassen. Außerdem hat er mich längst bekommen und deswegen bin ich uninteressant für ihn. Gut gemacht, Sophia.

***

An diesem Abend trage ich ein rotes Kleid. Alex hat es sich gewünscht. Dazu goldene, große Ohrringe, die perfekt zu der Farbe passen.

Ich präsentiere ihm mein Outfit und merke, dass ich auf den High Heels immer besser laufen kann. Sogar eine kleine Drehung ist möglich.

„Sehr schön. Die Farbe steht dir“, gesteht er mir. Er selbst trägt eine weiße Hose mit rotem Hemd. Ich würde sagen, wir fallen mit diesem Look heute Abend als Paar auf jeden Fall deutlich auf.

„Danke“, antworte ich ihm knapp. Dann möchte ich wissen: „Hast du einen schönen Tag mit Samuel verbracht?“ Ein wenig Small-Talk wird uns beiden sicher guttun.

„Ja. Kellan ist auch eingetroffen.“ Als er das knapp erwähnt, wundere ich mich doch. Es müsste eigentlich eine große Sache für ihn ein.

„Wie war es für dich, ihn nach so langer Zeit wiederzusehen?“, hake ich neugierig nach.

„Ungewöhnlich.“ Er drückt sich mal wieder sehr knapp aus. Dass es sicherlich ungewöhnlich für ihn war, ist mir schon klar. Aber ich will mehr Details.

„Habt ihr euch gut verstanden?“

„Du fragst mich schon wie meine Mutter aus. Kellan ist erwachsen. Er kann tun und lassen, was auch immer er möchte. Wir sind schließlich keine Kinder mehr.“

Okay. Das nenne ich mal eine deutliche Abfuhr. Alex wirkt genervt, aber nicht wütend auf mich, sondern emotional distanziert. Ich glaube schon, dass ihn die Situation aufwühlt, aber er will wohl nicht mit mir darüber sprechen.

Wirklich schade, denn ich wäre gerne für ihn da, aber so ist es mir nicht möglich.

Ich atme tief durch und hake mich dann bei ihm ein. Auch wenn ich bereits viel sicherer auf meinen High Heels stehen und gehen kann, ist es anstrengend so lange in ihnen zu gehen.

Den Pflastern sei Dank, ist es aber nicht mehr so schmerzhaft wie am ersten Tag.

Auf geht's.

***

Heute findet das Abendessen auf der anderen Seite des Resorts statt. „Das hier ist die Tiki-Bar“, erklärt Alex mir, als wir die Bar erreichen, vor der große, bunte Neonlichter prangen. Sogar einen großen Pool gibt es hier, der im Licht der Lampen, Lichterketten und Fackeln hellblau schimmert. Es wirkt fast magisch auf mich. Fasziniert betrachte ich die Spiegelungen auf dem Wasser, die mich zugleich auch erschaudern lassen.

Ich umklammere seinen Arm etwas fester und will mich auf das Ambiente einlassen, das hier schon anders ist als im Resort. Als ich zu den hübschen bemalten Holzfiguren sehe, die vom tänzelnden Licht der Wasseroberfläche getroffen werden, wirkt es fast wie eine Szene aus einem Film auf mich.

Die geladenen Gäste genießen Gourmet-Häppchen von einem Buffet. Gleichzeitig tummelt sich das Personal unter die Menschen, die Tabletts mit leckeren Kleinigkeiten servieren. Die Stimmung ist ausgelassen und positiv, soweit ich das nach meiner kurzen Anwesenheit hier beurteilen kann

Lächelnd sehe ich mich um und strahle für die Kamera, die plötzlich auf Alex und mich gerichtet ist, um dann darauf loszuknipsen. Natürlich wird die Hochzeit dokumentiert, also will ich mein Bestes geben, damit auch auf den Fotos und Videos später niemand Verdacht schöpfen kann.

Wir nähern uns der Kernfamilie. Jane und Scott sind in der Nähe der Bar, während Samuel mit seiner Verlobten Alyssa etwas weiter weg steht. Sie unterhalten sich mit einem jungen Mann, der optisch Kellan sein könnte.

„Ist das dein Bruder, der neben Samuel steht?", frage ich Alex daher.

„Ja, das ist er. Aber sieh dich vor", warnt er mich.

„Warum?", will ich wissen. Seine Warnung macht mich nervös.

„Er hat durch seine Ankunft und Anwesenheit meine ganze Familie in Aufruhr versetzt. Niemand hat wirklich mit seiner Anreise gerechnet. Es wurde zwar viel getuschelt und gemunkelt, aber als er eintraf, waren einige aufgebracht. Der Mann kann schnell provozieren und anecken."

„Ich verstehe."

„Die Stimmung ist seit seinem Eintreffen jedenfalls verdammt mies, besonders bei meinen Eltern." „Oh", stoße ich überrascht aus, lächele aber, da ich schon wieder den Fotografen dabei erwische, wie er ein Foto von Alex und mir macht.

„Ja", meint er. „Meine Eltern sind wütend und Kellan ist außer sich. Sie haben sich den ganzen Tag nur gestritten. Mein Vater ist dann abgehauen, weil er keine Lust mehr hatte, sich mit Kellan auseinanderzusetzen, während meine Mutter versucht hat zu schlichten. Sie ist froh, ihn nach einem halben Jahr endlich wiedersehen zu können. Doch der Streit belastet alle und auch ihr dürfte die Freude vergangen sein."

„Wie geht es Samuel damit?“, interessiert mich. „Immerhin heiratet er in wenigen Tagen.“

„Keine Ahnung, ich hab ihn nicht gefragt. Wie soll es ihm schon gehen?“

„Du fragst ihn nicht?“

„Hey, wenn du meine Brüder haben willst, ich schenke sie dir.“

Alex interessiert das alles scheinbar nicht so wie mich. Ich bemerke auch, dass selbst Alyssa angespannt ist. Sie wird natürlich mit ihrem baldigen Ehemann einige Gespräche bezüglich Kellan geführt haben. Das kann nicht gut für die Stimmung sein.

Und so verwandelt sich die geplante Traumhochzeit schnell in ein Drama, wie ich ahne. Auch wenn Alyssa anfangs etwas fies zu mir war und mir keine Chance gab, mich als Floristin zu beweisen, so tut sie mir jetzt doch etwas leid. Immerhin ist das hier ihre Hochzeit. Da sollte sie sich entspannen und die Zeit genießen dürfen. Dieser Kellan scheint ihr mit seinem bloßen Auftauchen die Show gestohlen zu haben – und das nicht auf die schöne Art. Später könnte sich alles im Nachhinein nur noch um ihn drehen.

Das arme Brautpaar.

Vielleicht wäre es besser gewesen, wenn Kellan von der Hochzeit ferngeblieben wäre, aber wer bin ich denn schon, um das zu beurteilen? Ich wüsste wirklich zu gern, ob Alex und Kellan sich ausgesprochen haben. Aber so abweisend, wie Alex zu mir gewesen ist, wenn ich ihn auf seinen jüngeren Bruder angesprochen habe, wird dies wohl nicht der Fall sein.

Mir fällt ein junger Mann auf, der an den hübschen Blumendekorationen Änderungen vornimmt. Er hat ein gutes Auge und ich bin mir sicher, dass er kein einfacher Gast, sondern der Florist von *Blooms in Blossom* ist. Interessiert beobachte ich ihn und meine dann zu Alex: „Ich würde mich gerne mit dem Floristen unterhalten."

Alex wirkt eh ganz abwesend und ist mit seinen Gedanken vermutlich bei Samuel und Kellan. Er sieht die ganze Zeit zu ihnen rüber, also lasse ich von ihm ab.

„Mh? Ja, geh du nur", meint er, sodass ich ihm zunicke und mich dem Floristen nähere. Dieser nimmt die letzten Änderungen und Feinheiten der Arrangements vor. Als ich auf ihn zugehe und lächele, bemerkt er meinen Blick.

„Gefallen Ihnen die Blumen?", fragt mich der junge Mann höflich, der vermutlich in meinem Alter ist. Sein blondes Haar ist fein zurückgekämmt. Er hat einige Sommersprossen und ist von schlanker Statur. Fast das komplette Gegenteil von Alex.

„Ja, sehr sogar", gebe ich zu. „Es wirkt jung und frisch."

So ähnlich hatte ich die Arrangements auch geplant, aber mir fällt deutlich auf, wieviel gehobener diese Stücke sind. Ich sehe mich um und stelle fest, dass ich so viele Gestecke niemals hätte alleine machen können – was dringend mein Geheimnis bleiben sollte. Aber dieser Job war zu groß für mich, das muss ich mir schon eingestehen.

„Wieviele Floristen arbeiten hier?“, frage ich ihn interessiert und neugierig.

„Wir sind ein Team von insgesamt vier“, sagt er.

„Es sieht wunderschön aus“, schwärme ich. „Die Farben harmonieren perfekt mit dem Look der Braut, das ist Ihnen wirklich gelungen.“

Das Team hat sich wirklich viel Mühe gegeben. Vielleicht war ich gestern Abend ein wenig eifersüchtig und habe nur deswegen das eine oder andere zu beanstanden gehabt. Aber das war ja mal Meckern auf einem sehr hohen Niveau. Die vielen hübschen Blüten passen so gut zu diesem Abend und der Szenerie, dass sogar ich mich als eigentliche Konkurrentin trotzdem an ihnen erfreuen kann.

„Vielen Dank“, sagt er höflich. „Sie interessieren sich für Blumen?“, möchte er wissen.

„Ja, ich …“

Was soll ich ihm nur sagen? Dass ich auch Floristin bin? Was ist, wenn er weiß, dass mein Geschäft so ähnlich heißt und mir dieser Auftrag hier weggenommen worden ist?

Ich will lieber kein Fass aufmachen, so lautet meine schlichte Antwort: „Ich liebe Blumen.“

Dabei belasse ich es am besten und genieße weiterhin den Abend.

Kapitel 15

Alex

Erst als Sophie sich von mir löst und zu diesem Floristen geht, sehe ich ihr kurz hinterher. Selbst von hinten hat sie eine atemberaubende Figur, vor allem in diesem eng anliegenden, blutroten Kleid. Da merke ich, wie mir der Schritt sofort zu pulsieren beginnt. Sophie geht viel selbstsicherer in den High Heels als noch zu Beginn. Sie wird geübt haben, das merke ich deutlich.

In ihrer Nähe zu sein, fühlt sich so leicht und ungezwungen an. So ein positives Gefühl hatte ich noch nie zuvor bei einer Frau, was meine Gedanken ganz schön durcheinander wirbelt.

Nachdem wir heute früh am Strand waren und dann nach dem Frühstück getrennte Wege gingen, musste ich immer wieder an sie denken. An ihre Blicke, als wir an der Brandung standen. Die Enttäuschung in ihren Augen, als sie nicht verstehen wollte, warum ich sie nicht bei mir habe übernachten lassen oder Gefühle für sie zulasse. Was sie nicht weiß: Gefühle sind da. Ich weiß nicht, wie ich das sonst nennen soll. Sie ging mir den ganzen Tag einfach nicht aus dem Kopf.

Ich beobachte Sophie, als sie mit dem Floristen spricht. Sebastian heißt er, daran kann ich mich noch erinnern. Alyssa schwärmt unentwegt über seine Gestecke und Arrangements, dass mir sein Name schon zum Hals raushängt.

Ich kann nicht hören, was sie besprechen. Sophie lächelt, dann lacht sie sogar. Auch dieser Kerl amüsiert sich scheinbar prächtig. Es gefällt mir nicht, wie nah sie beieinander stehen. Und wie gut sie sich verstehen. Ich koche innerlich ein wenig.

Dann sieht sie plötzlich kurz zu mir. Ich fühle mich ertappt. Ihre strahlenden Augen dringen tief in meine Seele. Ich halte ihrem Blick stand, ehe sie wieder wegsieht und sich ganz Sebastian widmet.

Sie hätte ruhig etwas länger zu mir sehen können. Ich mag es, wenn sich unsere Blicke treffen. Das fühlt sich einfach gut an. Ungewöhnlich gut sogar. Und so hätte ich derjenige sein können, der wegsieht. Dass sie schneller war, das verkraftet mein Ego nur schwer.

Ich gehe zu Samuel und Kellan. Als Alyssa mich bemerkt, küsst sie Samuel sanft auf die Wange und verlässt die Szene mit ein paar Freundinnen und ihrer jüngeren Schwester, sodass ich mit meinen Brüdern allein sein kann.

„Hey“, kündige ich mich an und schnappe mir einen Cocktail von einem der Kellner, der gerade mit einem Tablett an uns vorbeigeht. Samuel hat auch ein Getränk, Kellan hingegen nichts.

Mein jüngerer Bruder nickt mir knapp zu. Er ist noch immer voller Wut und richtet seinen zornigen Blick zu unserem Vater Scott, der an der Bar sitzt und sich betrinkt.

„Was macht die Stimmung hier?“, frage ich mit einem Hauch Sarkasmus.

„Sehr witzig“, antwortet Samuel.

Ich schaue zur Seite: Unsere Mutter Jane steht ganz in der Nähe. Sie will wohl Scott und Kellan im Auge behalten und sich zur Not zwischen beide werfen können, sollte es zu einer Eskalation kommen.

„Das alles hat sie sich wohl ganz anders vorgestellt“, bemerke ich. „Auf eine Versöhnung zwischen Kellan und Dad gehofft. Aber die Fronten sind wohl zu verhärtet, was?“

Kellan ignoriert meine Worte komplett. „Immer schön, euch alle wiederzusehen.“

„Das scheint ja doch etwas Ernsteres zwischen dir und …“ Samuel überlegt.

„Sophie“, sage ich.

„Ja, genau, Sophie. Sorry, ich bin einfach total erschöpft.“ Samuel atmet tief durch und prostet einigen Gästen zu. „Mir fallen bald sicher die Lippen ab. Das ständige Lächeln nervt.“

„Du machst das so klasse“, antworte ich trocken, vielleicht etwas schadenfroh. „Gute Miene zum – nicht wirklich – bösen Spiel.“

„Ich hätte gedacht, dass ich das alles deutlich mehr genieße. Das rechnet sich überhaupt nicht mit den Kosten und dem ganzen Stress. Das alles hat mich gewaltig geschlaucht.“

„Versuche abzuschalten. Lässt dich Alyssa auch genug ran?“

„Alex! Nicht jeder ist so ein Zuchtbulle wie du.“

„Wir sind Männer, Sam. Mach dir ruhig vor, was anderes zu sein. Ihr seid kurz vor der Hochzeit. Glaub mir, im Bett muss es laufen, sonst geht die Ehe auf lange Sicht nicht gut.“

„Und mit welcher Qualifikation gibst du mir Ratschläge zu meiner Ehe?“

„Ach, vergiss es.“ Er lässt sich nicht helfen. Er wird seine Frau irgendwann betrügen und das Drama ist vorprogrammiert. Dann kann sie sich die ganzen Erinnerungen an diese ach so tolle Hochzeit auch in den Arsch stecken.

Ich bemerke Kellans Blick. Er sieht immer wieder zu unserem Vater.

„Habt ihr noch einmal mit einander sprechen können?“, frage ich Kellan. Er sieht mich nicht einmal an. Wie ein Bluthund hat er seine Beute – unseren Vater – fest im Blick.

„Kellan?“, spreche ich ihn erneut an. Erst jetzt sieht er fragend zu mir.

„Was ist?“

„Ich würde euch Sophie gerne vorstellen.“ Mich würde doch sehr interessieren, was beide von ihr denken.

„Ach, ist es wirklich so ernst?“, fragt Kellan überrascht, wenn auch distanziert. „Normalerweise hältst du uns ja von deinen Frauen fern, wenn wir überhaupt mal die Gelegenheit haben, einen Blick auf sie zu werfen. Das ist ja mal eine regelrechte Premiere.“

„Er hat sie die ganze Zeit mit im Schlepptau“, wirft Samuel ein. „Sie sitzt mit uns am Tisch und alles.“

„Wow“, wundert sich Kellan. Aber wer ihn kennt, weiß, dass ihn das gerade überhaupt nicht interessiert. „Darf man gratulieren, Bruder?“

„Ich wollte sie euch nur vorstellen.“

Samuel sieht zu unserer Mutter und erklärt: „Sie kann Sophie nicht ausstehen, falls dir das noch nicht aufgefallen ist. Mal den ganzen Spaß beiseite: Was hast du dir nur dabei gedacht, Alex?"

„Bitte was?"

„Sei doch ehrlich: Ist es wirklich etwas Ernstes oder hast du dir nur irgendeine deiner Eroberungen ausgewählt, um unsere Mutter zu ärgern? Ein bisschen kenne ich dich auch schon."

„Sag du es mir", spiele ich Samuel den Ball zurück. „Wenn du mich so gut kennst, dann brauchst du ja nicht zu fragen."

Ich bleibe dabei kryptisch. Denn ironischerweise hat er schon recht, aber ich spüre irgendwas für diese Frau.

Kellan dreht sich zum Tresen weg und hält sich aus der Diskussion heraus. „Ich habe euch sowas von vermisst", murmelt er. Ja, das war selbstverständlich sarkastisch von ihm.

Ich sehe zu Sophie und warte einen Moment ab, ehe sich unsere Blicke erneut treffen. Dann nicke ich ihr zu und winke sie heran. Sophie verabschiedet sich von Sebastian und kommt mit eleganten Schritten auf mich zu. Sofort sucht sie die Sicherheit an meinem Arm und strahlt mich an.

„Sophie? Ich würde dir gerne offiziell meine beiden Brüder Samuel und Kellan vorstellen."

Sophie wirkt etwas nervös, als sie meine Brüder ansieht, aber ich will herausfinden, ob die Chemie zwischen ihnen funktioniert, indem ich sie ein paar Sätze miteinander plaudern lasse.

„Es freut mich sehr. Sophie Tisdale." Sie nickt Samuel und Kellan knapp zu. Ich kann spüren, wie sich ihre Finger etwas fester an mich greifen. Sie scheint sehr nervös zu sein.

„Es ist schön dich hier zu haben, Sophie." Samuel ergreift das Wort und reicht ihr seine Hand, die Sophie sofort annimmt. „Hast du den Flug gut überstanden?"

„Ja, danke. Es war sehr angenehm", antwortet sie ihm und sieht dann zu Kellan. Der schweigt allerdings und nickt ihr nur höflich zu, ehe er wieder zu unserem Vater sieht.

„Was machst du denn so, Sophie?", fragt Samuel.

„Ich bin Floristin aus Boston."

„Floristin? Dann müssen Sie ja hier im Paradies sein, oder?"

„Mir sind die vielen schönen Blumengestecke aufgefallen, ja."

„Entschuldigt mich. Ich habe etwas zu klären", wirft Kellan ein und verlässt die Runde. Genau das wollte ich eigentlich nicht hören. Samuel und ich tauschen kurz einen ernsten Blick aus, während Kellan sich von dannen macht und schnurstracks zur Bar geht, an der unser Vater sitzt.

„Das gibt gleich ordentlich Stress", meine ich noch, ehe Kellan sich zu Scott gesellt und ihn anspricht. Was gesagt wird, können wir nicht hören, aber die wütenden Blicke sprechen Bände.

Unsere Mutter Jane hat nur kurz nicht aufgepasst und daher gar nicht mitbekommen, wie Kellan zur Bar gegangen ist. Ob er deswegen immer wieder zu unserem Vater rübersah? Wollte er den perfekten Moment abwarten, um nicht in die Arme unserer Mutter zu laufen?

„Entschuldigt mich. Alyssa verlangt nach mir.“

Eine glatte Lüge, die Samuel da erzählt, denn seine zukünftige Ehefrau steht amüsiert lachend einige Meter von uns entfernt. Sie macht nicht im Geringsten den Anschein, ihn dringend sprechen zu wollen.

„Komm“, murmele ich Sophie zu. „Lass uns gehen. Das wird gleich unschön hier.“

Sophie beobachtet die Situation von Kellan und Scott. Als wir uns abwenden, fragt sie mich: „War es schon immer so in eurer Familie, dass die Beiden sich gestritten haben?“

„Ja, das kann man so sagen. Allerdings ist es aktuell im Vergleich zu früheren Familientreffen sehr ruhig. Das war schon mal deutlich schlimmer.“

Ich drehe mich noch einmal zur Bar herum und sehe, wie Jane verzweifelt versucht die Situation unter Kontrolle zu bringen. Und dann sieht sie ausgerechnet zu mir.

Nein, auf keinen Fall. Das kann sie vergessen. Kellan und mein Vater müssen das unter sich ausmachen, ich werde mich garantiert nicht in ihren Streit einmischen – der immer mehr Raum einnimmt.

„Oh Mann“, merkt Sophie an, die sich auch noch einmal herumgedreht hat. Nun bekommen auch andere Gäste von dem Streit mit.

„Lass uns von hier verschwinden, Sophie“, sage ich energisch und greife nach ihrer Hand, damit ich sie mit mir mitziehen kann.

„Wohin?“, fragt sie aufgewühlt. Der Abend hat noch nicht einmal so richtig begonnen, aber ich will einfach nur noch weg von hier.

„Irgendwohin, wo es ruhig ist, ohne meine Familie und die restlichen Hochzeitsgäste.“

Kaum habe ich das ausgesprochen, kommt mir eine Idee. Lächelnd wende ich mich an Sophie und erkläre ihr: „Du wirst es mögen.“

„Was mögen?“

„Komm, folge mir.“

„Wohin?“

„Du wirst schon sehen, hör auf Fragen zu stellen und vertrau mir.“

Ich ziehe sie mit mir durch die Menge – bloß weg von hier.

Kapitel 16

Sophie

Was für eine Familiendynamik. So etwas habe ich noch nie live miterlebt. Dabei hat diese Familie alles, was sich der durchschnittliche Mensch nur erträumen könnte, und dennoch wirken sie alle so verspannt und unglücklich.

Außerhalb des Hotels stehen einige glänzende weiße Cabrios mit roten Sitzen. Ein Parkwächter überreicht Alex einen Schlüssel, sodass wir mit einem der Autos fahren können.

„Was hast du bitte vor?“, frage ich nervös und nehme auf dem Beifahrersitz Platz. Alex startet den Wagen und lächelt. Er scheint einen verdammt guten Plan zu haben, der ihn wirklich begeistert.

„Ich war schon einmal hier. Das ist ein paar Jahre her, aber ich kann mich noch gut an die Struktur der Insel erinnern. Also: Lass dich überraschen und genieße die Fahrt. Wir brauchen etwa 20 Minuten mit dem Wagen dorthin.“

Es ist spät und wir konnten nichts essen. Egal, wohin er auch fahren wird, es muss ein ganz besonderer Ort sein, der ihm sehr wichtig ist. Sonst würde er nicht einfach so das Resort verlassen und mich mitnehmen.

„Anschnallen.“

Wir schnallen uns beide an. Dann geht es auch schon los: wir verlassen das sichere Gelände des Resorts und biegen auf die Straße ab.

Entlang des Strandes führt ein schier endlos scheinender Weg. Aber ich genieße es sehr in einem Cabrio zu sitzen und den frischen Wind zu spüren, und der atemberaubende Ausblick auf das Meer und den purpurroten Himmel, der von Minute zu Minute immer dunkler wird, ist unbezahlbar.

Immer mal wieder sehe ich zu Alex. Ich muss wirklich gestehen, dass der Mann am Steuer unglaublich attraktiv wirkt. Ich weiß gar nicht, woran es liegt, aber wenn ich seine muskulösen Arme sehe, die das Lenkrad ergreifen und die Gangschaltung betätigen, wird mir verdammt heiß. Sein Blick ist fest auf die Straße gerichtet – also kann ich ihn in Ruhe anstarren.

Nur wenige Laternen beleuchten den Weg, der am Ozean entlangführt. Die Scheinwerferlichter des Cabrios helfen etwas mehr, aber um uns herum macht sich die pure Dunkelheit breit.

Je weiter weg wir vom Resort kommen, desto weniger Licht gibt es hier. Aber etwas Gutes hat die Sache schon an sich: Der Mond und die Sterne am Nachthimmel sind so klar und deutlich zu erkennen, dass ich gar nicht anders kann als nach oben zu schauen.

Es ist so faszinierend, was da oben für Welten zu entdecken sind. Heute kann man sogar ziemlich gut die Milchstraße erkennen. Unfassbar, wie viele Sterne da oben sind – und wie selten wir Menschen in die unendlichen Weiten der Galaxie schauen, die uns nur daran erinnert, wie klein und nichtig wir eigentlich sind.

Ich bemerke, wie Alex zu mir sieht und kurz lächelt. Das wundert mich, denn so etwas hat er zuvor noch nie getan. Perplex schaue ich zu ihm, doch Alex lächelt noch immer.

Eigentlich will ich ihn fragen, ob das tatsächlich ein Lächeln in seinem Gesicht ist.

„Wie lange fahren wir noch?", frage ich stattdessen. Diese hawaiianische Insel – ich habe vergessen, welche es ist, und kriege den Namen nicht ausgesprochen – ist zu groß, um sie mit einer Autofahrt zu umrunden.

„Noch etwa fünf Minuten, wir sind gleich da", verspricht er mir.

***

Ein wenig länger hat es dann schon gedauert, aber nun sind wir da: Alex parkt den Wagen zwischen einigen hohen Felsen und einer üppigen wilden Bepflanzung. Staunend sehe ich mich um, denn das Einzige, was die Umgebung erhellt, sind die Scheinwerfer des Cabrios und das Mondlicht.

Als er den Motor ausstellt, kann ich das Rauschen der Wellen hören. Wir sind am Strand? Den hatten wir doch auch schon direkt vor dem Resort, warum sind wir so weit gefahren?

„Wo sind wir hier?", frage ich ihn daher.

„Das hier ist eine kleine, geheime Bucht", verrät er mir und schnallt sich ab. Ich tue es ihm gleich und sehe mich neugierig um. Ich kann zwar das Meer gerade noch so erkennen, aber so ganz verstehe ich noch immer nicht, warum wir ausgerechnet hierher fahren mussten.

Alex steigt als Erster aus dem Wagen.

„Komm mit.“

Ich ziehe mir meine High Heels aus und lasse sie im Auto. Daraufhin steige ich aus und gehe barfuß über den weichen Sand, der noch warm ist – als hätte er das Sonnenlicht noch in sich gespeichert. Wie wohltuend das Gefühl unter meinen Füßen doch ist – es lässt mich lächeln.

„Als wir heute früh am Stand standen, hast du gesagt, du könntest dort nicht im Meer schwimmen gehen, weil die Brandung zu stark sei“, erinnert er sich.

„Ja …“

So ein Privatstrand hat natürlich viele Vorteile, aber das Oceanside Resort kann natürlich nichts dagegen tun, dass die Wellen zu stark sind.

„Du hast heute viel geübt, richtig?“

„Im Pool. Ja.“

Ob er mich gesehen hat?

„Hier in der Bucht ist das Wasser seichter und viel ruhiger, weil es von Felsen umgeben ist, die die meisten Wellen abfangen.“

Oh, verstehe.

Staunend folge ich ihm. Alex reicht mir seinen Arm, sodass ich mich wieder bei ihm einhaken kann. Zwar laufe ich barfuß deutlich sicherer, aber es fühlt sich gut an, mich an ihm festhalten zu können.

Zu dürfen.

Als wir den feuchten Sand unter unseren Füßen spüren, fängt Alex an sich auszuziehen. Was hat er bitte vor?

„Du willst schwimmen gehen? Hier? Jetzt?"

„Was denn sonst?"

Es ist zwar noch immer sehr warm und das Wasser sicher herrlich erfrischend, aber: „Das ist total dunkel, ich kann kaum etwas sehen."

„Was musst du schon sehen?"

„Bekommst du keine Angst, wenn du nicht sehen kannst, wo du schwimmst?"

„Ich war schon einmal hier, ich kenne die Umgebung. Sicherer als diese Bucht wird das nicht."

„Du kennst diese Bucht gut?"

„Das ist zwar schon ein paar Jahre her, aber ich bin hier mehrfach bei Nacht im Wasser gewesen. So hast du die Möglichkeit doch noch ins Wasser zu gehen, ohne Angst zu haben."

Ich zögere dennoch. „Ich weiß nicht …"

„Ich bin ja da. Schon vergessen? Ich habe eine Goldmedaille, dir kann nichts passieren."

Stimmt. Das beruhigt mich dann schon etwas.

Alex öffnet seine Hose und sieht auf den Ozean hinaus, während ich mir dann zaghaft das Kleid vom Körper streife. Da wir uns ja schon nackt gesehen haben, ist es mir zwar kurz etwas peinlich, aber wir tragen ja noch unsere Unterwäsche. Das geht wohl schon in Ordnung. Ein Bikini würde ähnlich viel Haut offenbaren wie mein BH und der Slip. Alex selbst trägt nur noch seine Boxershorts und legt seine Kleidung ordentlich gefaltet auf einen Stein. Ich tue es ihm gleich und lege meine Schuhe ganz oben zu seinen.

Ich gehe ihm hinterher und kann dabei einen gezielten Blick auf seinen perfekt trainierten Rücken werfen, der im Mondlicht aussieht wie gemalt. Was für ein heißer Körper – ich muss mich beherrschen, sonst komme ich noch auf dumme Gedanken.

Alex steht als Erster knöcheltief im Wasser. Ich folge ihm und will seine Hand greifen, doch er ist schneller: Alex dreht sich zu mir herum und streckt seinen Arm nach mir aus. Sofort nehme ich seine Hand an.

„Kannst du es spüren?“, fragt er mich. Damit meint Alex sicherlich nicht die Hitze, die sich in mir aufstaut, weil meine Gedanken nur um ihm kreisen, sondern das Wasser. „Die Wellen kommen hier nur noch ganz abgedämpft an und das Wasser ist herrlich warm.“

Stimmt. Dem ist tatsächlich so. Mit jeder kleinen Welle werde ich mutiger. Wir gehen langsam ins Wasser, bis zu den Knien.

„Hier kannst du dich in Ruhe akklimatisieren, hier sind wir sicher.“

„Ja …“

Ich lasse langsam von ihm ab und tauche meine Hände in das salzige Wasser, um mich damit zu benetzen. Mutig gehe ich weiter hinein, bis zu den Hüften.

„Was jetzt?“, frage ich ihn nervös.

„Woran denkst du, wenn du im Wasser bist?“, möchte er von mir wissen.

„Ich habe Angst zu ertrinken“, gestehe ich ihm. Alex nähert sich mir und legt seine Hand auf die Oberfläche des Wassers. Seine Bewegungen passen sich den Wellen an, während ich noch immer stocksteif dastehe und mich nur langsam lockere.

„Du musst nur atmen. Tief Luft holen."

„Ja … Luft holen …"

„Hab keine Angst zu ertrinken. Du hast Sauerstoff im Körper und bleibst über Wasser."

„Keine Angst haben … Okay … Okay …"

„Du darfst keine Panik bekommen. Wenn du unter Wasser gerätst, halt die Luft an und bleibe ganz ruhig und schwimm einfach wieder nach oben. Immer die Ruhe bewahren."

Ich wate immer tiefer ins Wasser, das mir nun bis zur Brust reicht, und atme dabei immer schwerer. „Keine Panik … Keine Panik …"

„Ironischerweise wird Panik zu einer Gefahr, weil sich der Mensch in Panik vollkommen verkehrt verhält und dadurch erst ertrinken kann. Man öffnet seinen Mund, versucht zu schreien und bewegt sich zu schnell. Dadurch verliert man Kraft und Sauerstoff und droht zu ertrinken."

Das alles zu hören, ist irgendwie nicht förderlich. „Toll … Jetzt bekomme ich Panik davor … Panik zu bekommen."

Alex lacht. „Das war witzig."

Das hilft gerade nicht. Ich sterbe tausend Tode.

Alex wandert weiter hinaus ins Wasser, sodass es ihm bis zum Hals geht. „Beobachte mich."

Ich nicke und sehe, wie er ruhig atmet und dann tief Luft holt. Er taucht ab und bleibt für einige

Augenblicke unter Wasser. Dann taucht er wieder auf und lässt sich auf dem Rücken treiben.

„Ich atme ruhig und bleibe oben. Versuch du es auch mal."

„Wer, ich?"

„Ja, du. Wer sonst?"

Er stellt sich wieder hin, während ich langsam in die Hocke gehe, sodass mir das Wasser bis zum Hals reicht. Mehrmals atme ich tief ein und lasse mit den Zehenspitzen langsam vom Sand los, um im Wasser zu schweben. Ich merke, dass es geht. Ein Erfolgsgefühl: Ich schwimme wie eine Boje im Wasser.

„Und jetzt auf den Rücken."

„Was soll ich?"

„Lass dich auf dem Rücken treiben."

„Ich habe aber Angst."

„Angst ist nie ein guter Ratgeber. Stell dich der Angst und biete ihr die Stirn."

Recht hat er. Ich hasse ihn gerade. Und zugleich bin ich ihm unendlich dankbar.

Ich will es versuchen. Allerdings beginne ich sofort erschrocken mit den Armen zu flattern, als mein Hinterkopf die Oberfläche berührt – wie eine panische Ente. Nein, das fühlt sich einfach nicht gut an.

„Ganz ruhig. Ich halte dich."

Seine Hände legen sich an meinen Rücken, sodass ich es erneut versuchen kann. Ich atme ruhig und sehe zu ihm. Alex schafft es, dass ich tatsächlich Vertrauen gewinne und mich sanft in seine Hände gleiten lassen kann. Die Panik schwindet.

Als ich Horizontal im Wasser liege, spüre ich noch immer seine Hände unter meinem Rücken. Aber diese berühren mich nur ganz sanft. Lächelnd blicke ich in den Sternenhimmel über uns.

„Das ist so schön."

„Man erlebt die schönsten Dinge, wenn man sich mitten durch die Angst hindurch traut."

„Leg dich neben mich", bitte ich ihn. „Und schau dir mit mir den Mond und die Sterne an. Das ist so wunderschön …"

„Also soll ich meine Hände wegnehmen?"

„Ich fühle mich sicher", antworte ich ihm.

Natürlich würde ich ihn noch gerne weiter spüren, aber er soll diesen herrlichen Anblick nicht verpassen. Alex legt sich selbstsicher auf den Rücken, hält dann aber meine Hand, sodass wir wie zwei Otter im Wasser treiben. Unter uns das Meer, über uns die unzähligen Sterne des weiten Universums. Dadurch, dass kein Resort, keine Großstadt in der Nähe ist, wird der Himmel nicht von künstlichem Licht angestrahlt. So sehen wir die unzähligen Sterne noch viel intensiver, als ich es gewohnt bin.

„Warum tust du das hier für mich?", frage ich. Denn der Moment ist fast zu schön, um wahr zu sein. Er zeigt sich so fürsorglich, dabei sind die Fronten doch von seiner Seite aus mehr als deutlich geklärt.

„Ich wollte unbedingt weg", gesteht Alex mir. Ich lasse ihn weitersprechen und frage nicht „warum", da ich es bereits ahne. „Der ganze Stress und Streit mit meinen Eltern – insbesondere mit meiner Mutter – und Kellan, das alles geht mir echt an die Nieren. Mein

Berufsalltag ist schon anstrengend genug, da brauche ich das nicht auch noch außerhalb des Büros."

Er vertraut sich mir an. Damit hätte ich so gar nicht gerechnet.

„Wolltest du damals freiwillig an den Olympischen Spielen teilnehmen oder hat dich deine Familie dazu gedrängt?"

„Wie meinst du das?", hakt er nach.

„Naja, ich kann mir vorstellen, dass du schon als Kind unter Druck gestanden hast. Ich meine, in so einer gut situierten Familie müssen wahrscheinlich die Kinder Wunder vollbringen, damit die Eltern zufrieden sind, oder?"

„Ist das so?"

„Naja, zumindest war das immer wieder im Film so."

Er schmunzelt.

Ich fahre fort: „Die wollen doch immer erzählen, wie toll ihre Kinder sind. Entweder weil sie so besonders klug sind, oder weil sie Instrumente spielen können, Goldmedaillen gewinnen, was auch immer …"

„Nein, ich wollte es selbst unbedingt."

„Wirklich?", frage ich überrascht.

„Ja. Dieses Ziel zu erreichen, hat mir alles abverlangt. Positiver Stress gefällt mir gut, der negative nervt. Bis an sein Limit zu gehen und anschließend darüber hinaus, das ist für mich ein unbeschreibliches Gefühl. Seine eigenen Rekorde zu brechen, sich mit anderen Männern zu messen und sie zu schlagen … das hat mich angetrieben. Ich wollte der Beste sein und mit der Einstellung habe ich auch gewonnen."

„Warum hast du aufgehört?", frage ich ihn.

„Ich schwimme heute noch gern, aber ich habe alles erreicht, was ich erreichen wollte. Mein Ziel war die Goldmedaille. Die habe ich bekommen. Und jetzt …“ Er schweigt.

„Hast du ein neues Ziel?“, möchte ich wissen, doch er schweigt dazu.

„Der Himmel ist wirklich wunderschön“, wechselt er das Thema. „Man vergisst im Alltag zu genießen, was uns alles von der Natur geschenkt wird.“

„Ja, das stimmt“, pflichte ich ihm bei und sehe wieder hinauf zum Mond, der wie eine Lampe auf uns leuchtet.

„Weißt du, wenn du Profischwimmer bist, richtest du dein Leben um deine Karriere aus. Du wirst morgens wach und denkst nur an deine Aufgaben: Proteine trinken und essen, dich wiegen, deine Maße aufschreiben, Kalorien zählen, dein Essen notieren, Flüssigkeitszufuhr, Training. Du kannst es dir nicht erlauben, etwas zu essen, was nicht vorgesehen ist – keine Schokolade zum Beispiel. Nicht einmal ein Bonbon. Genau die richtige Menge an Wasser trinken: nicht zu viel, nicht zu wenig. Das Gleiche mit Salz. Es muss die perfekte Balance sein, damit dein Körper die beste Leistung erbringen kann. Für einen gewissen Zeitraum zählt nur eines: der Erfolg.“

„Das klingt sehr streng“, merke ich an.

„Disziplin bringt dich deinem Ziel näher. Für mich kam es nie infrage aufzuhören, weil ich es liebe, wenn ich hart ackern muss. Es konnte für mich nie schwer genug sein. Das kann zur Sucht werden …“

„Ja, das kann ich nachvollziehen.“

Alex zögert und schweigt. Wir treiben dorthin, wo es seichter wird. Er steht dann auf, aber er lässt meine Hand nicht los. Ich schaue ihm schweigend zu, wie er nachdenklich die Spiegelung des Mondes im Wasser beobachtet.

„Viele Menschen geben auf, wenn es zu schwer wird“, sagt er. „Sie fürchten sich davor zu versagen und halten sich bedeckt. Und die Angst vor dem Versagen wird ironischerweise zum Grund für ihr Versagen. Hätten sie gekämpft und alles gegeben, hätten sie gewinnen können. Natürlich besteht auch dann die Möglichkeit zu verlieren, aber wer gar nicht erst antritt … der *hat* schon verloren.“

„Angst zu versagen habe ich auch“, flüstere ich. Alex sieht zu mir. „Ich stecke zwar viel Herzblut und Leidenschaft in meinen Laden, aber ich komme nicht voran. Diese Angst blockiert mich manchmal ganz schön doll.“

„Stell dir einfach vor, wie es wäre, wenn dein Blumengeschäft einen hohen Umsatz macht. Kunden strömen hinein, weil sie deine Arrangements lieben. Du kannst neue Mitarbeiter einstellen und machst einen gigantischen Gewinn. Dann kannst du eine größere Fläche mieten und bist irgendwann finanziell abgesichert. Diese Vorstellung allein kann Berge versetzen. Wenn du dir so etwas nicht einmal vorstellen kannst, dann kannst du eigentlich deinen Laden direkt schließen.“

„Na, toll“, murmele ich niedergeschlagen.

„Es ist aber so. Wenn du immer nur denkst, dass es sowieso nicht besser wird, blockierst du dich selbst und genau das, was du denkst, tritt dann auch ein. Hat dir das noch nie jemand beigebracht?"

„Nein. Wer denn auch?"

„Gut gemeinter Tipp von mir: Denke größer."

„Ich werde es versuchen."

„Nein, nicht versuchen. Machen."

„Okay. Ich werde es machen …"

„Selbstbewusster. Du klingst noch erbärmlich. Glaube es selbst."

Alex schaut mich trocken und fordernd an, sodass ich meine Arme ausbreite und tief Luft hole: „Ich werde es machen! Ich werde größer denken und erfolgreich sein! Mein Geschäft wird funktionieren und ich werde schwimmen können! Ich werde meine Ziele erreichen! Das, was ich mir erträume, wird in Erfüllung gehen und niemand kann mich aufhalten!"

Ich lache und sehe zu ihm. Alex nickt und lächelt mich reserviert an.

„Und? Wie fühlt es sich an?"

„Ich glaube, ich habe alle Fische verschreckt …" Ich muss lachen, was ihn zum Schmunzeln bringt.

„Die haben hier genug Platz."

Wir verweilen noch einen Moment lang im Wasser, ehe wir wieder hinausgehen. Das war wirklich ganz schön aufregend für mich. Ein wenig wehmütig bin ich schon, jetzt zu gehen, aber ich bin auch erleichtert.

„Danke, dass du mir geholfen hast. Jetzt kann ich stolz behaupten, im Meer gewesen zu sein."

„War es dein erstes Mal?", fragt Alex mich, der sich in den weichen Sand setzt. Ich nehme neben ihm Platz. Gemeinsam blicken wir auf die sanften Wellen.

„Als Kind habe ich mich nur bis zu den Knöcheln hineingewagt. Immer, wenn eine Welle kam, bin ich weinend weggelaufen. So tief wie heute war ich also wirklich noch nie drin.“ Stolz strahle ich ihn an. „Also vielen Dank dafür. Ohne dich hätte ich das nicht geschafft.“

„Mh, gern“, antwortet er mir knapp.

„Danke, für deine Ehrlichkeit und deine aufmunternden Worte. Ich habe wirklich das Gefühl, dass ich jetzt stärker bin als zuvor. Es fühlt sich verdammt gut an.“

„Ich helfe gern. Du hilfst mir ja auch. Es ist für dich sicher keine leichte Situation“, gibt er zu.

„Naja, du bezahlst mich dafür …“

„Das ist nur der Ausgleich, weil ich nicht ganz unschuldig daran bin, dass du den Auftrag nicht bekommen hast.“

„Wir sind quitt“, sage ich und reiche ihm die Hand. Dabei verschweige ich ihm, dass ich mir schon längst eingestanden habe, dem Auftrag nicht gewachsen zu sein.

„Lass uns die Zeit einfach gemeinsam genießen und das Beste aus dem machen, was noch übrig bleibt. Als … Freunde“, biete ich ihm an. Alex sieht zu meiner Hand, ergreift sie aber nicht. „Danach trennen sich unsere Wege. Sobald wir wieder in Boston gelandet sind, werden wir nie wieder voneinander hören. Außer … wir laufen uns im Spa erneut über den Weg. Aber da du ja immer alles für dich allein buchst und ich mittlerweile weiß, wo die Damenumkleidekabine ist, wird das vermutlich kein zweites Mal passieren.“

„Mh …“ Alex wirkt nachdenklich, während ich ihm noch immer meine Hand entgegenstrecke. Will er sie nicht annehmen?

„Was denn?“, frage ich verwundert nach, lächele ihm aber weiter entgegen. „Es ist okay für mich. Wirklich.“

Das ist der Moment, wo Alex sich zu mir neigt, sich mit einer Hand im Sand abstützt und sich meinen Lippen nähert. Ich versteinere, da ich mit dieser Nähe so gar nicht gerechnet habe. Was passiert denn jetzt bitte?

Alex küsst sanft meine Wange, sieht mir kurz darauf tief in die Augen und zögert einen Moment, ehe er mich küsst. Es ist ein sanfter, liebevoller und erforschender Kuss, der so viel Neugier in sich trägt, dass ich noch immer mit ausgestreckter Hand dasitze. Ich bin einfach vollkommen überrascht, da ich nicht damit gerechnet habe, dass wir uns plötzlich schon wieder küssen. Eigentlich war doch alles zwischen uns geklärt. Oder etwa doch nicht?

„Alex“, hauche ich an seine Lippen und lege meine Hand, die ich ihm zuvor noch entgegengestreckt habe, auf seine Brust. Nur halbherzig versuche ich ihn von mir zu drücken, aber das genügt bereits, sodass er unseren Kuss löst.

„Ich will mich nicht schon wieder auf eine Nacht mit dir einlassen. Du bringst meine Gefühlswelt vollkommen durcheinander“, gestehe ich ihm. Nein, ich darf das nicht zulassen. Nicht schon wieder. „Ich bin doch nur eine von vielen für dich und dann wirfst du mich weg …“

„Du bist nicht eine von vielen, Sophie, und ich werde dich ganz sicher nicht wegwerfen. Ich will herausfinden, was das zwischen uns ist … denn es fühlt sich nach etwas Neuem an. Etwas, was ich so nicht kenne. Wenn du in meiner Nähe bist, fühlt es sich so leicht an. Etwas, wonach ich mich gesehnt habe, aber nicht einmal wusste, dass es in meinem Leben fehlt."

Höre ich da gerade richtig? Zwar betont er alles so trocken und formell wie immer, aber was er da gerade sagt, löst in mir ein regelrechtes Feuerwerk aus.

Als ich ihm tief in die Augen schaue, fällt mir etwas auf: Ich entdecke plötzlich Wärme und Aufrichtigkeit in seinem Blick, wo zuvor nur Kälte und Distanz gewesen ist. Das ist auch das, was mich überzeugt – viel mehr als seine Worte. Dieser Blick ist zuvor nicht da gewesen. Aber jetzt sehe ich es klar und deutlich.

„Was hat das alles zu bedeuten, Alex?", hauche ich aufgeregt an seine Lippen.

Er fährt fort: „Meinungen können sich ändern und ich will auf keinen Fall, dass du dich schlecht fühlst, oder dass wir einfach so zurück in das Resort fahren, ohne die Nacht für uns ausgekostet zu haben."

Er küsst mich erneut und lässt seine Lippen anschließend über meine Wange und meinen Hals wandern. Sand klebt an unseren Körpern, den wir mit unseren Händen – und durch das Streicheln – leicht abbekommen. Die Hitze der Nacht und die unserer Haut hat das Meerwasser schnell trocknen lassen. Lediglich kleine Tropfen aus unseren Haaren perlen noch über Nacken, Rücken und Schultern.

Alex sorgt dafür, dass ich mich in den Sand lege. Dabei spüre ich eine Hand unter meinem Rücken – wie zuvor im Wasser. Er stützt mich, sodass ich mich sicher hinlegen kann. Ich vertraue ihm. Er wird mich dieses Mal nicht enttäuschen. Ich will daran glauben. Ich muss es einfach. Lächelnd genieße ich seine Lippen auf meiner Haut. Wie gut es sich doch anfühlt, sich einfach fallen zu lassen …

Mir ist, als würde ich noch immer die sanften Wellen spüren – so, wie ich es mir auch schon im Pool vorgestellt habe. Er ist es, der mir Sicherheit verschafft und ein gutes Gefühl, das ich nicht mehr in meinem Leben missen möchte.

Alex zieht mich aus. Nackt liege ich im Sand unter ihm. Ein Traum, den ich mal hatte. Eine Vorstellung, die bislang schon immer jenseits meiner Realität gelegen hat. Hier, auf Hawaii, am Rande der Welt, umringt vom rauschenden Meer, weit weg von Boston und meinem Geschäft, von meinem Alltag, meiner Familie und den vielen Sorgen, die mich nicht mehr loslassen wollen. Hier ist alles einfach anders. Ja, wenn er bei mir ist, fühlt sich alles so verdammt leicht an.

Seine Lippen wandern über meinen Bauch bis zu den Innenseiten meiner Oberschenkel. Ich greife in den Sand und berühre immer wieder sein volles Haar, seinen trainierten Nacken, biege meinen Rücken und stöhne gierig, als ich seine Zunge auf meinem Venushügel spüre. Er ist so geschickt, einfühlsam und zärtlich, wie ich es noch nie zuvor in meinem Leben erfahren durfte.

So einen Mann wie ihn lernt eine Frau wie ich nur ein einziges Mal durch puren Zufall kennen. Oder Glück. Vielleicht von beidem etwas.

„Oh, Alex …“, keuche ich seinen Namen immer wieder, als er meine empfindliche Klitoris verwöhnt und mich binnen kürzester Zeit zum Höhepunkt leckt, ganz ohne Hektik, selbstlos.

Alex lässt mir nur wenig Zeit zum Verschnaufen, da er sich auf mich legen will. Allerdings: „Ich will mich bedanken“, fordere ich und drücke ihn zur Seite. „Jetzt bin ich am Zug.“

Alex wirkt kurz verwundert, doch als ich ihn kraftvoll in den Sand drücke, lässt er es geschehen. Ich setze mich auf seine Oberschenkel und streichele ihn mit meinen Händen, ehe ich seine Härte greife und ihn verwöhne. Alex wirkt begeistert und macht es sich im Sand gemütlich, während ich sein steifes Glied knete, streichele, stimuliere.

Danach weiche ich ein Stück zurück und beuge mich zu seiner Erektion hinunter, die ich mit meinen Lippen und der Zunge verwöhne. Sofort werde ich mit kehligen Lauten belohnt, die mir deutlich machen, wie gut ihm gefällt, was ich da mit ihm tue. Immer wieder lächele ich, wenn ich spüre, dass sein Schwanz in meinen Händen zuckt und anschwillt. Ich würde sagen, ich habe ihn gut im Griff.

Während ich seine Härte in meinen Mund nehme, streicheln meine Hände über seine Hüftknochen und seine ausgeprägte Bauchmuskulatur.

Plötzlich setzt er sich auf und zieht mich in seine Arme. Ich nehme auf seinen Oberschenkeln Platz und schlinge meine Beine um seine Hüften. Als ich ihn in mir spüre, fühlt es sich so perfekt an. Erneut muss ich mich fragen, warum ich überhaupt gezögert habe …

Ich will das hier. Ich will ihn. Ich will jeden Augenblick, den wir zusammen verbringen können, auskosten. Sobald ich wieder in Boston bin, wird er mich vielleicht wirklich nicht mehr anrufen, oder da ist doch etwas, was ihn an mir fasziniert. Ich weiß nur nicht, was. Oh, wenn ich doch nur wüsste, was Alex wirklich denkt. Ich will ihm ja glauben, das will ich wirklich. Aber es fällt mir schwer, nachdem er mich schon zweimal verletzt hat. Das hier darf auf keinen Fall das dritte Mal werden.

„Es fühlt sich so gut an, bei dir zu sein“, raunt er an meine Lippen, während er beide Hände an meinen Hintern legt und seine Härte dabei rhythmisch in mich stößt.

„Geh nie wieder weg“, flüstere ich zurück und schlinge meine Arme um seinen Nacken. Ich will daran glauben. Ich will all meine negativen Gedanken von mir wegschieben und Hoffnung haben.

Er kommt genüsslich zum Höhepunkt und ich spüre, wie es in mir warm wird.

In dieser leidenschaftlichen Stunde sind Alex und ich uns auf andere Weise nah. All die bisherigen Orgasmen und intensiven Momente sind nichts gegen das Gefühl, neben ihm einschlafen zu dürfen, ihm seelisch nah zu sein. Erschöpft liege ich in seinen Armen, bette meinen Kopf auf seine Brust, während der sanfte Wellenklang dafür sorgt, dass ich mich entspannen kann.

Was für ein Abenteuer. Was für ein Abend. Was für ein Gefühl … ich bin durchströmt von Liebe, Sanftheit und Ideen, wie mein Leben mit Alex verlaufen könnte. Auch wenn ich müde und erschöpft von den Anstrengungen des Tages bin, so fallen mir doch irgendwann die Augen zu. Ich wäre gerne noch ein wenig länger wachgeblieben, um seine Nähe zu genießen. Vielleicht werde ich ja noch einmal in den Genuss kommen. Wer weiß?

Kapitel 17

Alex

Sophie ist eingeschlafen. Sie liegt in meinen Armen, während ich in das tiefe Schwarz über mir blicke. Da sind zwei, drei Sterne, die heller Leuchten als der Rest und der strahlende Mond scheint über uns zu wachen.

Ich bin vollkommen erschöpft, aber ich darf nicht einschlafen. Auch wenn ich dringend Ruhe benötige, so bin ich nicht gewillt, das Risiko einzugehen sie zu erschrecken. Stattdessen neige ich mein Gesicht zu ihr und halte sie weiter fest im Arm. Ja, das ist genau das, was ich jetzt tun will.

So verbringe ich die nächsten Stunden, und keine Sekunde davon wird langweilig.

Wenige Stunden später geht die Sonne auf. Die ersten Strahlen kitzeln Sophies und mein Gesicht, sodass sie wach wird. Sie erschreckt sich und fährt sich mit der Hand über die Augen, sieht dann zu mir und wirkt überrascht.

„Guten … Morgen“, murmelt sie desorientiert und ungläubig.

„Du hast nur ein paar Stunden geschlafen“, sage ich und küsse ihre Stirn, ehe ich ihren Gruß erwidere: „Guten Morgen.“

„Ich wollte nicht einschlafen“, gesteht sie mir und lässt ihre Hand über meine sandige Brust wandern. Der Untergrund ist weich und gemütlich und die Aussicht ein Traum. Das klare Blau des Wassers und des Himmels haben so eine beruhigende Wirkung auf mich, dass ich gar nicht anders kann als innerlich zu lächeln – wenn auch nicht äußerlich.

„Lass uns zurück in das Resort fahren, duschen und dann schlafen gehen. Gegen Mittag können wir ein spätes Frühstück zu uns nehmen."

„Okay", antwortet sie mir verschlafen und sieht dann neugierig zu mir: „Konntest du dich auch etwas erholen?"

„Ja", lüge ich sie an und stehe dann vorsichtig auf. Wir erheben uns beide, klopfen den letzten Sand von unseren Körpern und schütteln unsere Unterwäsche gut durch. Meine Boxershorts ist noch klamm, aber das geht schon in Ordnung. Auch Sophie zieht sich Slip und BH über, ehe sie zu ihrem Kleid greift.

Wir laufen zum Cabrio zurück, während wir uns noch zu Ende anziehen. Die ganze Nacht habe ich nachgedacht, über alles Mögliche. Ich musste mit niemandem sprechen, niemanden unterhalten, auf niemanden Rücksicht nehmen. Meine Begleitung hat wie ein Säugling geschlafen und ist mir nicht für eine Sekunde zur Last gefallen.

Wir erreichen das Cabrio, steigen ein und fahren gemeinsam zum Resort zurück – dabei sprechen wir kaum. Sie ist noch nicht so richtig wach, und ich bin allein mit meinen vielen Gedanken.

Ich parke das Auto auf dem Kiesparkplatz und steige mit Sophie aus, dabei öffne ich ihr mit stoischer Miene die Tür – irgendwie will ich gerade ein Gentleman für sie sein. Schließlich habe ich sie immer wieder gefickt, obwohl es gegen ihre Prinzipien ging.

„Wir beide schlafen ein wenig, damit wir später fit sind“, sage ich.

„Gute Idee“, antwortet Sophie.

„Ich möchte ein bisschen für mich sein. Nur, dass du dich nicht wunderst.“

„Okay“, antwortet sie verunsichert.

„Wenn du neben mir liegst, ist das Risiko zu groß, dass ich die Finger nicht von dir lasse“, frotzele ich trocken. Daraufhin schmunzelt sie verstehend.

Wir schleichen uns unauffällig auf die Suite. Sie geht auf ihr Zimmer, ich auf meines – nur mit dem Unterschied, dass ich meine Tür von innen abschließe. Ich will eine Weile für mich sein, das ist die eigentliche Wahrheit. Sophie ist ein bisschen wie eine Droge: Im einen Augenblick stoße ich sie von mir weg, weil ich sie nicht zu nah an mir dran haben will, aber im anderen Augenblick verfalle ich ihr komplett und kann von ihr nicht genug bekommen.

***

Heute ist der dritte Tag auf Hawaii. Die Hälfte der Zeit haben wir also schon fast hinter uns gebracht. Ich habe mich etwas hingelegt, um Schlaf aufzuholen. Stunden später werde ich wach, da ich Sophies Tür höre. Ich lausche hin, ohne mich zu rühren …

Sophie verlässt gerade die Suite. Sie hat weniger Schlaf gebraucht als ich. Ich strecke mich und sehe auf die Uhr. Es ist bereits zwei Uhr am Nachmittag. Normalerweise müsste ich hektisch aufspringen und mich in Schale schmeißen, um nichts von dem

Tagesprogramm zu verpassen. Aber es ist mir egal geworden. Sollen mich die Streithähne suchen.

Ich reibe mir mit einer Hand über das Gesicht und die Brust. Mein Kopf arbeitet. Ist das heute Nacht wirklich passiert? Ich kann gar nicht aufhören an Sophie zu denken. Sie ausgesperrt zu haben, fühlt sich seltsam an, aber ich musste etwas Zeit für mich haben, denn ich merke immer mehr, wie sich diese junge Dame unter meiner Haut ausbreitet …

Ich setze mich auf und gehe ins Bad. Sobald ich mich erfrischt und umgezogen habe, werde ich sie suchen gehen. Wo ist sie nur hin? Zu diesem Floristen schon wieder? Zu meinen Brüdern?

Ich muss gestehen, dass es mich nervös und unruhig macht, Sophie nicht an meiner Seite zu haben. Ich mag es auch überhaupt nicht, wenn ich gerade nicht weiß, wo sie ist und was sie treibt. Hoffentlich finde ich sie schnell …

Mir knurrt der Magen. Ihr wird es vermutlich ähnlich ergehen, vielleicht ist sie also zum Frühstücksbereich gegangen. Diesen steuere ich direkt als Erstes an. Zwar gibt es kein Frühstück mehr, dafür viele Snacks und warme Speisen vom Mittagsbuffet. Hier können sich alle Gäste die ganze Zeit über bedienen, wenn sie keinen speziellen Wunsch von der Karte möchten. Suppen, Obst und kleine Häppchen gibt es reichlich.

Ich schaue mich um, finde Sophie jedoch nicht und das nervt mich. Egal. Ich stehe drüber. Schließlich bin ich nicht irgendwer.

So schnappe ich mir einen Teller und mache ihn mir mit einigen Häppchen voll. Dabei nehme ich keine

Rücksicht darauf, mich entweder für Fleisch oder Fisch zu entscheiden, alles ordentlich zu separieren. Ich klatsche mir alles einfach querbeet auf den Teller und schaue mich dabei immer wieder um.

Nirgends kann ich Sophie erkennen. Ich werde immer mehr zum Vulkan. Sie wird von mir bezahlt, um an meiner Seite zu sein, wo zum Teufel ist sie?

Ich setze mich allein an einen der Tische, bekomme aber schnell Gesellschaft in Form von einem älteren Pärchen aus der entfernten Verwandtschaft. Beide haben viel zu erzählen. Ehrlich gesagt habe ich keinen Schimmer, wer sie sind. Und es ist mir egal.

„Schön, dass wir uns auch endlich wiedersehen, Alex. Das mit deinem Geschäft ist ja richtig toll. Mein Mann und ich, wir erkundigen uns regelmäßig nach euch Dreien."

„Regelmäßig", bestätigt der alte Ehemann und nickt, ehe er sich etwas Prosciutto in den Mund schiebt und sein Schnauzer, der beim Kauen tänzelt, mich an ein Walross erinnert.

„Deine Mutter ist aber immer noch so gestresst, du musst mehr auf sie aufpassen."

„Musst mehr aufpassen", fügt der Ehemann hinzu.

Ich höre ihnen nicht so richtig zu, eigentlich will ich nur meine Ruhe.

„Dir fällt das schon auf, dass deine Mutter aktuell so gestresst ist, oder?", fragt mich diese nervige Dame noch einmal.

Ich schaue passiv zu ihr auf und nicke höflich.

„Dann könntet ihr Drei doch gemeinsam schauen, wie ihr sie ein wenig entlasten könnt, oder nicht? Entlastung ist doch wichtig, Alexander."

„Ist wichtig", kommentiert wieder dieses schmatzende Walross neben ihr.

Immer wieder sehe ich mich um und hoffe Sophie zu entdecken. Wenn sie schon hier war, ist sie woanders hingegangen. Vielleicht zum Strand? Oder wir haben uns verpasst und sie ist zurück in die Suite gegangen? Das nervt mich, sie nicht zu finden – noch mehr nervt dieses Geplapper von diesen zwei Wichtigtuern, mit denen ich hier am Tisch sitze …

Also schaufele ich mir das Essen so schnell wie nur möglich rein, dabei lasse ich meine Tischmanieren links liegen. Ich schmatze und stopfe mir den Mund voll, schlucke schnell runter und rein mit dem nächsten Bissen.

„Also, Alexander, du solltest langsamer essen, das ist nicht gesund. Wir alle machen uns Sorgen. Mastizieren musst du."

„Mastizieren", wiederholt das Walross.

„Nicht, dass du dich noch verschluckst", sagt die alte Dame.

Ich esse auf und weise sie darauf hin: „Ich würde mir mehr Sorgen um deinen Mann machen."

Ich stehe auf und lasse meinen Teller liegen, während mir das Pärchen verblüfft und leicht empört nachsieht. Ich blicke nicht einmal zurück, sondern schreite durch das Resort und schaue mich nach Sophie um.

Im Außenbereich glaube ich erst kurz, Sophie zu sehen: Dunkelblaues Kleid, das blonde Haar passt auch. Aber die junge Frau trägt einen kleinen Jungen auf dem Arm, das kann sie also nicht sein.

Doch dann dreht sie sich herum und ich erkenne, dass es doch Sophie ist. Aber wer ist das Kind?

Sophie scheint dem Jungen etwas über die Blumen zu erzählen. Sie deutet auf diese und lässt ihn die Blüten und Blätter berühren. Beide stehen in der Nähe eines Pools. Auch andere Familienmitglieder sonnen sich hier oder schwimmen eine Runde – wenigstens meine Eltern sind nicht hier. Auch Sam und Kellan sind nirgends zu entdecken.

Als ich mich Sophie nähere, treffen sich unsere Blicke. Sie strahlt mich an und sagt: „Sieh mal, da ist Alex. Ich habe dir vorhin von ihm erzählt. Erinnerst du dich?"

Wenn sie so dasteht und den Kleinen auf dem Arm hat, muss ich feststellen, dass ihr das gut steht, ein Kind zu halten. Sie wird bestimmt eines Tages eine gute Mutter sein, das kann ich mir sehr gut vorstellen. Für einen kurzen Augenblick gibt es einen leisen Teil von mir, der sich vorstellt, sie würde eines Tages unser gemeinsames Kind so auf dem Arm halten.

Was denke ich da bloß! Dieser spontane Gedanke bringt mich ein wenig durcheinander, lässt mich aber auch kurz lächeln.

„Hallo, kleiner Mann", begrüße ich den Jungen freundlich, der mich mit großen, neugierigen Augen betrachtet.

„Hallo, großer Mann", antwortet er mir glucksend und hält sich dabei an Sophie fest. Ein niedlicher Junge.

„Wie heißt du denn?"

„Kai."

„Hallo Kai, ich heiße Alex. Zu wem gehörst du denn?"

„Zu meiner Mama."

Das hat nicht geholfen. Sophie und ich schauen uns kurz an. Ich erkläre: „Meine Familie ist groß, ich kann lange nicht mehr jeden hier zuordnen. Ist das ein Neffe oder ein Cousin von Alyssa?"

„Kai ist der Sohn einer Angestellten hier aus dem Resort. Sie hat einen wichtigen Termin und ich habe mich angeboten, auf ihn aufzupassen", erklärt sie mir.

Bitte? Das Kind gehört jemandem vom Personal? Und obwohl ich sie bezahle, lässt sie mich allein und kümmert sich um das Kind einer Angestellten?

Sophie merkt mir an, dass ich mir gerade auf die Zunge beiße. Sie kichert und flüstert zu Kai: „Siehst du? Alex ist manchmal ein großer, alter Brummbär. Aber manchmal überrascht er einen und zeigt, was er doch für ein gutherziger Mann ist."

„Also ist er ein lieber Brummbär?", fragt Kai und bringt Sophie zum Lachen.

„Genau. Ein lieber Brummbär."

Sophie kitzelt Kai, der vergnügt gluckst, was mich unweigerlich lächeln lässt. Sie kann wirklich gut mit Kindern umgehen. Das lenkt mich innerlich davon ab, dass ich normalerweise jetzt schon längst dabei wäre, sie auszuzählen, weil sie nicht tut, wofür ich sie bezahle. Aber sie scheint tatsächlich eine völlig neue, weiche Seite aus mir heraus zu kitzeln.

„Du hast Erfahrung mit kleinen Kindern?", frage ich sie trocken.

„Ich bin schon so groß!“ Der kleine Kai hebt seinen Arm in die Höhe und deutet damit seine Größe an.

„Meine Schwester Georgia hat Kinder, ich habe oft auf sie aufgepasst.“ Sie reibt ihre Nase gegen Kais Wange, der glücklich lacht und sich an ihr festhält. „Und du bist genau so süß und knuddelig wie meine Nichten und Neffen.“ Sophie lacht süß und schaut dann zu mir.

Ja, sie wäre eine wundervolle Mutter. Für sie zählt das Beisammensein. Das Miteinander. Die Familie und Nähe. Mit teuren Handtaschen kann sie nicht viel anfangen. Das gefällt mir.

Mein Blick schweift kurz nach unten: Trotz ihrer geschundenen Füße hat sie sich wieder in die High Heels gezwängt, damit sie optisch unter den Gästen nicht negativ auffällt und sie wirklich jeder als meine Freundin anerkennt. Wow, ich lerne, auf solche Details zu achten – das kann nur durch ihren Einfluss kommen.

Dabei würde es mir jetzt viel besser gefallen, wenn sie barfuß wäre – sie hätte keine Schmerzen und würde sicherer stehen. Oh. Auch diese Empathie muss ich von ihr bekommen haben.

„Bist du stark?“, fragt der kleine Junge mich.

„Wie meinst du das?“

„Du bist doch ein Brummbär. Bären sind stark. Oder?“

„Ja, ich denke, dass ich stark bin. Und du?“

„Ich bin auch stark.“ Kai lässt seine nicht vorhandenen Armmuskeln spielen und brüllt dabei wie ein Löwe. Niedlich.

Plötzlich drückt Sophie mir den Jungen in die Arme und hält sich an mir fest. Sie wird kaum noch stehen können.

„Alex ist sogar so stark, dass er dich ohne Probleme mit einem Arm tragen kann."

„Woah", staunt Kai, als ich genau das tue. „Du bist wirklich stark! Wie werde ich denn auch so stark wie du, Alex?", möchte der begeisterte Junge wissen.

„Indem du immer dein Zimmer aufräumst, dich gesund ernährst und Sport machst." Das bringt Sophie zum Kichern.

„Was? Warum muss ich mein Zimmer aufräumen?", fragt er entsetzt.

„Weil nur in einer aufgeräumten Umgebung ein gesunder Geist leben kann. Wer sein Leben im Griff hat, kann wachsen. Dazu gehört alles: den Körper fit halten, das Zimmer sauber halten, und so weiter."

Kai versucht das zu verstehen. Er nickt und sieht dann wieder zu Sophie.

„Ja, da hat der Alex schon recht", bestätigt Sophie und schaut mich dabei stolz an, als wären wir schon jahrelang ein Paar, das zusammenwohnt. „Er räumt sein Zimmer immer auf. Da ist es nie unordentlich."

„Dann muss das wohl stimmen", überlegt sich Kai. „Okay. Einverstanden."

So schnell bekommt man Kinder überzeugt. Hoffentlich hält es eine Weile an. Die Mutter des Kleinen wird sicher froh darüber sein, dass wir diesen kleinen Trick angewendet haben. Rechnung kommt später.

Als ich wieder zu Sophie sehe, bemerke ich ihren verträumten Blick. Sie betrachtet meine Arme und sieht immer wieder zu mir. Es ist ein Schwärmen, das erkenne ich sofort. Es scheint ihr sehr gut zu gefallen, dass ich ein Kind auf dem Arm trage. Frauen mögen so etwas – habe ich mal gehört. Egal, ob es Hunde oder Kinder sind, es zieht sie an wie eine Lampe die Motten.

„So, mein Kleiner. Deine Mama kommt gleich zurück. Wollen wir ihr schonmal entgegenlaufen? Alex hat noch ein bisschen was zu tun", sagt Sophie plötzlich und nimmt mir den Kleinen ab.

Ich sehe, dass sich im Hintergrund Samuel und Alyssa nähern. Vermutlich denkt sie, dass ich mit ihnen sprechen möchte, und will deswegen gehen.

Sophie stellt Kai auf dem Boden ab und nimmt seine Hand. Beide gehen ein paar Schritte. Sophie dreht sich noch einmal zu mir herum und winkt: „Bye, Alex." Dann wendet sie sich an Kai: „Sagst du ihm auch Tschüss?"

„Ja!" Kai strahlt und winkt mir entgegen: „Bye, Alex!" Er grinst breit und hüpft dann fröhlich an Sophies Seite. Sie lacht herzlich und löst damit in mir ein noch größeres Verlangen aus, ihr nahe sein zu wollen.

Diese Herzlichkeit habe ich sehr lange in meinem Leben vermisst. Diese Fürsorge. Diese innere Ruhe, die sie so souverän ausstrahlt …

Sam und Alyssa nähern sich mir. Ich nicke beiden knapp zu. Sie bleiben bei mir stehen.

„Sam. Alyssa."

„Hey, Alex", grüßt mich Sam.

„Und, wie geht es euch?“, frage ich sie und hoffe, dass mich beide nicht mit Fragen löchern werden.

„Gut“, antwortet Samuel mir knapp, der Sophie hinterher sieht. Ich bemerke ebenso Alyssas Blick. Sie betrachtet mich skeptisch und ich ahne, was sie denkt. Alyssa hat noch nie viel von mir gehalten und daraus macht sie auch keinen Hehl.

„Du wirst ihr doch hoffentlich nicht das Herz brechen, Alex, oder?“ Ihre mahnenden Worte prallen nicht so ganz an mir ab.

„Lyss …“, sagt Samuel streng, doch davon lässt sich Alyssa nicht beirren.

„Sie macht einen netten Eindruck“, verteidigt sie ihren Angriff auf mich.

„Ich habe nicht vor ihr wehzutun“, sage ich und nehme auf einem der Lounge-Möbel Platz. „Schließlich ist es mir so ernst, dass ich sie meinen Brüdern vorstellen wollte, ehe sie jedoch mit ihren familiären Zickereien zu beschäftigt waren. Schon vergessen?“

Sofort kommt jemand vom Personal zu uns und bietet Getränke an, von denen wir nehmen können. Ich mache mich lang und strecke die Beine aus, während ich mein Sprudelwasser mit Zitronenscheibe genieße.

„Das wäre aber nicht das erste Mal, dass du einer Frau das Herz brichst, obwohl du sie magst“, giftet Alyssa mich an, die ihre Nase rümpft und dann auffordernd zu Sam sieht. „Sag doch auch mal was dazu.“

Sam atmet tief durch und sieht dann streng zu mir. Aber er schweigt.

„Sam?“ Alyssa hebt die Brauen.

„Er wird sich nicht gegen seinen Bruder stellen", meine ich und lächle Alyssa kalt an. „Und ich glaube, dass ihr es äußerst befremdlich finden würdet, wenn ich anfangen würde, über eure Beziehung zu urteilen. Ich wüsste tausend Gründe, warum ich ihm theoretisch abraten könnte, dich zu heiraten. Aber das würde ich mir nie anmaßen. Ich halte mich stattdessen komplett aus eurem Privatleben raus und wünsche euch nur das Beste."

Der Gesichtsausdruck der Beiden ist gerade unbezahlbar. Ich proste ihnen breit grinsend zu, was dazu führt, dass Alyssa wütend schnauft und das Weite sucht.

„Musste das sein?", fragt Sam mich genervt.

„Sie ist deine Zukünftige, nicht meine. Komm damit klar. Und vielleicht folgt ihr meinem Beispiel und überlasst mein Liebesleben mir."

Ich zwinkere Sam zu und er ist nur noch fassungslos. Ich feiere meine Schlagfertigkeit gerade selbst. Allein für diesen Moment hat sich die ganze Aktion gelohnt.

„Manchmal hasse ich dich, Alex."

„Und ich habe nur Liebe für dich, Sam", antworte ich provokant. Lächelnd trinke ich noch einen Schluck, während Sam tief durchatmet und Alyssa nachläuft. Warum die Beiden ein Paar geworden sind, frage ich mich bis heute sowieso. Er bräuchte so eine Frau wie Sophie: eine sanfte Seele, die keinen Stress macht. Aber das soll nicht mein Problem sein. Tauschen will ich nicht.

***

Es vergeht etwas Zeit. Ich gönne mir einen süßen Cocktail mit Früchten und einem Schuss Rum und genieße die Ruhe vor dem Sturm. Sobald meine Mutter auftaucht, wird sie wieder Stress machen. Das weiß ich jetzt schon.

„Sieht lecker aus“, höre ich plötzlich Sophies Stimme. Sofort öffne ich meine Augen und sehe zu ihr. Sie setzt sich neben mich auf eine der Liegen und bekommt kurz darauf ebenso eine Auswahl an Getränken gereicht. Sie nimmt sich ein Glas Sprudelwasser.

„Vielen Dank“, sagt sie höflich. Die Kleine hat langsam so richtig Selbstbewusstsein in der Stimme, sie geht immer mehr als Teil der High Society durch.

Der junge Kellner nickt ihr höflich zu und geht lächelnd wieder, um sein Tablett mit Cocktails, Sekt und Wasser wieder aufzufüllen.

„Ich habe dich bezahlt, um an meiner Seite zu sein.“

„Mh?“ Sie trinkt durch einen schwarzen Strohhalm etwas vom Mineralwasser und blinzelt mir überrascht entgegen.

„Und nicht um für Angestellte zu babysitten.“

Sie schaut mich schweigend an, und komplett ausdruckslos – was für sie eigentlich untypisch ist. Normalerweise kann ich ihr all ihre Gefühle direkt ansehen, da sie an und für sich ein offenes Buch ist. Aber jetzt gerade nicht.

„Du hast geschlafen“, beginnt sie. „Ich wollte dich nicht …“

Ich falle ihr ins Wort: „Aber es gefällt mir, was du getan hast. Du bist selbstlos und hast ein gutes Herz.“

Sophie ist überrascht. Das hat sie nicht kommen sehen. Sie ist die Kälte gewohnt, mit der ich ihr bisher begegnet bin.

„Danke … Alex."

„Und es gefällt mir, wie du mit Kindern umgehst. Du hast ein gutes Händchen dafür."

„Dir steht es auch nicht schlecht", kontert sie mit etwas Flirt in der Stimme. Ich bemerke natürlich ihren Blick, der über meinen Körper wandert. „Du großer, starker Mann."

Was löst diese Frau in mir aus? Ihr sympathisches Lächeln lässt mein Herz höher schlagen. Verdammt, diese Frau verdreht mir vollkommen den Kopf.

„Ja, ich bin groß. Und stark."

„Beweise es", fordert sie mich heraus, was mich neckisch grinsen lässt.

„Was soll ich tun?", frage ich sie.

„Denk dir was aus", schäkert sie und trinkt noch etwas Wasser. Gerade als ich etwas erwidern will, spüre ich einen eiskalten Luftzug und der kommt nicht von ungefähr: Meine Mutter nähert sich. Oh, nein.

Da sie uns beide fest im Blick hat, ahne ich, dass Alyssa ihr vermutlich verraten hat, wo wir uns aufhalten und was ich doch für ein unsensibles Arschloch bin. „Achtung. Drache im Anmarsch", murmele ich leise.

„Keine Sorge, ich komme mit ihr zurecht", versichert Sophie mir. Aber natürlich bemerke ich ihre Unsicherheit.

„Wenn sie frech wird, werfe ich sie aus Versehen in den Pool", sage ich zu Sophie, was sie grinsen lässt.

„Das ist Stärke. Sich gegen die eigene Mutter aufzulehnen und mich zu beschützen." Das scheint ihr gut zu gefallen.

Ich sehe zu meiner Mutter, die mit einem theatralischen Seufzer vor uns stehenbleibt. Sie ruiniert unseren wundervollen Moment und das nervt mich jetzt schon.

„Hast du Sam gesehen?", fragt sie mich genervt. Ihr abwertender Blick zu Sophie fällt mir natürlich auf.

„Nein", lüge ich sie offen an. Sie seufzt erneut laut auf und stemmt die Hände in die Hüften.

„Das gibt es doch nicht. Wieso geht hier einfach jeder verloren?"

„Was ist denn los?", frage ich sie.

„Die Floristen sind in den Streik gegangen. Sie haben ihre Arbeit niedergelegt und verweigern jegliche Zusammenarbeit mit Alyssa oder mir."

Als sie das sagt, muss ich leise lachen.

„Das ist nicht lustig, Alex!", faucht sie mich entsetzt an.

„Doch, irgendwie schon. Es war so klar, dass ihr die Bediensteten in den Wahnsinn treibt. Und jetzt willst du mit Sam reden, damit er Alyssa dazu bringt, sich bei den Floristen zu entschuldigen? Für diese Freak-Show hier müsste ich eigentlich Eintritt bezahlen, denn ich werde bestens unterhalten."

„Wir brauchen eine Lösung, Alex, so geht es nicht weiter. Für heute gibt es keine Gestecke und ab morgen auch nicht mehr. Sie müssten längst am Arbeiten sein, das ist eine totale Katastrophe!"

„Ja, fürchterlich", murmele ich sarkastisch und verkneife mir jedes weitere Lachen – was nicht so leicht ist. Denn ich finde es zum Totlachen.

Meine Mutter dreht sich einmal halb herum, atmet tief durch und sieht dann wieder zu mir. „Ich verstehe die Leute nicht", sagt sie. „Die bekommen so viel Geld. Diesen Flug. Das Hotel. Warum ist es nur so schwer gutes Personal zu finden, das einfach mal das tut, wofür sie bezahlt werden?"

Ich bemerke, dass Sophie fasziniert ihr Getränk betrachtet. Sie hält sich heraus und versucht nicht aufzufallen. Das ist auf jeden Fall das Beste, was sie in dieser Situation tun kann.

Inzwischen habe ich von Sophie gelernt und weiß zu antworten: „Weil das Menschen mit Gefühlen sind. Und du kannst denen noch so viel Geld in den Arsch schieben: Wenn du sie wie Dreck behandelst, werden sie sich nicht für dich prostituieren. Vielleicht mal für die Zukunft merken, es könnte helfen."

Sophie schaut verwundert zu mir. So rede ich normalerweise nicht.

„Hör zu …", sagt meine Mutter und sieht dabei jedoch zu Sophie, die zu ihr zurückschaut. „Du bist ein Mädchen aus der Arbeiterklasse, vielleicht weißt du ja, wie du mit ihnen sprechen kannst. Sag ihnen, dass sie wieder arbeiten und sich nicht so anstellen sollen."

Ich sehe zu Sophie, die nicht wirklich weiß, was sie dazu sagen soll. Ihr hilfesuchender Blick spricht Bände. Und eigentlich müsste sie von so einem geschmacklosen Spruch durch meine Mutter gekränkt sein – aber so ist sie nicht.

Also übernehme ich: „Was bist du eigentlich für ein Mensch, Mutter? Hast du das ernsthaft zu meiner Freundin gesagt?“

„Ihr wisst doch, wie ich es meine.“

„Nein, weiß ich nicht. Was meinst du bitte mit Arbeiterklasse?“

Sophie merkt, wie ich immer lauter werde, und beginnt zu schlichten: „Hey, es ist schon okay, ich weiß, wie sie es meint, alles gut.“

„Kleinen Moment.“ Ich setze mich auf und bitte meine Mutter: „Lässt du uns kurz allein?“

„Wie jetzt?“

„Geh irgendwohin, ist mir egal. Ich möchte allein mit Sophie sprechen.“

„Von mir aus.“ Jane verdreht die Augen und geht am Pool entlang, sodass sie außer Hörweite ist.

„Du musst das nicht tun“, erkläre ich ihr, doch Sophie wirkt recht angetan von der Idee. Und sie hat ja dieses Helfersyndrom. Sie will einfach überall helfen, wo es geht.

„Ach, das ist schon in Ordnung, wirklich. So kann ich mit den Floristen plaudern und bin nicht deiner Mutter ausgeliefert, vielleicht mag sie mich dann auch etwas mehr.“

„Darauf würde ich nicht wetten, nichts für ungut.“

„Macht nichts, dafür mache ich es nicht. Ich hätte sowieso Lust mit denen zu sprechen. Vielleicht kann ich ja wirklich vermitteln. So, von Floristin zu Floristen. Eventuell lassen sie mich ja ein wenig mithelfen. Das wäre wirklich toll.“

„Mit Sebastian hast du dich ja gut verstanden", merke ich an, was Sophie mit einem Nicken bestätigt.

„Ja, ein sehr sympathischer und erfahrener Florist, der hat ein gutes Auge und ein gutes Händchen."

Ich spüre, dass ich eifersüchtig werde. Es gefällt mir ganz und gar nicht, dass sie so positiv über Sebastian redet. Ich will ihm den Kopf abschrauben, nur weil sie ihn nett findet.

„Wenn du es wirklich schaffst, Brände zu löschen, dann ist man dir was schuldig."

„Alles gut, ich helfe gern."

„Das weiß ich." Ich sehe zu meiner Mutter und verspreche Sophie dann: „Ich werde dich trotzdem für deinen Aufwand entschädigen. Dich mit meiner Mutter rumzuschlagen, verlangt einen hohen Preis. Du musst sie und ihr Gezeter eine Weile ertragen."

„Eine Entschädigung?", hakt sie nach. „Was denn für eine Entschädigung?"

Ich lächele ihr mit anzüglichem Blick entgegen und scheue mich kein bisschen davor, sie von oben bis unten zu betrachten. Sophie bekommt rosige Wangen.

Aber ich versuche mal anders zu antworten als bisher: „Was auch immer dich glücklich macht. Eine gründliche Massage vielleicht."

„Das würdest du für mich tun?"

„Als Dank."

„Das klingt ja sehr verlockend …"

Sophie kichert verlegen und atmet tief durch, ehe sie aufsteht und sich bereiterklärt: „Ich werde mit deiner Mutter zu den Floristen gehen. Wenn ich mit ihnen spreche, hat das sicher einen positiven Effekt auf ihre

Arbeitsmoral. Ich glaube, ich weiß, wie ich sie überzeugen kann."

Ich erhebe mich ebenso und bitte sie: „Warte kurz hier, ich will meiner Mutter noch etwas sagen, bevor ich dich mit ihr allein lasse."

„Okay?" Sophie setzt sich wieder hin und wartet.

Ich beuge mich zu ihr und gebe ihr einen Kuss auf die Wange. „Wenn sie fies zu dir ist, sag mir Bescheid. Setz dich ruhig gegen sie durch. Wenn sie glaubt, alles mit dir machen zu können, bist du für sie lediglich Personal und das will ich nicht."

Sophie lächelt und bleibt zurück, als ich von ihr gehe und mich meiner Mutter nähere.

„Und? Will sie mit den Floristen sprechen?", zetert sie sofort los.

„Bitte behandle Sophie mit Respekt. Hast du mich verstanden?"

„Natürlich, ich behandele sie die ganze Zeit mit Respekt."

„Das tust du nicht und du weißt genau, was ich meine. Ich mag sie. Sehr sogar. Und ich möchte nicht, dass du sie weiterhin so herablassend behandelst, Mutter." Ich rede ruhig, aber streng mit ihr. Meine ehrlichen und aufrichtigen Worte geben ihr hoffentlich zu denken.

„Du hast so viel durchgemacht, mein Schatz." Sie seufzt leise auf und legt ihre Hand an meine Wange, doch ich weiche zurück, sodass sie mich kaum berührt. „So viele Kämpfe. So viel Schmerz. Ich will nur das Beste für dich. Also bitte glaub mir, das Beste ist nicht dieses Mädchen."

„Mutter …“ Ich seufze auf. „Merkst du nicht, dass ich deine verdammten Ratschläge nicht hören will? Ich bin erwachsen und entscheide selbst, wen ich an meiner Seite haben möchte.“

„Junge, du weißt nicht, was gut für dich ist.“

„Etwa jemand wie du? Damit ich so ende wie mein Vater?“

Sie geht gar nicht auf meine verbalen Ohrfeigen ein, sondern zieht eiskalt ihr Programm durch: „Eine Mutter weiß immer, was das Beste für ihr Kind ist, Alex. Immer. Das ist so etwas wie ein Naturgesetz. Du wirst immer mein Sohn sein, egal ob du zwei, 35 oder 80 Jahre alt bist.“

„Und du willst ganz sicher nicht bereuen, dass ich dein Sohn bin. Also behandelst du sie anständig, habe ich mich klar ausgedrückt?“

Jane sieht mich mit einem aufgesetzt liebevollen Blick an und seufzt. „Wenn mein Sohn das wünscht.“

Das reicht mir vollkommen.

Ich sehe zu Sophie und nicke ihr entgegen. „Sie wird dir helfen und sie selbst hat nichts davon …“

Jane fällt mir ins Wort: „Außer meine Anerkennung, nicht wahr? Sie will bei mir Pluspunkte sammeln.“

„Wir beide wissen, dass das ein sinnloses Unterfangen wäre. Sie will helfen, weil sie so ist. Sie hilft Menschen. Das ist eine der Eigenschaften an ihr, die ich sehr mag und schätze.“

„Alex, ich erkenne dich kaum wieder, wie du hier so redest.“

„Am besten lässt du sie allein mit den Floristen reden. Misch dich nicht ein und sei froh, dass sie sich darum kümmert.“ Kaum habe ich das gesagt, verdreht sie die Augen. „Genau das meine ich. Sei anständig und respektvoll. Sonst kannst du dich alleine um die Blumen kümmern.“

„Schon gut, schon gut, Alex, ich bekomme das hin. Sehe ich aus, als wäre ich dazu nicht fähig?“

„Ich antworte darauf lieber nicht.“

Sie setzt ein falsches Lächeln auf, das mir einen Schrecken einjagt. Dann geht sie zu Sophie und sagt: „Prima, dann können wir ja gehen, ja?“

„Gern“, antwortet Sophie ihr und steht motiviert auf. Beide verlassen den Pool-Bereich und lassen mich besorgt zurück – hoffentlich geht das gut.

Sophie sieht beim Weggehen noch einmal zu mir. Sie wirkt enthusiastisch, obwohl sie mit meiner Mutter allein ist. Das muss man ihr lassen: Sie ist wirklich mutig.

Kapitel 18

Sophie

Eigentlich wollte ich vorhin nach der Dusche zu Alex gehen, aber er hatte tatsächlich seine Schlafzimmertür abgeschlossen. Vielleicht hat er recht: Wenn wir uns zusammen hingelegt hätten, wissen wir beide, dass wir nicht besonders viel zum Schlafen gekommen wären. Immerhin gefällt mir diese Begründung seinerseits besser als diese unerträgliche Kälte, mit der er mich davor immer ausgesperrt hatte.

Ich betrete zusammen mit Alex' Mutter Jane das Oceanside Resort, um das Desaster mit den Floristen irgendwie zu retten. Als wir die Tür zur Personalunterkunft erreichen, bleibt sie davor stehen und wendet sich mir zu. Mit strengem, herablassenden Blick sieht sie zu mir und meint: „Du bekommst das hin, ja? Kann ich mich auf dich verlassen?"

„Ich gebe mein Bestes."

„Ob du dein Bestes gibst, ist egal. Das Leben bezahlt uns nicht für unsere Bemühungen, sondern nur für unsere Ergebnisse. Wirst du das Ergebnis so einfahren, wie wir es benötigen, um diese Hochzeit zu retten?"

„Das werde ich schaffen", versichere ich Jane.

Diese Frau ist eiskalt, aber das weiß ich bereits – man kann sich an so ziemlich alles gewöhnen. Ohne noch ein weiteres Wort von sich zu geben, geht sie einfach und lässt mich allein. Na, großartig …

Ich klopfe an die Tür, höre aber nichts, also öffne ich sie und schaue in einen langen Flur.

„Hallo?“

Keine Antwort.

„Sophie Tisdale hier … Sebastian? Ist irgendjemand da?“

Ich muss die Floristen von *Blooming Blossoms* wohl suchen gehen …

Ein paar Türen später finde ich Sebastian. Er sitzt in einer offenen Küche und trinkt einen Tee. Wütend tippt er auf seinem Handy herum und kräuselt dabei die Stirn.

„Hey“, grüße ich ihn. „Störe ich?“

Als Sebastian zu mir aufsieht, lächelt er sofort.

„Ah, Sophie, wie schön dich zu sehen“, sagt er und tippt schnell etwas zu Ende, ehe er sein Handy zur Seite legt.

„Ist alles in Ordnung?“, frage ich.

„Lass mich raten“, beginnt er und lehnt sich in dem Stuhl zurück. „Du wurdest vorgeschickt, damit du mit uns redest, um uns davon zu überzeugen, nicht in den Sack zu hauen. Korrekt?“

„Das ist richtig.“ Ich muss kichern. „Ich weiß nur nicht, was passiert ist.“ Ich zucke mit den Schultern und deute dann auf seine Tasse. „Darf ich auch einen Tee haben?“

„Klar, es ist noch genug übrig.“

Perfekt. Ich gieße mir etwas heißes Wasser ein und versenke einen Fruchtteebeutel darin. Noch etwas Honig dazu. Fertig.

Als ich mich mit meiner Tasse zu ihm setze bemerke ich, wie genervt er eigentlich ist.

„Ich weiß noch gar nicht, was passiert ist, aber ich bin bereit für den Gossip-Talk", sage ich und stoße mit ihm an. Sebastian lacht, während ich mit einem Löffel den Honig verrühre.

„Brautzilla ist passiert."

„Mh, Alyssa … Hat sie sich wegen der Arrangements beschwert?"

„Ja, nicht nur das. Erst meinte sie, die Blumen würden ihr nicht gefallen, weil sie so seltsam aussehen, und dann hat sie mich auch noch beleidigt."

„Warte … welche Blumen haben ihr denn nicht gefallen?" Eins nach dem Anderen hier bitte.

„Ich habe für die Gestecke des heutigen Abends Blüten des Plumeria-Baumes in Kombination mit Kupaloke ausgewählt. Das zierliche Weiß hätte perfekt zum Ambiente gepasst."

„Ja, das leuchtet ein. Gute Wahl."

„Dazu einige Hibiskus-Blüten nahe der Feuerstellen, aber das wollte sie nicht. Nein, Madame möchte weiße Rosen, aber die gibt es hier nun mal nicht. Dann hat sich Samuel Blackwell eingemischt und sogar angeboten, welche aus Boston einfliegen zu lassen. Aber das könnte mit Pech zu lange dauern."

Dieses Volk hier. Mir fällt dazu irgendwie gar nichts mehr ein.

Sebastian atmet schwer durch. „Reiche Menschen sind so anstrengend. Hätten sie halt in Boston geheiratet, hätte sie jetzt ihre weißen Rosen. Aber hier auf Hawaii kann man sie nicht spontan bestellen. Das hätte vorher angemeldet werden müssen."

„War das eine Schnapsidee von ihr mit den weißen Rosen, ja?“

„Ja! Ich kann doch nicht zaubern, weil ihr sowas plötzlich in den Sinn kommt!“ Er seufzt auf und meint: „Das habe ich ihr auch sachlich erklärt, aber sie zickte herum und warf mir vor, ihre Hochzeit ruinieren zu wollen. Dass ich keine Ahnung von Blumen hätte und doch mit dem Wagen in den Busch fahren solle, da würden sicher irgendwo welche wachsen.“

„In … den Busch?“

„Frag mich nicht. Sie glaubt wohl, wir wären in Afrika. Total verrückt. Sie hat dann angefangen zu weinen und meinte, sie würde so nicht heiraten können.“

„Oh, Mann.“

Sebastian schüttelt den Kopf. „Es ist so verrückt, ehrlich. Wie kann man nur so sein?“

„Okay. Mh …“ Ich grübele. „Und dein Team und du, ihr habt jetzt die Arbeit niedergelegt?“

„Sie hat mich gefeuert. Fünfmal. Samuel hat dann jedes Mal betont, dass ich natürlich nicht einfach so gekündigt bin, wir haben ja einen Vertrag miteinander. Aber Alyssa hat ihm dann gedroht, die Hochzeit abzublasen und mit einem beliebigen Kellner durchzubrennen, wenn er sie nicht wie seine Königin behandelt.“

„Wow. Jetzt verstehe ich langsam, woher sie diesen Spitznamen hat.“

„Sie meinte, ich könne ja nach Hause schwimmen oder mir ein Ruderboot zusammenbasteln. Sie war total hysterisch und hat dann einen Grafiker angerufen, damit wenigstens die Fotos retuschiert werden können."

„Unbegreiflich. Das muss ich sagen."

Sebastian schüttelt den Kopf. „Sowas habe ich noch nie erlebt." Er atmet schwer durch und erklärt: „Meine Mutter hat das Geschäft vor über 20 Jahren eröffnet. Als sie vor zwei Jahren krank geworden ist, habe ich es übernehmen müssen. Ich kümmere mich um alles und gebe mein Bestes. Aber es ist nicht leicht. Ich will doch nur dafür sorgen, dass die Gäste ein schönes Ambiente haben."

„Und das machst du auch gut", versuche ich ihn aufzubauen – was allerdings gerade ziemlich unmöglich scheint.

Er schüttelt den Kopf. „Ich habe unermüdlich für Alyssa gearbeitet, und sie denkt, sie kann mich wie einen Fußabtreter behandeln!"

„Das ist wirklich nicht fair." Aber wie soll ich da jetzt noch vermitteln? Es ist viel schlimmer, als ich dachte, und ich habe Jane versprochen es zu lösen.

„Mein Team ist demotiviert und ich bin es auch.", erklärt Sebastian. „Dabei haben wir schon angefangen, es fehlt nicht mehr viel. Aber wir haben alle keine Lust mehr."

„Ich helfe dir gern. Also, wenn du möchtest …?"

„Ich weiß, dass du auch Floristin bist. Das hat sich schnell herumgesprochen. Wir haben dir quasi den Job weggeschnappt. Und jetzt soll ich deine Hilfe annehmen?" Er sieht fragend zu mir.

„Sehe ich aus, als wäre ich deswegen wütend?"

„Nein, wenn du schon so fragst, dann nicht. Du scheinst sowieso kein nachtragender Mensch zu sein."

„Ich bin Realistin. Ich hätte das allein niemals geschafft. Aber zusammen können wir es durchaus hinbekommen. Geld brauche ich dafür nicht, mein Freund hat mir eine Massage als Dank angeboten."

„Süß. Und wer erlöst Brautzilla von ihrem Leid?"

Wir beide lachen.

„Ja, Alyssa ist schon nicht ohne. Ohne Zweifel. Aber sieh es mal so: Du wirst gut dafür bezahlt und kannst eine schöne Zeit hier auf der Insel verbringen. Und jetzt bekommst du auch noch kostenfreie Hilfe von mir." Ich strahle ihn an, was ihn zum Lächeln bringt. Dann hebt er seine Tasse und prostet mir zu.

„Auf ein paar schöne Arrangements und einen Nachmittag voller Lästereien."

„Oh, zwischendurch liebe ich Lästereien." Ich kichere und trinke dann etwas Tee.

Sebastians Laune scheint zu steigen.

***

Ein paar Minuten später sammeln wir die drei Assistenten von Sebastian ein. Zu fünft machen wir uns daran, die Gestecke fertigzumachen. Innerhalb von Minuten sind wir wie ein eingespieltes Team.

Als ich mit Sebastian allein an einem der Tische sitze, um die kleinen Details einzuarbeiten, frage ich ihn etwas nervös: „Warst du schonmal in jemanden verliebt, in den du dich eigentlich nicht hättest verlieben sollen? Ich meine, so richtig?"

Sebastian rollt mit den Augen und murmelt: „Das ist die Geschichte meines Lebens. Ehrlich. Ich könnte ein ganzes Buch darüber schreiben."

„Oh, also spreche ich mit einem Experten. Perfekt."

„Ja, in der Tat. Geht es um Alex Blackwell?"

„Ja …", gebe ich zu.

„Aber ihr seid doch ein Paar."

„Ich weiß, aber es ist nicht so einfach. Ich meine, einerseits ist er so ein harter Hund, aber dann ist er wiederum unter der Oberfläche so ein toller Mann. Liebevoll und zärtlich, er hat Werte und Anstand. Er beschützt seine Frau, das gefällt mir auch."

„Darf ich mal so richtig persönlich werden?", fragt Sebastian.

„Klar, wir sind doch unter uns."

„Ist er denn ein guter Liebhaber?"

Ich fange an zu erröten, weil ich sofort ins Schwärmen komme, sodass mein Körper sogar darauf reagiert. „Er ist einfach … perfekt. Das ist es ja. Die letzte Nacht mit ihm war unglaublich. Ehrlich. Ich habe so etwas noch nie zuvor in meinem Leben spüren dürfen, aber …"

Ich suche Worte.

„Ich wollte gerade sagen, wo ist dann der Haken?"

„Ich glaube, er ist nicht gut für mich. Wie eine große Schokoladentorte, während ich versuche mich gesund zu ernähren. Aber die Torte riecht und schmeckt einfach viel zu gut, um sie stehenzulassen. Verstehst du, was ich meine?"

„Ein schräges Beispiel, aber ich verstehe, was du meinst. Wieso ist er nicht gut für dich, wenn er all diese Eigenschaften doch hat?“

„Weil ich glaube, dass ich an ihm früher oder später kaputtgehen würde. Er hat nun mal diese Vergangenheit mit den Frauen und ich bin am Ende des Tages eine von Vielen.“

„Verstehe. Wenn ich ehrlich bin, hat es mich auch ein wenig gewundert, dass ein Mann wie er und eine einfache Floristin …“ Er beugt sich zu mir und flüstert: „Also, nicht falsch verstehen, ich bin auch nur ein einfacher Florist, aber eine Frau, die einen ähnlichen Stand hat wie er, würde sich vermutlich auch nicht mit mir abgeben.“

„Alles gut, ich verstehe, was du meinst.“

„Okay.“ Dann neigt er sich wieder zurück und ergänzt: „Das ist halt schon ein wenig ungewöhnlich. Immerhin …“ Sebastian zögert.

„Ja, wir kommen aus zwei völlig unterschiedlichen Welten.“ Ich seufze leise. „Kann das überhaupt funktionieren?“

„Gute Frage. Aber ich würde sie auch nicht zu schnell mit einem Nein beantworten.“

Ich seufze und sehe zu Sebastian, der sich zu einem verständnisvollen Lächeln durchringt. „Wenn ich bei ihm bin, fühle ich mich so wohl. So besonders. Am Anfang war er sehr distanziert und kühl, aber in den letzten Tagen ist er sehr auffällig aufgetaut. Das hat mir irgendwie Hoffnung gemacht, dass es vielleicht wirklich mit ihm funktionieren könnte. Aber ich will mich halt nicht verrennen und am Ende des Tages die Verletzte sein."

„Da ist aber jemand ganz schön verknallt." Sebastian stupst mich mit dem Ellenbogen an.

Ich lache. „Wie kommst du nur darauf?"

„Und jetzt willst du meine Meinung wissen?"

„Irgendwie schon."

„Okay. Ich sage: Genieße es einfach und schau, was passiert. Wenn du dich bei ihm fallenlassen kannst, dann ist das eben so. Lass es geschehen, aber genieße immer mit Vorsicht. Wer weiß, was die Zukunft bringt? Sei offen dafür. Du hast darüber keine Kontrolle, vor allem nicht, wenn dein Herz dir die Richtung weist. Versuche nur mit dem Kopf noch ein bisschen am Steuer zu bleiben. Ganz ehrlich, welche Optionen bleiben dir da sonst?"

Ich werde nachdenklich. „Mh, stimmt …"

***

Die Zeit verstreicht. Sebastian, seine Mitarbeiter und ich lachen viel, kommen dabei sehr gut voran und lästern ein wenig über Jane und Alyssa, die eigentlich Mutter und Tochter sein könnten. Dann gibt es den verpeilten Scott, dem die Resignation bereits ins Gesicht geschrieben steht und der sich aus allem heraushält. Dann wäre da noch der aufbrausende Kellan, der mit jedem aneckt und dem alles egal ist. Wir sind uns aber alle einig, dass Sam uns am meisten Leid tut, denn er hat diese Brautzilla jeden Tag um sich und wird bald alles, was er besitzt, mit ihr teilen müssen. Viel Spaß.

Es tut gut, ein wenig lästern zu dürfen, ohne es wirklich böse zu meinen. Wenn die zukünftige Braut ihren Stress abbaut, indem sie fies zu ihren Mitarbeitern ist, dann dürfen die Mitarbeiter doch ihren Stress abbauen, indem sie ein wenig über sie lästern – ganz klare Sache.

Plötzlich kommt die Reinigungskraft Lena in den Raum hinein, kurz bevor wir fertig sind. Auf ihren Sohn Kai habe ich heute aufgepasst, als sie weg war. „Oh, du bist auch hier?", stößt sie überrascht aus und freut sich, mich zu sehen. „Was für ein Zufall, ich wollte eigentlich helfen, die Blumen zum Restaurant zu tragen."

„Du gehörst wirklich nicht zu denen", meint Sebastian. „Wer nett zum Personal ist, kann nicht zur Familie Holtz oder Blackwell gehören." Wir müssen kurz kichern.

„Vielleicht kann ich sie ja alle bekehren, wer weiß."

„Ja, nichts ist unmöglich." Sebastians Blick spricht allerdings Bände. So richtig scheint er nicht daran zu glauben, dass die Blackwells zum Positiven geändert werden können.

„Ich wollte mich noch einmal bei dir bedanken, Sophie", sagt Lena demütig und verneigt sich leicht vor mir. „Meine Mutter ist leider viel zu krank, um allein auf Kai aufpassen zu können. Ohne deine Hilfe hätte ich meinen Termin heute nicht wahrnehmen können."

„Alles gut, hab ich gern gemacht. Kai und ich hatten viel Spaß zusammen. Das war keine Arbeit, ehrlich nicht."

„Ich weiß es trotzdem sehr zu schätzen."

Ich stehe auf und nehme Lena kurz in den Arm, ehe ich mich an Sebastian wende: „Ich werde dann mal zurückgehen. Jane ist sicher schon ganz kribbelig, ob es heute überhaupt ein paar Blumen geben wird."

„Solange wir keine Rosen aus Papier falten müssen, soll sie sich dann mal keine Sorgen machen, die alte Hexe", kontert Sebastian und seufzt.

„Sag das nicht so laut."

„Alte Hexe, alte Hexe", sagt er noch lauter und voller Trotz,

„Das meinte ich nicht, sondern das mit den Papierrosen. Du könntest Alyssa noch auf dumme Gedanken bringen."

Sebastian lacht laut und zieht mit Daumen und Zeigefinger über seinem Mund einen nicht vorhandenen Reisverschluss zu, was mich zum Kichern bringt.

Ich verabschiede mich dann: „Wir sehen uns später, ja?"

Ich wünschte, ich könnte bei Sebastian und Lena bleiben. Sie sind mir viel lieber als die hochnäsigen Gäste, die den ganzen Tag nur über Geld, Wertanlagen und Handtaschen plaudern. Ich habe versucht, mit einigen Frauen ins Gespräch zu kommen, aber diese haben leider keine spannenden Themen, sodass ich bisher nur zuhören und nicken konnte.

Ich komme nicht drumherum, mich wieder neben Alex zu positionieren und mich mit ihm zwischen die Gäste zu tummeln. Wie spannend.

„Wie ist es denn gelaufen?“

„Die Blumen sind unterwegs und sehen toll aus.“

„Das hast du tatsächlich in den Griff bekommen, ja?“

„Ich denke schon.“

„Weiß meine Mutter darüber Bescheid?“

„Ich hab sie noch nicht gesehen.“

„Also, ich finde, sie darf sich gern bei dir bedanken. Und ich werde dafür sorgen, dass das geschieht.“

„Du, mein Freund, schuldest mir eine Massage“, antworte ich neckisch.

„Ich mag das, wenn du so selbstbewusst redest. Weiter so.“

„Ich gebe mir Mühe.“

Mein Herz beginnt zu flattern und ich stelle mir vor, wie ich mich an seiner Seite so richtig akklimatisiere, um es mit der Welt aufzunehmen. Hoffe ich vergebens oder gibt es da wirklich eine Chance? Ich kann nunmal nicht kontrollieren, in wen ich mich verliebe. Dieses dumme Herz macht einfach was es will …

Kapitel 19

Sophie

Das Personal hat jetzt ein paar Stunden Zeit, das Restaurant mit Blumen zu schmücken, während ich mich auf den Weg machen kann, um zunächst Jane Bescheid zu geben und mein Dankeschön zu kassieren. Alex wird mir dabei helfen. Ich bin da mal gespannt …

Danach kann ich mit Alex etwas Zeit verbringen. Ob er sein Versprechen einlösen wird? Darauf bin ich ja noch gespannter …

Wir entdecken Jane neben einigen anderen Gästen am Pool. Sie hat es sich auf einer Liege bequem gemacht und fächert sich mit einem Papierfächer etwas Luft zu. Mutig trete ich an sie heran, unterstützt von Alex, doch als sie mich entdeckt, verziehen sich ihre Mundwinkel nach unten.

„Ich habe mit Sebastian gesprochen. Die Gestecke sind fertig und das Restaurant wird geschmückt. Sie werden pünktlich sein“, erkläre ich ihr.

„Na, das hat aber ganz schön gedauert“, ist ihre undankbare Antwort, ehe sie sich einfach wieder der anderen Frau widmet und sagt: „Genau deswegen wollte ich einen Party-Planer, damit ich mich nicht ständig mit dem Personal herumstreiten muss.“

„Du schuldest meiner Freundin ein Dankeschön“, mischt sich Alex dann ein.

Daraufhin wirft sie mir einen flüchtigen Blick zu und sagt trocken: „Danke.“

Mehr wird es wohl von ihr nicht geben. Ich merke, wie Alex zu kochen beginnt, und fasse seinen Unterarm an. „Lass gut sein, ist schon okay."

Alex und ich gehen weiter und verschwenden keine weitere Zeit mit seiner Mutter. Es ist mir auch wirklich egal geworden, ob sie mich mag. Ich werde für den Rest meines Aufenthaltes nicht mehr viel mit Jane zu tun haben, also ignoriere ich ihr Verhalten einfach und halte durch.

Als wir die Suite erreichen, schließe ich die Tür und schlüpfe aus den High Heels, seufze wohlig auf und bewege meine Zehen.

„Wer auch immer diese Schuhe erfunden hat, der ist kein Freund von Füßen", jammere ich und muss leise lachen. „Wie halten Frauen das nur aus, den ganzen Tag darin zu stehen, zu laufen oder gar zu rennen? Schrecklich."

Damit bringe ich Alex zum Schmunzeln. „Wir haben noch etwas Zeit, ehe das Abendessen mit Sam, Alyssa und meiner Familie stattfindet", sagt er dann, als ich mich ihm nähere.

„Also, wo bleibt meine Belohnung?", fordere ich amüsiert, obwohl ich davon ausgehe, dass sicher gar nichts passieren wird. Oder etwa doch?

Alex kommt näher zu mir. Ehe ich mich versehe, legt er seine Hände an meine Hüften, zieht mich zu sich und schenkt mir einen gierigen Kuss.

Ich löse den Kuss und erinnere ihn: „Ich kann mich an eine Massage erinnern, die du mir versprochen hast."

Ohne Worte dreht er mich von sich weg und zieht mir mit einer schwungvollen Bewegung das Kleid aus, so dass ich nur noch in Unterwäsche dastehe. Wow. Jeder Handgriff sitzt bei ihm.

Er setzt mich auf die Couch und nimmt hinter mir Platz. Daraufhin beginnt er meine Schultern und meinen Nacken zu kneten, was ich sehr genieße. Ich schließe die Augen und lasse mein Kinn auf die Brust sinken, während seine Finger meinen Rücken und meinen Hals massieren. Dann beginnt er meinen Hinterkopf zu kneten und es tut so gut. Eine Gänsehaut zieht sich über meinen ganzen Körper, sodass meine Haut aussieht wie die von einem gerupften Huhn.

„Du machst das wirklich gut", schwärme ich.

Er drückt mich nach vorn, so dass ich mich auf den Bauch legen muss, und setzt sich auf meine Oberschenkel. Ich spüre die Beule in seiner Hose an meinem Gesäß und werde davon schon feucht.

Seine Finger wandern meinen Rücken hinunter und lassen keine Stelle unberührt. Gründlich und geduldig knetet er mich durch und verliert dabei kein Wort. Alle Muskeln, die er zu packen bekommt, werden durch seine Massage vollkommen entspannt. Hüften, Steißbein, Pobacken, alles wird geknetet. Es entspannt und erregt mich zugleich, meine Gedanken werden immer schmutziger.

Er setzt sich weiter unten hin und knetet dann meine Oberschenkel. meine Waden, synchron mit beiden Händen und wahnsinnig gefühlvoll. Selbst die Füße lässt er nicht aus, und nachdem ich in diesen High Heels unterwegs gewesen bin, fühlt sich diese

Fußmassage an wie eine Neugeburt. Zu gut, um mit Worten zu beschreiben.

Ich will, dass dieser Moment nie endet. Wiederum beginnt mein Körper nach seiner Männlichkeit zu verlangen. Meine Lust steigt immer mehr, je intensiver er mich berührt. Ich stöhne immer hörbarer.

Dann steht er auf, nimmt meine Hand und zieht mich hoch auf meine Füße. Ich bin ganz überwältigt von seiner gierigen und fordernden Art, während er mich in Richtung Pool drängt.

„Was hast du vor?“, frage ich ihn kichernd.

„Sex im Wasser“, sagt er und küsst mich sofort wieder gierig. Ich gehe weitere Schritte rückwärts, bis wir den Rand des Pools erreichen.

„Im Wasser?“, frage ich erstaunt und drehe mich kurz zur Seite. „Was ist, wenn uns jemand so sieht?“

„Ist mir egal.“

Alex küsst sich meinen Hals entlang und zieht mir den BH über die Brüste, sodass er sie mit seinen Händen umschließen kann. Ich seufze wohlig auf, als ich seine Fingerkuppen spüre, die meinen Körper liebkosen.

„Würde dir das gefallen?“, fragt er mich und dreht mich herum, sodass mein Rücken an seine Brust gedrückt wird. Mit beiden Händen wandert er nun über meine Brüste und den Bauch, ehe eine seiner Hände in meinen Slip eintaucht. Geschickt massiert und streichelt er mich dort. Wie soll ich bitte klar denken, während er so etwas tut?

Ich schmiege mich an ihn und halte mich mit beiden Händen an seinen Unterarmen fest, während ich ihm gierig meinen Po entgegenstrecke. Ich kann spüren, das er bereits hart ist, was mich zum Lächeln bringt.

„Vielleicht", hauche ich provokant. Es wäre schon ein ungewöhnlicher Ort, aber genau das macht es so spannend. Wo wir ja schon sein Büro, das Schlafzimmer in der Suite und den Strand hatten, wäre so ein Pool noch einmal etwas Neues.

Alex lässt von mir ab, geht bis zum Beckenrand und lässt schnell seine Kleidung fallen. Er steht nackt im Tageslicht und zeigt keinerlei Hemmungen. Ich kann nicht anders, als auf sein steifes Glied zu schauen, dessen Größe mich immer wieder einschüchtert.

Er dreht sich dann herum und streckt die Arme hoch, ehe er mit einem gekonnten Sprung im Wasser landet. Okay, das sah wirklich heiß aus. Ich gehe ihm lächelnd hinterher, hocke mich hin und lasse meine Beine ins Wasser, während Alex wieder auftaucht.

Als er sein nasses Haar zurückwirft und sich mit der Hand über das Gesicht streicht, gerate ich ins Schwärmen. Er ist so ein heißer, attraktiver Mann, dass meine Angst vor dem Wasser immer mehr schwindet. Ich denke nicht einmal mehr daran.

Alex stellt sich hin und legt seine Hände an meine Taille, sodass er mich ins Wasser heben kann. Elegant gleite ich in seine Arme und schlinge sofort Arme und Beine um ihn, während er mich an den Rand drängt.

„Und jetzt?", haucht er gegen meine Lippen, küsst mich aber nicht.

Lächelnd antworte ich ihm: „Okay, der Vorschlag gefällt mir sehr."

Als er mich küsst, fühle ich mich federleicht, während ich ihn weiterhin umschlinge. Der Auftrieb durch das Wasser sowie die Tatsache, dass mich Alex mit meinem ganzen Gewicht trägt, sorgen dafür. Geschickt zieht er mir den Slip beiseite, ohne, dass ich das Gefühl habe unterzugehen. Als er seine Härte in mich schiebt, keuche ich verlangend gegen seine Lippen. Das Wasser plätschert bei jedem Stoß – verdammt, ist das heiß!

Ich wimmere ihm gierig entgegen und keuche seinen Namen immer wieder an sein Ohr: „Alex."

Das scheint ihm zu gefallen, denn auch er flüstert meinen Namen, was mir deutlich mehr Lust bereitet. Und das ist neu: Noch nie hat er bisher beim Sex meinen Namen ausgesprochen. Das Gefühl ist unfassbar genugtuend. Seine Stimme lässt mich erschaudern. Sein Raunen. Seine Gier. Sein heißer Atem auf meiner nassen Haut befeuert unser leidenschaftliches Spiel.

Als ich meinen Höhepunkt habe, halte ich mich nicht zurück. Und wenn die ganze Insel mich hören kann: Mir ist es egal! Ich stöhne hart und animalisch, während er mich von innen zu Ende massiert. Ich will immer noch mehr und bewege mein Becken immer aggressiver, um seine Härte in vollen Zügen zu genießen. Er füllt mich regelrecht aus.

Dann kommt er auch zum Höhepunkt und greift mir dabei so hart an die Pobacken, dass seine Hände dort ganz ohne Zweifel Spuren hinterlassen.

Genau das habe ich jetzt gebraucht. Ich weiß nicht, ob ich in meinem Leben jemals so befriedigt worden bin. Es kommt mir fast vor wie ein Traum. Wie soll der Sex mit so jemandem jemals langweilig werden?

***

Wir vertreiben uns den Nachmittag mit intensiven Spielen – egal ob im Pool, oder auf den Lounge-Möbeln. Alex ist ein sehr erfahrener Mann und verwöhnt mich gekonnt in jeder Position. Wir ficken, als würde es kein Morgen geben, und ich genieße jede Sekunde davon. Zwischendurch gönnen wir uns Snacks, Cocktails und etwas Ruhe, ehe wir erneut übereinander herfallen. Es scheint kein Ende zu nehmen.

Ich möchte nicht, dass dieser Tag je endet …

Allerdings neigt er sich dann doch dem Abend entgegen und uns beiden ist klar, dass wir uns beim Essen mit der Familie blicken lassen müssen.

„Ich will nicht gehen“, beklage ich mich. Dabei drücke ich mich an seine nackte Brust, als wir zusammen auf der Couch liegen. „Es ist so gemütlich und es fühlt sich fantastisch an.“ Vielleicht können wir eine Ausnahme machen und liegenbleiben?

„Sie erwarten uns. Ich bin nun mal der Trauzeuge. Meinen Bruder darf ich nicht im Stich lassen.“ Ich verstehe das schon.

„Dann werde ich mir mal etwas anziehen. Was hältst du von Türkis? Das ist ja die Farbe des Wassers“

„Sehr gern.“

„Perfekt.“ Ich beuge mich über ihn, küsse sanft seine Lippen und kündige an: „Aber vorher muss ich noch duschen. Ich bin total verschwitzt.“

„Dann treffen wir uns in einer halben Stunde wieder hier?“

„Ja, das passt.“ Doch als ich aufstehen und gehen will, zieht er mich zurück in seine Arme. Was passiert denn jetzt?

„Aber erst, nachdem ich dir noch einen letzten Orgasmus für heute Nachmittag schenke, Sophie.“

Also, dagegen habe ich wirklich nichts einzuwenden. Lächelnd lasse ich mich auf seine nackte Brust nieder und genieße seine sanften Küsse. Wie kann ich da „nein“ sagen?

Kapitel 20

Alex

Nach diesem Abendessen mit meiner dysfunktionalen Familie habe ich mir eigentlich einen langen und ausgiebigen Urlaub verdient, ganz ohne meine Eltern und den ganzen Stress mit der leidigen Verwandtschaft. Und einen Orden fürs Aushalten, den habe ich mir auch verdient. Für die Goldmedaille zu trainieren und sie letztlich zu gewinnen, das war ein Witz gegen diesen Hochzeitsstress. Dabei ist es nicht einmal meine eigene Hochzeit.

Die Gespräche unter den Gästen sind zugange, Jazzmusik spielt. Man glaubt es kaum: Alyssa und Sophie sitzen an einem Tisch und unterhalten sich. Alyssa ist nach wie vor dieselbe und taut nicht sonderlich auf, aber irgendwo in ihrem stillen Kämmerlein wird sie Sophie für ihre Unterstützung dankbar sein. Womöglich würdigt sie Sophie deswegen eines kleinen Plausches.

Ich setze mich an den Tresen und bestelle mir einen Longdrink. Dieser kommt relativ schnell, zeitgleich setzt sich mein Vater Scott zu mir, was mich überrascht.

„Ich nehme dir nicht deinen Stammplatz weg, oder?“, frage ich trocken.

„Ich hätte dir als Kind mehr den Arsch versohlen müssen“, murmelt er.

„Was du bei mir versäumt hast, kannst du immer noch bei deiner Frau nachholen. Sie könnte etwas Erziehung gebrauchen."

„Du redest von deiner Mutter, du kleiner Mistkerl, das ist dir klar, oder?"

Ich wende mich an den Kellner: „Der Mann hier braucht dasselbe."

„Kommt sofort."

Mein Vater schaut mich ratlos an und schüttelt den Kopf. „Weißt du, ich halte mich inzwischen aus allem raus, aber was machst du da eigentlich mit diesem Mädchen?"

Oh, nein. Nicht schon wieder. Wieso will mir jeder aus der Familie diese nervigen Ratschläge und Kritiken geben?

„Dad, ich kann dir gerne die gleiche Antwort geben, die alle anderen von mir bekommen haben."

„Ich weiß: Wir alle sollen uns aus deinem Leben raushalten. Und ich bin der, der sich wohl am meisten aus allem raushält. Aber ich denke mir einfach, wenn ich Sam und diese Schreckschraube Alyssa sehe: Die wird ihn ausnehmen wie eine Weihnachtsgans. Ihn zu einem Ehevertrag zu überreden, das war richtige Knochenarbeit, aber er wird mir noch danken."

„Sophie ist nicht mal im Ansatz so wie Alyssa."

„Ich weiß. Ich bin ja nicht dumm. Aber sie wird sich an dich und deinen Wohlstand gewöhnen und mit der Zeit wird sie sich verändern."

„Das glaube ich nicht."

„Sei nicht naiv, du Idiot. Natürlich ist sie am Anfang demütig und dankbar, weil sie sich aktuell wie Alice im

Wunderland fühlt. Aber was kommt danach? Ich sag einfach nur: Pass auf, dass du …“

Ich falle ihm ins Wort: „Dass ich deinen Fehler nicht wiederhole?“

Scott ist anzusehen, dass das gesessen hat. Aber dann nickt er gebrochen und antwortet: „Nenn es, wie du willst.“

„Kann ich dich was fragen? Dad?“

„Frag.“

„Bist du noch mit Mutter verheiratet, weil du sie liebst, oder weil eine Trennung dich wirtschaftlich komplett ruinieren würde?“

Mein Vater starrt ins Leere und bemerkt nicht, dass sein Longdrink schon lange vor ihm auf dem Tresen steht. Meine Worte scheinen ihn getriggert zu haben. Er sieht dann zu mir und sagt: „Pass einfach auf, dass du sie nicht zu schnell zu nah an dich ranlässt. Du kennst sie noch nicht so gut.“

„Danke für deine Ratschläge, Paps.“

Ich klopfe ihm auf den Rücken und stehe auf, ehe ich den Rest meines Drinks in einem Schwung austrinke. Scott bleibt niedergeschlagen zurück.

Während ich wieder auf Sophie zugehe, denke ich über die Worte meines Vaters nach. Natürlich hat er nicht ganz unrecht: Ich kenne Sophie kaum. Will ich wirklich eine Frau an mich ranlassen und mein ganzes Leben mit ihr teilen? Wie würde sich der Alltag entwickeln? Am Anfang ist bekanntlich immer alles rosig, aber was ist danach? Scott hat einen Punkt, das muss ich ihm einräumen.

Ich erreiche den Tisch. Sophie und Alyssa sehen zu mir auf. „Ich will mich aufs Zimmer zurückziehen."

Sophie will aufstehen, um mitzukommen, aber ich bremse sie mit einer Handbewegung aus: „Du kannst gerne noch hier bleiben, wenn du willst."

„Ist alles in Ordnung?", fragt sie mich besorgt. Sie kann mir ansehen, dass ich etwas verstimmt bin.

„Wieso sollte nicht alles in Ordnung sein?"

„Ich frage ja nur."

„Ich bin müde und brauche etwas Ruhe. Du brauchst nicht aufzuspringen und mitzukommen, wenn du hier beschäftigt bist. Also, dann gute Nacht euch."

Ich drehe mich weg und verlasse den Essbereich. Irgendetwas sagt mir, dass Sophie mir trotzdem folgt. Also drehe ich mich um und stelle fest, dass ich recht habe. Ich bleibe stehen und schaue sie ausdruckslos an. Sie fasst meinen Unterarm an, aber ich erwidere die Zärtlichkeit nicht.

„Ist wirklich alles in Ordnung? Ich sehe doch, dass etwas nicht stimmt."

„Ich war doch deutlich: Ich will einfach nur meine Ruhe, mehr nicht."

„Alex, ein bisschen kenne ich dich auch schon …"

Ich falle ihr ins Wort und denke dabei an das, was mein Vater mir gesagt hat: „Wir kennen uns so gut wie gar nicht. Vergiss das nicht. Ich möchte einfach schlafen."

Sophie ist anzusehen, dass mein Umgang mit ihr sie verletzt. Aber sie nickt und akzeptiert es.

Ich gehe weiter und betrete unsere Suite, um mich in mein Schlafzimmer zurückzuziehen. Noch während ich mich ausziehe, kann ich jedoch hören, dass Sophie inzwischen auch angekommen ist. Wortlos verzieht sie sich in ihr Zimmer und schließt die Tür. Ob ich zu hart zu ihr war?

Dass Sophie mir meinen Freiraum lässt, sorgt dafür, dass ich atmen kann und mich weiterhin frei und unabhängig fühle. Sie klammert nicht arg und das verschafft mir ein gutes Gefühl. Ich kann ihr nichts vorwerfen. Womöglich werde ich von meiner Familie zu unrecht gegen sie aufgestachelt – oder aber sie wollen mich nur warnen und haben auf lange Sicht recht mit dem, was sie mir sagen.

Jetzt liege ich allein in meinem Bett, starre an die Zimmerdecke und spüre deutlich, dass ich einen Steifen habe. Ich muss immerzu an Sophie denken und hätte sie jetzt gerne hier bei mir. Aber genau das stört mich. Werde ich abhängig von ihr? Verliebe ich mich in sie? Oder ficke ich sie nur wahnsinnig gern?

Es ist nicht nur Sex. Ich habe schon längst gemerkt, dass ich eifersüchtig bin. Dass ich unruhig bin, wenn ich nicht weiß, wo sie ist. Und selbst die Tatsache, dass ich sie zwischendurch grundlos schlecht behandele, ist auch ein Hinweis dafür, dass ich Gefühle für sie habe – so abartig das auch sein mag.

Dass nur noch diese eine Frau in meinem Kopf herumspukt, gefällt mir ganz und gar nicht. Was ist nur aus mir geworden?

Ich atme tief durch und wäge ab, was ich jetzt tun soll: sie wieder zu mir rufen, damit wir stundenlang Sex haben können? Der Gedanke gefällt mir, aber die vielen „Ratschläge“ meiner Familie sind ein echter

Abturner. Ich kann mich gar nicht richtig auf Sophie einlassen oder die Zeit hier genießen, da wir immer wieder pünktlich zu irgendwelchen Treffen müssen, wo ich dann auch noch innerlich unruhig gemacht werde und es dann an ihr auslasse.

Vielleicht haben sie alle recht. Ich sollte Single bleiben, da bleibt mir der meiste Ärger wirklich erspart. Wenn ich meinen Vater oder meinen Bruder anschaue, verspüre ich nur Mitleid. Will ich auch irgendwann einer sein, den die Anderen bemitleiden, weil ich exakt die gleichen Fehler gemacht habe und nicht auf die Ratschläge derer gehört habe, aus deren Fehlern ich hätte lernen sollen?

Oder aber ist der Umgang mit meiner Familie das Problem, und nicht der Umgang mit Sophie? Wenn ich mit ihr allein bin, fühlt sich doch alles richtig an. Und es tut mir gut. Ich kann einfach nicht mehr klar denken und muss von hier weg.

Das muss ein Ende haben.

Ich schlafe ein und habe dabei tausend Gedanken im Kopf, die mich bis in meine Träume verfolgen. Ich schlafe unruhig.

***

Am Morgen wache ich auf und habe immer noch – oder schon wieder – eine brutale Erektion, die nach Sophies Körper schreit.

Ich richte mich auf und strecke mich. Dann kläre ich ein paar Angelegenheiten am Handy, ich habe einen

Plan für heute. Ich muss weg von hier, bevor ich noch den Verstand verliere.

Sophie ist davon auch betroffen, ich will zu ihr rübergehen und mit ihr reden. Aber bevor ich zu ihr gehe, brauche ich eine ausgiebige Dusche, damit ich einen klaren Gedanken fassen kann, ehe ich mit ihr spreche.

Also steige ich in die Dusche und wasche mich gründlich, was sich ein wenig wie ein Reset anfühlt. Minutenlang lasse ich das kochend heiße Wasser auf meinen Körper niederprasseln.

Dann ziehe ich mir eine lockere Shorts und ein einfaches T-Shirt an.

Gleich im Anschluss verlasse ich mein Zimmer und klopfe an ihre Tür. Es dauert nicht lange, da bittet sie mich „herein". Als ich die Tür öffne, sehe ich noch, wie sie ein Buch mitsamt Stift zur Seite legt. Sie liegt auf ihrem Bett hat nur einen Slip und ein locker sitzendes Tanktop an, das ihre Brüste perfekt betont. Der Anblick darf mich nicht ablenken. Mir ist danach sie an Ort und Stelle zu besteigen und so hart zu ficken, dass die ganze Insel uns hört.

„Ich habe gerade an dich gedacht", flirtet sie und legt sich seitlich auf die Matratze. „Willst du ein wenig mit mir spielen?"

Ich antworte nicht.

Sie legt sich auf den Rücken und räkelt sich dabei ausgiebig, was mich tatsächlich kurz in Versuchung führt – aber ich bleibe hart und halte an meinem Plan fest.

„Jetzt nicht. Pack deine Sachen, wir verlassen das Resort."

Als ich das sage, sieht sie überrascht zu mir und hält es wohl zunächst für einen schlechten Scherz, aber ich meine es ernst.

„Wir gehen? Wohin? Kommen wir wieder zurück?", fragt sie erschrocken.

„Ja, aber erst morgen. Ich will die Nacht woanders verbringen. Und du kommst mit mir."

„Okay … was soll ich einpacken?", fragt sie mich.

„Das, was dir gefällt. Einen Bikini, Kleider, flache Schuhe. Den Rest nehme ich mit."

„Okay." Sie nickt und steht sofort auf, damit sie zu ihrem Koffer gehen kann.

„Wir sehen uns gleich", sage ich und verlasse das Zimmer.

Auch ich packe einiges zusammen und fühle mich gut dabei. Allein der Gedanke, dass ich nicht mehr hier sein muss, erfüllt mich. Ich habe keine Lust mehr, weitere Flöhe ins Ohr gesetzt zu bekommen.

Ich führe noch ein paar Telefonate, damit alles Notwendige in die Wege geleitet werden kann, bevor wir die Suite verlassen können.

Wir nehmen wieder ein Cabrio, das uns zur Verfügung gestellt wird, und verlassen zügig und ohne großartiges Vorspiel das Gelände.

Kaum erreichen wir die Straße außerhalb, packt sie die Neugier: „Willst du mich überraschen, oder verrätst du mir unser Ziel?"

„Ich habe eine Privatyacht gemietet. Da werden wir den heutigen Tag und die Nacht zusammen verbringen."

Sophie staunt, als ich ihr davon erzähle. „Wie kommt es, dass du eine Yacht mietest?"

„Ich brauche eine Pause von diesen ganzen Menschen. Und ich kann mir gut vorstellen, dass es dir ähnlich geht."

„Wieso brauchst du eine Pause?"

„Die strengen mich an, die reden Mist. Ich kann mit ihnen nicht viel anfangen und muss eine ganz schön lange Zeit mit ihnen aushalten."

„Ich verstehe, was du meinst."

„Morgen werden wir rechtzeitig zur Probe zurück sein. Es wird vermutlich niemandem groß auffallen, dass wir nicht da sind. Höchstens meiner Mutter und da ist es eh egal, was ich tue oder nicht tue, sie wird immer unzufrieden sein – was mir kaum egaler sein könnte."

„Bekommen wir keinen Ärger, wenn wir heute Abend nicht mit am Familientisch sitzen?", fragt Sophie besorgt.

„Vermutlich schon. Aber meine Mutter wäre auch unzufrieden, wenn du die falsche Farbe für dein Kleid gewählt hast. Also scheißen wir gepflegt drauf."

„Okay. Ich vertraue dir da einfach."

Dann möchte ich noch wissen: „Sei ehrlich. Hattest du das Gefühl, dass sie sich aufrichtig für deine Hilfe bedankt hat?"

„Nein …", gibt sie deprimiert zu. „Aufrichtig war das auf keinen Fall."

„Siehst du. Also, verschwende keinen Gedanken mehr an sie. Steh darüber."

„Ja … Du hast vermutlich recht. Es ist halt nur so traurig, weil es deine Mutter ist."

Ich seufze leise auf und deute dann auf die Umgebung. „Kopf hoch. Sieh dich um, Sophie. Wir sind auf Hawaii. Auf der einen Seite der Ozean, auf der anderen die blühend grüne Insel mit den vielen bunten Farben der Blumen. Über uns der ewige Himmel. Wolkenfrei. Du bist am schönsten Ort dieser Welt, den dir ein Mensch wie meine Mutter nicht vermiesen sollte."

Sophie lächelt tapfer, ehe sie mir antwortet: „Egal, wo wir wären, es könnte der dunkelste Fleck der Erde sein, solange du bei mir bist, bin ich zufrieden."

Ich antworte nicht, sondern lächele dezent und nicke nur. Ihr unschuldiges und dankbares Lächeln lässt mein Herz höher schlagen, als ich mir eingestehen möchte. Mit jedem Augenblick, der vergeht, bin ich glücklicher, sie in meinem Leben zu haben.

***

Fast eine Stunde sind wir unterwegs, ehe wir den Hafen erreichen und eine eindrucksvolle Yacht Sophie in Staunen versetzt, auf der man locker wohnen kann. Sie ist für bis zu 30 Gäste ausgelegt, hat Schlafräume und einen großen Aufenthaltsraum, der teilüberdacht ist.

„Großer Gott", staunt sie. „Ist die komplett für uns?"

„Ja, für heute und morgen. Und selbstverständlich auch mit Pool."

„Ich werd verrückt."

Wir parken und steigen aus. Zwei Butler kommen sofort, um uns beim Tragen unseres leichten Gepäcks zu helfen.

„Guten Tag, Mr. Blackwell. Alles ist vorbereitet und in einer Stunde gibt es Hummer."

„Ich hab noch nie Hummer gegessen", freut sich Sophie. Ich grinse. Wie niedlich sie ist. Manchmal kommt sie mir vor wie ein Kleinkind, das gerade dabei ist, die Welt zu entdecken.

Ich helfe Sophie an Bord zu kommen und reiche ihr dafür die Hand. Wir betreten die Yacht und Sophie verschlägt es bei jedem Schritt immer mehr die Sprache, während sie sich verzaubert umschaut. Die Lounge-Möbel reichen bis auf das Heck hinaus, sodass man den Sonnenschein genießen kann.

„Das ist ja der pure Wahnsinn, wow!" Unser Gepäck wird auf die Kabine gebracht, während sie sich begeistert umsieht.

„Ja, die Yacht ist nicht schlecht."

„Kannst du das Ding etwa fahren?", möchte sie wissen.

„Ja. Aber wir werden nicht weit hinausfahren, sondern werden die Insel immer im Blick behalten. Wir werden weit genug weg sein, um unsere Ruhe zu haben."

Eine Meile sollten wir aber mindestens hinausfahren. Ich traue es meiner Mutter nämlich durchaus zu, hier aufzukreuzen und uns beiden die Stimmung zu vermiesen. Das lasse ich nicht zu. Heute will ich Sophie für mich.

„Hummer ist für dich in Ordnung, ja?“, frage ich Sophie.

„Ich weiß nicht, wie das schmeckt.“

„Ich lasse vorsichtshalber ein paar andere Gerichte zubereiten, falls das nicht deinem Geschmack entspricht.“

„Das ist sehr aufmerksam von dir, Alex.“

„Generell Meeresfrüchte, wie sieht es da bei dir aus?“

„Muscheln und Garnelen mag ich.“

„Tintenfisch auch?“

„Nicht mein Favorit, aber schmeckt ganz gut.“

„Fein. Du wirst heute auf keinen Fall verhungern. Und heute wird dir niemand die Laune verderben.“

Sophie lächelt. Ich liebe ihr Lächeln.

Kapitel 21

Sophie

Salzige Seeluft streichelt meinen Körper. Möwen tummeln sich am Himmel und halten nach einer köstlichen Futtergelegenheit Ausschau.

„Du wirst heute auf keinen Fall verhungern“, sagt er zu mir. „Und heute wird dir niemand die Laune verderben.“

Wie kann ein einziger Mensch nur dafür sorgen, dass man sich bei ihm so geborgen fühlt?

Ich staune nicht schlecht, als ich den vollgepackten Kühlschrank und die köstlichen Snacks entdecke, die kurz zuvor für uns aufgefüllt worden sind. Wir werden hier wirklich nicht verhungern, da hat Alex recht.

„Darf ich mich ein wenig umschauen?“, frage ich Alex respektvoll.

„Sei nicht lächerlich, fühl dich wie zu Hause. Du brauchst mich sowas nicht zu fragen.“

„Okay, danke.“

„Hör auf dich zu bedanken.“

„Tut mir leid.“

„Und hör auf dich zu entschuldigen.“

„Jetzt weiß ich gar nicht mehr, was ich sagen soll.“

„Ich ziehe dich auch nur ein bisschen auf. Ich muss ja an meinem Humor arbeiten.“

Ich kichere und gehe dann das Oberdeck dieser riesigen Yacht erkunden: edler Holzboden und feinster Stoff, der über die Möbel gezogen ist. Luxus, soweit das Auge reicht, und ein unbezahlbarer Ausblick auf den Ozean. Es ist eine riesige und sehr moderne Yacht, wie man sie nur aus dem Fernsehen oder Kino kennt, und ich bin tatsächlich hier. Als wäre Hawaii nicht schon aufregend genug gewesen …

Ich beobachte Alex dabei, wie er ans Ruder geht. Das sieht unfassbar sexy aus – allein der Gedanke, dass er diese Yacht im Alleingang steuert.

Der Motor geht an, geschickt manövriert er die Yacht über das Wasser, um sie ein bis zwei Meilen entfernt vor Anker zu legen. Die Yacht treibt sanft in den Wellen, deren Rauschen nun das einzige Geräusch weit und breit bildet.

„Wo sonst bekommt man so eine Ruhe?“, fragt Alex und verlässt die Kommandobrücke.

„Es ist herrlich hier draußen“, antworte ich.

Die See ist ruhig und der Wind lüftet nur selten mein locker sitzendes Kleid: Es ist weiß mit dunkelblauen Punkten, sitzt locker und bequem. Dazu trage ich meine Lieblings-Ballerinas, die vorne eine Schleife haben. In dieser ganz normalen und gewöhnlichen Kleidung fühle ich mich pudelwohl und ich glaube, Alex sieht mir das auch an. Er selbst trägt nur eine kurze Hose und ein lässiges T-Shirt, sodass ich nicht anders kann, als ihn permanent anzustarren. Sattsehen ist heute nicht drin. Ich bekomme immer mehr Appetit auf diesen Leckerbissen von Mann.

„Komm, wir stoßen an.“

„Worauf denn?“, frage ich verspielt.

„Auf diesen Moment der Abgeschiedenheit und der Zweisamkeit.“

„Wir sind ja nicht ganz allein auf der Yacht.“

„Vom Team wirst du nichts mitbekommen, keine Sorge.“

Wir nehmen beide in der Lounge an Deck Platz, stoßen mit Champagner an und gönnen uns köstliche Canapé mit Lachs, Schinken und Käse. Ein vergleichbar einfaches Essen, aber sehr liebevoll und appetitlich angerichtet.

„Iss dich nicht satt, das sind nur Appetizer. Lunch kommt noch.“

„Ich muss sowieso noch an meinem Hunger arbeiten“, antworte ich und trinke noch einen Schluck Champagner.

Der Duft von Hummer und Meeresfrüchten zieht schon aus der Küche und macht Appetit auf das, was noch kommt. Gut riechen tut es. Wie soll es erst noch schmecken?

Mir ist zwar ein wenig flau im Magen, aber das liegt sicher an den wankenden Bewegungen der Yacht. Ich werde mich bestimmt schnell daran gewöhnen – und mir das Essen nicht vermiesen lassen, nur weil mein Magen gerade rebelliert.

„Möchtest du, dass ich dir noch etwas nachschenke?“, fragt er mich, während ich den Lachs probiere.

„Willst du mich etwa abfüllen?“, flirte ich.

„Wer weiß“, antwortet er verschmitzt. „Hast du alles, was du brauchst? Fehlt dir was?“

Allein diese Frage lässt mich dahinschmelzen.

Alex schenkt mir viel Aufmerksamkeit und sorgt dafür, dass ich mich wohl fühle. Allerdings fürchte ich mich vor dem Moment, wenn er mich wieder nicht in seinem Bett haben will, wie er es bereits in den vergangenen Nächten getan hat.

Vielleicht hat er dafür wiederum seine Gründe, die ich ihm vielleicht auch entlocken kann. Ich würde ihn gern besser verstehen.

***

Die Palmen am Strand von Hawaii wehen sanft im Wind, was in der Ferne noch erkennbar ist. Einige Möwen kreisen um das Schiff und hoffen wohl auf einen guten Fang. Aber bei uns gehen sie leider leer aus.

Wir legen uns nach einem üppigen Mittagessen zum Sonnen auf das Deck, um zu verdauen. Der Hummer hat mir sehr geschmeckt.

Das Personal gönnt uns hier totale Privatsphäre. Ich trage nur einen Slip und creme Alex den Oberkörper ein – so viel Zeit muss sein. Seine stark betonten Muskeln glänzen nun in der Sonne und ihre Form wird noch deutlicher sichtbar. Ich will am liebsten reinbeißen.

„Jetzt du“, sagt er zu mir und nimmt die Flasche.

Ich drehe mich von ihm weg und lasse zu, dass er mir den Rücken eincremt. Dann drehe ich mich um, damit seine Hände mit der Creme über meine Brust und meinen Bauch wandern. Er knetet alles gefühlvoll durch, bis die Creme überall gleichmäßig verteilt ist. Allein diese Berührungen erregen mich sexuell – ich muss mich zusammenreißen.

Alex schließt die Sonnencreme und stellt sie beiseite. Er nimmt dann auf der Liege neben mir Platz und wir beide machen es uns bequem. Er setzt sich eine Sonnenbrille auf, überkreuzt die Beine und legt die Hände unter seinen Kopf.

„Wir sehen aus wie zwei ölige Sardinen", scherze ich, woraufhin er schmunzelt und dann schweigt.

Mein Blick schweift immer wieder zu ihm. Einerseits genieße ich die Ruhe und die Zweisamkeit mit ihm und muss nicht permanent über irgendwas plaudern, andererseits habe ich das Gefühl, dass zwischen uns so viel noch nicht ausgesprochen ist.

„Darf ich dich etwas fragen?"

„Natürlich."

Ich falle mal mit der Tür ins Haus: „Warum darf ich nie bei dir übernachten?"

Alex derweil verzieht keine Miene. Dass ihn meine Frage so sehr durcheinanderzubringen scheint, macht mich nervös.

„War das blöd, dass ich dich gefragt habe? Ich meine, wir sind schon sehr intim miteinander und es ist eigentlich schön, wenn man danach gemeinsam einschlafen kann. Es hat auch seine Vorzüge, man kann ja zwischendurch in der Nacht wach werden und wieder miteinander … du weißt schon. Oder morgens, das ist auch schön …"

Ich mache nichts mit meinem Reden besser. Alex schweigt und starrt durch seine Sonnenbrille hoch zum Himmel.

„Ja, Sex zum Wachwerden ist schon was Nettes", seufzt er.

Okay. Schon so etwas wie eine halbe Antwort. Das könnte ein Fortschritt sein.

„Wieso lässt du dann nicht zu, dass wir zusammen einschlafen? Ist es zufällig, weil du dich nicht binden willst? Oder kannst du sonst nicht schlafen?“

Keine Antwort. Alex rümpft nur seine Nase.

Ich frage weiter: „Bist du es einfach gewohnt, allein zu schlafen?“

Immer noch keine Antwort. Ich beobachte Alex, doch er schweigt weiterhin. Langsam glaube ich erkennen zu können, dass ihn irgendetwas belastet.

„Ich hoffe, ich gehe nicht zu weit. Ich würde es nur gerne wissen. Du hast nämlich den Ruf eines Playboys und hast ja viele Frauen gehabt. Mit mir schläfst du immer wieder, aber dann willst du alleine schlafen. Das irritiert mich irgendwie und ich weiß nicht, ob es an mir liegt, ob ich was falsch mache, weißt du? Es fühlt sich halt nicht gut an. Man fühlt sich wie so ein benutztes Taschentuch, das dann einfach weggeworfen wird.“

„So ist es aber nicht. Dieses Gefühl will ich nicht vermitteln.“

Aha! Noch eine Antwort! Wir kommen voran.

„Tust du aber, Alex. Es kommt so rüber, als würdest du mit mir nur spielen.“

Spielt er nur mit mir? Oder meint er es ernst? Wenn ich doch nur den Grund wüsste oder sein Verhalten wenigstens nachvollziehen könnte …

Ich scheine einer Antwort näher zu kommen …

Kapitel 22

Alex

Sophie löchert mich mit Fragen. Ich verstehe gut, warum sie eine Antwort erwartet. Ich bin mir nur unschlüssig, ob ich ihr gegenüber ehrlich sein sollte. Immerhin ist mein Geheimnis nie an die Öffentlichkeit gedrungen. Kenne ich sie gut genug, um ihr so etwas Persönliches anzuvertrauen?

„Es hat nichts mit dir zu tun, so viel kann ich sagen", lautet meine Antwort.

„Bei aller Liebe, Alex, das ist der Standardsatz."

„Was? Welcher?"

„Na, diese Behauptung, dass es nichts mit einem zu tun hat. Das ist doch die klassische Abfuhr." Sie lacht dabei ein wenig.

„Das kann sein, dass irgendwelche Landeier das so machen, aber was ich sage, meine ich so."

„Okay. Das glaube ich dir auch irgendwie."

Ich sehe ihr nun in die Augen. Sophie versprüht eine gewisse Unsicherheit, als wenn sie sich selbst die Schuld für mein distanziertes Verhalten geben würde – egal, was ich sage.

Dabei liegt es allein an mir und meinem Trauma. Sie hat damit rein gar nichts zu tun. Ich bin nachts keine besonders gute Gesellschaft, weil ich anscheinend noch nicht verarbeitet habe, was hinter mir liegt.

Ich taste mich langsam heran: „Du musst wissen, neben mir schläft es sich sehr schlecht."

„Das wage ich zu bezweifeln."

„Ich schlafe unruhig, weil ich … Probleme habe.“

Sie beginnt zu begreifen, dass es wirklich nicht an ihr liegt. Sie richtet sich auf und schaut mich besorgt an.

„Du weißt schon, dass du … mit mir über alles reden kannst, Alex?“

„Weiß ich das? Woher denn?“

„Weil du mich kennst.“

„Ich kenne dich nicht lange.“

„Aber du kennst mich gut genug. Du kennst meine Seele und ich glaube auch deine zu kennen.“

„Wir beide könnten uns täuschen. Woher weiß ich, dass ich dir vertrauen kann?“, frage ich sie.

„Man kann sich immer täuschen, das stimmt. Enttäuschung ist ja das Ende einer Täuschung.“

„Aus welchem Glückskeks hast den Spruch?“

„Aus keinem Glückskeks“, antwortet sie lachend. „Ich will damit nur sagen, es kann immer passieren, dass man sein Vertrauen falsch investiert. Vertrauen ist ja eine Entscheidung. Aber wenn man sich entscheidet, nie wieder zu vertrauen, wird das Leben irgendwann ganz schön einsam.“

„Da hast du recht …“

So jung und so pfiffig, diese Kleine. Aber sie scheint zu wissen, wovon sie spricht.

Wenn ich Sophie ansehe, verspüre ich eine tiefe Verbundenheit ihr gegenüber. Und je mehr ich jetzt darüber nachdenke und meine Abwehrhaltung mal überdenke: Es fühlt sich gut und richtig an, wenn ich daran denke, mich ihr zu öffnen und ihr diesen einen Teil meiner Vergangenheit zu erzählen, den ich über all die Jahre versucht habe zu verdrängen.

Okay.

Ich mache einen Anfang: „Ich war acht Jahre alt, wir waren damals in Griechenland … meine ganze Familie und ich. Samuel, Kellan, ich und … Jack."

„Jack?"

„Ja. Wir waren vier Brüder und wir schwammen im Meer. Wie das nunmal bei Kindern so ist: Wir wollten einfach nur Spaß haben, aber wir unterschätzten den Ozean, der uns wie ein großer Spielplatz erschien."

Ich schließe die Augen. Mir ist, als wäre ich wieder da. Sie hört aufmerksam zu und hat dabei einen mitfühlenden Blick in den Augen. „Jack war sechs Jahre alt. Noch so klein. Er hatte noch das ganze Leben vor sich … Wir schwammen in einer Bucht, doch das Wetter schlug rasend schnell um und wir waren viel zu weit draußen. Meine Mutter war mit Kellan am Strand und kümmerte sich um ihn, da er von einer Biene gestochen worden war. So verpassten wir alle die Chance, noch rechtzeitig ans Ufer zu gelangen. Samuel schwamm voraus. Er war sich so sicher, dass wir direkt hinter ihm waren, aber die Strömung trennte uns voneinander."

Ich setze mich auf und massiere mir die Schläfen, als mir die Erinnerungen hochkommen.

„Du musst mir nichts erzählen, was du nicht erzählen willst", sagt mir Sophie.

Ich fahre dennoch fort: „Ich griff nach Jacks Hand. Er weinte und hatte schreckliche Angst. Ich tat alles, um Jacks Kopf über Wasser zu halten, da ihm die Kraft fehlte weiterzuschwimmen. Und mir versagten auch bald darauf die Arme und Beine. Ich war einfach zu schwach … Zu schwach, um meinen Bruder zu retten. Zu schwach."

Sophie wird von Augenblick zu Augenblick sprachloser. Ich kann durch meine Sonnenbrille sehen, dass sie bereits glasige Augen hat, weil sie ahnt, wie die Geschichte weitergeht.

Ich muss tief durchatmen und flüstere dann weiter: „Mir ist, als wäre es erst wenige Tage her. Das ist es ja. Es verfolgt mich bis heute und verblasst nicht. Es fühlt sich noch immer so real an, so präsent." Ich schlucke. „Mit letzter Kraft rief ich um Hilfe und verschluckte mich immer wieder dabei."

„Großer Gott", flüstert Sophie betroffen.

„Samuel, unsere Mutter und Kellan verstanden dann, was los war. Doch sie konnten uns nicht erreichen. Die Wellen schlugen immer höher, der Sog wurde immer stärker. Das Unwetter brach über uns herein. Es war ein wahr gewordener Alptraum. Ich … ließ irgendwann Jacks Hand los. Ich hatte einfach keine Kraft mehr. Es war nur ein kurzer Moment aber …" Ich öffne meine Augen. „Er war weg. Ich drehte mich herum, suchte meinen kleinen Bruder, aber er war einfach nicht mehr da. Heute wissen wir, dass er sofort untergegangen ist. Er ertrank …"

Ich sehe zu Sophie, die schockiert und traurig zu mir sieht.

„Das muss schrecklich für dich gewesen sein." Was soll sie gerade sonst sagen?

„Sie fanden seine Leiche erst am nächsten Tag. Meine Familie hat sehr viel Geld gezahlt und die Behörden bestochen, sodass der Fall nicht an die

Öffentlichkeit geriet. Offiziell sprach man von einem Unfall. Meine Eltern wollten mich beschützen. Wenn damals durch die Presse gegangen wäre, dass es meine Schuld war, dass …“

„Das war es aber nicht“, schreitet Sophie sofort ein und kniet sich neben meine Liege. Sie schnappt sich meine Hand und drückt sie fest. „So darfst du nicht denken, auf keinen Fall. Du warst selber noch ein Kind.“

„Wenn ich ihn nicht losgelassen hätte, dann …“

„Dann wärt ihr vielleicht beide ertrunken. Du warst erst acht Jahre alt und in einer ziemlich beschissenen Lage. Es war nicht deine Schuld.“

„Kann sein, aber es fühlt sich nicht so an. Ich wache beinahe jede Nacht schweißgebadet auf, schreie nach Hilfe. Wie damals, als ich acht Jahre alt war. Diese Träume verfolgen mich, lassen mich nicht los. Immer und immer wieder träume ich davon, ich schreie manchmal seinen Namen.“

Sie beginnt zu verstehen: „Deswegen willst du immer allein schlafen.“

„Ja.“

Sophie steht auf, setzt sich zu mir auf die Liege und legt ihre Hand an meine Wange. „Es ist jetzt 27 Jahre her.“

„Ich weiß das alles. Aber es hilft nicht.“

„Du kannst die Vergangenheit nicht ändern. Aber sie darf dich nicht bestimmen. Es ist vielleicht mal an der Zeit loszulassen. Jack hätte das sicher niemals gewollt, dass du ein Leben lang darunter leidest.“

Ich lächele ihr traurig entgegen und schlucke erneut. „Darum wollte ich die Goldmedaille gewinnen. Ich wollte der Beste sein, um im Notfall jemanden vor dem Ertrinken retten zu können. Stark genug sein, um nicht wieder jemanden zu verlieren, der mir die Welt bedeutet."

Sophie legt sich sanft auf meine Brust, bettet ihren Kopf über die Stelle meines Herzens. Ich lege behutsam meine Hände auf ihren Rücken.

„Ich verstehe dich jetzt so viel besser, Alex. Danke, dass du dich mir anvertraut hast", flüstert sie. „Bitte stoß mich nicht weg. Ich habe keine Angst davor, heute Nacht neben dir zu schlafen. Wenn du wieder einen schlimmen Traum hast, werde ich für dich da sein …"

„Wo ist dein Haken?", frage ich sie.

„Es gibt keinen Haken. Ich bin halt in dich verliebt und ich will, dass es dir immer gutgeht."

„Das ist …" Ich stocke, und ich weiß nicht einmal, wie ich antworten soll. So direkt hat mir noch nie jemand so etwas gesagt.

„Du musst dazu nichts sagen", sagt sie mir mit einem versichernden Lächeln. Mann, sie ist gut. Sie nimmt mir sogar jetzt dieses unbehagliche Gefühl. Sie hat mir gerade gesagt, dass sie in mich verliebt ist, aber so, als wäre es keine riesige Sache. Sie fasziniert mich.

„Du bist eine sehr besondere Person", lautet meine Antwort – vorerst.

Es ist das erste Mal, dass ich mich einer Frau, oder allgemein einer fremden Person, die nicht zu meiner Familie gehört, anvertraut habe. Mich zu öffnen, fiel mir am Anfang schwer, aber jetzt fühlt es sich gut an.

Sophie ist für mich da. Sie lässt mich nicht im Stich. Und dieses Gefühl, verstanden und gehört zu werden, lässt mich lächeln. Es fühlt sich fast so an, als wäre ich 20 Kilo leichter geworden. Als würde mir eine große Last von den Schultern fallen.

Auch wenn der Schmerz nach all den Jahren noch immer tief sitzt, bin ich irgendwie froh darüber, ihn mit jemandem wie Sophie teilen zu können …

Jack, verzeihst du mir?

Wenn ich dich doch nur noch ein einziges Mal sprechen könnte. Dich persönlich darum bitten dürfte, dass du mir vergibst. Ich war einfach zu schwach.

Aber ich verspreche dir von nun an stark zu sein.

Kapitel 23

Sophie

Endlich ergibt sein Verhalten einen Sinn. Jetzt verstehe ich ihn.

Ich dachte, er wäre ein arroganter Playboy, doch in ihm stecken so viel Schmerz und Trauer, dass es ihn auch nach so langer Zeit noch immer verfolgt. Aber jetzt weiß ich um sein Trauma und kann mich entsprechend verhalten …

Es ist Abend. Die Sonne ist längst untergegangen und das Krächzen der Möwen ist nicht mehr zu hören. Wir haben gegessen, nachdem wir den Tag in Ruhe haben ausklingen lassen. Dabei haben wir viele lange Gespräche geführt.

Jetzt geht es ins Bett. Zusammen.

Wir verziehen uns in die Kabine, während die Yacht unter dem Mondlicht auf dem Wasser treibt. Die Kabine ist in ihrer Ausstattung weitaus luxuriöser als so manches Hotelzimmer und das Bett ist unfassbar bequem.

Es scheint selbstverständlich, dass wir beide nackt unter die Decke schlüpfen. Diese sanften Wellenbewegungen zu spüren, während wir gemeinsam ins Bett gehen und uns hinlegen, ist wirklich ein seltsames Gefühl. Allerdings hat das rhythmische Schaukeln auch etwas für sich. Es ist zugleich beruhigend und erregend. Ob ich mich heute Nacht noch daran gewöhnen werde?

„Bist du nervös?“, fragt er mich.

„Nervös nicht. Aufgeregt."

„Aufgeregt?"

„Ich habe halt noch nie auf einer Yacht übernachtet, also, ich meine, ich habe noch nicht einmal eine Yacht von Nahem gesehen", erkläre ich mich.

„Und jetzt schläfst du auf einer."

Wir machen es uns bequem und beginnen zu kuscheln.

„Ich weiß nichts von deiner Vergangenheit mit Männern", stellt Alex fest.

„Da gibt es auch nicht so viel zu erfahren."

„Aber du hast sicher Erfahrungen gemacht."

„Natürlich. Keine sonderlich guten."

„Erzähl doch."

„Mein Ex-Freund Mitch, der war wirklich ein Idiot. Und ehrlich gesagt dachte ich, dass du genau so wärst wie er, aber jetzt weiß ich es besser."

„Ich war lange gemein zu Frauen, weil ich Angst vor der Bindung hatte."

„Aber du hast ein gutes Herz, das erkenne ich." Ich lege meinen Kopf auf seine Brust und flüstere ihm zu: „Du hast dich gut vor mir versteckt, aber ich habe dich dennoch gefunden."

„Hast du das, ja?"

„Ich habe in meiner Vergangenheit auch viele Fehler gemacht, die ich zutiefst bereue. Aber ohne diese Fehler wäre ich heute nicht der Mensch, der ich bin. Und ich wäre jetzt nicht hier mit dir. Alles, was wir erleben, prägt uns und ist für irgendetwas gut."

Ich sehe zu Alex und streichle seine Brust, woraufhin er meinen Arm streichelt.

„Wieso bist du so weise für dein Alter?“, fragt er mich.

„Ich würde nicht sagen, dass ich weise bin. Ich beobachte nur, was das Leben so mit einem macht. Und ich bin dankbar, dass du in mein Leben gekommen bist.“

„Das müsste ich dir umgekehrt sagen, Sophie“, antwortet er mir.

„Dann sag es mir doch“, entgegne ich und strecke ihm leicht die Zunge aus.

„Kommt noch“, lautet seine kühle, reservierte Antwort. Diese genügt mir.

Er zieht mich noch fester zu sich heran, sodass meine nackten Oberschenkel seinen Körper spüren können. Eine angenehme Stille macht sich breit, nur das Rauschen des Meeres ist draußen zu hören. Dazu das sanfte Schaukeln der Yacht und dann Alex – seine starken, warmen Arme, die mir so viel Sicherheit vermitteln, wie ich sie noch nie zuvor habe spüren dürfen. Ein perfekter Moment.

„Einigen wir uns darauf, dass wir uns beide vielleicht gegenseitig gut tun, was hältst du davon?“, frage ich ihn und blicke in seine Augen. Es brennt nur noch das kleine Nachtlicht. Dieses ist gedimmt und sorgt für eine romantische Atmosphäre, als wenn wir gerade erst den Sonnenuntergang erleben würden, der allerdings schon vor einigen Stunden war.

„Das klingt nach einem Deal, mit dem ich leben kann“, antwortet er mir und küsst mich sanft. Doch dieser Kuss ist anders als all die anderen davor. Viel sanfter und vorsichtiger. Behutsam und erkundend.

Als er mir in die Augen sieht, spüre ich so viel Traurigkeit und Hoffnung, dass ich gar nicht anders kann, als mich meinem Gefühl hinzugeben.

Die Schutzmauer, die ich bislang hochgezogen hatte, weil ich Angst hatte, erneut verletzt zu werden, fällt. Stein für Stein bröselt heraus und plötzlich liegt mein Herz offen und schutzlos vor ihm. Aber ich kann mir jetzt sicher sein, dass er gut mit meinem Herzen umgehen wird. Ich fühle es. Denn ich halte auch inzwischen sein geschundenes Herz in meinen Händen und habe nicht vor, diesem auch nur den kleinsten Kratzer zuzufügen.

Nicht nur seine Küsse fühlen sich anders an als zuvor: Mir ist, als würde ich komplett mit einem anderen Mann im Bett liegen als bisher. Einer besseren Version von Alex, da er nicht mehr kühl und distanziert ist, nicht nur auf einen schnellen Fick aus ist, sondern echte Gefühle entwickelt. Dass er mir seinen schlimmsten Alptraum anvertraut hat, bedeutet mir so unglaublich viel.

In dieser Nacht sind wir uns näher als je zuvor. Wir hatten immer unseren Spaß und viele Orgasmen. Aber dieses Mal ist der Sex so viel mehr als nur der nächste Höhepunkt. Es war echte Nähe. Echtes Verstehen und echte Liebe.

Da ist etwas Magisches zwischen uns, das ich kaum mit Worten beschreiben kann. Es ist dieses Gefühl von: „Ich bin endlich angekommen."

Und dieses Gefühl möchte ich nie wieder missen …

Kapitel 24

Sophie

Als ich am nächsten Morgen erwache, liegt Alex noch neben mir. Er schläft tief und fest, sodass ich ihn eine Weile beobachten kann. Neben ihm einschlafen und wieder aufwachen zu dürfen, ist so ein atemberaubender Moment. Ich genieße jede Sekunde und beobachte, wie seine Brust sich hebt und senkt. Friedlich liegt er da und ich kann mir sehr sicher sein, dass er gerade keinen Alptraum hat.

Schlaf noch ein wenig, Alex. Erhol dich gut. Du hast es dir verdient ...

Flüsterleise stehle ich mich aus dem Bett, da ich an Deck gehen möchte. Es ist noch früher Morgen und die Insel liegt ganz ruhig da. Der herrliche Ausblick wird nur durch meine Gedanken um Alex getrübt. Eine unglaublich starke Trauer ist in meiner Brust, die mich vollkommen einnimmt. Ich weiß gar nicht, wie ich damit umgehen soll. Das, was Alex erleiden musste, diese Schuld, mit der er seit 27 Jahren leben muss, ist so schrecklich, dass es mir die Tränen in die Augen treibt.

Das hätte einfach nicht passieren dürfen. Er muss schon als Kind schwer darunter gelitten haben. Kein Wunder, dass er als Erwachsener solche Bindungsängste hat.

Und dann wäre da noch diese Mutter, die er hat. Sie stellt ein zusätzliches Problem dar. Denn ich bin mir fast sicher, dass sie ihn nie wirklich getröstet oder in den Arm genommen hat. Ein Kind zu verhätscheln ist das eine, aber sein Kind wirklich zu lieben, eine ganz andere Sache.

Ich habe jedenfalls mein Tagebuch mit an Deck genommen und möchte mir den belastenden Schmerz von der Seele schreiben.

„Liebes Tagebuch, heute ist bereits der …“

Als ich das Datum aufschreiben möchte, zögere ich jedoch. Ich blättere einige Seiten zurück und stutze. Ich war so sehr mit Alex und unserem Fake-Date, dem vielen Sex und den familiären Dramen beschäftigt, dass ich eines ganz vergessen habe: Etwas fehlt, etwas ist ausgeblieben …

Nicht nur, dass ich eine leichte Übelkeit verspüre und gestern aufgrund dessen schon etwas weniger gegessen habe – ich dachte, das würde an der Yacht und den Wellenbewegungen liegen: Ich bin mit meiner Periode überfällig. Normalerweise hätte ich sie vorgestern bekommen müssen, aber sie ist nicht da.

So schnell geht das doch normalerweise nicht, oder? Doch dann fällt mir ein, dass wir ja auch schon Sex in seinem Büro hatten, und das war eine Woche, bevor wir geflogen sind.

Ich schlucke nervös und lege meine Hand auf meinen Bauch. Könnte ich schwanger sein? In seinem Büro ging alles so schnell, dass wir kein Kondom benutzt haben. Auch hier auf Hawaii haben wir darauf verzichtet, weil es so spontan und energiegeladen war. Es kam einfach nie zur Sprache, und wir haben beide gut Gas gegeben …

Ich nehme mein Handy und suche im Internet nach einer Drogerie oder Apotheke auf dieser Insel, wo ich mir einen Schwangerschaftstest kaufen könnte. Ich finde zum Glück schnell eine in der Nähe des Resorts. Perfekt. Ich muss mir einfach sicher sein und mache jetzt am besten noch nicht die Pferde scheu.

Ich widme mich lieber wieder meinem Tagebuch. Da muss ich nämlich einiges eintragen. Das, was Alex mir gestern anvertraut hat, ist überwältigend für mich. Niemals hätte ich mit einer so tragischen und schrecklichen Geschichte gerechnet. Samuel und Kellan leiden sicherlich auch darunter. Womöglich auch seine Mutter, aber sie verbirgt es gut …

Ich finde die richtigen Worte und schreibe sie nieder: „Ich glaubc, ich verstehe jetzt immerhin ein wenig besser, warum Jane so streng ist: Sie möchte sicherlich ihre Söhne beschützen und nur das Beste für sie, wenn auch auf ihre spezielle Art. Kein Wunder, wenn man bedenkt, dass sie ein Kind verloren hat. Ob Scott deswegen so viel trinkt? Auch, wenn 27 Jahre eine lange Zeit sind, so fühlt es sich für Alex ganz und gar nicht so an und davon sind sicherlich auch alle anderen Familienmitglieder betroffen."

Ich lege den Stift beiseite und denke kurz nach, immer wieder durchlebe ich im Kopf alle Begegnungen mit Jane, Scott und den zwei Brüdern von Alex. Ich betrachte sie alle jetzt in einem anderen Licht.

Ich schreibe weiter, was ich fühle: „Es tut mir so leid für sie alle. Jetzt ergibt diese ganze kaputte Familiendynamik einen Sinn: Der Verlust von Jack scheint wie eine klaffende offene Wunde, die nicht verheilen will. Ich wünschte, ich könnte etwas tun, um zu helfen."

Wieder lege ich meine Hand an meinen Bauch. Falls ich wirklich schwanger sein sollte, habe ich bald eine ziemlich große Verantwortung. Wie wird Alex wohl darauf reagieren? Es ist alles so schnell passiert …

Aber der Gedanke daran, dass ich sein Kind in mir tragen könnte, lässt mich irgendwie lächeln. Das fasse ich dann in Worte, die ich mit meinem Stift festhalte: „Eine richtige Familie. Mit dem richtigen Mann. Das war schon immer mein Traum. Ja, das ist genau das, was ich will."

Und so ist es auch.

Das ist ein gutes Schlusswort für heute. So klappe ich mein Tagebuch wieder zu und stecke es zurück in meine Tasche. Danach gehe ich zu Alex zurück und kuschele mich an ihn. Er hat heute Nacht einen sehr ruhigen Schlaf gehabt, was mich wirklich freut. Vielleicht lag es ja auch daran, dass ich bei ihm war? Ein wirklich schöner Gedanke, dass ich der Auslöser sein könnte, dass er endlich zu einem süßen Schlaf gefunden hat.

Ich verbringe die Zeit hier mit ihm und streichele seinen Kopf, während ich nach draußen auf das Meer schaue. Von mir aus darf dieser Moment tagelang anhalten. Ich kann in Ruhe nachdenken, seine Nähe genießen, mich sortieren. Besser geht es nicht.

Erst nach etwa zwei Stunden beginnt Alex sich zu rühren. Er riecht einfach so unglaublich gut und seine Körperwärme ist herrlich angenehm. So möchte ich jetzt bitte jeden Morgen aufwachen. Das hier ist einfach zu perfekt.

Als er dann langsam wach wird, sieht er mich zuerst irritiert an, lächelt dann aber leicht.

„Guten Morgen“, begrüße ich ihn und streichele seine Stirn.

„Guten Morgen“, antwortet er und legt sich ein Stück auf die Seite, sodass er mich in seine Arme ziehen kann.

„Wie hast du geschlafen?“, möchte ich wissen und küsse ihn sanft auf die Lippen.

„Sehr gut … Und du?“

„Ich kann mich nicht beschweren“, spreche ich mit sanfter Stimme. „Auch wenn es sich manchmal seltsam anfühlt, wenn sich die Yacht hin und her bewegt. Aber ich glaube, daran gewöhnt man sich nach einigen Tagen, oder?“

„Meistens schon. Aber nicht jeder verträgt den Seegang“, erklärt er mir gähnend und schließt seine Augen. „Wenn wir an Land gehen, kann es sein, dass du das Gefühl haben wirst, alles unter dir schaukelt noch. Das hat was mit dem Gleichgewichtssinn zu tun.“

Alex drückt mich noch fester. Da möchte wohl noch jemand liegen bleiben und ein wenig meine Nähe genießen.

„Müssen wir gleich schon los?“, frage ich ihn ein wenig nervös und habe dabei noch etwas im Hinterkopf, worüber ich jedoch noch nicht mit Alex sprechen möchte: Ich muss unbedingt so zeitnah wie möglich diesen Schwangerschaftstest kaufen.

„Gegen Mittag müssen wir erst aufbrechen, ein wenig Zeit haben wir also noch“, meint er und sieht dabei auf seine goldene Armbanduhr.

Einerseits freut mich das, an so einem idyllischen Ort die Zweisamkeit mit Alex auszukosten, aber andererseits steigt in mir der Druck, diesen Gang zur Apotheke so schnell wie möglich zu schaffen – ohne dabei aufzufallen. Das setzt mich schon unter einen gewissen Druck.

„Ich gehe gleich duschen“, sagt Alex und richtet sich auf, sodass ich auf seinen perfekten Oberkörper starren kann. „Kommst du mit?“

„Na, was glaubst du denn?“ Als wenn ich bei so einem Angebot „nein“ sagen würde. Er lächelt und ich kichere verliebt, ehe ich mich dann auch aufsetze und ihn von hinten umarme. Er hält meinen Unterarm fest, dreht seinen Kopf zur Seite und küsst meine Schläfe.

Ehe wir es aber bis unter die Dusche schaffen, lassen wir uns wieder auf die Matratze fallen und vergnügen uns erneut in seinem Bett. Alex und ich harmonieren einfach so gut miteinander – er ist ein wahrer Traummann. Nur, dass er wirklich existiert. Aus Fleisch, Blut, Herz und Seele besteht.

Alex wäre ein guter Vater. Da bin ich mir sicher.

Und je mehr ich darüber nachdenke, dass ich wirklich schwanger sein könnte, desto glücklicher werde ich dabei.

***

Als wir mit der Yacht im Hafen ankommen, packt Alex das Gepäck mithilfe der Butler zurück in das Cabrio. Wirklich schade, dass wir nur eine Nacht auf dem Schiff sein konnten. Aber gut, vielleicht wiederholt sich diese Gelegenheit, wer weiß.

An dieser Stelle muss man schon fast die Butler loben: Sie haben sich vollkommen unsichtbar gemacht – ich habe fast komplett vergessen, dass sie mit auf der Yacht waren.

„Das sieht süß aus“, merkt Alex an, während ich dastehe und ein wenig schwanke, obwohl ich festen Boden unter meinen Füßen habe. „Ich hatte dich vorgewarnt. Das passiert manchmal, wenn man lange auf See ist.“

„Wieso war das nochmal so?“

„Auf See gleicht dein Körper die Wellenbewegungen ein wenig aus, und daran gewöhnst du dich irgendwann und machst es unbewusst. Wenn du dann auf dem Festland bist, kommst du mit der stillen Erde nicht so ganz zurecht.“

„Das ist verrückt. Ich fühle mich fast wie eine Betrunkene, die nicht stehen kann. Wann hört das denn auf?

„Das dauert nicht so lange.“

Ich muss lachen und habe Probleme damit, stabil zum Beifahrersitz zu laufen. Ich torkele schon fast. Schon faszinierend, wie schnell sich der Körper an etwas Neues gewöhnt – wie zum Beispiel ein schwankendes Schiff. Verrückt.

Wir fahren los und nähern uns zufällig einer Apotheke, sodass ich ihn bitte: „Könnten wir gleich einmal kurz da vorne anhalten? Da ist ein Geschäft, wo ich etwas kaufen möchte."

„Welches denn?", fragt er, da wir an einigen Geschäften vorbeikommen.

„Die Apotheke."

„Du möchtest etwas bei der Apotheke kaufen? Geht's dir nicht gut, hast du irgendwas?"

„Hustenbonbons", etwas Besseres fällt mir auf die Schnelle nicht ein. „Ich glaube, ich habe auf der Yacht einen leichten Zug bekommen."

„Im Resort haben wir alle Medikamente, die du brauchst."

Nicht gut. Also setze ich einen drauf: „Es gibt da eine bestimmte Sorte, die ich besonders mag."

„Okay, verstehe. Wir holen dir, was auch immer du möchtest."

Fuck. Er soll nicht mit reinkommen.

„Das geht ganz schnell", versichere ich ihm. „Ich habe auch mein eigenes Geld dabei."

Alex parkt den Wagen und will sich abschnallen, aber ich steige hastig aus und eile weg vom Auto.

„Bin sofort zurück."

„Okay …"

Er sieht etwas verdutzt zu mir und wundert sich vermutlich, warum ich ihn nicht mitnehmen möchte. Aber was soll ich ihm denn bitte sagen, wenn er sieht, was ich da kaufe?

Ich husche in die Apotheke und werde freundlich begrüßt.

„Ich habe es leider eilig, könnten Sie mir bitte schnell einen Schwangerschaftstest geben?"

„Von welcher Marke hätten Sie gerne einen?"

„Preglove, wenn Sie das da haben." Ich weiß zufällig, dass diese Marke am besten abgeschnitten hat, was die Zuverlässigkeit des Ergebnisses angeht.

„Ja, ich müsste hinten mal nachschauen."

„Okay, ich warte. Bitte beeilen Sie sich. Das tut mir wirklich leid, aber ich komme zu spät zu einer Hochzeit."

Der Apotheker reimt sich meine Situation zusammen und lächelt verstehend, ehe er nach hinten ins Lager verschwindet.

In der Zeit schaue ich mich nach Hustenbonbons um, damit meine kleine Notlüge aufgeht. Dazu nehme ich mir noch ein paar Kaugummis.

„Da hätten wir ihn", sagt der Apotheker und kehrt mit dem Schwangerschaftstest zurück. Er scannt alle Artikel und ich zahle schnell, mit einem üppigen Trinkgeld.

Ich verstecke den Schwangerschaftstest tief in meiner Handtasche und verlasse dann die Apotheke, die Kaugummis und Bonbons in der Hand.

Ich gehe zurück zum Cabrio, wo Alex wartet. Für Alex gut sichtbar, stecke ich mein Portemonnaie zurück in die Tasche und öffne dann die Packung Bonbons, setze mich und biete ihm welche an: „Honigbonbons sind auch ohne Schnupfen ein kleiner Genuss für zwischendurch, willst du auch eines? Oder ein Kaugummi vielleicht?"

„Ich liebe alles, was mit Honig zu tun hat", sagt er, nimmt sich einen Bonbon und lässt ihn sich schmecken. Der Mann steht also auch auf Honig, gut zu wissen.

Weiter geht die Fahrt. Ich habe jetzt alles, was ich brauche, um meinen nächsten Schritt zu machen: Ich werde herausfinden, ob ich wirklich schwanger bin, und wenn ich es nicht bin, hat niemand gesehen, was ich soeben wirklich gekauft habe.

So genieße ich den Anblick der saftgrünen Landschaft, die an uns vorbeizieht, während der Wind meine Haare aufwirbelt. Palmen, Bananenbäume, bunte Blumen, weite Felder.

„Geht's dir heute gut?“, fragt mich Alex rücksichtsvoll.

„Es könnte mir kaum besser gehen.“

„Das freut mich zu hören. Ich hatte lange nicht mehr einen so guten Schlaf.“

Und das wiederum freut *mich* zu hören.

***

Als wir das Resort erreichen, gibt Alex das Cabrio wieder ab und trägt das Gepäck zurück zur Suite. Gleich ist die Probe und dafür müssen wir uns noch zurechtmachen.

„Alyssa hat sich Grüntöne für die Frauen gewünscht. Also wähle bitte kein blaues oder rotes Kleid aus, wenn du möchtest, dass sie dich in Ruhe lässt.“

„Okay, verstanden. Das kriege ich hin.“

„Der Stylist hat dir eine Auswahl von vier Kleidern mitgegeben“, sagt Alex, der mein Gepäck auf das Bett legt. Ich räume bereits meine Tasche aus, lege mein

Tagebuch in die Schublade des Nachttisches und hänge die Handtasche an die Badezimmertür.

„Ich brauche nicht lange. Du kannst dir dann ja ansehen, ob mir das Outfit gut steht“, flirte ich und zwinkere ihm zu.

„Einverstanden.“ Alex will gehen, da klopft es an der Tür und wir beide schauen hin. „Wehe, das ist meine Mutter“, brummt er genervt.

„Die würde vermutlich eher einfach reinplatzen?“, mutmaße ich.

„Stimmt …“ Alex geht in den Flur und ruft durch die Tür: „Herein.“

„Zimmerservice.“

Ist das Lenas Stimme? Ich gehe auch in den Flur und schiebe Alex in sein Zimmer. Ich weiß ja, dass es Lena unangenehm ist, auf Alex zu treffen.

„Du duscht nochmal, ziehst dir was Nettes an und ich zeig dir gleich mein Kleid“, wiederhole ich mich und schließe dann seine Tür.

„Okay …“, höre ich ihn ein wenig überrascht durch die Tür antworten. Er sollte sich besser daran gewöhnen, dass ich ihn ab und zu mal herumkommandiere.

„Hey“, grüße ich Lena, die dankbar ist, dass ich ihr Alex vom Leib gehalten habe.

„Hi Sophie“, freut sich Lena, die einen Rollwagen mit frischer Bettwäsche und Putzzeugs mit sich führt.

„Wir sind im Bad, lass dich nicht stören“, meine ich. Sie nickt mir höflich zu und fängt sofort an zu arbeiten, während ich in mein Zimmer zurückgehe.

Alex ist am Duschen. Ab und zu schaue ich zu ihm und muss grinsen, da dieser Anblick von Mann einfach für die Götter ist.

Ich sehe mir die Vorschläge an, wie ich mir die Haare zurechtmachen könnte. Der Stylist hat mir nämlich Karten mitgegeben, welche Frisuren zu den Kleidern passen.

„Hast du schon etwas gefunden, was dir gefällt."

„Das hier finde ich perfekt, aber das wird eine Weile dauern, die Haare so zu stylen."

„Wir liegen noch gut in der Zeit."

Ich suche dann das passende Make-Up raus, mit dem ich mich gleich schminken möchte. Das große, grüne Kleid mit dem einladenden Dekolleté und dem Schlitz auf Höhe des Oberschenkels hängt bereits an der Badezimmertür.

„Ich will, dass du der Hingucker des Abends bist", befiehlt er mir flirtend, während er sich in der Dusche gründlich einseift.

„Ich werde mir beste Mühe geben."

Nebenan höre ich Lena in meinem Schlafzimmer loslegen. Ich öffne die Tür und informiere sie: „Wir brauchen hier noch eine Weile. Mach ganz in Ruhe."

„Danke, Sophie, das geht hier aber recht schnell."

„Okay."

Ich kann sehen, wie sie meine Bettwäsche wechselt und die Kissen aufschüttelt.

„Lass dich nicht stören", sagt sie freundlich. „Ich bin gleich weg."

Ich schließe die Tür wieder, während Alex tropfend nass aus der Dusche steigt. Jetzt ziehe ich mir die Kleidung aus, um ebenfalls zu duschen.

„Heute ist es ziemlich heiß und schwül", merkt Alex an. „Eigentlich brauche ich mich gar nicht abzutrocknen."

„Ja, ich bin auch schon etwas verschwitzt."

Ich frage mich, wann ich heimlich den Schwangerschaftstest machen kann, wenn er die ganze Zeit im Bad sein wird. Ich muss einfach den richtigen Moment abwarten.

Aber er trocknet sich in Ruhe ab und wischt den Beschlag vom Spiegel, um sich sehen zu können.

Sehe ich ihn da gerade grinsen?

Okay, ich werde noch meinen Moment finden. Ich dusche erstmal und danach kann ich ihn vielleicht rausschmeißen, weil ich auf die Toilette muss und mich geniere, vor ihm zu pinkeln. Das sollte ich so hinkriegen.

Ich dusche mich gründlich ab und genieße das heiße Wasser. Alex schaut immer wieder gierig durch die Scheibe und betrachtet meinen nackten Körper. Ich habe meine Vermutungen, was ihm gerade so durch den Kopf geht. Und es gefällt mir.

Ich stelle das Wasser aus und steige aus der Dusche, dann nehme ich mir ein Handtuch und wickele es mir um den Oberkörper. Alex lässt sich gerade bei allem mehr Zeit, als mir lieb ist. Ich brauche diesen einen kleinen Moment allein auf Toilette.

„Du, ich müsste mal kurz …"

Alex versteht sofort. „Schämst du dich etwa?"

„Ein wenig. Ist das schlimm?“

„Überhaupt nicht. Ich würde jetzt auch noch nicht vor dir auf die Toilette gehen.“

Er trocknet sich zu Ende ab und verlässt das Bad. Gott sei Dank. Ich greife hektisch in meine Handtasche, hole den Schwangerschaftstest heraus und öffne die Verpackung. Ich setze mich auf die Toilette und mache den Test. Nervös setze ich mich im Anschluss auf den Rand der Badewanne.

Ich halte meine Hände gefaltet und bete, dass alles gut wird. Aber wofür genau soll ich beten? Was will ich eigentlich wirklich? Von Alex schwanger zu sein, ist so ein schöner Gedanke. Aber das würde wiederum einiges bedeuten. Irgendwie will ich schwanger von ihm sein, aber wiederum besiegelt das alles. Dann gibt es kein Zurück mehr. Dann bin ich gewissermaßen von Alex abhängig – ein Leben lang. Dass eine Abtreibung nicht infrage kommt, versteht sich.

Wir werden gleich sehen, was Sache ist …

Kapitel 25

Alex

Heißes Wasser läuft über meinen Körper. Es ist wohltuend und stimuliert meine Muskeln. Die Durchblutung wird angeregt. Danach stelle ich es auf kalt, sodass mein Körper erfrischt wird. Es ist angenehm und ein guter Kontrast zu dem schwülen Wetter auf Hawaii.

Ich muss beim Wechselduschen daran denken, wie es mir mit Sophie ergangen ist: Erst war sie mir egal und ich verhielt mich ihr gegenüber kalt und distanziert, doch dann wurden meine Gefühle für sie immer „heißer" sozusagen. Kurz muss ich schmunzeln, denn mir gefällt der Vergleich.

Erfrischt verlasse ich den Duschbereich und trockne mich grob ab, ehe ich mir ein Handtuch um die Hüften wickle und mich im Spiegel betrachte. Ich lächele. Tatsächlich. Da hat sich ein breites Lächeln auf meine Lippen geschlichen, wo sonst nur ein grimmiger Blick zu finden war, und das verdanke ich Sophie. Ich vermisse sie nicht nur, ich sehne mich regelrecht nach ihrer Nähe. Ihrer Stimme. Ich will sie immer um mich haben. Dass es mir so geht, und das nach so kurzer Zeit, das überrascht mich selbst.

„Du, ich müsste mal kurz …", sagt mir Sophie.

Ich ärgere sie mal. „Schämst du dich etwa?"

„Ein wenig. Ist das schlimm?"

„Überhaupt nicht. Ich würde jetzt auch noch nicht vor dir auf die Toilette gehen."

Ich schlinge mir ein größeres Duschtuch um die Hüften und verlasse das Bad. Ein paar Tropfen perlen dabei von meinen Haaren meinen Nacken hinunter. Kurz führe ich das Handtuch, das ich noch in meiner Hand halte, in meinen Nacken, während ich mein Schlafzimmer betrete. Hier ist die Bettwäsche frisch gewechselt worden und ich höre die Reinigungskraft nebenan noch arbeiten.

Ich nehme mein Smartphone an mich und wähle die Nummer von einem Kontakt namens Jackson an. Nach wenigen Augenblicken nimmt er das Gespräch an: „Hey Alex! Na? Hat da jemand Lust auf eine nächtliche Herausforderung?“ Ich höre sein Lachen heraus und muss kurz grinsen.

„Fordert mich der Silbermedaillengewinner etwa erneut heraus? Mutig“, amüsiere ich mich.

„Ich habe Gold, mein Freund.“

„Du konntest dir erst Gold schnappen, als ich von der Bildfläche war, Amigo. Vier Jahre vor deinem Sieg hab ich dich haushoch geschlagen, falls du Gedächtnislücken hast.“

Jackson lacht. „Dann trete doch jetzt gegen mich an oder bist du zu feige?“

„Wenn wir Zwei eines gemeinsam haben, dann ist es der Kampfgeist.“ Ja, was das angeht, sind er und ich auf derselben Wellenlänge. „Aber vergiss nicht: Beim letzten Mal war ich dir noch immer 4,1 Sekunden voraus.“

„Mh, das waren auch keine fairen Wettbewerbsbedingungen, sonst wären es höchstens 2,8 Sekunden gewesen.“

„Das denkst du. Aber ich weiß es natürlich besser."

Wir müssen beide lachen, denn er hat sich geschworen, mich eines Tages zu besiegen. Wir treffen uns zwei, drei Mal im Jahr, um gemeinsam zu trainieren, und krönen den Abschluss des Treffens mit einem Wettschwimmen. Jedesmal rückt er näher an meine Bestzeit heran. Mich selbst spornt diese Herausforderung natürlich an. So werde ich nicht nachlässig und er hat ein Ziel, das er verfolgen kann.

„Ich war da sabotiert", scherzt Jackson.

„Das Stück Kuchen hast du freiwillig gegessen", erinnere ich ihn.

„Hey, meine Großmutter war 90 geworden, da konnte ich nun wirklich nichts machen …" Der Zuckergehalt davon hatte ihn sicher ein wenig gebremst. Aber wer kann das schon so genau sagen.

„Beim nächsten Mal, werden wir einen Termin finden, wo die Bedingungen wieder fair sind", verspreche ich ihm.

„Aha! Du gibst es also zu!" Er lacht laut, was mich wieder grinsen lässt.

„Du hättest mir ja ein Stück mitbringen können."

„Das du niemals gegessen hättest."

„Stimmt."

„Also. Warum rufst du an? Unser letztes Treffen ist erst zwei Monate her. Lust auf eine Herausforderung, oder willst du mir ein gutes Angebot über deine Firma machen?"

„Weder, noch. Ich würde gerne mit dir über Sophie sprechen."

„Ah, ein Frauenname. Jetzt wird es spannend.“ Jackson ist ähnlich wie ich gestrickt. Er hat wechselnde Liebschaften und reist gerne in ferne Länder, wo er auch die eine oder andere Frau hat, mit der er sich dann treffen kann. Nichts Ernstes. Alles bleibt stets locker und entspannt. „Sag bloß, du hast dich jetzt verliebt oder sowas.“

„Du erinnerst dich also an unsere Wette?“, frage ich ihn.

„Natürlich.“

„Ich würde sie dir gerne vorstellen, wenn wir zurück in Boston sind.“

„Hast du sie gleich mit nach New York genommen?“

„Hawaii.“

„Na, da will aber einer angeben.“

„Mein Bruder Samuel heiratet morgen. Meine Familie hat ein ganzes Resort dafür gemietet.“ Ich setze mich auf die Bettkante.

„Nur? Ich hätte gedacht, sie buchen die ganze Insel, das würde eher passen.“

„Wenn es nach Samuels Verlobter geht, würde das ihrer Wunschvorstellung nach einer perfekten Hochzeit sicherlich eher entsprechen.“

„Autsch. Eine reiche Tochter?“

„Nein, er hat sie im Krankenhaus kennengelernt.“

„Ich würde jetzt gerne etwas sagen, aber das wäre fies …“

„Oh, nur zu“, ermutige ich ihn.

„Geschlossene Einrichtung?“ Ich muss lachen.

„Nah dran. Stationsleitung. Krankenschwester.“

„Müssen die nicht empathisch sein?“

„Sollten sie. Aber seit er ihr einen Antrag gemacht hat, ist sie kaum wiederzuerkennen. Ich hoffe inständig, dass sich das wieder legt, sonst hat mein Bruder nicht lange Freude mit seiner Frau.“ Geschickt lenke ich das Thema in eine angenehmere Richtung: „Sophie ist das komplette Gegenteil von ihr.“

„Das ist schön zu hören. Wo hast du sie kennengelernt?“, möchte er wissen.

„Im Spa. Ich zog mich gerade wieder an, nachdem ich trainiert habe, und sie platzte einfach so in die Umkleidekabine. Sie ist schon ein wenig schusselig, aber ich fand das irgendwie charmant.“

„Lass mich raten: Du hattest nichts an?“

„Nur ein Duschtuch um die Hüften.“

„Na, war ja klar, dass sie da schwach wurde …“

„Wir trafen uns dann zufällig wieder, da meine zukünftige Schwägerin sie als Floristin einstellen wollte, aber dazu kam es nicht. Wir verstanden uns dennoch gut und jetzt begleitet sie mich.“

Dass ich ihr Geld dafür geboten habe, verschweige ich ihm natürlich. Er ist zwar einer meiner engsten Freunde, aber was wird er von ihr und mir halten, wenn ich ihm dieses nicht unerheblich wichtige Detail verrate? Das war ein Deal – beziehungsweise ist es noch – zwischen Sophie und mir.

„Na, das nenne ich doch mal einen verrückten Zufall.“, antwortet Jackson. „Und? Wie ist sie so? Ich meine, wie muss die Frau sein, die es geschafft hat, Alex Blackwell davon zu überzeugen, sein heiß geliebtes Singledasein zu beenden und sich fest binden zu wollen?“

„Sie ist sanft und liebevoll. Hat ein gutes Herz. Du weißt schon, dieses ganze kitschige Zeug, worauf es wirklich ankommt und das ich immer verteufelt habe. Aber bei ihr gefällt es mir irgendwie gut. Ja, man glaubt es kaum."

„Ja, du klingst echt verknallt. Wann hast du es gemerkt?"

„Es kam schleichend. Ich hab's besonders gemerkt, als da dieser Kerl war, der Florist."

„Welcher Kerl?"

„Er wurde letztlich von Alyssa eingestellt. Ein großer, nicht gänzlich unattraktiver Kerl, der sie zum Lächeln gebracht hat."

„Ah, die gute alte Eifersucht. Das ist ein starker Hinweis dafür, dass die Kleine dich im Sack hat."

„Ja. Ich glaube, da war es mir so wirklich bewusst, dass da mehr ist. Und da dies Teil unserer Wette war: Ich habe mich zuerst verliebt."

„Endlich gehe ich auch mal als Sieger hervor. Allerdings … wenn ich dich so reden höre, muss ich gestehen, bin ich schon etwas neidisch. Wenn selbst du es schaffst dich zu verlieben, dann ist alles möglich. Dann habe ich ja vielleicht auch eine Chance."

„Bestimmt." Ich lächele. „Nächste Woche bin ich wieder in Boston. Was hältst du davon, wenn wir uns da zum Schwimmen verabreden? Dann kannst du sie kennenlernen."

„Hat sie eine scharfe Freundin?"

„Sicher doch." Wir müssen beide lachen.

Wir verabschieden uns. Ich schaffe es gerade so, mir eine Boxershorts und Hose anzuziehen, da steht mein Handy nicht mehr still.

Was ist da denn los? Es hört ja gar nicht auf zu brummen und aufzuleuchten.

Mit einem schweren Seufzer nehme ich mein Handy in die Hand und sehe, wie immer mehr Nachrichten eintrudeln. Ständig ploppt ein neuer Text auf, der mich stutzig werden lässt. Alle klingen besorgt.

„Geht es dir gut?“, fragt einer.

„Wie konnte das nur passieren?“, fragt jemand anders.

Nächste Nachricht: „Ich hatte keine Ahnung, warum hast du nie etwas gesagt?“

Nächsten Nachricht: „Ruf bitte zurück!“

Ich bin irritiert. Machen die sich alle Sorgen, nur weil wir über Nacht auf der Yacht waren? Doch dann ploppt eine Nachricht von Samuel auf: „Wem hast du es gesagt?“

Ich öffne seinen Chat und lese seine Nachrichten: „Wie konnte das nur passieren, Alex? Die Nachrichten sind voll damit.“

Ich schreibe ihm zurück: „Wovon redest du?“

Sofort geht er online und schickt mir einen Link zurück, der mich auf eine Klatschseite führt. Dort prangt die große Überschrift: *„Er konnte seinen Bruder nicht retten – Alexander Blackwell, CEO von Blackwell Financials hat Alpträume und schreit im Schlaf um Hilfe.“*

Ich muss mich setzen. In meiner Anrufliste tauchen die Telefonnummern von meinen Familienmitgliedern, dem PR-Chef von Blackwell Financials und guten Freunden auf.

In diesem Moment wird mir klar: Sophie hat mich verraten. Ich habe es ihr erst gestern erzählt und sie muss es der Presse zugetragen haben.

Hat sie das etwa für Geld getan? Hat sie mich die ganze Zeit angelogen? Oder hat sie es sonst jemandem erzählt, der es dann direkt an die Klatschpresse weitergetragen hat?

Mein Blut beginnt zu köcheln. Mein Blick wird vor Enttäuschung und Wut kurz schwummerig. Ich will Antworten. Sofort.

Ich stehe auf und stürme in ihre Suite. Gerade geht die Tür zu, als die Reinigungskraft hinausgeht. Die Badezimmertür ist zu, aber nicht abgeschlossen, also öffne ich sie einfach. Ich bin voller Adrenalin und habe Herzrasen.

Sophie sitzt auf dem Badewannenrand, nur in einen Bademantel gehüllt. Sie schaut zu mir und ist zunächst erfreut, doch dann beginnt ihr Gesichtsausdruck, sich zu verändern. Sie kann erkennen, dass ich gerade ein brodelnder Vulkan bin.

„Wie konntest du mir das nur antun?“

„Was?“, stammelt sie überrascht und erhebt sich. „Was ist passiert?“

„Ich kann einfach nicht glauben, dass du mich betrogen hast …“

„Wovon sprichst du? Ich habe dich nicht betrogen“, antwortet sie mir erschrocken. „Wir waren doch die ganze Zeit zusammen. Wann hätte ich denn mit einem anderen Mann …“

„Du weißt genau, wovon ich spreche!“, sage ich und falle ihr damit ins Wort.

Ihr Blick beginnt verzweifelt zu wirken, sie scheint komplett auf dem Schlauch zu stehen und erkennt zugleich, wie ernst es mir ist. Ihre Augen werden glasig.

„Alex, es tut mir leid, aber … ich weiß wirklich nicht, wovon du sprichst.“

„Siehst du das?“ Ich halte ihr den Bildschirm meines Telefons entgegen. Noch immer kommen unaufhörlich Nachrichten und Anrufe rein.

„Was ist da los?“, fragt sie.

„Sie wissen alle Bescheid! Es verbreitet sich wie ein Lauffeuer! Alle reden über das, was vor 27 Jahren passiert ist!“

„Was?“

„Schau …“

Ich öffne den Artikel einer bekannten Klatschseite und halte ihr diesen entgegen. Sophie wirkt entsetzt, schüttelt den Kopf.

„Ich … was? Nein. Ich war das nicht! Ich schwöre es dir, Alex! Ich … Wie konnte das nur passieren?“

„Erzähl *du* es mir!“

Ihre Reaktion erscheint mir ehrlich, aber wer bin ich schon, dass ich nicht vielleicht doch auf ihr Schauspiel hereinfallen könnte? Es gibt keine andere Erklärung hierfür, es sei denn jemand hat die Yacht verwanzt. Und davon gehe ich nicht aus.

„Wer sollte es sonst gewesen sein? Nur meine Familie weiß davon und gestern Abend habe ich es dir anvertraut! Einen Tag später spricht die ganze Welt davon, nennst du das einen Zufall? Für wie blöd hältst du mich eigentlich?“

„Alex, ich …“

„Ich habe dir vertraut, Sophie.“, sage ich mit gesenkter und gefasster Stimme. „Ich habe dir vertraut. Pack deine Sachen und sieh zu, dass dich einer vom Service zum Flughafen fährt.“

Mit diesen Worten lasse ich sie sitzen und verlasse das Bad.

Wieso nur? Warum ausgerechnet sie? Warum ausgerechnet die Frau, der ich nach all der Zeit mein Herz schenken wollte?

Kapitel 26

Sophie

Alex kehrt in sein Schlafzimmer zurück. Ich folge ihm sofort und will ihn davon überzeugen, dass ich damit nichts zu tun habe.

„Alex, ich schwöre dir bei allem, was mir heilig ist: Ich habe mit keiner Seele darüber gesprochen!“

„Wie ist das dann möglich?“

Das ist genau das, was ich auch wissen will! Ich habe doch niemandem etwas verraten! Alex und ich waren die ganze Zeit über zusammen und ich hatte gar keine Möglichkeit, mit jemandem über sein Geheimnis zu sprechen. Und das hätte ich auch nie getan. Nicht einmal Julia oder Georgia hätte ich etwas davon gesagt, weil er sich nur *mir* anvertraut hatte. Das versteht sich doch von selbst.

Alex zückt sein Handy und schaut dabei kurz zu mir. „Ich hatte gesagt, du sollst deinen Krempel packen, Sophie.“

Diese Worte treffen mich wie ein Speer ins Herz. Dabei war ich gerade kurz davor herauszufinden, ob ich sein Kind in meinem Bauch trage. Und das ist jetzt komplett unwichtig geworden – was eigentlich kaum zu fassen ist.

„Alex … ich war es wirklich nicht.“

Ich drehe mich gebrochen um und gehe aus dem Raum. Er sagt kein Wort mehr und ich vermute, dass er mir glauben will.

Er zückt sein Handy und ruft jemanden an, also wandere ich gebrochen und desorientiert in mein Schlafzimmer, wo ich dann stehenbleibe und mir die Tränen aus den Augen wische.

Dann fängt etwas meinen Blick, und mir läuft ein kalter Schauer den Rücken hinunter …

Die Schublade des Nachttisches, in der sich mein Tagebuch befindet, ist leicht geöffnet. Oh, nein. Ich hatte meinem Tagebuch anvertraut, was Alex mir erzählt hatte.

Doch dann kommt mir ein schrecklicher Verdacht: Lena war hier. Sie hat die Bezüge gewechselt und war allein in meinem Schlafzimmer!

Ich erinnere mich an das, was sie bei unserer Ankunft getan hat: Sie hat Alex fotografiert und mir erzählt, dass sie kein Geld hat.

Sie muss es gewesen sein!

Was mache ich denn jetzt nur? Panisch schnappe ich mir mein Handy und suche die Artikel im Internet. Ich lese sie mir durch und stelle schnell fest: Die Formulierungen entsprechen exakt den Passagen aus meinem Tagebuch. Ja, es muss Lena gewesen sein!

Unzählige Plattformen schreiben über den tragischen Verlust von Alex' Bruder Jack und unterstellen Alex eine Verwundbarkeit, die für sein Business ein Risiko darstellt. Unzählige Kommentare sind auf Social Media zu finden, die so richtig unter die Gürtellinie gehen.

Mein Tagebuch ist mein Privateigentum. Wie konnte Lena nur so etwas tun? Ich verstehe ja, dass sie ihr Kind versorgen möchte, aber hat sie auch nur eine Sekunde daran gedacht, wie es Alex jetzt damit geht?

Wahrscheinlich ist ihr das egal.

Ich verlasse mein Zimmer und gehe zu Alex. Er telefoniert gerade und wirft mir nur einen flüchtigen Blick zu.

„Ja, ich weiß. Was soll ich tun?“, fragt er seinen Gesprächspartner.

„Alex, lass uns …“, beginne ich, doch er fällt mir direkt ins Wort, sodass ich lieber still bin.

„Ich habe hier gerade meinen PR-Berater am Telefon, der dafür sorgen will, dass das Schlimmste noch verhindert werden kann. Meine Aktienkurse sind ins Wackeln gekommen, Sophie.“

Auch, wenn er einigermaßen ruhig mit mir spricht, sehe ich seine Verzweiflung und Wut, die er nicht an mir auslässt. Dabei könnte ich ihn sofort aufklären, wie diese Katastrophe angefangen hat. Aber wie soll ich das machen, ohne Lena zu verraten? Ich würde sicherlich ihr Leben ruinieren. Und es besteht immer das Risiko, dass sie unschuldig ist und jemand anders das Tagebuch abgeknipst hat.

Dann wird mir schnell klar: Ich hätte nicht einmal meinem Tagebuch verraten dürfen, was er nur mir anvertraut hat. Also bin ich eigentlich wirklich schuld an allem.

Ich bleibe nahe der Tür stehen. Mein Herz rast und mir wird übel.

„Morgen findet die Hochzeit statt“, sagt Alex ins Handy. „Was, wenn ich noch ein, zwei Wochen länger auf Hawaii bleibe?“

Ich höre ihm zu, während er sich von mir abwendet und nervös auf und ab tigert. Ich denke immer mehr darüber nach, dass ich alles versaut habe.

„Egal was es kostet“, sagt er dann und atmet schwer durch. „Die müssen die Artikel wieder runternehmen, sonst klagen wir sie in Grund und Boden, hetz die Anwälte auf sie los. Das muss als Fake News abgetan werden und die Aktionäre brauchen eine schnelle Stellungnahme. Kümmern Sie sich sofort darum und ich bleibe solange aus der Schusslinie.“

Ich will ihn in den Arm nehmen und trösten, für ihn da sein. Aber er sieht mich nicht einmal mehr an. Immer wieder gehe ich einen Schritt auf ihn zu, doch sobald er dies bemerkt, weicht er mir aus und geht in die andere Richtung.

„Gut. Sie wissen, was zu tun ist. Holen Sie alle aus dem Urlaub zurück und berufen Sie ein Krisenmeeting ein. Ich melde mich in einer Stunde wieder.“

Alex legt auf und atmet tief durch. Ich kann sehen, wie sein Handy weiterhin blinkt und vibriert.

„Sophie. Bitte lass mich in Ruhe.“

„Alex, bitte …“, flehe ich. „Ich weiß, wie es passiert ist.“

„Dann erzähl es mir. Sofort.“

„Es ist nicht so, wie du denkst.“

„Ach nein?“, fragt Alex wütend. Er sieht mich mit bitterer Enttäuschung an und schüttelt dann den Kopf. „Ich habe dir vertraut, Sophie.“

„Du kannst mir vertrauen! Also bitte glaub mir, wenn ich dir sage, dass ich es nicht war!“

„Wer war es dann? Sag mir die Wahrheit!“

Ich bin blockiert. Wenn ich Lena verrate, wird sie hier ihren Job verlieren und dann könnte sie ihre kranke Mutter, ihre Großmutter und Kai nicht mehr versorgen. Ich bin vollkommen überfordert mit der Situation und kurz davor in Tränen auszubrechen.

„I-Ich …“, stammele ich verzweifelt. „Das kann ich dir nicht erklären … Ich würde jemanden in große Schwierigkeiten bringen …“

„Größer als die Schwierigkeiten, in die ihr mich jetzt gebracht habt?“

Darüber kann man streiten. Bei Lena geht es um private Existenzen, aber wiederum war das, was sie getan hat, in keinem Kosmos anständig. Was für ein Dilemma! Und das, was zwischen Alex und mir ist, steht deswegen jetzt auf der Kippe.

Ich wende mich von ihm ab und gehe mit hastigen Schritten in mein Zimmer zurück. Alex folgt mir indes sofort.

„Ich erwarte die volle Wahrheit“, fordert er streng.

Ich würde ihm so gerne die Wahrheit sagen, aber was soll ich nur tun?

„Ich …“

Ich bekomme Panik und flüchte ins Bad, doch er folgt mir erneut. Ich kann mich nicht rechtzeitig alleine hier verschanzen.

„Sophie, erkläre es mir“, fordert er erneut, aber mit mehr Nachdruck als zuvor.

Doch dann ist er still. Alex sagt kein Wort mehr und wendet seinen Blick ab. Ich sehe, wie er seine Stirn kräuselt.

„Was ist das?“, höre ich ihn noch fragen, während sein Handy ununterbrochen klingelt und vibriert. Aber er ignoriert das Handy. Stattdessen nimmt er den Schwangerschaftstest an sich, der auf dem Badewannenrand liegt.

Ich kann das Ergebnis nicht sehen, er dafür schon. Stumm bleibe ich stehen und starre ihn an. Er schluckt schwer.

In diesem Moment bleibt für mich die Zeit stehen. Da war noch was.

Alex sieht mich an, sein Blick hat sich komplett verändert.

„Bist du schwanger, Sophie?“

„Äh …“

Ich weiß es selber nicht, da er schließlich vorhin reingeplatzt ist, kurz bevor das Ergebnis für mich sichtbar werden konnte.

Jetzt dreht er den Schwangerschaftstest zu mir herum und zeigt mir, dass im kleinen Fenster des Stäbchens ein Smiley zu mir lächelt.

Das bedeutet, ich bin schwanger!

Jetzt rasen mir tausend Gedanken durch den Kopf. Ich sehe ein kleines Leben vor mir, für das ich fortan die Verantwortung tragen werde. Ein kleines Leben, das Alex und ich gezeugt haben. Wie im Schnelldurchlauf spielt sich ein Film in meinem Kopf ab. Mein Leben hat sich von einer Sekunde auf die andere für immer verändert …

Kapitel 27

Alex

Mir läuft es eiskalt den Rücken runter. Ist Sophie von mir schwanger?

War sie deswegen in der Apotheke? Sie hat mit keinem Wort erwähnt, dass sie den Verdacht hätte, schwanger zu sein. Wahrscheinlich wollte sie sich vergewissern. Von wegen Hustenbonbons.

Ich zeige Sophie den Test, den ich in der Hand halte. Sie scheint darüber genauso überrascht zu sein wie ich. Das Lächeln in diesem kleinen Fenster bedeutet, dass sie ohne Zweifel schwanger ist. Ich schlucke und sehe zu ihr. Sophies Augen füllen sich mit Tränen. Ihr Blick huscht zwischen dem Test und mir hin und her.

„Er … ist positiv?“, haucht sie.

„Ja. Laut Verpackung schon.“

„I-Ich bin schwanger?“

„Ja, das bist du. Anscheinend.“

Kaum spreche ich diese Worte aus, sehe ich, wie ihre Lippen ein sanftes Lächeln formen. Sie legt behutsam beide Hände auf ihren Bauch und atmet ruhig.

„Ich werde Mutter … oh Gott.“

Sie lächelt breiter und sieht dann überglücklich zu mir. Doch genau in diesem Moment scheint sie zu realisieren, dass wir gerade ein verdammt großes Problem haben. Ihr Lächeln schwindet, während ich Schwierigkeiten habe zu reagieren. Denn ich weiß noch nicht, wie ich darauf reagieren will.

„Ist es von mir?“, frage ich. Sie könnte auch vor unserer Begegnung eine Affäre gehabt haben, das kann ich natürlich nicht wissen.

„Was ist das für eine Frage?“

„Du hast mich verstanden. Bist du dir sicher, dass ich der Vater bin?“

„Ja, Alex. Es kann nur von dir sein.“ Sie wirkt ernst und ein wenig verletzt, dass ich das überhaupt von ihr wissen möchte.

„Sicher?“, frage ich trotzdem. Gerade sind ihre verletzten Gefühle für mich leider zweitrangig. Ich weiß gerade nicht mehr, ob ich ihr vertrauen kann.

„Ja. Der letzte Mann, mit dem ich vor dir geschlafen habe, war mein Ex-Freund Mitch und das ist Jahre her.“

Sie seufzt leise auf, wischt sich einige Tränen weg, setzt sich auf den Badewannenrand und vergräbt ihr Gesicht hinter beiden Händen.

Ich war also der Einzige. Dann wird mir leider alles klar. Ich hätte mich vor einer Stunde wesentlich mehr gefreut als jetzt.

Ich muss tief durchatmen und brauche einen Moment, ehe ich mich gesammelt habe. Mein Herz schmerzt und das Chaos in meinem Kopf tobt unaufhörlich. All die Jahre habe ich dieses finstere Geheimnis aus meiner Kindheit, das mich bis heute plagt, wie einen tief vergrabenen Schatz gehütet. Kaum lasse ich mich auf jemanden ein, bricht alles in sich zusammen und ich stehe vor der ganzen Welt wie nackt da und sehe dabei zu, wie sie mich regelrecht auffrisst.

„Du hast also die ganze Zeit nur ein Spiel mit mir gespielt. Wolltest etwas über mich herausfinden, um es dann gewinnbringend an die Presse zu verkaufen?“

„Nein, das ist nicht wahr!“

„Warum hast du nicht wenigstens damit gewartet, bis du zurück in Boston dein Geld von mir bekommen hättest? Das wäre viel schlauer von dir gewesen.“

„Weil das nicht so war, Alex. Ich habe nichts an irgendwen verraten, um Geld zu bekommen.“

„Niemand sonst war auf dem Boot, wir waren allein. In den Artikeln sind Formulierungen, die ich nur dir erzählt habe. Warum sollte das ausgerechnet jetzt, am Tag danach, durch die Presse gehen?“ Sophie schweigt dazu. „Wie soll ich dir vertrauen, wenn du mir nicht die ganze Wahrheit sagst?“

„Es ist kompliziert“, flüstert sie nur.

„Nein, ist es nicht. Es könnte so einfach sein, wenn du einfach nur ehrlich zu mir wärst. Wenn du wirklich keine Schuld hast, warum verschweigst du mir dann etwas?“

„Weil dann jemand anders …“

Sie bringt den Satz nicht zu Ende.

Ich lege den Schwangerschaftstest auf das Waschbecken und will gehen. Doch dann wende ich mich noch einmal zu ihr und sage: „Du bleibst hier. Ich werde allein zu dem Probeessen gehen. Du wirst auch nicht mehr an meiner Seite als Gast zu Alyssas und Samuels Hochzeit geladen sein.“

Sie schaut gebrochen zu mir auf und nickt mit glasigen Augen und einer Akzeptanz in ihrem Blick.

Ich muss tief durchatmen, um die Contenance zu wahren.

„Ich werde jetzt noch einige Telefonate führen müssen. Du bleibst hier drin. Ich will dich draußen nicht sehen. Wir reden später darüber.“

„Aber Alex …“, flüstert sie verzweifelt, doch ich gehe einfach und lasse sie zurück.

Sophie ist die einzige Schwachstelle in meinem System. Warum sagt sie mir nicht die Wahrheit? Und wenn sie es nicht war, wer dann?

Ich muss versuchen einen kühlen Kopf zu bewahren, aber meine Gedanken fahren Achterbahn. Ich bin vollkommen durcheinander. Was für ein Chaos …

***

Zurück in meinem Zimmer angekommen, schließe ich die Tür von innen ab. Ich will jetzt auf keinen Fall von Sophie gestört werden, sondern mich auf ein paar wichtige Telefonate konzentrieren.

Zuerst rufe ich Samuel an. Als er ans Telefon geht, ist seine erste Frage: „Alles in Ordnung?“

„Es geht.“

„Wo bist du?“

„In meiner Suite. Ich arbeite gerade alle Anrufe und Nachrichten ab, die auf mich einprasseln. Das kann noch etwas dauern. Kümmere du dich bitte um das Testessen. Ich werde mich um diese kleine … Vollkatastrophe kümmern.“

„Das nennst du klein?“

„Du hast recht, es ist nicht klein.“

„Wie geht es dir wirklich, Alex? Und ich rede gerade nicht von deiner Reputation, ich rede von deiner Seele. Stimmt das alles, was die geschrieben haben?“

„Es ist lange her. Die Presse zerreißt sich doch ständig das Maul und übertreibt.“

„Kann ich irgendetwas für dich tun?“

„Ein guter Bräutigam sein. Ach, und jemanden finden, der unserer Mutter das Handy wegnimmt …“, scherze ich. „Das fehlt mir noch, dass sie das alles in Ruhe durchliest und mich dann für den Rest meines Lebens zulabert.“

„Nichts lieber als das. Vielleicht landet es gleich versehentlich im Pool. Überlass das mir.“

„Danke. Ich komme gleich rüber, wenn ich das Gröbste abgearbeitet habe.“

„Okay.“

Ich lege auf. Samuel und ich verstehen uns in so einer Situation komischerweise blind – auch wenn wir sonst nicht immer die besten Freunde sind. Er weiß, dass es mir beschissen geht, und ich weiß, dass ich auf ihn zählen kann. Dass er so ruhig und besonnen auf die jüngsten Ereignisse reagiert, das verschafft mir eine gewisse innere Sicherheit.

Als Nächstes schreibe ich eine Antwort an einen Freund, kopiere die Nachricht und versende sie an alle, die ähnliche Bekundungen geschickt haben: „Ich weiß Bescheid und kümmere mich darum. Vielen Dank für deine Mitteilung. Ich werde mich melden, sobald es meine Zeit zulässt. Glaub nicht alles, was in der Klatschpresse steht.“

Das dürfte zumindest dafür sorgen, dass die Meisten von ihnen sich erstmal nicht mehr melden und ich genügend Ruhe finde, mich um dieses Desaster zu kümmern.

Derweil trudeln erste Anweisungen meines PR-Beraters via Nachricht rein. Ich solle nicht auf Presseanfragen reagieren, sondern alles kommentarlos an ihn weiterleiten. Außerdem solle ich keine Artikel aufrufen oder Kommentare lesen, mich auf Social Media komplett rar machen und keine Informationen außerhalb der Kernfamilie weitertragen.

Einverstanden.

Es gibt aber einen Punkt, der mich ins Stolpern bringt: Der PR-Berater erwartet, dass ich es ihm umgehend mitteile, wenn ich jemanden konkret verdächtigen sollte. Und Sophie deckt jemanden. Sie weiß etwas. Aber aus irgendwelchen Gründen möchte sie nicht mit mir sprechen.

Mein Instinkt sagt mir, dass ich das meinem PR-Berater noch nicht erzählen soll.

Also lasse ich es auch. Vorerst.

Kapitel 28

Sophie

Ich höre seine Stimme gedämpft durch unsere Schlafzimmertüren. Sie dringt direkt an mein Ohr und zerreißt mir das Herz.

Er klingt so wütend und verzweifelt. Wie gerne würde ich ihm jetzt beistehen, aber ich bringe es nicht übers Herz, Lena zu verpfeifen.

Also kann ich nichts weiter tun, als hier stehen und still sein. Tränen laufen über meine Wangen, ich kann nicht aufhören zu weinen. Ich muss jetzt klare und rationale Entscheidungen treffen: Hier kann ich nicht bleiben.

Es bringt nichts, mit Alex zu sprechen, wenn ich nicht bereit bin, Lena zu verraten. Ihr Leben wäre ruiniert. Wenn Alex und ich zurück in Boston sind und sich die Lage beruhigt, kann ich es ihm vielleicht verraten – wenn er mir verspricht, dass Lena ihren Job behält. Aber ich glaube nicht, dass er so sanftmütig mit ihr umgehen wird, wenn er das hier erfährt. Immerhin ist sein dunkelstes Geheimnis in der Öffentlichkeit und jede noch so kleine Klatschseite berichtet darüber.

Vermutlich wird die PR-Agentur von Alex die gesamte Geschichte dementieren und als Lügen abstempeln. Dennoch ist der Schaden an Alex' Image gewaltig und ich werde sicherlich früher oder später als Schuldige dargestellt werden.

Ich lehne mich an die Tür und rutsche zu Boden. Meine Beine haben versagt. Ich habe keine Kraft mehr zu stehen. Schützend lege ich beide Hände auf meinen Bauch und schließe die Augen. Ruhig atme ich mehrmals ein und aus, versuche mich nicht zu sehr aufzuregen. Ich bin jetzt nicht mehr allein. Jetzt weiß ich, dass ich diesen Körper mit meinem Kind teile, und ich will das Beste für das, was in mir wächst.

Ich ahne, dass es zu einem Streit kommen wird, sobald Alex mit dem Telefonieren fertig ist. Was soll ich ihm denn dann bitte sagen? Es wieder abstreiten, ohne ihm zu sagen, was ich weiß? Dass er mir nicht vertraut, das verstehe ich. Wenn es anders herum wäre, würde ich mich womöglich sogar noch gemeiner verhalten.

Ich wische grob die Tränen von meinen Wangen und bleibe noch einen Moment lang sitzen, ehe ich damit anfange, mir den Schmuck vom Körper zu streifen: Ohrringe, Armband und Kette. Was für ein verrückter Trip nach Hawaii – der nun viel früher endet, als erwartet. Das habe ich nicht kommen sehen …

Ich habe große Mühe mich aufzuraffen. Wie in Trance sammele ich alles zusammen, sortiere Parfüms, Make-Up und all den anderen Kram, der im Bad verteilt ist. Mir ist beinahe so, als würde ich nur noch funktionieren wie ein Roboter und alles um mich herum ausblenden. Meine Handgriffe sind leicht verlangsamt, auf Standgas sozusagen.

Danach ziehe ich mir mein Sommerkleid an und lege all die Sachen, die mir der Stylist ausgewählt hat, zurück an Ort und Stelle.

Ein letztes Mal gehe ich ins Bad, schaue in den Spiegel und gehe meinen Plan in Gedanken durch. Soll ich es wirklich machen? Einfach so gehen? Immerhin hat er mich dazu mehrfach aufgefordert – auch wenn ich erkennen kann, dass er es nicht ganz ernst gemeint hat.

Ich sehe mir selbst durch den Spiegel in die Augen und lächele traurig. Es ist das Beste zu gehen. Für mich. Für mein Baby. Für Alex.

Ich muss weg von hier. So schnell wie nur irgend möglich. Raus aus der Schusslinie. Ich kann Alex kein zweites Mal gegenüberstehen, ohne zu wissen, was ich ihm sagen soll. Außerdem habe ich zu viele Gefühle für ihn. Das halte ich einfach nicht aus.

Ich gehe zurück ins Schlafzimmer und fange leise an zu packen. Ich nehme meine Kleidung und das verhasste Tagebuch in meine Hände, das den ganzen Ärger ausgelöst hat, weil ich Idiotin den Drang hatte, die Dinge, die Alex mir anvertraut hatte, durch das Niederschreiben zu verarbeiten. Ich bin so dumm.

Als ich durch die Seiten blättere, fallen ein paar Tränen auf das Papier. Warum habe ich nicht nach dem Aufschreiben die Seiten herausgerissen und ins Meer geworfen? Es war sowieso nicht dafür bestimmt, von jemandem gelesen zu werden.

Mit meinem Gepäck stehe ich an der Schlafzimmertür und horche eine Weile. Alex telefoniert noch immer, sodass ich mich hinausschleichen und die Suite verlassen kann. Immer wieder sehe ich mich hektisch um, da ich von keinem Familienmitglied entdeckt werden möchte. Vermutlich bin ich schon längst für alle Anderen auch die Todfeindin. Die Schuldige. Die Verräterin.

Kaum habe ich es bis zu den Cabrios geschafft, sehe ich aus einer sicheren Entfernung, wie Samuel und Jane auf unsere Suite zugehen. Ich bin der Situation also gerade noch rechtzeitig entkommen. Erleichtert atme ich durch, ehe ich mich an die Mitarbeiter wende, von denen einer bereits zu mir kommt.

„Wie kann ich Ihnen helfen, Miss?“

„Guten Tag, ich müsste zum Flughafen gefahren werden.“

„Selbstverständlich.“

Der Mitarbeiter nimmt mir das Gepäck ab und lädt es in den Kofferraum eines Cabrios. In diesem Augenblick beiße ich mir auf die Zunge, anstatt zu bitten, dass für mich ein Flug nach Boston gebucht wird. Ich habe mich bereits entschieden: Ich werde auf Alex' Geld verzichten und obendrein meinen Flug auch selbst bezahlen. Und ja, ich vermute, dass es sehr teuer werden wird, auf die Schnelle einen Flug zu bekommen, ohne vorher gebucht zu haben. Meine Wirtschaftslage ist eine ganz andere Sorge für sich. Aber damit befasse ich mich jetzt noch nicht. Ich möchte einfach nur hier weg.

Dann kommt Sebastian aufgeregt zu mir gelaufen. Zunächst bemerke ich ihn noch nicht.

„Du fährst weg?“, fragt er mich und hebt beide Hände auf Brusthöhe, ehe ich ihm antworten kann. „Ich brauche unbedingt deine Hilfe, Sophie. Alyssa ist schon wieder durchgedreht und ist nur noch am Rumzicken. Kannst du mir mit den Gestecken für morgen helfen? Ich bezahle dich auch dafür.“

„Ich … ich kann leider nicht bleiben, es tut mir schrecklich leid“, sage ich und versuche ruhig zu bleiben. „Es gab einen Notfall, ich muss zum Flughafen.“

„Oh, nein. Was für ein Notfall?“

„Ist Privatsache.“

„Okay, verstehe. Das tut mir leid.“

Ich nicke gebrochen, meine glasigen Augen funkeln im Sonnenlicht. Jetzt erkennt Sebastian, dass ich verweint bin. Er sieht mir in die Augen und legt beide Hände an meine Oberarme.

„Hey, mach dir nichts draus, ich werde mit Bridezilla schon irgendwie fertig.“

„Viel Glück dabei.“

Er schließt mich kurz in die Arme und lächelt mir aufrichtig entgegen. „Hab einen guten Flug und denk immer daran: Ein gutes Herz wird nie Schaden erleiden, egal, wie schlimm die Situation auch zu sein scheint.“

„Wo hast du das nur her?“

„Hab ich irgendwo gelesen.“

„Danke, Sebastian.“

Ich drücke ihn noch einmal fest, ehe ich von ihm ablasse und dann auf die Rückbank des Cabrios steige. Sebastian winkt mir noch einmal zu und geht wieder, während der Fahrer einsteigt und losfährt.

***

Ich lasse das Resort hinter mir. Mein Ziel: der Flughafen.

Natürlich werde ich nicht mit dem Privatjet nach Hause fliegen, sondern muss vor Ort einen günstigen und schnellen Flug nach Boston erwischen, oder zumindest in die Nähe meiner Heimatstadt gelangen.

Die restliche Strecke kann ich dann vielleicht mit dem Zug fahren. Da wird sich schon etwas finden.

Während der Fahrt komme ich nicht drumherum, Julia und meiner Schwester Georgia zu schreiben. Ich wähle meine Schwester zuerst aus, denn ich brauche dringend ihre Hilfe. Es kostet mich sehr viel Überwindung, ihr die Wahrheit zu sagen, aber da muss ich jetzt durch.

„Ich muss dringend mit dir sprechen", schreibe ich ihr. Es dauert nur wenige Sekunden, da versucht sie mich anzurufen, doch ich kann nicht. Der Fahrer könnte mithören und ich will auf keinen Fall, dass noch mehr Informationen durchsickern. Ich schreibe ihr zurück:

SOPHIE: „Ich bin in fünf Minuten am Flughafen, dann können wir telefonieren."

GEORGIA: „Was ist passiert? Hat es etwas mit den Nachrichten zu tun? Alex Blackwell ist in den Medien! Einfach überall!"

SOPHIE: „Ja, ich fliege zurück. Bitte gedulde dich."

Ich schicke die Nachricht ab und stecke mein Handy zurück in die Tasche.

Wir fahren am Ozean entlang, sodass ich diesen andächtig betrachten kann. Inzwischen empfinde ich keine Freude mehr über diesen perfekten Anblick. Meine Stirn lehnt an der Scheibe, während ich meine Hände auf meinem Bauch liegen habe. Immer wieder gehe ich den Moment durch, als ich auf der Yacht gesessen und diese dummen Zeilen geschrieben habe. Wenn ich das nicht getan hätte, würde ich jetzt mit Alex zusammen sein, wir würden uns über unser Baby freuen und unser Glück feiern. Ein kleiner Fehler hat mein Leben ruiniert und das meines Kindes …

Ich bin der dümmste Mensch auf Erden.

Plötzlich bremst der Fahrer ab und ich schaffe es im letzten Moment, meine Hände gegen den Sitz vor mir zu drücken, damit ich nicht zu sehr in den Gurt gedrückt werde. Der Wagen holpert und schrammt dabei die Felswand, an der wir entlangfahren.

Erschrocken atme ich auf, als wir zum Stehen kommen. Autsch: Das gibt sicher einen blauen Fleck auf der Brust.

„So ein Mist!“, ruft der etwa 25-jährige junge Mann, der sich zu mir herumdreht. „Ist alles in Ordnung?“

„Ja … was ist denn nur passiert?“, frage ich aufgeregt und schnalle mich ab.

„Da war ein Mungo auf der Straße. Er ist einfach vor das Auto gelaufen …“, sagt er und schnallt sich ebenfalls ab, um den Wagen zu verlassen. Ich tue es ihm gleich und sehe mich um. Er kniet sich zu Boden und schaut unter den Wagen. „Da ist er. Er versteckt sich …“

„Also geht es ihm gut?“, frage ich nach und nähere mich dem Fahrer.

„Sieht ganz so aus, aber so kann ich nicht losfahren , er muss da jetzt rauskommen.“

„Wir könnten versuchen ihn hervorzulocken?“, schlage ich vor.

„Am besten mit einem Ast oder so etwas“, meint er und sieht sich kurz um, schaut dann wieder zum Wagen und betrachtet die großen Schrammen. „Mein Boss bringt mich um. Das sieht echt übel aus.“

„Ich spreche gerne mit ihm, dass es nicht Ihre Schuld war“, biete ich ihm an. Warum mache ich sowas eigentlich noch?

„Das würden Sie tun?“

Wenigstens seinen Tag könnte ich so retten.

„Natürlich, gar kein Problem.“

Ich gehe ein paar Schritte und ziehe einen langen Zweig aus dem Gebüsch, mit dem ich zu dem Auto gehe. Ich schiebe den Zweig unter das Auto und scheuche den kleinen Mungo darunter hervor, ehe er panisch über die Straße huscht und im Dickicht verschwindet.

Für einen Augenblick frage ich mich, ob das Schicksal gerade eingreift und mich davon abhalten will, dass ich in einen Flieger steige. Aber dann tue ich den Gedanken als absolut lachhaft ab.

„Vielleicht hat der kleine Mungo wenigstens eine Kleinigkeit gelernt und passt beim nächsten Mal besser auf, wenn er über die Straße will“, rede ich den kleinen Zwischenfall schön. „Fahren wir einfach ein wenig langsamer zum Flughafen. Ich bin ja nicht in Eile.“

„Wirklich schade, dass Sie nicht noch etwas länger bleiben können. Die Hochzeit der Gastgeber findet doch erst morgen statt."

„Ja … Es kam leider etwas Wichtiges dazwischen. Das lässt sich manchmal nicht ändern."

Er nickt knapp und öffnet mir dann die Tür. „Bitte, steigen Sie ein."

„Vielen Dank." Ich nehme wieder Platz und schnalle mich an. Als der Fahrer sich setzt und den Gurt richtet, fährt er wieder los. Aber deutlich langsamer als zuvor. Das ist mir ganz lieb. So kann ich wenigstens noch diese herrliche Insel bewundern und mich ein wenig von dem Schreck erholen – der mich immerhin ein wenig von meiner eigentlichen Trauer abgelenkt hat, wenn auch nur kurz.

***

Als wir den Flughafen erreichen, verabschiede ich mich von dem Fahrer und gebe ihm meine Mobilnummer, damit sein Chef gegebenenfalls bei mir durchrufen kann, sollte es da Bedarf geben.

„Ich danke Ihnen sehr", sagt mir der Fahrer, ehe er wieder losfährt.

Ich suche mir eine kleine Ecke außerhalb des Geländes, wo ich in Ruhe telefonieren kann. Hier ist es schattig und niemand kann mich hören. Hier rufe ich Georgia wie versprochen an.

„Na, da bin ich aber mal gespannt", ist das Erste, was sie sagt, als sie rangeht.

Ich fange sofort an zu weinen.

„Oh. Ist es so schlimm?“ Endlich kommt mal die große Schwester durch, die wirklich besorgt klingt und an deren Schulter ich mich ausweinen möchte.

„Ich habe dich angelogen“, schluchze ich.

„Okay?“, fragt sie mich irritiert. „Bist du gar nicht auf Hawaii?“

„Doch. Ich bin hier. Mit Alex und der ganzen Hochzeitsgesellschaft, aber ich bin nicht als Floristin gebucht, sondern Alex hat mir 30.000 Dollar geboten, wenn ich mich als seine Freundin ausgebe. Ich brauchte das Geld doch dringend, also habe ich zugesagt.“

„Warte. Du hast den Job gar nicht bekommen?“

„Nein, sie wollten mich nicht, weil mein Geschäft zu klein ist. Die Floristen, die hier sind, haben schon zu viert alle Hände voll zu tun und allein hätte ich das niemals geschafft. Aber Alex tat es dann leid, dass ich den Job nicht bekommen habe. Er brauchte eine Begleitung für die Hochzeit und hat mich gefragt.“

„Gegen Geld?“

„Ja, es ist genau die Summe, die ich für den Job bekommen hätte. Aber darum geht es nicht.“

„Oh, Sophie. Was machst du nur für Sachen?“

„Ich bin schwanger von ihm.“

„Was?“, stößt sie entsetzt aus. „Die Geschichte wird ja immer besser.“

„Ja, wir haben in seinem Büro miteinander geschlafen und ich habe vorhin einen Test gemacht und dreimal darfst du raten …“

„Ach du meine Güte“, murmelt sie. „Ich muss mich erstmal setzen …“

„Ja, die Geschichte ist da auch noch nicht zu Ende: Ich glaube, dass ich ihn jetzt ruiniert habe, weil ich in meinem Tagebuch über ihn geschrieben habe. Deswegen will ich nach Hause fliegen, ich muss hier einfach weg.“

„Mir fehlen die Worte, wenn ich ehrlich sein darf.“

„Das kann ich verstehen. Ich bin nicht besonders stolz auf mich.“

„Wie konntest du denn nur etwas mit ihm anfangen? Die Presse berichtet rauf und runter, was er für ein Schürzenjäger und Aufreißer ist. Bostons Playboy, der sich nicht fest binden will. Ausgerechnet von ihm hast du dich schwängern lassen?“

„Das war ja gar nicht geplant …“

„Habt ihr nicht verhütet?“

„Nein.“

„Und diese Geschichten aus seiner Kindheit hast du in dein Tagebuch geschrieben?“

„Er glaubt, dass ich das an die Presse verkauft habe, aber vermutlich hat die Reinigungsfrau das Tagebuch abfotografiert, um mit der Geschichte schnelles Geld zu machen.“

„Also, du bist jetzt am Flughafen, richtig? Hast du dir schon ein Ticket gekauft?“

„Nein, ich wollte gleich zum Schalter und nach dem nächsten Direktflug fragen. Da wird es sicher eine Maschine geben, die mich mitnimmt.“

Am liebsten würde ich Alex vor meiner großen Schwester verteidigen, aber es bricht mir das Herz. Allein daran zu denken, dass die ganze Welt ihn für jemanden hält, der er nicht mehr sein möchte, das fühlt sich schrecklich an. Und jetzt bin ich auch noch schwanger von ihm.

Ich weine leise und muss mehrmals tief durchatmen, ehe ich Georgia frage: „Darf ich bei dir bleiben?"

„Du willst zu mir kommen?"

„Ich kann mein Geschäft nicht länger bezahlen, und selbst wenn, werde ich jetzt bald alleinerziehende Mutter sein. Ich brauche Hilfe und du bist die Einzige, die ich fragen kann."

„Natürlich kannst du zu mir kommen, solange du willst oder bis du wieder auf eigenen Beinen stehen kannst. Du bist immerhin meine kleine Schwester und ich werde dich nicht im Stich lassen. Mach dir jetzt erstmal gar keine Gedanken mehr, Sophie. Hörst du?"

„Ja", antworte ich gebrochen.

„Flieg nach Boston zurück, dann kommst du zu mir und wir reden über alles. Und dann wickelst du deinen Blumenladen ab, ich bezahle die noch offenen Posten und du ziehst bei mir ein und fängst ganz von vorne an. Reset."

„Ja. Reset."

„So sparst du dir erstmal die Miete für dein Apartment. Und wenn das Baby da ist, überlegen wir uns, wie es mit dir weitergehen soll. Es wird alles gut werden, das verspreche ich dir."

Das sind genau die Worte, die ich von ihr hören wollte. Ich schluchze leise auf und flüstere: „Danke, Georgia."

„Du wirst schon einen Weg finden."

„Ich könnte eine neue Ausbildung machen“, fällt mir ein. „Immerhin möchte ich meinem Kind ein Vorbild sein.“

„Das ist der richtige Weg. Du bekommst das hin. Auch wenn du manchmal ein wenig zerstreut und schusselig bist, hast du doch ein gutes Herz. Das wird schon werden. Dein Leben fängt doch gerade erst so richtig an.“

„Ja …“

„Also. Wenn das Ticket mehr kostet, werde ich dir Geld schicken oder es für dich kaufen. Sagst du mir Bescheid, wenn du am Terminal bist? Schreib mir dann, ja?“

„Das mache ich. Versprochen.“

„Okay. Und Sophie?“

„Ja?“

„Ich hab dich lieb. Unendlich.“

„Ich dich auch.“

Ich lege auf und brauche einen Moment, um tief durchzuatmen, meine Gedanken zu sortieren und einen Plan zu fassen. Erst das Ticket, dann den Rückflug und um alles andere mache ich mir später Sorgen. In der Maschine kann ich etwas schlafen und Kraft tanken, ehe ich mich meinem Neuanfang in Boston stellen muss.

Wie werden wohl meine Eltern darüber denken? Vermutlich werden sie sich freuen, dass ich auch endlich ein Baby habe und sie ein neues Enkelkind. Aber sie werden sicherlich auch enttäuscht sein, dass sie den Vater des Babys nicht kennenlernen werden. Alex wird keinen Kontakt mehr mit mir haben wollen.

Wer weiß, ob er Unterhalt zahlen wird. Verlangen würde ich es nicht. Sicher glaubt er, dass ich ihn nur des Geldes wegen ausnutzen wollte – was nicht stimmt!

Wie gerne hätte ich es, dass er sich um das Baby kümmert. Er wäre wirklich ein guter Vater. Aber ich habe meine Zukunft ruiniert, weil ich Lena und Kai beschützen möchte.

Ich wünschte, sie hätte sich mir anvertraut und nach Geld gefragt. Wir hätten einen Weg gefunden. Was sie getan hat, hat sie nicht mit böser Absicht getan, sondern nur um ihre Familie zu unterstützen.

Ich atme erneut tief durch und sehe auf mein Handy. Eine Nachricht trudelt ein. Unbekannte Nummer?

Skeptisch klicke ich sie an und lese:

LENA: „Ich bin es, Lena. Ich habe deine Handynummer herausgefunden und schreibe dir, weil ich dringend deine Hilfe benötige. Ich weiß, ich bin vermutlich gerade die Letzte, mit der du sprechen willst, aber Kai ist verschwunden. Ich kann ihn nirgends finden! Bitte melde dich bei mir. Ich habe so schreckliche Angst um meinen Sohn!“

Ich schnappe erschrocken nach Luft. Kai ist weg? Er könnte überall im Resort sein. Es gibt einen Pool und direkten Zugang zum offenen Meer. So viele Möglichkeiten für ein kleines Kind, ins Wasser zu fallen. Und wer weiß, wer sich so an den Stränden herumtreibt. Vielleicht jemand, der weiß, welche Familie hier eingecheckt ist, und durch eine Kindesentführung an Geld will.

Das ist nicht gut! Ich muss sofort zurück! Da stimmt etwas nicht. Ich weiß nicht, ob ich helfen kann, aber ich verzeihe mir das nie, wenn ich es nicht zumindest versuche.

Kapitel 29

Sophie

Ich nehme Lena eine Sprachnachricht auf und schicke sie ab: „Ich bin auf dem Weg zurück ins Resort. Wo könnte er hingelaufen sein? Ganz ruhig. Wir werden ihn finden."

Ich fange an zu grübeln. Kinder spielen ja gerne Verstecken, aber Kai ist ein aufgeweckter Junge, warum sollte er einfach so verschwinden? Er liebt doch seine Mama und würde ihr nie absichtlich so einen Schreck einjagen – so schlau ist er schon.

Ich lege wieder eine Hand auf meinen Bauch. Ich mag mir gar nicht vorstellen, wie schrecklich sich Lena gerade fühlen muss. Die Ärmste!

Doch dann fällt mir etwas ein. Sofort spreche ich Lena erneut auf: „Kai hat mir mal erzählt, dass sein absoluter Lieblingsplatz am Strand ist. Da, wo die blauen Sonnenschirme stehen. Sie erinnern ihn an Rochen und er fühlt sich dann wie eine kleine Krabbe, so hat er mir das erzählt. Hast du da schon gesucht?"

„Noch nicht, aber danke für den Hinweis!"

„Ich komme zum Strand."

Ich sage dem Taxifahrer Bescheid, dass er mich zum Resort fahren und bei den blauen Sonnenschirmen absetzen soll – und das so schnell wie nur irgend möglich.

Lena antwortet mir nicht mehr, sodass ich sie anrufe, doch sie geht nicht ans Telefon. Hat sie ihn schon gefunden? Oder ist ihr Handy leer?

Ich halte es nicht länger aus und wähle Alex' Nummer an, doch sein Smartphone ist ausgestellt. Vermutlich hat er das getan, um jeden weiteren Ansturm von Anrufen zu vermeiden.

Ich hoffe inständig, dass alles in Ordnung ist. Jede Sekunde dieser Fahrt vergeht so langsam. Es ist die reinste Folter.

Langsam frage ich mich, ob ich Alex wieder begegnen könnte. Wie soll ich mich da nur verhalten? Das wird nicht besonders gut für meine Emotionen sein, ihn zu sehen.

Wir erreichen nach einer gefühlten Ewigkeit den Strand. Ich bezahle den Fahrer und hole mein Gepäck raus, das ich einfach an den Straßenrand werfe. Dann renne ich los. Die blauen Sonnenschirme entdecke ich sofort auf Anhieb. Aber niemand ist hier, nicht einmal irgendwelche Familienmitglieder, die den Privatstrand des Hotels nutzen. Komplett tote Hose.

Ich laufe weiter über den heißen Sand und nähere mich dem Wasser. Wind prescht mir entgegen und die Wellen sind rauer als in den letzten Tagen. Mein Blick wandert über das Wasser und wieder zurück über den Strand. Er ist weitläufig, aber ich entdecke nur ein paar Möwen, die am Himmel kreisen oder nahe der Steine ein wenig Schatten suchen.

„Komm schon … wo bist du nur?"

Ich mache mir schreckliche Sorgen und sehe wieder hinaus auf das Meer, laufe darauf zu, bis ich etwas zu entdecken glaube. Ein kleiner Punkt, ganz weit draußen, der ungewöhnlich scheint. Dann ein Arm und eine dumpfe Stimme, die mit dem Wind an mich herangetragen wird.

Ich schnappe panisch nach Luft: Das ist er! Das ist nicht zu fassen! Wie hoch ist die Wahrscheinlichkeit, ihn hier tatsächlich zu finden? Da muss das Schicksal mitgewirkt haben. Vielleicht hat das Schicksal etwas mit mir vor, was ich selbst noch nicht begreife – aber gleich begreifen werde. Denn eines steht fest: Ich muss helfen. Und dazu muss ich mitten durch meine schlimmste Angst hindurch.

Sofort renne ich los. Das salzige Meerwasser spritzt mir bis zu den Hüften, als ich mich den Wellen entgegenstemme. Es ist noch weit und ich muss ein ganzes Stück raus auf den offenen Ozean, um Kai zu erreichen. Aber er hält sich tapfer über Wasser. Als ich hüfttief im Wasser bin, werfe ich mich hin und paddele los – als hätte ich eine Schwimmhilfe dabei. So haben wir es geübt und jetzt kann ich es perfekt umsetzen.

Mein Herzschlag ist so schnell, dass ich Mühe habe zu atmen. Ich habe solche Angst, dass Kai ertrinken könnte. Und diese Angst löst einen so hohen Drang in mir aus, dem Jungen zu helfen, dass ich jede Angst vergesse, die ich eigentlich vor dem Wasser haben müsste.

Ich schwimme immer schneller und nähere mich ihm. Seine Hilferufe werden immer hörbarer.

„Ich bin gleich bei dir! Ganz ruhig! Wenn du tief einatmest und nicht mit den Armen schlägst, kannst du nicht untergehen!“, rufe ich. „Bleib bitte ganz ruhig!“ Ich hoffe, dass er mich hören kann.

„Hilfe!“, kann ich ihn verzweifelt schreien hören.

„Ich bin gleich da, halte durch!“

Eine hohe Welle spült mich schlagartig unter Wasser, doch ich kann wieder auftauchen. Und dann erreiche ich ihn. Sofort kann ich mir seinen kleinen Arm schnappen und ihn in meine Arme ziehen. „Ich hab dich!“, sage ich und sorge dafür, dass er über Wasser bleibt.

„Sophie!“

„Ganz ruhig. Schön tief einatmen, dann passiert dir nichts.“

„Ich wollte doch nur ein bisschen schwimmen“, sagt er weinend.

„Okay und jetzt schwimmen wir gemeinsam, ja? Wir müssen immer schön ruhig bleiben und tief einatmen, einverstanden?“

„Ja …“

Doch als ich mich Richtung Strand wende, wird mir klar: Wir sind verdammt weit weg und die Strömung zieht uns immer weiter auf den Ozean hinaus. Niemand ist dort. Niemand kann uns sehen.

Oh, nein. Ich müsste eigentlich spätestens jetzt in totale Panik ausbrechen, aber ich bin voller Adrenalin. Was mache ich denn jetzt nur?

Kapitel 30

Alex

Noch vor wenigen Stunden war meine Welt in Ordnung. Alles schien perfekt. Mein größtes Problem waren meine Mutter und Alyssa, sowie dieser banale Hochzeitsstress. Aber jetzt steht meine ganze Welt Kopf und ich lasse mein Handy ausgeschaltet.

Ein Anwaltsteam und der Chef des PR-Teams haben mir versichert, dass sie sich um alles kümmern werden. Artikel werden verschwinden, Stellungnahmen werden für mich geschrieben. Es war noch immer ein Unfall, da wurde nichts vertuscht. Es ist nur ein dummer Artikel, der im bekannten „Sommerloch" Leser animieren soll, auf die Seiten zu klicken, mehr nicht. Ich will hoffen, dass das funktionieren wird.

Später, wenn sich die Lage etwas beruhigt hat, muss ich zwingend mit Sophie reden – die ich übrigens lieber wieder Sophia nennen sollte. „Sophie" lässt sie sich nur von ihren engsten Freunden nennen.

Ich sehe zu meiner Mutter und Samuel, auch Kellan ist mittlerweile angekommen. Alle Drei tauschen sich aus, während ich daneben sitze und versuche Ruhe zu bewahren.

„Deswegen ist es so wichtig, dass man eine reine Weste hat", predigt meine Mutter. „Die sind wie die Aasgeier, die suchen und suchen, bis sie etwas finden, was sie gegen einen verwenden können."

Das alles beginnt mich immer weniger zu interessieren. In all diesem Trubel um mein Image ist eine Kleinigkeit – die ja eigentlich keine ist – komplett untergegangen: Sophie ist schwanger. Ich werde Vater werden …

Es ergibt einfach alles keinen Sinn. Tue ich ihr etwa unrecht? Was, wenn alles nur ein dummer Zufall ist und es einen anderen Grund gibt, warum das passiert ist?

„Die ersten Stellungnahmen sind raus“, sagt Samuel, der zu mir sieht, während er auf seinem Handy durch das Internet stöbert. „Ganz ruhig bleiben, in einer Woche redet niemand mehr darüber. Du könntest noch eine Woche länger auf Hawaii bleiben und eine Weile untertauchen.“

„Solange du willst, mein Schatz“, pflichtet meine Mutter ihm bei.

„Es gibt genug entfernt liegende Länder und Inseln, wohin du gehen könntest, solltest du es mit diesen Drachen hier nicht aushalten“, fügt Kellan sarkastisch hinzu.

„Also, Kellan …“, empört sich meine Mutter.

„Ich habe nicht vor, mich zu verstecken.“

„Richtige Einstellung“, antwortet meine Mutter. „Diese Geier brauchen immer ein Thema und werden sich immer das Maul zerreißen. Das haben sie auch schon getan, als du die Goldmedaille gewonnen hast. Damals kamen doch auch Gerüchte auf, deine Familie hätte die Jury bestochen, oder dass du die Gegner bezahlt hättest, um langsamer zu schwimmen.“

Danke fürs Erinnern.

Sie fährt fort: „Es waren richtig vernichtende Artikel, aber die dürfen dich nicht prägen, mein Junge.“

Ich höre ihr schon lange nicht mehr zu.

„Ich bin gleich zurück“, kündige ich an und verlasse den Wohnbereich. Meine Familie schaut mir hinterher – nur nicht mein Vater, der stattdessen am Tresen sitzt und vor sich hin starrt.

Ich stürme durch die Flure, eile zu Sophies Schlafzimmer und klopfe an die Tür. Ich weiß nicht, warum, aber ich kann nicht aufhören, an sie zu denken. War ich etwa zu hart zu ihr?

Aber wer soll es sonst gewesen sein, wenn nicht sie?

Ich klopfe an die Tür. Leider antwortet sie mir nicht, sodass ich die Tür einfach öffne. Sie ist nicht im Schlafzimmer. Im Bad vielleicht?

Ich öffne die Tür, doch auch hier kann ich sie nirgends entdecken. Ich komme in das Schlafzimmer zurück und stelle dann fest: All ihre Sachen sind weg. Jetzt wird es mir klar …

Sie ist weg. Ich habe sie verloren.

Ich schaue noch einmal in das Badezimmer: Sie hat alles zurückgelassen, was ihr an Schmuck und Luxus zur Verfügung gestellt worden war. Nichts davon hat sie mitgenommen.

Der Schwangerschaftstest liegt noch immer auf dem Badewannenrand. Ich nehme ihn an mich und betrachte ihn eindringlich, während ich mich daran erinnere, dass sie auf der Yacht kaum etwas gegessen hat. Sie griff sich ab und an mit der Hand an den Bauch, kämpfte ein wenig mit der Übelkeit. Hätte sie geplant schwanger von mir zu werden, um sich finanziell abzusichern, dann hätte sie das doch vor mir verborgen und vor allem abgewartet, bis wir wieder in Boston sind. Nein, das macht alles keinen Sinn. Sophie ist nicht so eine Frau und tief in meinem Kern weiß ich das. Sie ist nicht wie die Anderen. Es muss für die Sache irgendeine Erklärung geben.

Aber jetzt ist sie weg, weil ich sie mit meiner Wut verschreckt habe.

Ich verlasse das Schlafzimmer und schreite nachdenklich in Richtung Foyer, wo inzwischen meine Familie steht – bis auf meinen Vater, er bleibt am Tresen.

Ich halte an und schaue meine Familie an. Mein Kopf ist voll: Soll ich Sophie suchen und aufhalten? Soll ich sie vergessen?

„Ich werde ein wenig mit dem Wagen umherfahren, um den Kopf freizubekommen", sage ich meiner Mutter und meinen Brüdern.

Sam seufzt und antwortet: „Dein Vater wird sich mehr volllaufen lassen als sonst, du solltest mal mit ihm reden. Das Ganze hat ihn schon fertiggemacht."

„Ich kümmere mich später um ihn, er soll sich entspannen."

„Wir heiraten morgen, Alyssa und ich. Es wäre schön, wenn wir die Stimmung wieder positiv gekippt bekommen."

„Dann lasst mich jetzt in Ruhe und ich kümmere mich später um Dad. Ich hab einiges in meinem Kopf zu sortieren, Leute. Es ist einfach so. Macht euch ruhig über mich lustig, wenn es euch hilft."

„Du willst jetzt wirklich allein sein?", fragt Samuel mich besorgt.

„Ja. Bereitet alles für die Hochzeit vor. Ich will dir deine Feier nicht verderben und das werde ich auch nicht.“

„Danke, Bruder.“

Das klang herzlich. Ja, fast brüderlich. Dabei weiß ich, dass es ihm darum geht, Alyssa nicht zu verärgern. Ich bin ja nicht blöd.

„Wir haben den Testlauf für die Trauung um ein paar Stunden verschoben, falls du es rechtzeitig schaffst“, sagt Sam. „Kellan wird deinen Part übernehmen, falls nicht.“

Ich bin tatsächlich gerade nicht in der Lage dazu, mir über solche Banalitäten Gedanken zu machen, aber ich werde morgen meinen Bruder schon nicht im Stich lassen. Bei der Hochzeit werde ich selbstverständlich als Trauzeuge für meinen älteren Bruder da sein.

Kellan kommt überraschend zu mir und schließt mich kurz in die Arme.

„Bleib stark, das wird vergehen.“

„Danke, Kellan.“

Dann kommt meine Mutter, herzt mich überschwänglich und überhäuft mich mit Küssen.

„Danke … Das brauche ich jetzt nicht …“

„Sei nicht albern. Du brauchst jetzt ein bisschen Liebe.“

„Schon gut, Mutter. Ich werde dann eine Weile fahren und bin heute Abend wieder da.“

Ich gehe zu den Autos und organisiere mir einen der Schlüssel. Am besten werde ich so weit weg fahren wie nur irgend möglich. Irgendwo am Meer entlang oder Richtung Berge. Einfach nur weg von hier.

Meine größte Angst ist leider wahr geworden. Die ganze Welt kennt nun mein düsteres Geheimnis und unsere Schadenbekämpfung wird nicht überall wirksam sein. Bei jedem Meeting, jedem neuen Kunden, jedem Gegenübertreten meiner Mitarbeiter wird immer dieser Elefant mit im Raum stehen: Ich habe meinen Bruder ertrinken lassen und bin deswegen bis heute ein psychisches Wrack.

Ich steige in das Auto, verlasse das Resort und halte nach wenigen Metern an, da ich mein Handy wieder einschalten möchte. Am liebsten wäre es mir, wenn ich Sophie erreiche und sie mit mir gemeinsam eine Spritztour macht. Vielleicht können wir auch wieder auf die Yacht und in aller Ruhe über alles reden.

Ich stelle fest, dass ich sie liebe. Und das nach einer Woche erst. Das überrascht mich. Aber es ist, was es ist. Ich fühle, dass es so ist. Sophie bedeutet mir alles.

Viel mehr als mein guter Ruf. Scheiß drauf. Das ist nicht mehr wichtig. Ich will mich um sie und unser Kind kümmern. Das ist es, was jetzt zählt.

Als ich mein Handy einschalte, trudeln dutzende Nachrichten ein. Ganze 107 Anrufe in Abwesenheit und über 800 Nachrichten.

Ich öffne meine Anrufliste und bemerke dann, dass sie mich auch versucht hat anzurufen. In unserem Chatverlauf ist eine Sprachnachricht, die ich abspiele. Sophies Stimme ist vollkommen aufgeregt: „Alex … es ist etwas passiert. Ich brauche deine Hilfe! Ich bin noch am Flughafen und fahre jetzt zurück! Kai ist verschwunden! Du weißt schon, der kleine Junge., seine Mutter Lena kann ihn nirgends finden! Wenn du diese Nachricht abhörst, bitte geh zum Strand, da, wo die blauen Sonnenschirme sind! Es sind nicht viele! Kai liebt diesen Platz und ich glaube, dass er dorthin gelaufen sein könnte! Bitte melde dich bei mir!“

Das gefällt mir nicht. Ich sehe rüber in Richtung Strand. Sofort verlasse ich den Wagen und renne los. Diese blauen Sonnenschirme sind sehr prägnant und ich kann sie bereits von Weitem sehen. So ein kleiner Junge ist sicher gern am Wasser, und ehe man sich versieht, ist er im Meer …

Das darf nicht sein.

Es darf kein zweites Mal geschehen!

Meine Lunge brennt. Meine Beine tragen mich über den Sand, als würde ich fliegen. Ich muss den Jungen finden!

Kapitel 31

Sophie

Ich schnappe nach Luft. Gar nicht so einfach, wenn immer wieder eine Welle wie aus dem Nichts über uns peitscht. Kai und ich werden unter Wasser gespült, aber ich lasse ihn nicht los. Als wir wieder auftauchen, spuckt er Wasser.

Ich strampele mit den Füßen, um über Wasser zu bleiben, und fühle keinen Grund unter mir. Das Schlimmste, was einer Person mit Hydrophobie passieren könnte. Meine Hände kann ich nicht zum Paddeln benutzen, da ich ja Kai halte. Hätte man mir vor einer Woche erzählt, dass mir das hier passieren würde, dann wäre ich an Ort und Stelle an einer Panikattacke verstorben.

„Ih!“, ekelt sich Kai und spuckt immer wieder aus. Ja, Salzwasser ist schon widerlich.

„Nicht schlucken, immer schön ausspucken“, sage ich und versuche die Ruhe zu bewahren. „Wir schwimmen jetzt ganz vorsichtig zum Strand zurück, ja? Ganz langsam. Wir passen uns den Bewegungen der Wellen an.“

„Okay …“

So, wie Alex es mir gezeigt hat. Man muss sich anpassen und verstehen, wie das Meer funktioniert. Doch leider spüre ich an meinen Beinen ganz deutlich, dass wir in einer Strömung stecken. Es könnte völlig hoffnungslos sein und mir auch noch die letzte Energie rauben, was schneller zu einem Ertrinken von uns Beiden führen würde.

Auch wenn ich es nicht wahrhaben will: Die Strömung zieht uns immer weiter auf das Meer hinaus. Selbst Kai merkt es.

„Wir schwimmen in die falsche Richtung!“

„Ich weiß … Ich weiß … Ich versuche es …“

Es ist sinnlos, gegen die Strömung anzukämpfen. Also lasse ich mich vorerst treiben. Ich muss meine Kräfte sparen, damit ich Kai über Wasser halten kann. Sobald die Strömung nachlässt, werde ich ein Stück zur Seite schwimmen und darauf hoffen, eine neue zu finden, die uns beide zum Strand zurückbringt.

Ich kann nur hoffen. Sonst sieht es für uns schlecht aus. Mein Herz schlägt schneller als je zuvor, schiere Angst durchströmt keinen Körper.

„Wir müssen nur durchhalten, alle suchen nach uns.“ Sie werden auch am Strand Ausschau halten und uns dann im Wasser finden. Oder? Mein Gepäck steht schließlich dort und ich habe Lena die Nachricht auf das Handy gesprochen. Wir müssen nur noch etwas durchhalten.

„Ich will zu meiner Mama …“, weint der Kleine.

„Ich weiß, mein Schatz. Deine Mama will auch zu dir. Wir sind gleich bei ihr und dann kannst du sie fest in deine Arme nehmen, ja?“

„Versprochen?“

„Fest versprochen.“ Dabei überspiele ich meine eigene Panik – für die es anscheinend einfach keine Zeit gibt. Ich habe ein Leben zu retten.

Sekunden können sich manchmal wie Minuten und Minuten wie Stunden anfühlen. Immer wieder schaue ich in den Himmel und wende mich erneut an Gott. Er wird doch wohl nicht zulassen, dass dem Kleinen etwas geschieht? Es ist schon genug Unheil auf dieser Welt, und in der Familie Blackwell hat ein ertrunkener Junge gereicht.

„Alles wird gut“, versichere ich Kai mit zitternden Lippen. Wird es das? Er und ich sind verloren im Ozean und treiben immer weiter ab. Die Häuser an der Küste werden kleiner und kleiner.

„Nein … Bitte …“

„Ich will nach Hause …“

„Wir schaffen das schon …“

Werden wir ertrinken? Das Meer fühlt sich wie ein endloser Abgrund an, aus dem es für mich kein Entkommen geben wird. Ich darf nicht ohnmächtig werden, dass wäre unser beider Todesurteil. Meine Beine treten und strampeln, um mich und den weinenden Jungen über Wasser zu halten. Meine Hande kann ich nicht benutzen, da ich ihn festhalten muss.

Gott, bitte hilf uns! Bitte!

Plötzlich bemerke ich etwas am Strand: Jemand läuft blitzschnell auf den Ozean zu. Ja!

„Sieh mal, Kai! Da kommt jemand!“

Und wer das ist, erkenne ich auch: Es ist Alex. Mein Herz rast jetzt noch schneller. Steigt meine Panik oder bin ich erleichtert? Ich weiß es nicht. Meine Beine beginnen zu verkrampfen. Ich muss durchhalten!

Ich reiße einen Arm nach oben: „Wir sind hier! Wir sind hier, bitte hilf uns!“

Er hat uns schon gesehen. Was er zurückruft, kann ich nicht hören, dafür ist er zu weit weg und das Meeresrauschen zu laut.

Warum dauert das alles so lange? Meine Beine haben keine Kraft mehr in sich, aber ich muss immer noch treten und strampeln. Ich spüre keinen Boden unter meinen Füßen.

Bitte beeile dich, Alex! Wir werden jeden Augenblick ertrinken!

Alex sprintet ins Meer, als würde er um sein Leben rennen. Es ist unglaublich, wie schnell er ist. Als er hüfttief im Wasser ist, taucht er hinab wie ein Torpedo. Mit einer atemberaubenden Geschwindigkeit nähert er sich uns. Er könnte es mit einem Delphin aufnehmen, so schnell ist er gerade.

„Gleich ist Alex bei uns, schau!“

„Wo denn?“

„Da! Siehst du? Er wird dafür sorgen, dass wir sicher ans Ufer zurückkommen“, versichere ich Kai.

Es dauert nicht lang, da erreicht Alex uns. „Ich bin so froh dich zu sehen!“, schluchze ich verzweifelt. Alex nimmt mir Kai ab und stützt mich mit einem Arm.

„Halt dich an mir fest, ich habe noch genügend Kraft.“

„Okay …“

Das kommt zur richtigen Zeit, denn mir versagen Arme und Beine. Ich bin vollkommen aus der Puste. Es ist unglaublich, wie viel Anstrengung man auf sich nehmen kann, wenn man um sein Überleben und das eines Kindes kämpft. Jetzt lasse ich los und atme auf.

Ich verstehe nun viel besser, wie unglaublich machtlos Alex sich gefühlt haben muss, als er mit seinem Bruder Jack in Griechenland auf dem offenen Ozean trieb. Und das noch als kleiner Junge …

„Die Strömung hier ist stark“, sage ich.

„Ja, ich kann es fühlen. Wir müssen zur Seite. Halt dich gut fest und komm mit …“

Alex führt mich und schnell merke ich, wie uns die Strömung sanft in Richtung Ufer bringt, sobald Alex die richtige Route nimmt. Ich muss mich nur an Alex festhalten, der Kai und mich immer näher zum Sandstrand führt.

Irgendwann spüre ich den Boden unter meinen Füßen. Jetzt kann ich mithelfen und allein gehen.

„Okay, ich bin hier sicher“, sage ich.

„Ich halte dich weiter fest, Sophie.“ Er lässt nicht von mir ab und schafft es, auch mich weiter aus dem Wasser zu ziehen, bis wir nur noch hüfttief darin stehen.

Mit letzter Kraft schleppe ich mich ans Ufer und falle dort auf meine Knie. Ich keuche und huste stark, während Alex den kleinen Kai absetzt und schwer atmet. „Geschafft.“

„Oh Gott, danke …“, wimmere ich erschöpft und lasse mich seitlich in den Sand nieder. Ich kann nur noch atmen. Das Adrenalin hat dafür gesorgt, dass ich die ganze Zeit im Überlebensmodus gekämpft habe, aber jetzt kollabiere ich und kann einfach nicht mehr. Der Stress fällt langsam ab.

Ich atme schwer und sehe zu Kai, der weinend neben mir sitzt, als er realisiert, dass wir gerade knapp dem Tod entkommen sind.

„Alles ist gut. Deine Mama kommt gleich“, sage ich, während Alex sich neben uns setzt.

„Ruhig atmen, das ist jetzt wichtig. Tief ein- und ausatmen.“

„Kai!“, höre ich Lena rufen, die panisch angerannt kommt.

„Mama!“

Kai rappelt sich auf und wackelt seiner Mutter entgegen, die sich in den Sand wirft und ihren kleinen Jungen in die Arme schließt. Sofort überhäuft sie ihn mit Küssen und weint vor Erleichterung.

„Ist alles gut, mein Schatz?“

„Ja, die beiden haben mich gerettet.“

Lena sieht zu mir, während Kai sich schluchzend an seine Mama drückt. „Was ist passiert?“

„Er war im Wasser“, keuche ich. „Ich wollte ihn retten, bin aber nicht die beste Schwimmerin. Wir sind von der Strömung mitgerissen worden. Aber Alex hat uns aus dem Meer gezogen, es ist alles nochmal gut gegangen …“

„Kai wäre sicher ertrunken, wenn du nicht vor mir hier gewesen wärst“, stellt Alex fest, während er stoisch dasitzt und nachdenkt.

Daraufhin schluchzt Lena und sieht zu Alex. „Danke auch Ihnen, dass Sie meinen Sohn gerettet haben.“

„Keine Ursache.“

Lena beginnt nachdenklich zu werden. Sie schaut mich an, dann Alex.

„Ich war es, Mr. Blackwell. Ich habe die Information an die Presse herausgegeben."

Alex schaut zu ihr. „Wie bitte?"

„Als ich in Sophies Schlafzimmer aufgeräumt habe, sah ich das Tagebuch. Ich wollte erst nicht nachsehen, aber ich dachte, wenn ich etwas finde, womit ich Geld verdienen könnte, müsste ich die Chance ergreifen …"

„Was?", stößt Alex ungläubig aus und sieht zu mir, dann zurück zu Lena.

„Ich habe Fotos von den Seiten gemacht und sie an die Presse verkauft. Ich habe das Geld dringend gebraucht … Ich hätte niemals gedacht, dass es so ein Medienecho gibt."

„Wenn Sie gutes Geld für diese Informationen bekommen, dann können Sie es sich denken, dass die Informationen auch einen Wert haben", antwortet Alex kopfschüttelnd. Er wirkt zu erschöpft, um überhaupt wütend zu sein.

„Es tut mir schrecklich leid." Lena weint bitterlich. „Und jetzt habt ihr auch noch meinen Kai gerettet … ich danke euch so sehr."

Alex sieht zu mir. „Warum hast du nichts gesagt?"

„Ich konnte nicht", flüstere ich. „Lena hätte ihren Job verloren. Ich wusste einfach nicht, wie ich es dir sagen soll, ohne Lena in Schwierigkeiten zu bringen. Außerdem war es auch meine Schuld, weil ich dein Geheimnis in mein Tagebuch geschrieben habe."

„Warum hast du es in dein Tagebuch geschrieben?", will er wissen.

„Ich musste selber verarbeiten, was du durchgemacht hast. Und mein Tagebuch hilft mir beim Verarbeiten."

Alex spitzt seine Lippen und schaut nachdenklich wieder weg.

Ich senke schuldbewusst meinen Blick, bitte ihn dann aber: „Bitte sag ihrem Chef nichts. Lena trägt eine große Last und hat dumm gehandelt, weil sie verzweifelt war. Das kann jedem von uns so gehen. Wenn sie diesen Job verliert, hat sie gar nichts mehr und ihre Familie wird nicht überleben."

Alex schaut Lena an. In seinen Augen hat er eine kalte Wut, mit der er sie regelrecht vernichtet, ohne auch nur ein Wort sagen zu müssen. Lena weiß es und schaut verschämt auf ihre eigenen Füße.

Dann aber sieht Alex mich an. In seinen Augen ist nichts mehr von Wut zu erkennen. Es ist ein sehnsüchtiger Blick. Was geht gerade in seinem Kopf vor sich?

Kapitel 32

Alex

So ist also mein Geheimnis an die Öffentlichkeit gedrungen. Normalerweise wäre ich schon längst dabei, meine Anwälte auf diese Lena zu hetzen, auch wenn sie mir sagen würden, dass es bei ihr nichts zu holen gibt. Aus Prinzip hätte ich sie mit Klagen so gründlich eingestampft, dass sie sich ihren Lebtag nie davon erholen würde.

Aber heute nicht. Sophie hat mir irgendwie – ohne es selbst zu merken – mehr Güte und Gelassenheit beigebracht, als es mir selbst überhaupt bewusst geworden ist. Ich merke, wie mir dieser ganze Wirbel um meine öffentliche Reputation zunehmend egal wird. Meine Prioritäten scheinen sich langsam zu verlagern.

„Bitte sag nichts ihrem Chef", bettelt mich Sophie an und setzt sich für diese Frau ein. „Lena trägt eine große Last und hat dumm gehandelt, weil sie verzweifelt war. Das kann jedem von uns so gehen." Da erwische ich mich dabei, an etliche Situationen zu denken, in denen ich selbst wie ein Idiot gehandelt habe. Darin ist Sophie auch noch gut: Sie hält mir den Spiegel vor und löst Selbstreflexion aus. Ich glaube nicht einmal, dass sie das mit Absicht macht.

Ich antworte nicht. Sie fährt fort: „Wenn sie diesen Job verliert, hat sie gar nichts mehr und ihre Familie wird nicht überleben."

Was soll ich dazu noch sagen? Gerade bin ich einfach nur heilfroh. Sie leben. Beide. Oder besser gesagt: Allen Dreien geht es gut. Ich bin unendlich erleichtert, dass ich sie vom Strand aus gesehen habe, und möchte mir nicht vorstellen, was passiert wäre, wenn ich nicht hier aufgetaucht wäre. Lieber nicht. Nicht nur wäre die Hochzeit ruiniert gewesen (was in Relation egal ist), sondern das wäre dann langsam zu einem Familienfluch geworden.

Und ich wäre meines Lebens nie wieder froh geworden.

Ich bin gerade einfach nur dankbar.

Meine Waden schmerzen und mein ganzer Körper ist angespannt, ich atme tief durch und versuche meinen Puls wieder zu regulieren. Noch fühlt es sich so an, als würde mir Batteriesäure durch die Blutbahn fließen. Die Aktion hier hat mich jede Menge an Kraft gekostet.

„Sophie …“, beginne ich und knie mich neben sie. Sophie setzt sich auf und schaut schweigend zu mir. „Du bist da rausgeschwommen, um den Jungen zu retten?“

Nach einem Augenblick nickt sie, woraufhin ich immer mehr realisiere, was für eine Überwindung sie das gekostet haben muss. Sie war bereit, ihr Leben aufs Spiel zu setzen, um einen Jungen zu retten, obwohl sie selbst schwanger ist. Und sie war bereit, die Verantwortung zu übernehmen für den Medienskandal, um Lenas Existenz zu sichern.

„Ich weiß nicht, wie ich dir danken soll“, sagt Lena zu ihr.

Ich füge hinzu: „Du bist der reinste Mensch, den ich je habe kennenlernen dürfen. Ich weiß nicht, ob dir das selbst überhaupt klar ist."

Sophie weiß nicht zu antworten. Und sie muss auch nichts dazu sagen. Während sich Lena um ihren Sohn kümmert und mit ihm dann in Richtung Resort zurückkehrt, schaue ich Sophie tief in die Augen.

„Ich hatte solche Angst dich zu verlieren."

„Ich dachte, ich hätte dich schon verloren. Du warst so wütend."

„Das war ich auch. Aber es ist mir vollkommen egal, was passiert ist oder wessen Schuld es war, das alles zählt nicht mehr. Für mich ist nur eines wichtig: Dass es dir und unserem Baby gutgeht."

Sie weitet überrascht ihre Augen, in denen sich nun Tränen sammeln.

„Ich glaube, dass ich dich liebe. Und das merke ich daran, wie erleichtert ich bin, dass es dir gutgeht. Du bedeutest mir die Welt."

Ich lege meine Hand auf ihren Bauch, was sie staunend betrachtet. Sie scheint komplett überfordert, und das macht mir nichts.

„Alex …", haucht sie verträumt.

Innerhalb von Sekunden merke ich, was ich jetzt tun will. Es fühlt sich richtig an und ich habe keinerlei Zweifel. Also verschwende ich keine Zeit. Denn das Leben ist so unsäglich kurz, wie mir heute wieder einmal klar geworden ist.

„Ich habe leider keinen Ring dabei, aber …"

Als ich das sage, weitet sie überrascht die Augen und schnappt nach Luft. Ich gehe vor ihr auf ein Knie und halte ihre Hände fest.

„Sophia Tisdale … Willst du meine Frau werden?"

Für einen Augenblick herrscht hier am Strand absolute Stille.

„Du … meinst das wirklich ernst?", fragt sie mich ungläubig. Sie scheint ihren Ohren nicht zu trauen.

„Ja, ich meine es ernst."

„Wirklich?"

„Ja, wirklich. Du Komikerin."

Ihr Gesichtsausdruck verändert sich. Sie beginnt zu begreifen, dass sich ihr Leben jetzt womöglich für immer verändern wird.

Aber eine Antwort steht offen. Also hake ich nach, liebevoll aber fordernd: „Das war schon eine Frage. Willst du meine Frau werden?"

Überglücklich fällt sie mir ins Wort, ohne zu zögern: „Ja, natürlich!"

Sie schluchzt und fällt mir in die Arme. Ich drücke sie an mich und genieße ihre Nähe. Ich bin so erleichtert und froh, sie in meinen Armen zu halten. Die Vorstellung, sie zu verlieren, war ein Alptraum. Ich will sie immer beschützen. Ich will, dass sie nie wieder in Gefahr gerät, dass es ihr an nichts fehlt. Das kann nur Liebe sein.

Ich sichere mich ab: „Und du willst wirklich?"

Sie schaut mir in die Augen, lächelt und schüttelt den Kopf.

„Ja, wirklich. Du Komiker."

Wir lachen kurz, küssen uns innig und umarmen uns wieder. Der Moment ist mehr als perfekt.

Kapitel 33

Sophie

Nachdem wir ins Resort zurückgekehrt waren, haben Alex und ich uns erst einmal zurückgezogen. Ich habe mein Gepäck in mein Schlafzimmer gestellt und bin dann mit ihm unter die Dusche gegangen, damit wir uns das Salzwasser abwaschen konnten. Und ja, wir haben geduscht wie zwei frisch Verlobte. Und schön war es.

Jetzt muss ich erstmal Georgia anrufen und sie darüber informieren, dass sich hier wieder einiges getan hat und ich deswegen noch nicht in den Flieger steigen werde.

Sie geht schnell ans Telefon: „Schwesterchen, da bist du ja. Bist du etwa schon gelandet oder warum kannst du gerade telefonieren?"

„Ich bin noch nicht in den Flieger gestiegen."

„Um wieviel Uhr ist denn der Abflug?"

„Das ist es ja …" Ich druckse kurz.

Aber ehe ich überhaupt antworten kann, fährt sie fort: „Ich hab dir erstmal unten das Gästezimmer gemütlich gemacht und bin gerade auf dem Weg zum Supermarkt, um für heute Abend alles zu besorgen. Ich koche dir was richtig Leckeres, dann wirst du deine ganzen Sorgen vergessen."

Oh, Mann. Sie macht mir das hier nicht gerade leicht. Okay, ich muss ihr sagen, was Sache ist.

„Georgia … du wirst mich umbringen."

„Was ist passiert?"

„Ich … werde erstmal hier bleiben. Ich fliege nicht nach Hause."

„Bitte was?" Wieso?"

„Es hat sich einiges getan. Ich erkläre es dir später."

„Du erklärst es mir später? Warum denn nicht jetzt?"

Recht hat sie.

Egal. Dann scheiß drauf.

„Alex und ich … haben uns verlobt."

Ein langer Moment des Schweigens vergeht.

„Hast du Lack gesoffen?"

„Nein. Wir haben uns ausgesprochen. Und wir haben die Sache klären können. Wir lieben uns."

„Du weißt schon, wie sich das alles anhört, oder?"

„Ja, ich weiß. Und es ist mir egal. Es fühlt sich alles richtig an, und du kennst mich mittlerweile ein wenig. Sowas sage ich nicht einfach so, wenn das nicht auch wirklich so ist."

„Sowas sagen Leute, die eine rosarote Brille tragen. Du weißt ja, Verliebte schütten dieselben Hormone aus wie Schwachsinnige. Sie handeln nicht rational."

„Kann sein, aber ich bin mir sicher. Ich weiß, was ich tue."

„Okay. Wenn das so ist, dann werde ich hinter dir stehen, weißt du doch. Du bist meine Schwester. Und auch wenn das in die Hose gehen sollte, was ich dir natürlich nicht wünsche: Ich werde immer für dich da sein."

„Danke, Georgia. Das bedeutet mir echt viel, dass du das sagst."

„Aber ich hab was gut bei dir. Ich war bis eben dabei, dir ein Nest hier einzurichten."

„Das mache ich wieder gut. Und du wirst nicht enttäuscht sein. Versprochen."

Da fällt mir einiges ein, was ich ihr Gutes tun kann. Aber ich werde eventuell die Hilfe von Alex brauchen. Sie wird völlig aus dem Häuschen sein.

Wir legen auf und ich verspüre eine tiefe Dankbarkeit, dass meine Schwester so reagiert hat. Sie hätte mich genauso auszählen können und man hätte es ihr nicht einmal verdenken können. Aber sie hat darauf vertraut, dass ich weiß, was ich tue. Und das schätze ich sehr.

Ich setze mich im großen Wohnraum auf die Couch. Mit ausreichend Wasser und etwas Obst kann ich wieder zu Kräften kommen, da ich immer noch ziemlich erschöpft bin.

„Wieso bist du einfach so ins Meer gerannt?", fragt Alex mich, der sich zu mir setzt und meine Hand nimmt.

„Kai wäre ertrunken, wenn ich nichts getan hätte." Ich will ehrlich zu ihm sein: „Das hätte ich mir vermutlich niemals verzeihen können, wenn ich es nicht wenigstens versucht hätte."

„Obwohl du solche Angst vor dem Meer hast, bist du einfach hineingerannt."

„Ja. Ich bin einfach losgelaufen. An die Konsequenzen habe ich gar nicht gedacht. Erst dann, als ich im Wasser war, fing es an mir zu dämmern, dass ich vielleicht draufgehen könnte."

„Du bist wirklich verrückt, Sophie."

„Ich verstehe jetzt viel besser, wie es dir als Kind ergangen sein muss, und was für Qualen es auch heute noch für dich sein müssen." Ich rücke näher und schließe ihn in meine Arme. „Ich werde immer für dich da sein, Alex."

Ich kann spüren, wie er seine Arme um mich schlingt.

Ich muss es ihm sagen: „Es tut mir so leid, dass ich dein Geheimnis in mein Tagebuch geschrieben habe. Das war so dumm von mir …"

„Es ist nicht wichtig. Vielleicht habe ich diese Bloßstellung auch gebraucht, um endlich mit der Vergangenheit abschließen zu können. Ich war noch ein Kind. Jack … würde mir verzeihen, da bin ich mir sicher."

„Ja, das würde er."

Ich küsse seine Wange und lasse nicht von ihm ab. Dieser Moment gehört nur uns Beiden. Niemand sonst ist jetzt gerade wichtig.

***

Am späten Abend kommen Samuel, Kellan, Jane und Scott in unsere Suite. Alex und ich haben uns einen Plan zurechtgemacht, um Lena und auch mich zu schützen und dafür zu sorgen, dass die ganze Sache so schnell wie möglich unter den Teppich gekehrt wird. So haben wir hier um ein Treffen gebeten.

„Wir sind auf Hawaii. Es ist eine ähnliche Situation wie in Griechenland. Die ganze Familie ist da. Der Ozean. Die Wellen", beginnt Alex zu erzählen, während ich neben ihm sitze und meine Hand auf seinem Unterarm liegen habe. Seine Eltern und Brüder hören ihm aufmerksam zu. „Die Presse hat ein

Sommerloch und hat sich die Geschichte nur ausgedacht, weil der nahe Ozean und der fehlende Sohn bei der Hochzeit die Wunden des Traumas wieder aufreißt."

„Ich bin aber da", mischt sich Kellan ein.

„Egal, wir erzählen, dass du erst in letzter Minute gekommen bist, das ist nicht schlimm. Die Presse baut sich daraus ihre eigene Geschichte. Aus dem, was damals mit Jack passiert ist, sollten wir kein Geheimnis mehr machen. Wer da genauer recherchiert, wird die Geschichte bestätigt bekommen. Das sollten wir weder verheimlichen noch vertuschen, die Katze ist aus dem Sack, das ist eben so."

Sam fügt hinzu: „Alex war selber ein Kind und kein seriöser Journalist wird ihm die Schuld für Jacks Tod geben. Und wer das tut, der wird haushoch verklagt."

Dabei weiß ich bereits von Alex: Jane hätte ihre Kinder nicht aufs Meer hinauslassen dürfen, und Scott war an dem Tag gar nicht da und ließ seine Frau allein – wenn man das schon so genau nehmen will. Die beiden Kindermädchen waren dabei, Getränke zu holen, und an jenem Privatstrand hätten mindestens zwei Aufseher positioniert werden müssen. Schuldig war irgendwie jeder, aber nur nicht Alex. Denn er war ein Kind.

„So wird's gemacht", erklärt sich sogar Jane einverstanden. Und auch Scott nickt. Welch ein Phänomen: Die Familie Blackwell ist sich in einer Sache einig. Wahrscheinlich fasst sich gerade jeder an die eigene Nase und reflektiert über die eigene

Mitschuld an den unglücklichen Ereignissen, die zu Jacks Tod geführt haben.

„Also, wir zeigen uns souverän und lassen die Sache nicht an uns rankommen“, fasst Sam zusammen.

Alle nicken.

„Zudem habe ich Sophie einen Antrag gemacht“, sagt Alex plötzlich, was mich überrascht zu ihm sehen lässt. Hat er das wirklich seiner Familie gesagt?

„Was?“, stößt Jane überrascht aus. Sie fällt fast um, als sie das hört. Scott schaut uns beide mit weit geöffneten Augen an. Freut er sich oder ist diese Nachricht in seinen Augen Alex' Todesurteil?

Alyssa beginnt zu strahlen – was mich ein wenig überrascht, ehrlich gesagt. Ich weiß aber nicht so recht, ob es an mir liegt oder daran, dass sie einfach Hochzeiten mag. Egal. Ein Lächeln von ihr ist mir gerade deutlich lieber als kein Lächeln.

„Und?“, fragt mich Alyssa. „Was hast du gesagt? Wie hast du geantwortet?“

Alle Augen werden auf mich gerichtet. Ich bekomme kein Wort aus meiner Kehle. Also nicke ich einfach nur bescheiden. Alex nimmt meine Hand an sich und küsst meine Wange, und das vor seiner ganzen Familie.

„Wir werden heiraten“, sagt er.

Eine Stille zieht durch den Raum.

Scott beginnt zu lächeln. Er steht auf und kommt auf uns zu, dann schüttelt er mir die Hand.

„Na, dann herzlich willkommen in der Familie Blackwell, meine Liebe. Du wirst stahlharte Nerven brauchen.“

Ja, davon gehe ich aus. Er setzt sich wieder, während mein Blick nervös zu Samuel und Kellan huscht.

„Wisst ihr was?“, sagt Samuel in der Runde und nickt mir freundlich entgegen. „Ich glaube, die hier tut meinem Bruder verdammt gut. Ich beobachte meine Mitmenschen sehr genau, und wenn ich sehe, was für kleine Veränderungen bei ihm aufgetreten sind, dann kann ich das nur darauf zurückführen, dass Sophie ein guter Einfluss ist. Sie ist nicht wie die anderen Frauen da draußen.“

Welch ein Ritterschlag – zumal Alyssa direkt neben ihm steht. Ob er sie auch so lobt?

„Ja, er hat sich ganz schön verändert und das in der kurzen Zeit“, pflichtet auch Kellan ihm bei.

„Ist das nicht etwas verfrüht?“, stammelt Mutter Jane nervös, die von allen Familienmitgliedern natürlich als Einzige aus der Reihe tanzen muss.

„Jetzt halt doch mal den Mund“, meint Scott genervt. „Sophie ist ein liebes Mädchen. Entweder die, oder keine.“

Der Herr im Hause hat gesprochen. Ich muss verlegen kichern und schmiege mich an Alex.

„Ich werde alles dafür tun, dass ihr es nicht bereut, mich in eurer Familie aufgenommen zu haben, versprochen“, versichere ich ihnen und hoffe, dass auch Jane ihre Zweifel mir gegenüber ablegen wird. „Ich meine es ehrlich und aufrichtig mit Alex.“

„Mh, wir werden sehen …“ Jane hegt noch immer Zweifel, aber zumindest hält sie sich mit fiesen Blicken und gemeinen Spitzen zurück. Da ich mittlerweile ja weiß, was sie durchgemacht hat, will ich mich ihr auch etwas annähern.

„Jane?“ Ich spreche sie direkt an und frage: „Was hältst du davon, wenn wir Beide morgen früh gemeinsam etwas Zeit verbringen? Nur du und ich. Wir können etwas spazieren gehen und miteinander plaudern, oder zusammen frühstücken. Was hältst du davon?“

Jane ist von meinem Angebot sichtlich überrascht und mundtot, doch Samuel, Kellan und Scott wirken begeistert. Wir sehen alle zu ihr, sodass Jane nach kurzem Zögern knapp nickt.

„Gern“, meint sie und räuspert sich dann. Alex lächelt.

Es passt ihr noch nicht so ganz, aber ich werde einfach versuchen so zu sein, wie ich bin, und dann wird sie mich entweder mögen oder nicht. Wenn ich ihr erst einmal begreiflich gemacht habe, dass ich ihrem Sohn nichts Böses will – und vor allem nicht sein Geld – dann ist es ihr überlassen, ob sie mir eine Chance geben will. Ich bin auch bereit, nicht gemocht zu werden. Aber ich werde mich nicht verstellen, sondern immer authentisch bleiben.

***

Den Abend verbringen Alex und ich allein in seinem Schlafzimmer. Wir kuscheln nur miteinander und genießen unsere Zweisamkeit. Immer wieder gehe ich in Gedanken den heutigen Tag durch. Es ist so viel passiert, dass ich es kaum glauben kann.

In dieser Nacht schläft Alex unruhig. Als ich davon wach werde und mich an ihn kuschele, legt sich das aber sofort wieder. Ich bin an seiner Seite, streichele über seine Brust und flüstere ihm immer wieder etwas zu. Dass ich ihn liebe. Dass ich bei ihm bin. Dass alles gut wird. Dass ich ihn nicht verlassen werde und es nicht seine Schuld ist, was damals passiert ist.

Seine Augen gehen auf und er schaut mich an. „Wieso bist du so gut zu mir?“, fragt er mich. Anscheinend ist er es nur gewohnt, sich mit Frauen zu umgeben, die scharf auf seinen Status und sein Vermögen sind.

„Du weißt genau, warum“, antworte ich.

„Danke, dass es dich gibt.“

„Schlaf jetzt weiter. Morgen wird ein langer Tag.“

Meine Fingerspitzen streifen ihm über die Augenlider und schließen sie wieder. Ich streichele sein Gesicht, bis er wieder einschläft.

Und er schläft wie ein Baby.

Genau das scheint er gebraucht zu haben: eine Frau an seiner Seite, die mit seinem Trauma umzugehen weiß. Eine kleine Schwäche eines starken Mannes, der nur dann wie ein Fels in der stürmischen Brandung stehen kann, wenn seine Wunden die Gelegenheit zu heilen bekommen.

***

Am nächsten Morgen gehe ich – wie versprochen – mit Jane etwas essen und anschließend am Strand spazieren. Wir reden über den Unfall damals und sie schildert mir ihre Sicht. Zwar nur grob, aber ich höre deutlich heraus, welche Schuldgefühle sie plagen.

„Deswegen kann ich nicht anders, als meine Jungs immer beschützen zu wollen. Aber ich bin ja nicht blöd, ich weiß sehr genau, dass sie mich nicht ausstehen können. Aber es ist mir egal. Eine Mutter kann nicht anders, als auf ihre Kinder aufzupassen – auch wenn sie dafür am Ende des Tages gehasst wird."

„Ich kann dich verstehen, Jane."

„Das hat mir noch nie jemand gesagt."

„Das ist traurig. Es ist schön, wenn man verstanden wird."

„Notwendig sogar", erwidert sie.

Wir sind uns anscheinend ein kleines Stück näher gekommen. Mal schauen, was die Zeit so bringt.

Nach einem fast zweistündigem Spaziergang hake ich mich sogar bei ihr ein, als wir zurück zum Resort gehen.

„Na los, Sophie, hast du einen Ratschlag für mich, um mein Verhältnis zu meinen Söhnen irgendwie zu verbessern?"

Dass sie mich das fragt, überrascht mich. „Das hast du mich wirklich gefragt?"

„Ich bin einfach nur neugierig, was du für Ratschläge für mich *hättest.* Das bedeutet nicht, dass ich sie umsetzen werde."

Sie schmunzelt mich an, was ich dann nach einem Augenblick erwidere.

„Also, wenn ich dir einen Ratschlag gegeben *hätte,* also rein theoretisch, dann hätte ich dir wahrscheinlich geraten, einfach netter zu den Leuten zu sein", antworte ich.

„Du findest, ich bin nicht nett?"

„Wir reden hier von reiner Theorie. Ich hätte dir wahrscheinlich geraten, einfach viel, viel netter zu sein, als du ja schon bist. Denn wenn man von den Leuten gemocht wird, werden sie sich viel mehr für einen reinhängen – die Mitarbeiter zum Beispiel."

„Verstehe. Und was hättest du mir geraten, was meine Söhne angeht?"

„Wahrscheinlich hätte ich da empfohlen, ihnen mehr Raum zu geben. Sie nicht zu bemuttern. Ich hab mal irgendwo gelesen, dass unter einem Baum, der zu viel Schatten spendet, nichts mehr wachsen kann. Ich fand den Vergleich irgendwie gut."

„Ja, der hat was", sieht Jane ein und senkt nachdenklich den Kopf.

„Lass sie machen. Fehler gehören auch zum Lernprozess dazu. Daraus müssen sie lernen. Gib ihnen immer deine Meinung mit, wenn du sie loswerden willst, aber viel wichtiger: Gib ihnen Liebe. Echte Liebe. Zeig, dass du sie liebst. Dass du sie verstehst. Und sei für sie da, wenn sie auf die Nase fallen. Verurteile sie nicht. Sei eine Konstante für sie."

Jane bleibt stehen, ich somit auch. Sie schaut mich ganz verblüfft an. „Also, ich bitte dich", scherzt sie und spielt die Beleidigte. „Was maßt du dir hier für Urteile an?"

„Das ist nur das, was ich dir *theoretisch* geraten hätte, nicht vergessen."

„Ach, ja", spielt sie mit und lächelt.

„Also, wenn du meine Tante wärst, oder sogar meine eigene Mutter wärst.“

„Ah, richtig. Verstehe. Also, wenn du mir den Ratschlag in Wirklichkeit gegeben hättest, dann hätte ich ihn womöglich beherzigt.“

„Interessant. Aber es steht mir in Wirklichkeit nicht zu.“

„Eben.“

Zwischen den Zeilen haben wir uns viel gesagt, aber wir belassen es bei dieser Frotzelei.

Dann werden wir von Sebastian aufgesucht, ehe wir überhaupt die Anlage wieder betreten.

„Sophie, da bist du ja!“

„Sebastian. Freut mich auch, dich zu sehen. Wo brennt's denn?“

„Wir brauchen deine Hilfe. Dringend. Leider ist Brautzilla noch immer am Toben und heute soll geheiratet werden.“

„Oh, Mann.“ Ich schaue zu Jane, die meinen Arm loslässt.

„Los, hilf ihnen, bevor der hier noch einen Herzinfarkt bekommt.“

„Ich werde mir beste Mühe geben.“

„Ach, und Sophie?“

Ich bleibe stehen und schaue sie fragend an. Sie möchte mir noch etwas sagen.

Sie verabschiedet mich mit den Worten: „Du bist schon in Ordnung.“

Ich grinse. „Danke. Du auch.“

Unsere Wege trennen sich und jetzt muss sich in die Hände gespuckt werden, damit diese Hochzeit nicht zu einem Alptraum wird, weil Alyssa jeden von uns vernichtet.

Ich betrete mit Sebastian den Mitarbeiterbereich, wo er und seine Assistenten wie fleißige Bienen zugange sind, um die Gestecke alle noch rechtzeitig fertigzubekommen. Da die Blumen ja frisch und lebendig sind, kann man diese Gestecke nicht allzu weit im Voraus anfertigen.

Wir verschwenden keine weitere Zeit, ich stelle mich direkt zu ihnen und lege los. Es ist ein wenig wie Fließbandarbeit, da wir auf Masse produzieren. Die kreative Arbeit hat schon beim Entwurf der Gestecke stattgefunden, jetzt wird einfach hergestellt – je mehr pro Minute, desto besser. Die Gestecke sollen ja den gesamten Hochzeitsbereich zieren, insbesondere die Tische, wo alle Gäste sitzen werden und einen guten Blick auf die Gestecke bekommen werden.

Verständlicherweise ist also der Druck groß, denn wenn diese Gestecke nicht gelingen, braucht Sebastian nicht mehr darauf zu hoffen, dass sein Laden seinen guten Ruf behält. Ein Versagen auf dieser Hochzeit würde sich wie ein Lauffeuer herumsprechen, es wäre nicht aufzuhalten. Die Großkunden würden nie wieder bei ihm anfragen. Vielleicht würde Netflix eine Doku über sein Versagen produzieren, aber das war's dann auch.

Das alles wollen wir natürlich vermeiden. Also helfe ich Sebastian bei den Gestecken.

„Ich weiß nicht, wie ich dir danken soll", sagt er zu mir.

„Brauchst du nicht. Ich helfe gerne, wo ich kann."

Dann fällt ihm etwas ein, woraufhin er für einen Augenblick schweigt und überlegt. Dann sieht er mich an.

„Hey, ich möchte dir etwas anbieten“, sagt er.

„Was denn?“

„Ich biete dir an, dass wir *Blossoming Blooms* mit nennen. Und umgekehrt solltest du diesen Auftrag mit als Referenz für deinen Laden nennen dürfen“

„Das würdest du für mich tun?“

„Hey. Du rettest mir gerade den Arsch, falls dir das nicht auffällt.“

Eine wirklich schöne Geste von ihm. Dabei hätte ich das auch ganz ohne Nennung oder Bezahlung getan, weil ich es einfach liebe, mich mit Blumen, Pflanzen und Gestecken zu beschäftigen.

Aber vielleicht bin ich manchmal zu selbstlos.

***

In wenigen Stunden beginnt die Trauung, sodass ich zurück zur Suite eile, damit ich mich noch duschen und für die Feierlichkeiten zurechtmachen kann. Olivgrün ist zwar nicht unbedingt meine Farbe, aber ich möchte der Braut nicht die Show stehlen.

Ich trage ein Handtuch um die Brust und werde mich ganz in Ruhe fertigmachen, heute ist auch Lufttrocknen angesagt, ehe ich mich anziehe. Die warme Luft verlangt das. Und die gelegentlichen Brisen sind die perfekte Erfrischung.

Als ich nach Alex suche, höre ich die Dusche aus seinem Wohnbereich. Lächelnd gehe ich hinein und erwische ihn beim Verlassen des Badezimmers, nur mit einem Handtuch um die Hüften gewickelt.

„Partnerlook“, merkt er an, als er mein Handtuch betrachtet und ich seins.

Ich lächele, nähere mich ihm und küsse ihn sanft. Dann flüstere ich: „Genau so hast du damals ausgesehen, als ich dich das erste Mal sah.“

Wir fallen zusammen auf das Bett und lassen die Handtücher verschwinden. Wir streicheln uns gegenseitig die Gesichter.

„Damals habe ich mich im Schwimmbad verlaufen. Ich suchte nur die Damenumkleide und fand am Ende dich.“

„Ja. Den Mann, der nicht gefunden werden wollte, aber gefunden werden musste, damit sein Herz endlich Heilung erfahren darf.“

Das hat er schön gesagt. Es freut mich sehr, dass er das so sieht.

„Das Allerbeste daran: Mein Herz hat auch Heilung erfahren. Und das alles nur, weil ich Schussel einen so verdammt schlechten Orientierungssinn habe …“

Alex lacht. Ich lache mit. Ich werde meine Selbstironie nie aufgeben.

„Heute wird geheiratet“, sagt Alex. „Wir haben nicht viel Zeit.“

„Dann sollten wir uns beeilen. Ich will dich jetzt.“

„Da kann ich nicht widerstehen.“

„Gut so.“

Wir haben wirklich nicht viel Zeit. Die Uhr tickt und Alyssa wird von Minute zu Minute nervöser und lässt es an jedem aus.

Aber davon werden wir uns nicht beirren lassen. Diese Zeit auf Hawaii wird uns nicht aufgrund dieser Hochzeit in Erinnerung bleiben, sondern viel eher aufgrund der vielen magischen Momente, die wir miteinander haben teilen dürfen. Aufgrund der Erinnerungen, die wir selbst geschaffen haben.

Dabei liegt noch eine lange Zukunft vor uns, der ich mit einem Lächeln entgegensehe. Inzwischen konnte ich auch mit Georgia sprechen und sie beruhigen. Ich habe sogar den Hörer an Alex gereicht, damit er mit ihr ein paar Worte wechseln konnte. Selbst meine Schwester wird der Sache eine Chance geben.

Ich freue mich auf das, was die Zukunft noch zu bieten hat. Es wird sicher nicht immer einfach werden, aber zusammen werden wir es schaffen.

Danke

… dass du mein Buch gekauft und gelesen hast!

Wenn es dir gefallen hat, freue ich mich riesig über eine Bewertung auf Amazon!

Und damit du immer auf dem Laufenden bleibst und Infos zu Neuerscheinungen und Aktionen bekommst, folge mir auf meiner Amazon Autorenseite.

https://www.amazon.de/stores/Amalia-Blum/author/B0CX5G1PJN

Wenn du dich für meinen Newsletter anmeldest, bekommst du das Bonuskapitel von "Die Hochzeitsfalle" kostenlos per Email zugeschickt. Melde dich also gleich an, und erfahre was bei Sophie und Alex noch passiert ist.

https://luvlee.us/amalia-blum/

Im Newsletter bekommst du auch Infos darüber, wann meine nächsten Romane erscheinen werden.

Von Herzen alles Liebe,
deine Amalia

Printed in Poland
by Amazon Fulfillment
Poland Sp. z o.o., Wrocław

53025925R00221